빈 오두막
이야기

그레이 아울(Grey Owl)은 1888년에 영국의 헤이스팅에서 태어나 18세에 캐나다로 이주한 영국인으로 본명은 아키 벨러니(Archie Belaney)이다. 그는 비버 군락을 세우며 숲 지킴이로 활동했고, 그의 활동이 널리 알려져 캐나다 정부가 '야생 동물 보호' 정책을 수립하고 국립공원 내에 비버 보호 구역을 세우기에 이른다. 그는 열렬한 자연보호 운동가로 휴식도 없이 강연과 저술을 병행하다가 폐렴에 걸려 쉰 살의 나이에 삶을 마감했다.

곽영미는 서강대학교 영어영문학과 석사 과정을 마쳤고, 지금은 전문 번역가로 활동하고 있다. 옮긴 책으로, 《앨머의 모험》, 《블루 하이웨이》, 《할아버지》, 《셜록 홈즈 걸작선》 등이 있다.

빈 오두막
　　이야기

지은이 • 그레이 아울 | 옮긴이 • 곽영미 | 펴낸이 • 임영근 | 초판 1쇄 발행 • 2003년 11월 18일 | 펴낸곳 • 도서출판 지식의풍경 | 주소 • 서울시 관악구 신림 5동 1445-2 (151-891) | 전화 • 887-4072(편집), 874-1470(영업), 878-7906(팩스) | E-mail • vistabooks@hanmail.net | 등록번호 • 제15-414호 (1999. 5. 27.)

값 9,500원　　　　ISBN 89 - 89047 - 13 - 7　02890

빈 오두막
이야기

그레이 아울 | 곽영미 옮김

지식의풍경

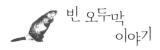

빈 오두막
이야기

황야를 지키는
변방의 사/나/이

어두컴컴한 밤 눈을 크게 뜨고 귀를 곤두세운 채 고대의 정찰병처럼 숲을 돌아다니는 한 사내가 있다. 그는 자신이 길들인 동물들의 안전을 위해 밤마다 잠도 못 자고 밤새도록 동물들이 사는 곳을 쉼없이 순찰한다. 올빼미처럼 밤낮이 바뀐 생활을 하는 이 사내, 이 사내의 이름은 와-사-콴-아신, 즉 밤중에 다니는 남자 그레이 아울이다. 천명이 다하는 그날까지 자신이 길들인 동물들을 보살피고 캐나다의 황야를 지키기 위해 애쓴 이 사내는 누구인가?

그레이 아울은 마음 따뜻한 사냥꾼이자 숲 지킴이였다. 그가 죽기 전까지 사람들은 그를 개척 시대의 미국 서부 지방을 자유롭게 떠돌아다닌 스코틀랜드 출신의 아버지와 아파치 족 인디언 어머니 사이에서 난 혼혈로 알았다. 그레이 아울은 미국의 국경 부근에서 살다가 금광 붐이 한창일 때 캐나다로 넘어와 캐나다의 광대한 황야를 누비면서 덫 사냥꾼이자 황야의 길잡이가 되었다고 말했다. 그러나 1938년 그가 죽고 난 후 그의 출생에 관한 놀라운 사실이 밝혀졌다. 그가 스코틀랜드 인과 인디언의 혼혈이 아니라 사실은 1906년 18세의 나이로 캐나다로 이주해 온 아키 벨러니라는 이름의 순수 영국인이라는 것이었다. 영국의 출판업자 로벗 딕슨을 비롯한 그레이 아울의 절친한 친구들과 동료들조차 큰 충격을 받았다.

7

그는 왜 자신의 출생을 거짓으로 꾸몄을까? 어느 숲에서 평화로운 안식을 즐기고 있을 그의 영혼이 이 의문에 대한 답을 해 줄 리는 만무하다. 그러나 그의 태생의 진실이 무엇이든, 자연에 대한 그의 순수한 열정만큼은 의심의 여지가 없다.

아키 벨러니, 즉 그레이 아울은 1888년 영국의 헤이스팅에서 태어났다. 두 살 때 알코올 중독자이자 낭비벽이 심하고 유랑자였던 아버지를 여의고 고모의 손에 키워졌다. 어머니에 대해서는 알려진 바가 거의 없다. 부모에게서 버림받은 벨러니는 내성적인 성격이었다고 한다. 고모는 그를 아버지처럼 무책임한 유랑자가 아닌 신사로 키우고 싶어서 엄격하게 교육시켰다. 그러나 어린 시절의 벨러니는 이상한 동물을 수집하며 자연을 연구하고 인디언 놀이를 즐기면서 북미 인디언의 이야기에 심취했다.

결국 벨러니는 열여덟 살에 고모의 곁을 떠나 캐나다로 이주하여 황야에 들어섰다. 숲에 대해서는 문외한이었기에 죽을 뻔한 그를 오지브웨이 족 사람들이 데려가 그에게 온타리오 황야의 방식을 가르쳤다. 그 후 10년 동안 벨러니는 겨울에는 덫 사냥꾼으로, 여름에는 황야의 길잡이이자 산림 감시원으로 일했다. 그러던 중 1차 세계대전이 터져 전쟁에 참전하게 되었다. 전쟁에서 부상을 당하고 온타리오의 황야로 돌아왔지만, 전쟁의 공포는 길잡이로서 더 이상 살아가기 힘들 만큼 그의 성격을 난폭하게 만들었다. 스스로를 내팽개치다시피 살고 있던 그를 오지브웨이 족 사람들이 다시 거두어 주었다. 그날부터 벨러니는 오지브웨이 족의 의식을 훈련받으면서 그 부족의 일원이 된다. 그리하여 영국인 아키 벨러니는 죽고, 캐나다 황야를 지키는 "밤에 다니는 사람", 그레이 아울이 탄생하게 되었다.

새롭게 태어난 벨러니는 덫 사냥꾼이자 황야의 길잡이로서 살아

갔다. 그러나 그레이 아울이 진정한 황야의 파수꾼이 되도록 해 준 것은 아나하레오와의 만남이었다. 그녀는 이로쿼이 족의 동맹 부족인 모호크 족 출신의 여인이었다. 그녀와 함께 살면서 그는 덫 사냥으로 생계를 꾸려 나갔는데, 어느 봄날 사냥터를 조사하다가 덫에 걸려 죽은 비버 세 마리를 발견하고 죄책감을 느꼈다. 이 얘기를 들은 아나하레오는 그를 강력하게 비난하면서 당장 그 일을 그만두라고 말했다. 그녀는 그레이 아울에게 "그것은 나뿐만 아니라 당신의 영혼도 죽이는 거예요"라고 말했다.

그 다음날부터 그레이 아울과 아나하레오는 보이지 않는 덫에 걸린 부모 비버를 찾아다니기 시작했다. 그러던 중 비버 오두막에서 어미를 잃은 새끼 비버 두 마리를 발견했다. 이들을 돌보게 되면서 그레이 아울은 덫 사냥꾼 생활을 접고 비버 마을을 세웠다. 맥기니스와 맥긴티라는 이름으로 불리게 된 두 비버의 익살스러운 모습은 그레이 아울에게 글을 쓰고 싶은 의욕을 불러일으켰다. 한편으로는 생계 유지를 위해, 다른 한편으로는 야생 동물의 삶을 사람들에게 전하기 위해 그는 비버들의 일상을 면밀히 추적하는 글을 썼다. 맥기니스와 맥긴티는 어느 날 저녁 헤엄을 치러 나갔다가 영영 돌아오지 않는 불행을 겪지만, 그들의 이름은《사조와 비버 가족의 모험》이라는 책으로 길이 남게 되었다.

이 책을 쓰기 전 그레이 아울은《마지막 변방의 사람들》과《황야의 순례자들》이라는 제목으로 사라져가는 변방의 이야기를 썼다. 이때쯤 몬트리올 여성인 펙 부인의 권유로 강의를 하게 되고, 그때부터 이름이 알려지게 되었다. 그리고 캐나다의 국립공원국이 그레이 아울의 비버 보호 구역에 관심을 보이기 시작했다. 캐나다 정부는 '야생 동물 보호' 정책이라는 이름을 내걸고서 그를 캐나다 국립공원의 일꾼으로 임명하여 비버 보호 구역을 세우기로 했다. 서스캐처원의 프린스 앨버트 국립공원에 있는 아자완 호수에 세워진 비버 마을에는 맥기니스와 맥긴티의 뒤를 잇는 또 다른 비버들, 젤리와 로하이드, 그리고 그들의 새끼들이 살았다. 캐나다 정부는 놀라운 지능과 인간과 흡사한 목소리를 가진 이 두 비버의 익살스러운 모습을 영화로 찍어 대중에게 보여 주었다.

책과 영화는 자연보호에 대한 그레이 아울의 메시지를 전하는 데 큰 도움이 되었고, 그의 이름을 북미와 유럽 전역에까지 알리는 계기가 되었다. 1935년에 출판업자인 로벗 딕슨은 그에게 유럽 순회 강연을 제안했다. 강연은 아주 성공적이었다. 그러나 언론과 대중의 인기는 숲의 자유를 사랑하는 그에게 쉴 틈을 주지 않았다. 그는 도시의 거짓된 삶의 모습에 무척 괴로워했다고 한다. 강연이 끝날 때쯤 녹초가 되었으나, 자신의 오두막으로 돌아온 뒤에도 쉬지 않고 마지막 책인 《빈 오두막 이야기》를 쓰기 시작했다.

1937년 그레이 아울은 영국으로 두 번째 강연 여행을 떠났다. 강연은 또다시 성공을 거뒀지만, 3개월 동안의 강연으로 그의 기력은 급격히 떨어지고 말았다. 캐나다로 돌아와 12주 동안의 북미 강연을 마치고 오두막으로 돌아온 그는 갑자기 드러누웠다. 가까운 병원으로 옮겨졌으나 폐렴에 걸리고 이틀 뒤 혼수상태에 빠졌다가 눈을 감고 말았다. 그의 나이 쉰 살이었다.

그레이 아울은 떠났지만, 캐나다에서 그의 이름은 사라져가는 황야의 상징이 되었다. 사냥꾼이자 숲 지킴이로서 그레이 아울은 황야의 생물들과 하나가 되는 삶을 살다 갔다. 그의 임무는 캐나다의 황야를 자연 그대로 보존하는 것이었다. 그는 광산업자, 건축업자, 벌채업자 들에게서 캐나다의 황야를 지키기를 바랐다. 그의 메시지는 1세기 전 콩코드의 숲에서 살았던 헨리 데이비드 소로의 말을 연상시킨다. 산성비가 개울을 오염시키기 전에, 벌채가 수많은 산림을 발가벗기기 전에, 수많은 생물이 멸종되기 전에, 그레이 아울은 북미 황야에서 진작부터 환경 보호의 중요성을 주창한 것이다. 새로운 천년으로 들어선 지금도 그의 메아리는 여전히 크게 울리고 있다. 그럼 이제부터 그의 혼이, 그의 정신이 곳곳에 배어 있는 《빈 오두막 이야기》로 들어가 볼 일이다. 오두막의 문은 잠겨 있지 않다. 그러나 조금은 설레는 마음으로 그 문을 열고 걸어 들어가는 것은 순전히 여러분의 몫이다.

곽영미 씀

서문

인간, 다시 말해 문명화된 인간은 흔히 스스로를 만물의 영장으로 여기며, 지구상에 존재하는 모든 것이 자신만의 편의를 위해 세상에 있고, 모든 동물(같은 인간 종족인 "피지배" 계층은 말할 것도 없다)은 자신의 종이 되기 위해 이 땅에 존재한다고 생각하는 경향이 있다. 그러나 이런 사실에도 불구하고 많은 "뒤떨어진" 동물 종족들이 종종 인간 못지않게 영리하고 육체적으로는 대개 인간보다 훨씬 낫다. 무수한 동물이 살아가고 있고, 그들 중 어떤 것도 대등한 조건에서는, 다시 말해 인간 대 인간의 조건에서라면 인간이 태어난 곳보다 더 열악한 땅에서는 매우 우세하게 인간을 이길 수 있다.

그러나 동물이 가진 훌륭한 속성들이 널리 알려지고 인간보다 못한 생물의 권리를 인정해야 한다는 인식이 커지면서 최근 들어 관대하고 공정한 사람들 사이에서 여론의 변화가 조금씩 일고 있다. 그리하여 지금까지 삶의 등급이 인간보다 낮다고 여겨져 온 동물들에게 친절과 이해를 베푸는 것이 20년 전에는 비웃음을 샀던 반면, 오늘날에는 다소 문명이 뒤떨어진 민족들도 죄가 없고 의지할 데 없는 동물을 학대하고 그들의 자유와 행복을 억압하고 지배하는 것을 엄격하게 금해야 한다고 생각한다.

황야는 더이상 파괴자들의 놀이터나 몇몇의 사사로운 이득을 위해 무자비하게 개발되는 — 그 땅에 처음 도착한 인간이 독차지하는 — 값진 획득물이 아니다.

인간은 정복자의 마음이나 교만한 사냥꾼의 생각이나 허풍선이의 정신이 아니라, 오히려 고대의 불가사의하고 거대한 건축물에 발을 내딛는 것처럼 경외감과 존경심을 가지고 숲에 들어가야 한다. 스스로를 만물의 영장이라고 생각하는 인간은 숲에 발을 디딜 때 모자뿐 아니라 신발도 벗어야 할 것이며, 많은 경우 네 발이 아닌 두 발로 걸을 수 있음에 기뻐해야 하리라.

생각해 보고 숲에 들어가도록 하라. 숲은 머지않아, 때로는 순식간에 여러분을 인간이 되게 할 수도, 아니면 원숭이로 전락시킬 수도 있기 때문이다. 숲은 나를 겸손하게 만든다. 숲이 인류에게 선사한 신의 선물임을 곧잘 잊고 사는 인간들과 지낼 때와 달리, 고요하고 위엄 있는 숲에서 속임수와 악행을 부릴 줄 모르는 동물들과 평생을 보내는 삶은 결코 나를 배반하지 않는다. 눈앞에 헤아릴 수 없는 무한 공간이 펼쳐진 땅에서 지내다 보면, 자연의 전 체계에서 나란 인간이 중요하다는 생각은 한데 뭉뚱그려져 다소 작아진다.

내가 살생을 싫어하게 되고, 여기 그림자와 침묵의 땅에서 나와 함께 살고 있는 무해하고 흥미로운 동물들에게 혈연 의식을 느끼게 된 것은 바로 이와 같은 생각 때문이다. 그래서 나는 총과 덫을 치워버리고 폴처럼 내가 끈질기게 괴롭혔던 동물들의 생활 개선을 위해 일했다.

이런 생각이 몽상에 그치지 않고 온당하게 실행되기 위해서는 공익을 부각시키고 여론을 내 편으로 만들 필요가 있었다. 이를 위해서 나는 처음에 내가 말하고자 하는 것이 무엇인지 보여 주고 증명해 보여야 했다. 이 목표를 위해, 또한 무엇보다 나와 함께 지낸 아주 영리한 동물들 때문에 나는 비버 마을을 세웠다. 이 유순하고 다정한 동물들은 잘 훈련된 개들처럼 충직했고, 무조건 나를 따랐고, 지금도 나와 함께 있다. 비버의 일상적인 행동과 놀라운 지능을 마주하면서 나는 북미 야생 동물만이 아니라 황야 자체를 대표하는 이 쓸모 있고 귀중한 동물을 구하는 것이 가치 있는 일임을 확신했다. 그리고 그 사실은 증명되었다. 내가 의욕에 넘쳐 활동 범위를 야생 동물 전체로 넓히겠다고 결심하면서부터, 나는 거의 사람 같고 아이 같은 매력을 지닌 비버들이 큰 도움을 주었음을 알게 되었다. 선두에 선 비버들은 중대한 일을 이루는 데 작은 실마리가 되어 주었다.

그러나 나 혼자였다면 오래 버티지 못했으리라. 나는 가난했고, 돌볼 아내가 있었고, 내가 단 하나 알고 있던 세계와 문을 닫은 채 새롭고 낯선 일로 밥벌이를 해야 했다. 그때 '야생 동물 보호' 정책이라는 실제적인 이상주의를 내걸고서 캐나다 정부, 그중에서도 국립 공원국이 내 활동을 조사한 뒤 그 사업을 접수하여, 나를 거대한 캐나다 국립공원의 일꾼으로 임명하여 더 이상 돈 걱정 없이 연구할 수 있는 재량권을 주었다.

각종 기사와 책, 영화, 그리고 나중에는 강연을 통해 내 노력은 작은 성공을 거뒀다. 그러나 아직 반도 이루지 못했고 그 근처에도 가지 못했다. 나는 내 동족인 인간과 동물이 사이가 완전히 틀어지지는 않는다 해도 서로를 믿지 못하게 될까 걱정이다. 저자와 강사로서 나는 좋은 책을 쓰고 싶고 열심히 알리는 사람이 되고 싶다. 그러나 나는 숲에 머물 것이며, 언제나 배우고 있다. 물론 지금까지 내가 어울리지 않는 옷에 장화를 신고서 성스러운 땅을 돌아다니고 있다는 것을 잘 안다. 포부가 큰 작가들은 글 쓰는 초기에 시련을 겪는다. 내 시련은 아무래도 나중에 가장 견디기 힘들 때 찾아올 것 같은데, 나는 그 시련이 언제 오든 맞이할 준비가 되어 있다. 그동안 노(계절에 따라 눈신이 될 수도 있다)와 가벼운 여행용 도끼와 차 끓일 때 쓰는 들통은 필요할 때 언제든 바로 쓸 수 있도록 오두막 한쪽 구석에 세워져 있다. 따라서 나는 시련에 맞설 준비가 되어 있다. 어쨌든 작가로서 내 풋풋함이 오히려 보호색 역할을 해 줄지 모르고, 숲의 무성한 잎들과도 잘 어울릴 것이다. 어쩌면 그래서 더욱 숲에 머물고 싶은 건지도 모르겠다.

그런데 요즘 들어 종종 어찌할 바를 모르겠다. 내 스스로 부여한 임무가 가끔 귀찮게 느껴진다. 방랑 욕구를 억눌러야 한다. 내 기술과 인내력이 예전 그대로일지, 내가 아는 곳이든 아니든 드넓은 삼림 지대를 쉽고 정확하게 여행할 수 있을지, 지금도 물에서 노를 저어 하루에 40마일을 갈 수 있을지, 혹은 2백 파운드나 나가는 카누를 들고 연수육로(連水陸路)*를 건널 수 있을지 간혹 궁금하다. 아마도 동여맨 눈신 끈이 조여들어 이제는 무뎌진 발을 저리게 할지도 모르리.

저녁마다 나는 일몰의 장관을 응시하며 달이 떠오르기를 기다린다. 또는 머리 위로 높이, 멀리 날아가는 독수리를 본다. 해와 달과 독수리가 미지의 목적지로 가는 여행길에 나를 지나칠 때면 그들이 자연의 항로를 자유롭게 따른다는 사실을 곰곰이 생각한다. 겨울에는 내 비버들이 기슭에서 아늑하게 잠을 자는 눈 덮인 호수에 서서 세차게 부는 눈보라에 환희를 느끼고, 키-웨이-딘, 즉 인디언들이 "여행하는 바람"이라고 부르는 북서풍의 거친 포옹을 한껏 즐긴다. 그 바람은 내가 결코 볼 수 없을지 모를 광대하고 쓸쓸한 땅에서 불어와 내가 더 이상 갈 수 없는 지역으로 가기 때문이다. 때때로 약간의 동요가, 반항하고픈 일렁임이 찾아든다. 하지만 이런 동요는 가라앉아야 하고, 곧 그렇게 된다. 나는 비버 식구들에게 진실하고 늘 충

---

* 수로 사이를 잇는 육로.

실해야 하므로.

그래도 가끔은 지난날에 대한 미련이 찾아들곤 한다. 우리가 승리의 함성을 지르고 아우성치며 건넜거나 거칠고 하얀 물살을 가르며 긴장과 땀과 수고로 오른 거친 여울들, 기분 좋은 야영지, 호숫가나 강가에 모인 착하고 흥겨운 뱃사람들, 눈보라의 잔인한 습격, 수천 마일의 황야 여기저기에 흩어져 있던, 지금은 버려진 채 외롭고 쓸쓸하게 휑하니 비어 있는 아늑한 겨울 오두막이 생각난다. 한때는 가정집이던, 통나무로 소박하게 지은 그 오두막들 중 몇 채는 밀려드는 이주 물결에 휩쓸려 사라졌고, 티 없고 평화롭던 야생의 터전들에는 더러움과 야비함과 파괴만이 판치고 있다. 그곳들 중 한 곳에는 도시가 생겨나 문명화가 빠르게 진행되고 있다.

몇 년 뒤 어떤 이들은 다행히 탐욕스런 상업의 손길이 절대 미치지 못할 것 같은 더욱 외진 요새에서 한가로이 지낸다. 그곳에선 외부인의 어떠한 말소리도 그들을 둘러싼 엄숙한 침묵을 깨뜨릴 수 없다. 그들은 그곳에서 세월의 느린 흐름을 따라 느긋하고 평화롭게 지내면서 기다린다.

각 오두막에는 한 가지, 혹은 많은 이야기들이 있다. 떠밀려왔다가 다시 떠내려가는, 한 번 왔다가 다시는 얼굴을 비치지 않는 방문객들, 오두막 언저리에서 지냈거나 그 안에 살던 동물들, 오두막 옆의 강, 호수, 연못, 그리고 오두막을 둘러싼 야생의 신비한 땅에 관한 이야기들이 있다. 혹은 옛날 옛적 고대의 숲에서 살던 이들에 관한 전설도 있을 것이다.

배고픔도 있었고 잔치도 있었다. 걱정과 웃음, 승리와 절망과 의기충천한 모험, 그 모든 것을 오두막은 보았다. 적갈색 오두막은 여름이면 갈라진 틈새마다 선명한 녹색 이끼가 끼고, 겨울에는 눈부시게 반짝이는 눈 더미에 덮여 작은 언덕을 이룬다. 각 오두막은 북쪽의 힘에 맞서 굳세고 튼튼하고 꿋꿋하게 서 있다. 한편으로 각 오두막은 시간이 지남에 따라 저만의 개성을 가지게 되고, 그런 개성이 또 새로운 이야기나 사건으로 각각 발전했다. 나는 이제부터 이런 이야기들 중 몇 가지를 기록하려 한다. 나는 그 이야기를 아나하레오에게 들려준 적이 있었다. 그때, 지금은 아득하게만 느껴지는 잊을 수 없는 그해 겨울에 그녀와 나는 맥기니스의 보금자리에서 덮개 없는 난로 문 앞에 앉아 있었다.

글을 쓸 때 내 펜은 잉크가 아니라 숲에서 부는 밤바람의 산들거림, 반짝이는 강물의 콸콸 소리, 여울의 울부짖음, 소용돌이치는 눈보라의 쉿 소리, 그리고 모닥불의 붉은빛과 탁탁 소리로 가득 차 있는 것만 같다. 그 펜에서 가끔 이상한 리듬으로 거의 사라진 인종에 관한 반쯤 잊혀진 민담이 흘러나온다.

나는 이 펜으로 낭만의 정신, 웅장함과 아름다움, 길들여지지 않았고 길들일 수도 없는 북쪽 땅의 영혼에 관한 이야기를 독자 여러분에게 전해 주려 한다. 비록 내가 이 위업을 조금밖에 이루지 못하고 내 노력이 기대에 못 미친다 할지라도, 여러분은 아마도 광대한 변경에 사는 사람들의 이야기와, 인간이 부여받은 의식보다 제한된 의식을 가지긴 했지만 자신들이 창조된 목적을 아주 훌륭히 이행하고 자신들이 해야 할 일을 최선을 다해 완수하는 —— 이것은 계층을 막론하고 성공의 밑거름이 되는 행동 방침이다 —— 겸손한 동물들의 이야기에서 아마도 잠깐의 재미를 찾을 수 있으리라.

1936년 7월
밤에 다니는 사람(그레이 아울)

17

1 북쪽 땅 이야기

거무죽죽하고 텅 빈 오두막이 싹 달라져 지난날의 영광스런 모습을 되찾아 다시 한 번 황홀한 꿈의 궁전이 된다. 그리하여 오두막은 더 이상 버려진 통나무와 잔재 더미가 아니라 다시 한 번 …… 지난날의 영광을 누린다.

너무나 외롭고 버림받은 것처럼 보였던 오두막이 이제는 더 이상 비어 있지 않고. 갑자기 살아 있는 기억들과 과거에서 튀어나온 영혼들로 가득 찬다.

전설

깜박이는 잿불에서 과거가 되살아날 때
이야기꾼은 불 앞에 앉아 담배를 피우며 명상에 잠겨 있다.
무대에 오르는 배우처럼, 담배 연기가
석탄 밑에서 나선형으로 피어올라 텅 빈 공간을 돌아다닌다.
잠시 뒤 이야기꾼은 천천히 조용조용 말을 잇는다.
그러다가 옛 이야기의 기억을 더듬는지 종종 입을 다문다.
깊고 낮고 구슬픈 탄식이 천천히 높아져
긴긴 세월의 잘못을 괴로워하는 듯한 흐느낌으로 변하더니,
곧이어 그 소리는 되풀이하여 길게 늘어지다 점점 잠잠해지며 조용해진다.
주춤거리는 떨림이 약해지다 뚝 그치자
이야기꾼의 목소리가 다시 빈 오두막 이야기를 채운다.
모닥불이 활활 타오르다 사그라들고,
그림자들이 망설이듯 앞뒤로 어른거린다.
이야기꾼은 계속 말을 이어간다…….

빈 오두막

하이트 오브 랜드*에서 북쪽으로 불룩한 기복을 그리며 어렴풋이 보이는 언덕들 사이에 깊이 박힌 한 골짜기에는 이름 없는 작은 호수가 숨어 있다.

그 호수는 아름답지도 않으며 좁고 얕다. 물이 빠지면서 호수 기슭 가장자리가 늪과 부들개지로 이뤄진 황무지로 변했고, 물에 잠겨 있던 바위들은 오랫동안 잊혀진 묘지에 방치된 채 서 있는 묘비처럼 모서리마다 하얗게 변색된 채 불쑥 튀어나와 있다.

호수 기슭에는 최근 몇 년 간 사람 발길이라곤 닿은 적이 없고 쓰러진 통나무들만 어지럽게 널려 있는 연수육로가 꼬불꼬불 이어져 있다. 그 길을 따라 내려가면 더 큰 호수에 이르고, 그 호수는 굽이에서 이어지는 물줄기로 흘러들어 미 대륙 분수계에서 떨어져 나온 지

---

* 미 대륙 분수계(the Great Divide)를 말한다.

서스캐처원의 프린스 앨버트 국립공원에 있는 그레이 아울의 오두막.

류들과 합쳐져, 더욱 커지고 물도 많아져서 마침내 북극해로 범람해 들어가는 우렁차고 힘찬 강이 된다.

한때는 꽤 쓸모 있는 호수였던 이 호젓하고 움푹 들어간 수원지 (水原池)의 어귀에는 오랫동안 거들떠보는 사람이 없는 비버 댐이 하나 있다. 그 댐은 그것을 세운 비버들의 정력과 인내의 기념비이 며, 댐의 꼭대기는 현재 수위보다 4피트나 올라와 있다. 활처럼 굽은 댐 한가운데로는 작은 개울이 졸졸 흐르는데, 물소리가 졸음에 겨운 중얼거림 같다. 그 중얼거림도 꿈속에서 불분명하게 말하는 목소리 같아서 무슨 말을 하는지 알 수가 없다.

주위의 모든 것이 예술 작품이다. 매우 낡긴 했지만, 영구하고 분 명한 의도가 담긴 비범한 분위기가 풍긴다. 그러나 인간이 세우거나 만든 것은 하나도 없다. 물가를 끼고 있는 숲에서 호수 쪽으로 내려 가면 이제는 아무도 다니지 않는 내리막길이 있다. 그 길은 오래전 사라진 비버 마을의 수송로로서 경사와 넓이와 방위가 잘 배치되어 몇 해가 흘렀는데도 그 길을 만드는 데 들인 비버들의 기술과 수고가 고스란히 느껴진다. 비버들이 나무를 기술적으로 넘어뜨려 운반하던 이 수송로 정상에는 무수한 그루터기들이 있고, 그루터기마다 그 일 꾼들이 새긴 이빨 자국이 지금도 선명하게 남아 있다. 근처에는 비버 집이 있다. 경사진 물가 건너편 높은 곳에서 오도 가도 못하게 된 조 상들이 모여 살게 된 뒤로 비버들은 그 집에서 오랫동안 살았다. 지 금 그 집의 비밀 입구는 엿보기 좋아하는 사람들 눈에만 띄고, 회반 죽이 잘 발라졌던 벽은 무성한 건초와 버드나무 묘목으로 덮여 있다. 그러나 그 집은 앞으로 수십 년은 끄떡없이 굳건하게 서 있을 것이 고, 침묵과 애수가 그 집을 세운 비버들의 인내의 표시로 영원히 남 아 있을 것이다.

비버 오두막 맞은편에는 위에서 내려다보면 우람하고 거무스름해 보이는 나무들이 들어찬 작은 소나무 숲이 있다. 여기 나무들은 미대륙 분수계를 넘어서면 보기 힘든 진귀한 나무들이다. 이러한 희소성 때문에, 다른 평범한 나무들보다 우뚝 솟은 그 소나무들은 왠지 동떨어져 있는 것 같고 쉽게 다가갈 수 없는 엄한 배타성도 느껴진다. 소나무들 사이에는 가늘고 키가 커 보이는 회백색 자작나무들이 드문드문 서 있는데, 생명을 주는 햇빛을 갈구하는 자작나무의 선명한 녹색 우듬지들은 높이 솟은 침엽수들의 밑가지에도 거의 닿지 않는다.

이 숲의 빈터에는 여기에 사람이 머물렀음을 단 하나 증명해 주는 작은 통나무집이 하나 있다. 아무도 살지 않아 쓸쓸하고, 통나무 틈새에는 이끼들이 많이 껴 있고, 문이 조금 열려 있으며, 창은 구경꾼들을 멍하니 바라보고 있다. 그 통나무집은 한창때도 그저 소박한 거주지였다. 하지만 그 집을 세울 때는 많은 정성이 들어갔고, 지금도 몇 개 남아 있는 엉성하지만 멋이 있는 장신구들이 이 살풍경하고 소박한 공간을 장식했다. 그리고 행복도 있었다. 오두막 한 구석에는 시들어 버린 작은 가문비나무가 한 그루 서 있는데, 갈색의 시든 나뭇가지에는 선물을 달던 끈들이 지금도 매달려 있다. 누구도 돌보지 않고 버려져서 이제는 조금씩 썩어 가지만, 한때 그곳은 삶과 활기, 희망, 야망과 모험의 장소였다. 살아 있는 것들이 그 오두막을 피난처와 집으로 이용했다. 잠자리로 쓰인 물건의 기둥 밑에는 전에 살던 인간의 자취뿐 아니라 나무토막과 말린 진흙으로 세운 성벽도 쉽게 볼 수 있다. 성벽의 견고함과 모양새를 보면 연못 맞은편에 비버 오두막을 세운 일족의 손길을 고스란히 느낄 수 있다.

지난 세월 동안 이 소박한 거주지는 나름대로 꽤 축복받은 장소였다. 온갖 생물들이 그곳에 살던 이들과 친구가 되었고, 때로는 안식처를 구해 오두막 안으로 들어갔다. 어떤 녀석들은 자신들이 발견한 피신처를 이용하기 위해 무리를 짓거나 짝을 지어, 아니면 혼자 오두막으로 모여들었다. 작은 짐승과 큰 짐승, 새와 인간이 모두 있었다. 저마다 이곳에서 즐거운 한때를 보냈고, 잠시 동안 이 소박한 무대 위를 걸어 다니며 제 대사를 읊고 제구실을 했으며, 그 장소의 역사를 만드는 데 보탬이 되었다.

숲은 그들 모두를 잘 알았다. 그렇다 해도, 깃털처럼 생긴 우듬지들이 멀리 골짜기를 관조하고 있는 나이 많고, 우뚝 솟고, 초연하고, 거대한 소나무들은 아주 잠깐 동안 자신들 발치에 머물다 간 자그마하고 수명이 짧은 생물들을 알아차리지 못했을 수도 있으리.

오랫동안 버려지고 너무나 조용하고 고요한데도, 그곳은 아직도 살아 있는 것만 같고, 아득하고 아련하며 뭐라 말할 수 없는 기묘한 분위기가 느껴진다. 마치 옛날에 사라진 것들의 자취가 남아 있거나, 연주자가 무대를 떠나고 완전히 잊혀진 뒤에도 그 연주만큼은 오래도록 남아 메아리처럼 부드럽게 울려 퍼지는 느낌이다. 도도하고 위엄 있는 소나무들 사이사이 가냘픈 소녀처럼 정숙하고 얌전하게 서 있는 키 크고 우아한 자작나무 잎들이 지나가는 산들바람에 나부낄 때, 자작나무들은 남의 이목을 끌기 위해 팔을 높이 쳐드는 사람처럼 가지들을 높이 뻗으면서 머리를 끄덕이고 속삭이며 이야기를 하는 것만 같다. 마치 자신들이 셰헤라자드*라도 되는 것처럼 햇볕이 들지 않는 동굴에서 숨 막혀 죽을까 두려워, 자신들 둘레에 엄숙하고 위압

---

* 《아라비안나이트》에 나오는 페르시아 왕의 아내. 천 일 밤마다 왕에게 재미있는 얘기를 들려주어 죽음을 면했다.

적으로 서 있는 소나무들에게 빈 오두막 이야기를 들려주어 죽음을 잠시 뒤로 미루려 애쓰는 것 같다. 그 이야기들과 관계 있는 몇 가지 사건은 여기저기 다른 장소에서 일어났지만, 그중 많은 것들이 그 오두막 안에서 이야기되었다. 아주 오래전 어느 을씨년스러운 겨울에 어떤 남자가 어떤 여인에게 그 이야기를 들려주었다. 그들이 불 앞에 앉아 타올랐다 잦아드는 깜부기불을 보았을 때, 여러 영상과 작은 형체와 얼굴이 활활 타는 듯한 이 오두막 안에서 나타났다 사라지면서 옛 이야기의 무대를 떠올리게 하거나 지난날의 기억을 상기시켰다. 이 모든 추억을 자작나무들은 들었고, 틀림없이 기억했을 것이다.

또한 여기에서 많은 일들이 일어났다. 사람과 동물을 비롯하여 여기서 산 이들, 잠깐 머물다 간 이들, 스쳐 지나가기만 한 이들이 저마다의 생각이나 말이나 행동의 자취를 남겼다. 사라진 것은 아무것도 없다. 여기에서 일어났거나 이루어졌거나 이야기된 모든 기쁨과 슬픔, 희극과 비극, 고생과 시련, 노력과 성취가 생각에 잠긴 언덕의 지워지지 않는 기억 속에, 이제는 추억뿐인 이야기 속에 영원히 기록되어 있다. 그 추억들은 머리를 끄덕이는 자작나무들이 소나무들에게 소곤소곤 재잘대는 동안은 사라질 수 없고, 하이트 오브 랜드의 황량한 절벽은 그 모든 추억들을 지켜보면서 묵묵히 제자리를 지키고 서 있다.

추억들, 즉 잊혀지지 않는 이야기들은 나무 꼭대기에서 떠돌면서 맴도는 바람에 깃들어 있고, 늪지대 등심초들 사이에서 한숨짓듯 산들거린다. 추억들은 연못 수면에 비치고, 작은 개울의 나지막한 졸졸 소리와 한시도 입 다물지 않는 황야의 무수한 목소리로 되풀이된다.

아무튼 이 무대에 섰던 배우들, 다시 말해 두 발 달린 것, 네 발 달린 것, 날개 달린 것, 가까이 산 것, 멀리서 온 것 들은 결코 사라지지 않을 것이다. 오랜 시간이 지나 이곳과 이 근처에 살던 것들과 그들이 이룩했고 이야기한 것들이 민담과 전설로만 남게 될 때에도 그들의 영혼은 계속 서성댈 것이다. 사라진 존재가 내뿜는 기운이 추억이 떠도는 골짜기에 자리 잡고 있다. 그리하여 고요한 호수와 부서진 댐, 버려진 오막살이와 황폐하고 텅 빈 오두막, 그리고 그 둘레에는 그들이 살면서 이뤄내고 존재한 흔적이 영원히 남아 있을 것이다.

해질 녘에 홀로 그곳에서 기다려야 하는 망꾼은 빠르게 사라지는 빛 속에서 낡고 텅 빈 비버 오두막 쪽으로 큰 브이 자를 그리며 잔물결을 일으키는 호수에서 헤엄을 치는 검은 물체를 볼 수 있을지도 모르리. 어쩌면 길고 나지막한 구슬픈 메아리를 듣게 될지도. 혹은 희미한 안개에 덮인 가까운 늪에서 좀처럼 보기 드문, 노란 나무껍질로 만든 카누가 소리 없이 빠르게 지나가는 것을 보게 될지도 모르리라.

망꾼은 말없이 조용히 앉아 있는 동안, 어떤 보이지 않는 존재가 자신에게 말을 걸고 싶어 어깨를 닿을락 말락 건드리고 가는 것을 느낄지 모른다. 솟구쳤다 떨어졌다. 다가왔는가 싶으면 다시 물러나는 작은 개울의 일정하고 끊임없는 웅성거림이 갑자기 더 이상 들리지 않고, 그 자리에는 그가 이해할 수 없는 말로 낮게 읊조리는 소리가 멀리서부터 들려온다. 어쩌면 그는 자기 뒤에 있는 어두컴컴한 숲에서 지나가는 눈빛과 휙 스치는 움직임을 느끼고서 돌아섰다가, 그곳에 모여 슬픔이 담긴 눈길로 자신을 응시하는 환영들을 발견할지도 모른다. 이 조용한 환영들은 외로운 나그네에게 아무런 공포도 주지 않을 것이다. 오히려 그들은 풀들이 내는 바스락 소리만큼 부드럽고 자작나무 잎들이 내는 살랑거림만큼 가벼운 한숨을 내쉬며 그자와 마음의 대화를 나누려 애쓰고, 어스레하고 희미하고 이야기로 가득한 과거에서 자신들을 깨워 줄 만큼 인정을 가진 나그네에게 자기네를 이해해 달라고 애원할 것 같다.

　나는 이것이 진실임을 안다. 나는 그곳에 여러 번 갔고, 그곳에서 땅거미가 지는 고요한 시간에 귀를 기울여 또 다른 세계에서 흘러나오는 나지막한 목소리 같고, 멀리서 들려오는 목소리 같은 그들의 말을 들었다. 그 시간대면 내 주위의 공기는 낯설게 일렁이고, 작은 발자국들이 내는 희미한 바삭거림과 타닥타닥 소리로 가득 차는 듯하다. 눈에 보이지 않는 거대한 무리가 이 마법에 걸린 숲에서 나와 친구가 되기 위해, 또한 자작나무들이 엄숙하고 열심히 듣고 있는 소나무들에게 들려주는 이야기를 나와 함께 듣기 위해 그곳에 모인 것처럼, 보이지도 들리지도 않는 날개들이 내 얼굴을 부채질한다.

　독자 여러분은 나의 이런 실체 없는 친구들이 옛날 일을 떠올리며 오랜 시간 외롭게 지낸 탓에 생긴 내 상상의 산물에 불과하며, 내가 사라져 버린 것들을 찾으려고 손을 뻗고 잠잠해진 목소리들을 찾아 어둠 속에서 헛되이 귀 기울이고 있다고 말할지도 모르겠다. 만약 그렇게 생각한다면, 너무 가혹하게 판단하지는 말아 달라. 왜냐하면 이것은 추억이고, 여러분이 결코 보지 못할 그 시절과 동물과 사람에게는 신성하기 때문이다. 어떤 이야기는 독자 여러분에게 말해 줄 수가 없다. 감히 입 밖에 내어 내 행복한 환영들과 유령 집회와 어제의 사랑스러운 유령들이 내게 돌아오게 하는 능력을 영원히 잃게 될까 두렵기 때문이다.

　그렇다 해도 이야기할 수 있는 것들은 여전히 많다. 그러니 독자들이여, 나와 함께 옛 영혼들 사이에 앉아 귀 기울여 보라. 그러면 시간은 빠르게 흘러가 있을 것이다.

두 인디언 소년

라디오와 빠른 증기선이 등장하여 인간이 바다 건너편 말을 들을 수
있을 만큼 캐나다와 유럽이 가까운 사이가 되고, 리버풀에서 핼리팩
스*까지 여행하는 것이 해수욕을 가는 것처럼 수월해진 요즘 시대에,
현대화되고 번영하는 캐나다 후방에 끝이 없는 미개척지가 존재한다
는 것을 깨닫기란 쉽지 않다. 그러나 그런 곳이 분명히 있다. 문명화
의 뒷문에는 창조자의 손길이 처음 닿았을 때의 모습을 거의 그대로
간직하고 있는 땅이 한 곳쯤은 있게 마련이다.

　캐나다에서 가장 넓은 땅을 차지하는 이 오지는 미 대륙 분수계
북쪽에 자리하고 있다. 캐나다 전역에 걸쳐 있는 그 분수계는 남쪽으
로 흐르는 강들과 대서양으로 흘러드는 강들을 갈라놓고 있다. 지금
까지는 남부 지대, 지역으로 말하면 미 대륙 분수계에서 비탈이 적은

---

* 캐나다의 항구 도시이자 노바스코샤 주의 주도.

지대만 현대화 물결을 탔고, 나머지는 훼손되지 않은 채 남아 있다는 사실은 별로 알려져 있지 않다(나라의 장래를 위해서는 다행한 일이다). 이 요새에 사는 사람들에게 이 지대는 인디언 말로 "북풍의 땅"을 뜻하는 키웨이딘으로 알려져 있다. 보통은 간단하게 "북쪽"이라고 하는데, 이 이름에는 신비와 광대함을 뜻하는 모든 표현이 함축되어 있다. 남쪽에 자리한 정착지는 이곳 황야에 사는 사람들에겐 전혀 딴 세상이다. 어쩌다 기차로 남쪽으로 여행을 떠나는 사람은 마치 외국 원정길에 오른 것처럼 "캐나다로 내려가고" 있다는 말을 듣는다. 덫 사냥꾼들이 그들의 사냥터와 문명 세계 사이에 자리한 광대한 호수와 숲을 돌아보고 있을 때 런던을 떠나 캐나다의 위니펙*으로 여행을 오는 사람도 있다고 생각하면 위의 말이 이해될 것이다. 그러나 여기 황야는 문명 세계와 너무 가까이 있어서, 키웨이딘 사람들은 흥겨워하는 대규모 관객 앞에서 무언극으로 영웅적 행위를 연기하는 은막의 배우처럼 관객과는 거리를 두고 홀로 기묘한 죽음을 맞이해 왔다.

키웨이딘의 끝없는 숲을 돌아다니는 인디언들은 조상들이 살던 대로 산다. 교역소에서 제공하는 대부분의 물품을 쓰고 있지만(사실 그것들이 없으면 더 이상 살아갈 수 없다), 그들은 많은 옛날 무기와 도구를 여전히 사용하고 태곳적부터 내려온 숲에 관한 지식을 거의 그대로 써 먹고 있다.

여러 지역에서 옛날 티피**들이 호숫가의 모래 위로 검게 그을린 원뿔꼴 지붕을 세우고 있는 것을 볼 수 있다. 이런 곳에서는 토끼 가

---

* 캐나다 매니토바 주의 주도. 위니펙은 '흙탕물'이라는 뜻의 윈 니피(Win nipee)에서 유래되었다.
** 모피로 만든 아메리카 인디언의 원뿔형 천막.

죽으로 짠 담요가 매서운 추위를 막아 주는 유일한 덮개이다. 아직까지도 사슴 가죽이나 무스 가죽 모카신이 숲에서 위험 지대를 다닐 때 꼭 필요한, 가벼우면서 안정감을 주는 유일한 신발이다. 창, 활과 화살, 나무 덫, 그리고 탄약을 총구로 재는 구식 "비버" 소총도 사냥할 때 종종 발견되고, 옷을 제때 공급받을 수 없는 외진 곳에서는 보통 녹비나, 그와 엇비슷한 무스나 순록의 가죽을 입는다. 그러나 문명과 거리가 먼 이 사람들은 결코 야만인이 아니다. 그들은 낯선 이들을 피하고 낯선 사람들 앞에서는 수줍어하지만 대체로 정직하고 소박하고 친절하며, 인디언들 사이에서는 환대가 종교나 마찬가지이다.

인디언의 강건한 성품은 일단 결정이 나면 행동 과정에서 어떠한 일탈도 허용하지 않는다. 자신이 비록 우두머리를 인정하지 않는다 해도, 자기가 정한 임무가 시작되면 그 여정이나 사업이 완수될 때까지, 아니면 자신이 죽거나 불구가 될 때까지 어떠한 어려움이 닥쳐도 그 일을 반드시 수행한다.

이 불사의 단호함과 진정한 불굴의 정신을 보여 준 일례로, 오지브웨이 족*의 두 어린 인디언의 사례를 따를 만한 것이 없다. 나는 마니토-피-페이기, 즉 악마가 웃는 곳으로 알려진 지역에서 그 부족의 사냥터를 함께 쓰고 있었다. 키-웨이-키노, 즉 북풍 사람이 이 두 소년의 아버지이다. 뛰어난 지구력으로 이름난 이 부족의 남자들 중에서 북풍 사람은 놀라울 정도로 건장한 사람이었다. 다른 인디언들과 비슷하게 키가 크고 체격은 육중하다기보다 단아했지만, 6백 파운드나 나가는 무거운 화물을 운반할 수도 있었다. 짐꾼과 사냥꾼으로서

---

* 휴런 호 동쪽과 슈피리어 호 양쪽 기슭에 살았던 아메리카 인디언. 여러 무리로 나뉘어 생활하며 몇몇 무리들은 옥수수를 재배하기도 했다.

그의 명성은 그 지역 전역에 자자했다.

나뭇잎이 떨어지는 가을날이었다. 그때 사냥철에 부는 바람은 어둠침침한 가문비나무 숲의 빈 통로를 스쳐가고, 인디언들은 모두 월동 장비를 챙기고서 교역소를 떠나 그들의 사냥터로 가고 있었다. 엄청나게 많은 식량을 크기가 제각각인 호수들과 길이가 제각각인 연수육로 위로 거의 2백 마일에 걸쳐 운반해야 했다. 왜냐하면 이런 집단에 속한 각 가족은 겨울의 마지막 자취가 사라질 때까지 고지대 북쪽에서 여섯 달에서 일곱 달을 지내야 하기 때문이다. 대개의 가족은 흔히들 쓰는 16피트 카누에 짐을 가득 싣고 육로를 두 번을 오갔다. 그러나 키-웨이-키노는 그런 모습을 보고 비웃으며 화물 카누를 이용해 모든 짐을 한 번에 옮겼다. 그는 건장한 남자 둘이 들 수 있는 카누를 혼자 짊어지고 연수육로를 건넜다. 그에게는 자작나무 껍질로 만든, 짐을 많이 싣지 않은 작은 카누도 하나 있었다. 그 카누는 두 소년이 책임지고 있었고, 가을 사냥에 쓰일 예정이었다.

그들이 보통 그런 원정에 나설 때면 빠르게 움직였다. 일행은 어떤 날은 5마일을, 어떤 날은 2마일을 가서 마침내 겨울을 나는 곳에 도착했다. 그들은 겨울 야영지를 세우고, 그물로 물고기를 잡아 소금에 절여 두고, 짐승을 사냥했다. 또한 그들에게 새로운 그 땅을 재빨리 조사하고 길을 닦았다. 곧이어 비버 목초지의 갈색 풀들에 서리가 내리면서 여우와 스라소니가 다니는 길이 드러나고, 얼음이 습지대 가장자리부터 얼기 시작했다. 덫이 놓여지고 사냥이 시작되었다.

지금 키-웨이-키노는 힘센 사냥꾼이자 숙련된 카누잡이로 널리 알려져 있다. 하지만 황야에는 함정과 구덩이들이 많아서, 아무리 이름난 노련한 사람이라 해도 간혹 희생되곤 했다. 어느 날 아침 키-웨이-키노는 총포에 탄약을 단단히 채우고 사냥을 나갔는데, 자작나무

껍질로 만든 카누는 얼음 때문에 미끌거렸다. 그가 오리를 쏘았을 때 가벼운 카누는 뒤집어졌고 아버지 키-웨이-키노는 60피트 폭포 아래로 떨어지고 말았다. 호수 기슭의 임시 캠프에 있던 두 소년은 무서웠지만 그 참사를 속수무책으로 지켜볼 수밖에 없었다. 그들이 폭포 아래까지 달려가 보았지만, 카누고 사람이고 아무것도 보지 못했다. 강은 이 지점에서 폭포와 강한 급류가 잇달아 등장하며 수백 마일이나 뻗어 있어서 당장 시신을 찾기란 불가능했다.

부족에서 받은 훈련에 따라 열세 살과 열다섯 살 난 이 두 소년은 아버지의 유골을 되찾을 생각으로 1~2백 마일에 달하는 서른두 개나 되는 연수육로를 건너 교역소 감독에게 이 일을 알리기로 결심했다. 그러기 위해서는 두 장정이 어깨 위에 들 수 있는 큰 카누를 이용해야 했는데, 일 년 중 그때는 살얼음이 많아서 단 하루도 여행을 못할 것 같았다. 그들은 우선 자작나무로 만든 카누만 가지고 사냥을 하며 이틀 동안 호수와 육로로 본 캠프까지 걸어가야 했다. 그러나 이따금 호숫가 주위에 발을 딛기조차 힘들어 보이는 질척한 땅이 등장할 때면 시간이 최소한 곱절이 더 걸렸다. 본 캠프에 도착한 후 그들은 귀환 길에 올랐다. 결빙기가 얼마 남지 않았음을 고려하여 그들은 되도록 짐을 줄였다. 야영 장비는 도끼만 챙기고 식량은 밀가루, 기름과 차, 성냥 몇 개, 프라이팬과 차 들통이 든 가방 한 개만 달랑 가지고 갔다. 그들은 서른두 개의 연수육로를 한 번에 건너 시간을 절약할 수 있기를 바랐다.

그 뒤 일어난 일들은 믿기 어려울 정도이다. 일 년 중 하필이면 그때 폭풍이 밀어닥쳤다. 짐도 없고 무겁지 않은 승무원만을 태운 거대한 카누는 때때로 주체하지 못할 정도로 기우뚱거렸고, 어쩔 때는 항로를 수백 마일씩 벗어나기도 했다. 그 지역에 자주 부는 바람에 밀려 항로가 남서쪽으로 바뀌었을 때 두 소년은 역풍에 당황했다. 크게 흔들리는 가벼운 카누로 바람을 헤치며 노를 젓기란 거의 불가능했고, 그래서 바람이 잠잠해졌다 싶으면 밤에도 부득불 움직여야 했다. 이 거친 바람 때문에 그들은 자신들도 잘 모르는 지역에 떨어지기도 했고, 딱 한 번 건넌 적 있는 1백 마일이 넘는 호수도 건너야 했다.

사정이 이렇다 보니 두 소년의 체력과 능력은 거의 바닥날 지경에 다다랐지만, 진짜 어려움은 육로에 있었다. 두 소년은 카누의 양쪽 끝을 잡고서 부근에 떨어진 목재나 바위 위로 카누를 있는 힘껏 들어 올리곤 했다. 카누를 짊어진 두 소년은 각자 자리에서 주저앉지 않으려 애썼고, 휘청거리고 비틀거리곤 했고, 때로는 기어서 가기도 했다. 다행히 대부분의 연수육로가 짧았는데, 몇 번은 매우 길었고 한 번은 1마일을 넘기도 했다. 날마다 그들은 배녁*을 뜨거운 기름에 흠뻑 적셔 차로 씻어 낸 뒤 급히 먹고는 담요도 없이 카누를 덮고 자면서 이 지치고 힘든 여행을 계속했다. 더 작은 호수에 이르자 얼음 때문에 속도가 떨어지기 시작했다. 나중에 어떤 해협에서는 뱃머리에 있는 사람이 손에 들린 장대로 얼음을 헤치며 나아가야 했는데, 시간당 4분의 1마일밖에 가지 못했다. 축축한 눈이 내리는 음울한 가을이 닥쳤다. 그 덕에 좀 더 미끌미끌한 길에서는 카누를 끌고 갈 수 있었다. 그러나 울퉁불퉁한 길을 만나면 한층 더 힘도 들고 하루 종일 축축이 젖은 옷을 입고 있어야 했다. 그래서 잠자리에 들 시간이 되면 그들은 모닥불 앞에 발가벗고 서서 옷을 말리곤 했다.

이러한 지체와 맥을 못 추게 만드는 육체적 피로 때문에, 그들은 하루에 고작 4마일에서 5마일밖에 가지 못했고, 식량도 동나기 시작

---

* 보리 따위의 가루를 반죽하여 철판 위에서 굽는 과자 빵.

했다. 식사 양을 줄일 수밖에 없었다. 영양분이 모자란 허약한 몸으로 젖 먹던 힘까지 냈지만 속도는 점점 느려졌다. 마침내 식량이 바닥났다. 큰 카누 —— 카누가 없으면 이동할 수도 없었다 —— 는 이제 그들을 태운 무시무시한 흰 코끼리로, 그들의 생명을 천천히 으깨고 있는 무자비한 우두머리로 변해 갔다. 몹시 흥분한 그들 눈에는 카누가 마치 자신들을 죽이려는 악령처럼 보였다. 그들이 타고난 인디언인 것은 분명했지만, 지금은 식량도 피난처도 없는 끝없고 텅 빈 황야에 둘만 남게 된 어린 소년들에 지나지 않았다. 바람이 몰아치는 큰 호수에서는 약간의 조종 실수나 약간의 방향 착오도 물에 빠져 죽거나 굶어 죽거나 얼어 죽는 것을 의미했다. 그러나 이처럼 이겨 내기 힘든 어려움에도, 그들은 맡은 일은 완수해야 한다는, 누구도 망설이거나 문제를 회피해서는 안 되는 황야의 강령에 따라 부끄럽지 않게 행동했다.

키-웨이-키노의 두 아들은 부릅뜬 눈과 야윈 볼을 하고서 굶주림에 정신이 혼미해지고 무서운 비극의 검은 그림자에 판단력이 흐려지면서도 19일 하고 반나절간의 고생 끝에 교역소에 당도했다. 그것은 지금까지 인디언 전 부족의 소년들 중 견뎌 낸 사람이 거의 없는 시련이었다. 삶의 고난이 가르쳐 준 불굴의 정신과 함께 인디언 소년들이 받아야 하는 철저한 훈련 덕분에 어른들도 실패했을지 모를 곳을 이 애송이들이 무사히 건널 수 있었던 것이다.

황야에서 길을 잃다

나는 길을 잃어 본 적이 없다. 내가 여기 비버 오두막에 있다는 사실이 그것을 증명해 주고 있다. 사람이 길을 잃으면 그것으로 끝이다. 나는 이미 알고 있거나 혹은 모르는 곳을 여행할 때 나침반이나 다른 기계나 과학적인 도구를 사용해 본 적이 없고, 앞으로도 사용할 생각이 없다. 그런데도 길을 잃어 본 적이 없다. 하지만 "길을 잘못 들어서" 잠시 방향을 잃고 어느 길로 가야 할지 얼른 판단해야 했던 적은 몇 번 있었다. "길을 잘못 든" 적이 한 번도 없다고 말하는 사람은, 단도직입으로 말하면 거짓말쟁이거나 숲에서 여행해 본 적이 없는 사람이거나 둘 중 하나다.

이 문제에 관한 한 나 역시 전과가 없진 않다. 내가 세 번인가 네 번 한 시간 정도 곤경에 빠졌던 것은 내 부주의 탓이었다. 삼림에 훤한 사람이 이런 곤경에 처한 적이 있다고 털어놓기란 힘들지만, 누구에게나 가끔은 이런 일이 일어난다. 심지어 인디언들도 몇 시간 동안

36

길을 헤매고 숲을 빠져나오지 못하는 치명적인 순환 고리에 발이 묶이는 경우가 있다고 하며, 심한 경우 죽는 사람도 있다고 한다.

"길을 잃다"라는 말은 아주 다양하게 해석될 수 있다. 내가 들어 본 해석 중에서 최고라고 생각되는 것은 삼림 지대를 잘 아는 어느 노인이 한 말이었다. 그 노인은 무슨 까닭인지 판단을 한참 잘못하게 되었고, 그 결과 장정 열 사람이 노인을 찾는 데 일주일 이상이 걸렸다. 노인은 길을 잃지 않았다고 주장했다. 그렇다. 노인은 길을 잃지 않았다, 길은 잃은 게 아니었다. 다만 "몹시 당황했을 뿐이었다." 8일 동안이나!

이제부터 내 이야기를 시작해 보겠다.

내 이름에서 알 수 있듯이,* 내게는 분명한 기호가, 다시 말해서 밤에 여행하기를 좋아하는 습성이 있다. 내 눈이 유달리 어둠에 적응을 잘 하거나 한밤중에 어두운 숲에서 반짝이는 어슴푸레한 빛을 잘 볼 수 있기 때문이 아니다. 절대 그런 것이 아니다. 원리는 간단하다. 밤에 진짜 어두운 경우는 열에 한 번도 되지 않는다. 밤일에 익숙한 사람에게는 어둠이 보통 사람들보다 좀 더 밝게 보인다. 일반적으로 황야 여행에 대해 포괄적인 지식을 갖고 있고, 방향 감각이 믿을 만하며, 청각이 예민하고, 주변에서 일어나는 일을 알아차리는 민첩성이 뛰어난 사람이라면 어둠 속에서도 여러 지역을 갈 수 있고 심지어 낯선 지역도 갈 수 있다. 또한 그는 땅의 지형을 "느낄" 수 있어야 하고, 무엇보다 완벽한 편안함을 느껴야 하며, 황량한 땅에서 어둠 속에 혼자 있다는 사실 때문에 초조해 하면 안 된다.

이런 것을 제외하면 문제는 실로 간단하다. 별 거 아니다. 나는 빽

---

* 와-사-콴-아신은 번역하면 "밤중에 다니는 사람"이다.

37

빽한 숲을 돌아다니면서 칠흑 같이 어둡다고(실제로는 아니었다) 할 만한 곳을 다녀 보았는데, 이런 곳을 통과하기 위해 간혹 자작나무 껍질로 된 횃불을 이용해야 했다. 나는 카누에 짐을 싣고 수많은 연수육로를 밤새도록 한 번에 건널 때도 대낮에 가는 속도로 노를 저을 수 있었다. 밤에는 여울 소리를 들으며 열심히 장대를 밀어 카누를 움직였고, 어떤 때는 젖은 바위들과 부서지는 하얀 물마루에 희미하게 비치는 별빛의 도움을 받기도 했다.

무서움을 떨쳐 낼 수만 있다면 여러분도 잘 판단할 수 있다. 빛이 희미하거나 혹은 전혀 없는 곳에서 이렇게 하는 것이 비범하게 보일 수 있다. 그러나 자신을 지나치게 믿지만 않는다면 누구나 이런 일을 해낼 수 있다. 이러한 위업은 이래저래 사람들 입에 오르내리고, 당연하게 받아들여진다. 그런데 빛이 너무 많이 들어올 때가 있다. 그 때는 칠흑 같이 어두웠을 때보다 오히려 더 큰 혼란에 빠져들 수 있다. 창피한 일이지만 나 역시 경솔한 판단으로 이 괴이한 곤경에 빠진 적이 있었다.

어느 겨울 밤 퀘벡 북쪽의 황야 멀리에 있을 때 군대 경험이 없는 내 동료가 전쟁 이야기를 해 달라고 했다. 전선에서 현역으로 복무한 사람들이 으레 그렇듯이, 내 회고담도 전투보다는 기생충과 진흙과 부족한 식량에 대한 이야기들로 더 많이 채워졌다. 내가 그 당시 궁핍을 어찌나 생생하게 이야기했던지 우리 두 사람은 실제로 몹시 배가 고파졌다. 그날 아침 오두막에서 얼마 떨어지지 않은 곳에서 사슴을 잡았기 때문에 나는 당장 가서 고기 몇 점을 가져오기로 했고, 그 사이 내 동료는 배녁을 만들어 두겠다고 했다. 무척 어두운 밤이었다. 사슴의 가죽을 벗겨야 했기 때문에* 나는 랜턴을 들고 갔다.

산길을 갈 때를 제외하고는 전에는 인공 조명을 들고 숲을 다녀

본 적이 없었다. 이날은 폭설이 내려 사슴이 있는 자리에서 오두막으로 오는 길에 내가 찍어 둔 발자국들이 전부 지워지고 없었다. 사람들에게서 늘 듣곤 했던, 그러니까 랜턴을 들고 숲에서 길을 찾을 때 일어난다는 바로 그 일이 내게도 일어났다. 목표물을 찾을 수 없었던 것이다. 사슴은 대략 3백 야드 떨어져 있었고, 나는 길을 제대로 찾아가고 있었다. 하지만 랜턴의 빛은 원형으로 퍼지게 마련이라, 나는 빛의 좁은 테두리에 둘러싸이고 말았다. 그 결과 주위는 더욱 어둡게 보였다. 열두 걸음 반경 너머 모든 것이 깊이를 알 수 없는 구덩이처럼 시커멓고, 그 바깥은 아무것도 보이지 않았다.

나는 얼마 동안 사슴도 찾지 못하고 헤매다가 다른 어떤 것 — 내가 찍어 놓은 눈신 자국 — 을 발견했다. 수북하고 푹신한 눈 위에 찍힌 그 발자국은 흐릿하고 일정한 형태가 없는 것 같았다. 그래서 그것이 내 발자국인지 알아차리지 못했다. 이제 그 땅에는 우리 외에는 아무도 없었다. 내가 앞서 찍어 놓은 발자국들이 눈에 묻혀 있었기에 자세히 조사할 필요가 있었지만, 나는 나중에 알아보기로 했다. 사슴 쪽으로 방향을 틀어 제법 멀리 갔는데도, 사슴을 찾지 못했다. 그 대신 이번에는 내 발자국 위를 가로지르며 지나간 또 다른 발자국을 발견했다. 나는 이것을 어떻게 해석해야 할지 몰랐지만, 목표물을 찾지 못하는 내 서투른 정찰 솜씨를 적에게 보이고 말았다는 사실을 조금 부끄러워하며 사슴을 계속 찾았다. 방향을 약간 틀자 이번에는 발자국 한 쌍이 아닌 두 쌍과 정면으로 부딪쳤다. 이 두 발자국은 내 오른쪽으로 꺾어졌다가 서로 교차하면서 세 번째 발자국과 만났다. 거기

---

* 〔38쪽 주〕 겨울에는 고기 맛을 좋게 하려고 짐승의 시체를 24시간 동안 은신처에 놔두고, 얼지 않게 눈을 수북이 덮어 둔다.

서 가까운 곳에 네 번째 발자국들이 찍혀 있었다. 갑자기 나는 발자국들에 둘러싸인 것만 같았고, 아무리 애를 써도 포위당한 발자국들의 미궁을 빠져나갈 수가 없었다. 발자국들은 같은 방향, 그러니까 오른쪽을 향하고 있었다. 도대체 이런 몰상식하고 어지러운 장애물 경주를 벌이는 불법 침입자들은 누구란 말인가! 나는 발자국을 따라 총총걸음으로 가보았지만, 발자국은 자기들끼리 가로지르다 다시 오른쪽으로 꺾어지며 나를 피해 다녔다. 나는 멈춰 서서 귀를 기울였다. 그러나 주위는 밤의 겨울 황야를 뒤덮은 푹신한 눈의 침묵에 싸여 무덤처럼 고요했다. 모든 것들이 약간 유령처럼 보이기 시작했다.

나는 당당하게 껑충껑충 뛰면서 계속 천천히 걸었다. 얼마 동안 이렇게 가는데, 다른 사람들(이제는 네 명이 있었다)이 분명 내 소리를 들은 것 같았다. 왜냐하면 발자국을 보니 그들 역시 나처럼 껑충껑충 뛰고 있었고, 이제는 그 숫자가 한 무리는 되어 보였다. 나는 지금껏 살면서 그때처럼 화가 나 본 적이 없었고, 내가 찍어 놓은 큰 발자국을 계속 추적했다. 랜턴 불빛에 뛰어오르는 내 그림자가 비쳤는데, 그림자는 눈 덮인 나무들을 배경으로 마치 내 옆에서 괴기하게 뛰어다니며 내가 하는 모든 동작을 그대로 따라하는 엄청나게 큰 도깨비처럼 거대하고 기형적으로 보였다. 나는 랜턴 빛의 원형 궤도 속에서 나를 벽으로 둘러싸고 내가 가는 곳마다 따라다니는 깊고 밝은 구덩이에 갇힌 느낌이었다. 그 모험은 현실 같지 않았고 아주 으스스했다. 나는 어쩌면 꿈일지도 모른다는 공상에 즐거워하다(마지막 잠깐 동안은 확실히 그런 의심이 들었다) 약간 주의를 놓치면서 커다란 눈 더미에 곤두박질쳤다. 전문 곡예사였다면 명예가 되었을 법한 노련한 몸놀림 덕에 다행히 랜턴은 꺼지지 않았다. 눈 더미에서 벌떡 일어났을 때 랜턴 불빛 사이로 어떤 동물의 발굽이 보였다.

나는 마침내 내 사슴이 있는 장소에 도착해 있었다. 주위를 둘러보니 내가 쫓고 있던 사람들도 모두 그곳에 도착해 있었다. 단 두 명이었다. 내 그림자와 나 자신.

밤중에 숲에 있으면 인공 불빛이 여러분을 매번 바보로 만들 것이다. 모든 길은 똑바로 뻗어 있다. 그러나 다른 때 같으면 나무 꼭대기 윤곽이 거의 항상 눈에 들어오고 큰 도움이 되지만, 랜턴을 들고 있을 때는 방향을 가늠할 수 없다. 그래서 인간은 위, 아래, 사방으로, 다시 말해 빛의 테두리에 둘러싸인 채 극히 한정된 구역 안에서 빙글빙글 돌기 십상이다. 이런 일을 내가 당했다. 내가 나 자신을 따라잡을수록 내 발자국 수는 점점 더 늘어났다. 말하자면 원들이 점점 좁아지면서 결국에는 나 혼자서 목적지까지 빙글빙글 돈 셈이다. 나는 고기 몇 점을 가지고서 다소 진정된 마음으로 오두막으로 다시 돌아갔다. 동료는 잠들어 있었고 배녁은 차가워져 있었다. 나는 사슴 고기를 먹고 우리 두 사람이 죽는 한이 있어도 영광스러운 이 밤에 그 고기를 먹어야겠다고 작정하고서 동료를 깨웠다. 고기를 먹을 때 동료는 이따금씩 등을 돌려 쓸데없이 꿀꺽거리고 목이 메는 소리를 토해 냈는데, 그 소리가 상당히 거슬렸다.

불빛이 내 기대를 저버린 것인지, 아니면 내가 불빛이 기대한 대로 행동하지 않았는지에 대한 판단은 독자 여러분에게 맡겨야겠다.

네메시스, 복수의 여신

얼마 동안 나는 그 사람이 오는 소리를 들었다. 그가 장대로 얼음을 두드릴 때 나는 딱딱 소리가 1마일쯤 밖에서 들렸는데, 반지르르한 얼음 위에서 나는 장대 소리가 으레 그렇듯이 그 소리는 사방으로 퍼지고 번졌다.

겨울 초입에는 장대 소리로 얼음을 테스트할 필요가 있다. 장대를 자연스럽고 여유 있게 큰 보폭으로 흔들어, 드럼 주자가 스틱을 휘두를 때처럼 장대 끝의 무게가 매번 네 번째 걸음에 실리게 해야 한다.

소리를 들어 보니 이번 경우에는 여행자가 두 걸음에 한 번씩 장대를 치는 타이밍으로 얼음을 치는 것 같다. 그 여행자는 서두르지 않고 천천히, 하지만 꾸준히 걸음을 옮긴다. 걸을 때마다 장대의 딱딱 소리가 진군하는 보병대의 북 소리처럼 규칙적으로 울린다. 때는 늦가을이었다. 나는 이맘때쯤의 얼음이 위험하다는 것을 알고 있었다. 이곳처럼 바닥이 물컹하고 속이 텅 빈 진흙으로 이루어진 큰 호수의 경우에는 특히 위험했다. 이런 진흙은 호수를 돌파해야 하는 사람을 변덕스런 늪지의 굶주린 심연으로 빨아들여 죽음으로 몰아넣는다. 여기 호수는 높이 솟아 있어서 마치 검은 울타리처럼 보이는 음침한 가문비나무 숲에 둘러싸여 있는데, 숲 속으로는 햇빛이라곤 들지 않고 호수 뒤쪽에는 도저히 지나갈 수 없는 늪지가 수마일 뻗어 있다.

이곳은 너무 황량한 지역이라서, 나 역시 덫을 치느라 오가는 길에도 될 수 있는 한 지나다니고 싶지 않은 곳이었다.

지친 사람에게 주인 노릇을 해야 하는 내 의무가 갑자기 떠올라, 나는 불꽃을 일으켜 연기를 피우고, 차가워진 차를 다시 데우고, 방금 먹은 점심에서 남은 음식으로 한 끼 식사를 준비했다. 바쁘게 손을 놀리면서도 그 낯선 사람이 가을 사냥이 한창인 이때 무슨 일로 내 사냥터까지 오게 됐을까 생각했다.

내 임시 야영지는, 호수에서는 보이지 않지만 야영지에서 피운 연기는 쉽게 보인다. 나는 황야에서 여행하는 사람들이 으레 그렇듯이 그 탐험가도 큰길에서 들어와 잠시 쉬었다 가리라 생각했다. 그래서 불 옆에 앉아 연기를 피우면서 그 초행자가 도착하기만을 간절히 기다렸다. 장대를 치는 방식으로 보아(추적하는 데 일생을 보내다 보면 이런 일에 어느 정도 통찰력이 생긴다), 그자는 지금까지 내 구역으로 들어왔던 평범한 덫 사냥꾼과는 달랐기 때문이다. 한 예로 이 남자가 얼음을 살피는 방식에는 뭔가 특이한 구석이 있었다. 우선, 그는 행진 대열에서 제자리걸음을 하는 것처럼 매번 세 번째 걸음에 얼음을 딱딱 쳤는데, 그러면 평소 쓰던 것보다 더 무거운 장대를 든 것처럼 이상하게 둔탁한 탁 소리가 나면서 울림이 두 배로 퍼졌다. 게다가 장대를 치는 리듬도 일정하고 끊어지지 않는 것이, 마치 거대한 벽시

43

계가 똑딱대는 것처럼 박자가 맞고 규칙적이었다.

느리지만 망설임이 없는 발걸음에서 그자의 완고한 고집을, 그가 완수할 임무가 있는 사람임을, 또한 그 임무를 쉽게 저버리지 않을 사람임을 읽을 수 있었다. 그는 앞으로 진군했다. 그의 걸음은 장대의 일정하고 지속적인 딱, 딱, 딱 소리에 맞춰졌다. 그 규칙적이고 단조로운 소리는 내가 앉아서 기다리는 동안 내 마음에 최면을 걸고 있었다. 그는 천천히, 그러면서도 쉼 없이 걸어왔는데, 내 야영지에 이미 도착하고도 남을 시간이었다. 바로 그때 나는 그 소리가 멈춰야 할 지점을 넘어섰고, 누군지 알 수 없는 그 여행자가 호수 기슭에서 훤히 보였을 연기와 불빛을 뒤로하고 내 야영지를 무시하고 지나쳤다는 것을 깨달았다. 이상한, 아니 숲에 사는 주민들 사이에서도 들어 본 적이 없는 행동이었다. 그자가 맹인이거나 적이 아니고서는 설명할 수 없는 노릇이었다.

살면서 단 한 명의 적도 만들지 않고 사는 사람은 없다. 이런 생각이 갑자기 머리를 스치고 지나갔다.

호수 위로 나가 보았지만, 그 여행자는 이미 시야 밖으로 사라지고 없었다. 여기 호수는 기슭이 고르지 않고 깊은 만과 후미가 많아서 매복하기에는 그만이었다. 여행자는 보이지 않았지만 장대의 일정한 딱딱 소리는 여전히 똑똑히 들렸다. 이제는 단순히 기분 나쁜 소리가 아니라, 도전이나 위협을 가하는 듯한 불길한 소리로 들렸다.

나는 더 멀리 보기 위해 호수 가운데로 급히 나가 보았지만, 여전히 아무도 보이지 않았다. 그래서 내 야영지로 돌아와 모닥불을 끄고 재빨리 무장을 갖춰 추적에 나섰다. 나는 반지르르한 얼음 위를 평소 걷던 대로 종종걸음으로 움직였다. 그렇게 걸으면서, 한시도 그치지 않고 일정하게 울리는 딱딱 소리에 의지하여 내 추적 대상의 진로를 가늠했고, 울퉁불퉁한 호수 기슭에 난 훌륭한 은신처들을 십분 활용했다.

한 시간이나 그 이상 동안 나는 침입자를 추적했다. 그자가 앞서 간 곳은 얼음을 시험할 필요가 없었기 때문에 시간을 줄일 수 있었다. 그러나 내가 아무리 빨리 움직이고 그가 아무리 천천히 가는 듯 보여도, 나는 결코 그자를 따라잡을 수 없다는 것을 깨달았다.

언뜻 듣기에는 느긋하게 가고 있는 듯했지만, 그는 거리를 계속 유지하고 있었다. 장대 소리가 내 오른쪽으로 꺾어졌다. 소리만 쫓고 있던 나는 어느새 깊고 끝도 없는 만으로 들어오게 된 걸 알게 되었다. 그 사실도 거기 와서야 알았다. 나는 교묘히 빠져나간 이해할 수 없는 그 소리를 계속 종종걸음으로 수마일 동안 추적했고, 보이지 않은 그 이방인은 계속 일정한 속도로 걸었다.

그자는 마치 큼직한 메트로놈을 들고 다니는 사람이거나, 아니면 인간이 아닌 로봇 같았다. 나는 이 미스터리를 파헤치고 말겠다는 굳은 결심으로, 이 도깨비 같은 소리가 날 어디까지 이끌지도 개의치 않고 수마일을 쫓고 또 쫓았다. 드넓은 호수를 건너고, 좁은 협곡을 지나고, 숲 가장자리에 있는 구불구불한 개울을 따라가면서 얼음 위에서 한결같이 단조롭게 울리는 딱딱 소리를 계속 추적했다.

마침내 나는 내가 한 번도 눈여겨본 적이 없는 내 사냥터의 한 곳에 와 있었다. 그곳은 바람이 세차게 부는 불모의 폐허와 불에 그을린 땅과 발을 들여놓을 수 없는 검은 늪지로 이루어져 있었다. 그 지역을 수년 간 돌아다니면서도 이 장소가 어떻게 내 눈에 띄지 않았는지 설명할 길이 없었다. 그 이방인이 내 구역을 나보다 더 잘 알고 있다는 생각이 들자 약간 화가 났다. 게다가 이 추적이 섬뜩해지기 시작했다. 얼기설기 기괴하게 쌓인 부서진 나무 더미와 수심에 잠긴 늪의 어두운 후미와 함께, 거칠고 황폐한 풍경마저 이 모험이 가진 섬뜩한 비현실적 분위기를 반영하는 듯했다.

추적은 길어졌고 나는 지치기 시작했다. 더 이상은 뛸 수가 없어 이제는 걸었다. 이상하게도 뇌리를 떠나지 않는 장대 소리는 일정한 거리를 유지하며 귓전에 늘 머물러 있었다. 그 이방인은 마치 내 피로마저 계산에 넣고서 내가 모르는 어떤 방법으로 내 속도를 정확하게 추측한 후 속도를 조정하되 내가 결코 따라잡지는 못하게, 그렇다고 나를 완전히 떼어 놓지도 않고 가고 있는 듯했다. 그 생각에 미치자 그자가 나를 훨씬 앞서고 싶어하는 게 아닐지도 모른다는 생각이 불현듯 들었다. 어쨌거나 나는 그가 인도하는 곳으로 무턱대고 쫓아왔고, 그의 흉악한 재주에 걸려들어 내가 전혀 알지 못하는 지역으로 유인되어 오지 않았는가. 그자의 목적이 무엇인지는 짐작만 할 수 있을 뿐이었다.

해는 이미 졌지만 달은 뜨지 않았다. 어둠이 깔리기 시작하고 있었다. 누군지는 모르지만 확실히 유능한 적과 함께 나는 길 없는 황야에 홀로 있었다. 불안감이 엄습하기 시작했다. 나는 내가 걸어온 길에 멈춰 서서 수십 가지 행동 계획을 짜고 또 철회했다. 내가 멈춤과 동시에 장대 소리는 주변의 삼림 지대를 넘어 동쪽으로 방향을 틀었다. 그 소리가 멀어지고 있다는 사실에 크게 안도했다. 그 사실과 아무런 준비도 못했다는 점 때문에 나는 야영지로 돌아갔다가 보급품을 약간 가지고 내일 다시 와서 부아가 치미는 이 문제를 해결하기로 했다. 눈이 내릴 것 같았다. 그러면 적어도 이 불가사의한 사내가 찍은 발자국은 남으리라.

나는 얼음 위에 웅크리고 앉아 내가 지나온 길에서 지름길을 찾기 위해 이 인간 사냥이 날 끌고 온 비비 꼬인 경로를 되도록 정확하게 지도로 그렸다. 그러나 지름길은 보이지 않았다. 그렇다면 왔던 길을 그대로 되돌아가야 하는데, 길은 이미 어둠에 묻히고 있었다.

그래서 나는 내 야영지로 다시 돌아가는 긴 여행을 시작했다. 좀 떨어진 옆쪽에서 지긋지긋한 딱딱 소리가 여전히 들려왔다. 걸음을 옮기면 옮길수록 그 밉살스러운 소리에서 벗어날 수 없을 것 같았다. 사실 그 소리는 점점 더 가까워지는 듯했다. 나는 걸음을 멈추고 귀를 기울였다. 그 소리는 분명 가까이 오고 있었다. 앞서 말한 주변의 삼림 지대는 이제 보니 섬이었는데, 장대 소리는 그 섬을 지나 뒤쪽에서 내 측면을 포위하고 있었다. 그 길에서 방향을 휙 틀자 내 바로 앞에서 들리던 그 소리가 내 길을 가로막고 내 쪽으로 오고 있는 것이 아닌가! 더 이상 숨을 만한 곳도 없었다. 뭔지 모르지만 그것은 의도적으로 내 길을 가로막고 있었다. 그 공공연한 행동에 두려움을 넘어서서 일종의 모욕감마저 느껴졌다.

그것은 더 가까이 왔다. 가까이, 더 가까이 왔지만 여전히 아무것도 보이지 않았다. 시계 바늘의 진군처럼 변함 없는, 느리고 일정한 전진이었다. 딱, 딱, 딱. 이제 그 소리는 집에서 편안하게 듣는 벽시계의 똑딱거림이 아니라, 내 뒤를 밟고 내 가까이 와서 날 죽일 때까지 초를 재는 흉악한 기계의 똑딱거림으로 변했다. 밀려드는 공포감에 방향을 꺾어 보았지만, 그것은 악몽처럼 날 따라왔다. 걷는 속도를 갑절로 올려도 그 존재는 내 뒤를 끈질기게 따라붙었다.

달려도 보았으나, 그 소리는 여전히 일정한 거리를 유지했다. 그래서 나는 속도를 늦췄다. 지그재그로 걷기도 하고, 방향을 꺾어도 보고, 왔던 길을 되돌아가기도 했다. 전략과 편법을 제2의 천성으로 삼아야 하는 위급한 상황에서 온갖 방법과 속임수를 다 써 보았으나 허사였다. 나는 악마 같은 그자를 따돌릴 수가 없었다. 무시무시한 괴물에게 쫓기는 악몽을 꾸는 사람이 느끼는 엄청난 공포를 이제서야 냉혹한 현실에서 알게 되었다.

나는 더 이상 추적자가 아니라 추적당하는 사람이었다. 보이지 않지만 볼 수 있고 내 모든 움직임을 정확하게 앞지를 수 있는 사람, 혹은 물체에 의해 나는 사냥당하고 있었다. 덤불 속으로 탈출하기란 불가능했다. 그 지역은 요즘에 불어 닥친 태풍으로 나무들이 온통 쓰러져 있고, 최근에 불타 버린 곳도 있었기 때문이다. 그 불길한 딱딱 소리는 언제나 뒤에서, 이쪽이나 저쪽에서 마치 능숙한 카우보이가 소들을 감시하는 것처럼 끊임없이, 악랄하게 날 감시했다. 이제 나는 내가 너무나 열심히 추적했고, 개울의 너비만큼 그와 나 사이에 일정한 간격을 유지하는 그 상대를 만나는 것이 두려웠다. 또한 내가 아무리 무장을 갖춘다 해도 자연의 법칙을 거뜬히 조롱할 수 있는 존재에게는 그 무기들도 소용이 없을 것 같았다. 갑자기 식은땀이 나기 시작했다.

지금까지는 믿지 않았던, 인간을 잡아먹는 늑대 인간 윈데고와 루가루*에 관한 끔찍한 이야기가 머릿속을 스쳐갔다. 또한 이해할 수 없을 만큼 무시무시하게 사지가 절단된 채 죽은 사냥꾼들에 관한 이야기도 떠올랐다.

이제까지 내가 초자연적 현상으로만 알고 있었던 것에 대한 공포가 내게 남은 마지막 한 방울의 결의마저 앗아갔다. 나는 신중하게 계산한 후에 퇴각한다는 섣부른 계획도 포기해 버렸다. 이제는 더 이상 그 존재를 앞서기를 바라지 않았고, 다만 그것이 날 따라잡고 내게 어떤 짓을 범하는 끔찍한 순간을 될 수 있는 한 늦추려고 필사적

---

* Loup-Garou, 프랑스의 민간 전승에서 늑대 인간을 칭하는 말.

으로 애썼다.

어느 순간 방향도 잃었다. 알 수 있는 것은 내가 한 번도 본 적이 없는 듯한 거친 황야로 더욱 깊이깊이 몰리고 있다는 것뿐이었다. 그런데도 내 뒤를 쫓는 미지의 존재에 대한 공포가 날 계속 가게 만들었다. 어디로 가는지는 더 이상 마음 쓰이지 않았다. 그러자 보이지 않는 존재의 위험도 느껴지지 않았다. 나는 거의 녹초가 되었고, 더 이상 도망갈 수 없다는 것도 알았다. 빙판을 벗어나기만 하면 추적자를 앞지를 수 있을 거라는 생각에 사로잡혔지만, 나의 통제를 벗어난 어떤 악마 같은 힘 때문에 해 볼 엄두조차 나지 않았다.

그 순간 놀랍게도 내가 따라온 물줄기가 끝나고 있다는 걸 발견했다. 수로가 좁아지면서 양 옆에서 우뚝 솟은 난공불락의 절벽들이 수로를 둘러싸고 날 포위했다. 물줄기가 끝나는 자리, 그러니까 내 앞쪽으로 멀지 않은 곳에 찢기고 부러진 나무줄기가 빽빽이 들어차 있었는데, 그 사이를 뚫고 지나가기란 불가능해 보였다. 나는 드디어 이 문제를 결판내야 할 시점에 이르렀고, 날 쫓고 있는 것이 사람이든, 짐승이든, 악마이든, 이제는 맞서 싸워야 한다는 것을 알았다.

나는 빙판의 좁은 기슭으로 가야겠다고 생각했다. 거기라면 양 옆은 바위 절벽으로, 뒤쪽은 산더미 같이 쌓인 쓰러진 나무들로 삼면에서 보호를 받을 수 있으리라. 그 유령의 소리는 거의 코앞까지 왔다. 나는 이 끔찍한 경주에서 지지 않으려고 뒤돌아볼 엄두도 못 낸 채, 어느 순간 납덩이로 변할 것만 같은 두 발로 비틀거리며 나아갔다. 마지막 안간힘을 내어 목표 지점에 도달했다. 약해지는 빛 사이로 좁은 길이 어렴풋이 보였을 때 갑자기 희망이 샘솟았다. 그것은 내가 야영지를 만들려고 흩어져 있던 나뭇가지들을 치워서 얼마 전에 낸 길이었다. 그 길로 가면 틀림없이 인간의 거주지가 나올 것이란 생각이 들었다. 그렇지 않다 해도 적어도 빙판에서는 벗어나, 빙판길을 자기 동네마냥 쉽게 다니는 추적자를 앞지를 수도 있겠다 생각했다. 그래서 나는 최대한 빨리 그곳으로 갔다. 내 추적자가 그 지긋지긋한 장대를 더 이상 두드릴 수 없는 굳은 땅에 발을 디뎠을 때, 내가 느낀 안도감은 이루 형언할 수가 없다. 그제야 나는 언 개울이 그 길과 나란히 이어져 있는 것을 뒤늦게 알았다. 산더미 같이 쌓인 나무들에 가려져 길이 드문드문 보였던 것이다. 잘못하여 빙판을 택한 것이 내 추적자에게 이득을 준 꼴이었다.

얼굴 위로 비지땀이 흐르고 걸을 때마다 숨이 가빠 오는 녹초 직전의 상태에서 나는 그 좁은 오솔길을 따라 비틀거리며 걸었다. 추적자의 쉼 없는 딱, 딱, 딱, 딱 소리는 개울의 빙판 위에서 나와 나란히 진군하면서 어지러운 내 머릿속에 이루 말할 수 없는 위협적인 공포를 불어넣었다. 보이지만 않는다 뿐이지 정말이지 줄기찬 호위였다. 이제는 왼쪽으로도, 오른쪽으로도 방향을 돌릴 수 없었다. 그 존재는 줄곧 내 옆에 있었다. 마치 '죽음'과 함께 걷고 있는 느낌이었다.

바로 그때 이루 말할 수 없이 고맙게도, 내 앞에 공터와 장작더미가 쌓여 있는 오두막들이 보였다. 개울은 이제 또렷이 보였고, 둑 위에는 남자들 몇 명이 땅에 있는 어떤 물체 주위에 모여 있었다. 나는 지옥 문턱에서 막 탈출한 사람의 심정으로 그들에게 다가갔다. 내가 피해 온 그 소리가 가까이 와 있었기 때문에 나는 지체 없이 내가 처한 곤경을 그 사람들에게 알렸다. 놀랍게도 그들은 내게 싸늘한 시선을 던지면서 내 말을 묵살했다. 아무도 말하지 않았고, 불청객이 그 자리에 등장한 것처럼 긴장된 침묵이 흘렀다. 마침내 누군가가 날 가리키며 말했다.

"저기 지금 그자가 있어. 바로 저자야. 저자에게 자기가 저지른 짓

50

을 보여 줘."

그러자 그 무리는 길을 열어 보였다. 나는 내 앞에 끔찍하게 절단된 채, 실로 무자비하게 살해된 것이 틀림없는 한 청년의 시신이 널브러져 있는 것을 보았다.

"누가 이런 짓을 했죠?" 무슨 이유에서인지 이 사람들이 날 범인으로 지목하고 있다는 오싹한 느낌이 들었지만, 나는 그렇게 물었다. 아무도 내 질문에 답하지 않았다. 내게 쏠린 모두의 눈에는 차갑고 따가운 적의가 담겨 있었다. 이 사람들은 광산을 찾아다니는 거친 시굴자들이자 덫 사냥꾼들이었고, 내게는 이방인들이었다. 모두들 내가 그 존재 여부조차 알지 못했던 집단의 구성원들이었다. 죽은 듯이 조용하고 의미심장한 그들의 태도로부터, 앞으로 일어날 사태가 끔찍하리라는 것을 읽을 수 있었다.

나는 내가 누구이며, 지난 두 달 동안 어디에 있었는지를 얘기하면서 해명을 하려고 애썼다. 그러나 무고한 사람이 자신을 범인으로 모는 물증에 마주쳤을 때 으레 그렇듯이 계속 말문이 막혀 말을 더듬거렸다.

체계 없고 일관성 없는 내 항변은 아무런 응답도 받지 못했다. 그 남자들은 굳게 입을 다물고서 날 뚫어지게 쳐다보며 내가 말하고 있다는 사실을 무시했다. 그들의 얼굴에는 단호한 결의가 담겨 있었다. 마침내 아까 나를 지목했던 남자가 다시 말했다. "어두워지기 전에 이 일을 끝내야 한다. 그 소년의 아버지가 온다. 어떻게 할지 그에게 맡기자." 바로 그때 피할 수 없는 운명의 그 장소로 날 몰아넣은, 지속적이고 소름 끼치는 딱딱 소리가 마침내 내게 다가오면서 내 팔꿈치 근처에서 뚝 그쳤다. 나는 돌아서서 처음으로 내 추적자의 모습을 보았다. 그는 빛바랜 녹비 옷에, 강철을 댄 무겁고 단단한 장대로 무장한 노인이었다. 노인은 살이라곤 없이 너무나 야윈 체격에 거동 역시 너무나 이상하고 사나워서 무덤에서 튀어나온 유령 같기도 하고 딴 세상에서 온 존재 같기도 했다. 머리칼은 백발에다 뱀처럼 생긴 머리 타래가 어깨 밑에 걸쳐져 있었고, 덥수룩한 수염이 얼굴을 거의 덮고 있었다. 적의와 증오가 가득 담긴 불타는 두 눈은 미동도 없이 내 눈을 노려보았는데, 그 눈길에 뼛속까지 시릴 지경이었다. 나는 그 노인이 날 어떻게 하고 싶어하는지 쉽게 간파했다.

노인은 말없이 머리를 치켜들며 내 앞으로 천천히 걸어왔다. 날 처형대로 이끌었던 그 무거운 장대는 이제 노인이 잘못 겨냥한 복수의 도구가 될 참이었다.

아버지로서 자식을 죽인 자를 처단하는 것은 양도할 수 없는 권리이므로, 나는 의심할 여지 없이 첫 번째 타격을 맞게 될 참이었다. 나는 공포로 몸이 경직되고, 무섭게 날 노려보는 노인의 섬뜩한 눈길에 주눅이 들어 말문을 잇지 못하다가, 마침내 소리쳤다.

"잠깐만요, 잠깐만요." 그 소리는 거의 비명에 가까웠다. "난 그 사람이 아닙니다." 그러면서 나는 내 신분을 밝히기 위해 그들의 결박을 뿌리치고서 주머니에 손을 넣어 뭔가를 찾았다. 그러자 두 남자가 재빨리 달려 나와, 나를 똑바로 세우고는 도끼 자루를 내리치려 했다. 나는 아슬아슬한 순간에 자포자기한 마음으로 필사적으로 몸부림친 끝에 그들의 손아귀에서 풀려났다. 그때 커다란 불빛이 눈앞에서 번쩍였다. 눈을 뜨자 변경에 자리한 작은 호텔의 주인이 보였다. 그곳에서 나는 잠을 자고 있었고, 호텔 주인이 한 손으로 날 세게 흔들면서 다른 손으로는 내 얼굴 앞에 램프를 들이밀고 있었다.

바로 그 순간 내 침대 위 벽에 걸린 커다란 부엌 시계가 일정하고 낭랑하게 똑딱거리는 소리가 내 귀에 들렸다.

외딴 마을에서의 하루

열기와 침묵으로 가득한
여름날 오후로 접어들고 있다.
졸리는 소리로 숲은
후텁지근한 오두막 주위에서 속삭였다.
잠꼬대를 하듯 호수는
오두막 아래 해변 위로 잔물결을 일으켰다.

롱펠로

인디언 보호지와 쉽게 갈 수 있는 황야 지역에서 볼 수 있듯이, 현대
화의 영향으로 인디언 야영지의 낭만, 그림 같은 풍경, 이국적인 분
위기가 많이 사라지고 있다. 몇몇 무리들이 저지른 개발과 뒤이은 타
락은 인디언 종족의 긍지를 약화시키고 있고, 가난하고 절망에 빠진

인디언들은 더 이상 옛날 방식과 전통을 지킬 의욕을 보이지 않는다. 그리하여 살림은 초라하고 형편없고, 인디언 본래의 모습은 사라지고 있다. 돈도 없고 교육도 받지 않은 상태에서 백인들의 생활 방식을 어설프게 흉내 내며 살고 있지만, 인디언들은 청결하다는 평판을 얻지 못하고 있다. 철로 근처에 살며 빌어먹는 인디언들의 숙소가 보잘것없고 늘 깨끗하지만은 않다는 점이 분명하게 보여 주듯이, 오랜 경험과 좋은 기회를 가진 사람들만이 백인들이 사는 통나무집에 적응해 나가고 있다. 인디언은 천막이나 티피 같은 비좁은 숙소에서도 깔끔하고 체계 있게 살림을 꾸려갈 수 있는 반면, 주택에 사는 데 익숙한 백인은 그런 곳에서 금방 절망적인 혼란에 빠질 수 있다. 오두막 생활을 하던 많은 인디언들이 1년 내내 필요한 생존 방식으로서의 야영 기술을 잃어가고 있다. 그렇기 때문에 여행자가 원시적이지만 수세기에 걸쳐 없어지기도 하고 개조되면서 발전해 온 매우 전문화된 방식으로 살고 있는 인디언 집단을 찾아가려면 오지 여행의 통상적인 범위를 넘어서 더 멀리까지 여행해야 한다. 이런 유형의 인디언 공동체는 겨울을 나기 위해 다같이 움직일 수 있는 최소 단위의 반영구적인 마을들로 나누어지며, 이동 지역은 사냥의 변동에 따라 결정된다. 이들 사냥 집단은 규모가 크지 않고, 지역에 따라 보통 네 가구에서 다섯 가구로 구성된다. 장비와 도구는 들고 다니기 편한 아주 가벼운 것들만 가지고 다니는데, 영하 45도에 달하는 겨울 북부의 혹한을 버티기에는 분명 불충분하다. 숙소는 나무와 물고기와 무스들이 많은 곳으로 정해진다. 그들은 통나무 서너 개를 이용하여 천막과 티피를 세우는데, 천막은 직사각형 모양으로, 티피는 팔각형 모양으로 세운다. 통나무 틈새는 이끼로 잘 메워지고 나중에는 눈이 쌓여 그 틈을 메운다. 오븐이 없을 경우에는 대개 작은 양철 난로로 천막 안에 열기를 채운다. 오두막 안에 지피는 모닥불을 보면, 평지 부족들이 오두막 중앙에 불을 피우는 데 반해, 이들은 거의 직각을 이루는 오두막 한쪽 편에 불을 피운다.

낮에는 쓰지 않는 담요와 다른 장비를 거추장스럽게 않게 천막 뒤에 놔두거나 오두막 벽과 바닥 사이의 구석진 빈 공간에 깔끔하게 말아 둔다. 가족 구성원 각자는 평소 자기가 좋아하는 자리를 갖고 있고, 그 자리 뒤에 자기 소지품을 놓아둔다. 반면에 먹는 일을 비롯한 실내 작업은 오두막 바닥에 깔아 두는 두껍고 커다란 발삼 덤불 깔개 위에서 이루어진다. 실내에서 하는 일은 때에 따라 바뀐다. 이런 환경에서 집안일은 최대한 간단하게 짜여지며, 그들은 다른 사람에게 방해되지 않도록 도구를 거의 쓰지 않고 일함으로써 혼란을 방지한다. 또한 칠팔 개월 동안 짐승을 사냥하고 무두질과 날가죽 벗기기와 이런저런 일을 한다. 이로 인해 쌓인 짐승의 시체와 쓰레기는 덤불이나 승인된 쓰레기장에 버려지는데, 이 쓰레기들은 거주민들이 떠나 버리는 봄까지는 꽁꽁 얼어 있어서 냄새가 나지 않는다. 인디언 야영지가 불결하기 마련이라는 인식이 널리 퍼진 것은 바로 버려진 겨울 야영지에서 썩어 가는 이 쓰레기들 때문이다. 거주지 바깥에는 삼각형으로 서 있는 나무들 사이에 선반을 달아 둔다. 먹을 수 없는 것들 뿐 아니라 고기나 생선이나 다른 먹을거리를 얹어 두는 시렁들은 언제나 허기진 허스키들의 손에 닿지 않게 높이 세워 둔다. 폭풍이 지나가고 나면 눈에 덮여 있던 오솔길들이 모습을 드러내는데, 그 길들은 오두막들과 이어지고 길목마다 덤불로 만든 개집들이 눈더미에 묻혀 있다. 난로가 켜져 있는 동안은 천막 안이 의외로 아늑하고 편안하다. 오두막에서는 모닥불이 어렵지 않게 밤새 타오르지만, 만약 천막에서 난로가 꺼지면 큰 문제가 된다.

춘계 무역이 끝나고 여름이 되면 이 공동체들 중 몇 팀은 자주 드나드는 길에서 멀리 떨어진, 일반적으로 거의 알려지지 않은 지역에 자리한 어떤 장소로 이동한다. 이런 마을에서는 백인 방문객이든 인디언이든 아무도 환영받지 못한다. 이 마을들 중 몇 곳의 터는 태곳적부터 이용되어 왔다. 마을 입구는 종종 조심스럽게 감춰지므로, 마을이 있는지 없는지는 여행자가 우연찮게 그 마을에 들어서기 전까지는 거의 알 수가 없다. 이들 야영지는 인디언들에게 "오덴-나-카-인네-헤캬", 풀이하자면 "외딴 마을들"로 알려져 있다. 이런 마을들이 이제는 흔하지 않지만, 아직도 몇 개는 남아 있다. 이들 마을에서는 옛 전통 중 많은 것들이 지켜지고 있고, 오랫동안 잊혀져 온 고대의 관습도 여전히 유지되고 있다.

이런 식으로 자급자족하며 사는 몇몇 외딴 마을에서 내가 환영받는 손님이 된 것은 행운이었다. 한번은 정말 운 좋게도 전형적인 외딴 마을에 들어갈 수 있었는데, 당시 나는 인디언 형제들 간의 순수하고 친절한 관심에 끌려 그 마을을 찾아가게 되었다.

어느 날 밤 우리 일행은 공교롭게도 이 마을에서 멀지 않은 곳에서 야영을 했는데, 길잡이들이 그 사실을 알게 되었다. 지금까지 백인이 카누에서 내려 그 마을에 발을 내디딘 적이 없는데도, 우리 일행의 대장이 내게 어떻게 좀 해 보라고 재촉했다. 나는 거의 들어갈 수 없으리라는 것을 알았다. 어쩌다 실수로 예고도 없이 참석하게 된 상류층 모임이라도 원시적인 인디언 마을의 반(半)문명화된 주민들만큼 철저하고 분명하고 단호하게 타인을 반기지 않는 분위기를 풍기지는 않을 것이다. 그 마을의 추장인 큰 수달피는 배타적이기로 유명했다. 그와 아는 사이이긴 했지만, 나는 지금까지 마을에 와 달라는 초대를 받아 본 적이 없었다. 그런데 그해 여름, 연수육로에서 자작나무 껍질에 내 이름표를 달아 놓은 큰 수달피의 잘 만든 노를 발견했다. 이것은 험한 강이 있는 고장에서 상당히 중요한 선물이고 좋은 징조로 보였지만, 나는 큰 기대를 하지 않았다.

다음날 나는 이런 경우에 필요한 절차를 간략하게 설명했고, 요리사를 뺀 모든 이들이 배를 타고 큰 수달피 마을로 출발했다. 몇 군데 급류에서 힘들게 장대를 써 가며 한 시간 가량 노를 저어 간 끝에 수 마일에 걸쳐 펼쳐져 있는 아름다운 물바다에 도착했다. 그 호수는 모래사장이 빙 둘러져 있고 처녀송(處女松)들로 덮인 가파른 언덕에 둘러싸여 있었다. 인간의 손길이 닿지 않은 숲이었다. 우리는 한 시간 동안 해가 뜬 방향으로 노를 저었고, 호수를 가로질러 좁은 만에 이르렀다. 높은 방호 곶 뒤에서 우리는 호수 기슭에 끌어올려져 있거나 엎어져 있기도 한 카누 대열과 갑자기 만났다. 그 대열에서부터 거대한 붉은 소나무 숲으로 완만하게 경사진 좁은 길이 구불구불 이어져 있었다. 커다란 구덩이 사이사이 자리한 평지에는 수많은 오두막들이 흩어져 있었다. 푸른 연기 기둥이 숲 속 빈터의 공중을 떠돌았고, 뚜렷하지 않은 형체들이 오두막 사이로 잠깐 나타났다가 금방 사라졌다.

아무도 우리를 맞이하러 나오지 않았다. 그 침묵은 깊고 숨이 막혔다. 답답하고 무거운 침묵. 나는 배에서 내리지 않고 서로를 부를 때 흔히 하는 올빼미 울음소리를 냈다. 그러자 꼭 늑대처럼 생기고 목청이 큰 개들이 열두 마리쯤 호숫가에서 달려 나와 형언할 수 없는 소음을 일으키며 그 침묵을 일시에 깨뜨렸다. 개들은 피에 몹시 굶주린 듯 아주 놀라운 시위를 벌였다. 그 와중에도 일행 중 한 명은 개들이 과연 헤엄을 칠 수 있을까 궁금해 하기도 했다.

호리호리하게 생긴 사람이 머리칼을 휘날리며 비탈을 내려와 돌진하고 날뛰는 허스키들 속으로 뛰어들어 불붙은 나무 막대로 사방을 세게 내리쳤다. 그러자 사나워 보이는 그 호위병들은 마지못해 물러서면서 이리저리 서로 부딪치며 비탈에 정렬했다.

추장으로 보이는 그 남자는 모래가 가득한 물가로 걸어와서 멈춰 섰다.

그는 반갑다는 표시로 손을 들어 보이지도, 인사말 같은 것도 하지 않았다. 주위의 풍경은 상당히 황량했다. 몸통이 거대한 노목들, 그 아래 그림자에 희미하게 보이는 원뿔형 티피들, 연기 구름 사이로 보이다 말다 하는 불확실한 형체들의 잽싸고 은밀한 움직임, 호숫가에 우두커니 서 있는 키 크고 험상궂은 인물, 그 뒤에 떼 지어 있는 사나운 허스키들. 무슨 말이든 해야 했기에 나는 교섭을 시작했다. "안녕하십니까! 반갑습니다, 큰 수달피! 그 노를 보았습니다. 정말 고맙습니다. 제 친구들이 작지만 선물을 하고 싶답니다." 이 마지막 제안이 몹시도 완고한 추장의 마음을 누그러뜨렸다. 하지만 그는 친절한 인사말도 건네지 않고, 오히려 그 자리에서 크지는 않지만 아주 분명한 소리로 방문객을 거부하는 말을 내뱉었다. "아노아치! 아노아치!" 그가 소리쳤다. "이건 좋지 않다. 이 자들은 누구야? 키치 모코만(긴 칼 종족, 미국인을 가리킨다)들이냐?"

지금 상황에서는 적지 않은 재치와 외교술이 필요했다. 그래서 나는 비록 어설프지만 내가 가진 외교적 수완을 발휘했다.

나는 추장에게 이 사람들이 얼마나 먼 곳에서 왔는지, 이들의 진짜 관심사와 친선 방문을 바라는 진심을 말했고, 또한 철로에서 시작된 멀고도 힘든 여정(90마일 또는 그 이상일 수도 있다)에서 이들이 역경에 맞서 싸운 불굴의 정신을 상세히 이야기했다. 외교적 얼버무림, 신중하게 표현된 칭찬, 조심스러운 진술, 그리고 "대화" 비슷하게 시작되는 토론이 전쟁을 목전에 둔 두 나라의 대사들 사이에 이루어졌다. 내가 어떻게 그렇게 할 수 있었는지는 지금도 불가사의다. 내 설명을 충분히 듣고 나서 추장은 아주 노련하게 반대심문을 했고 사진은 절대 찍을 수 없다는 단서를 붙인 뒤 기분 좋게 말했다. "좋소, 올라오시오. 같이 이야기해 봅시다."

나는 뒤에 있는 개들을 살펴보았다. "여자들이 있습니다. 개들을 묶어 주시면 좋겠습니다." 나는 영어로 말했다. 이 순간 안도의 한숨을 내쉰 것은 비단 여자들만은 아니었다. 큰 수달피는 고개를 돌려 뭐라고 말했다. 그러자 나이 든 한 여인과 몇몇 아이들이 사람도 능히 잡아먹을 듯한 개들 사이로 두려움도 없이 유유히 걸어갔다. 개들 중 몇 놈은 내쫓겼고 몇 놈은 질질 끌려갔는데, 그런 대우에 녀석들은 순순히 따랐다.

뭍에 내리자 추장은 우리를 맞이했고 한 사람 한 사람과 근엄하게 악수를 했다. 그의 얼굴이 좀처럼 보기 드문 웃음으로 주름이 졌는데, 고르고 하얀 이가 검게 탄 얼굴과 놀라운 대조를 이뤘다.

추장은 우리를 야영지로 안내했다. 보이지는 않지만 개들이 방문객들을 받아들이지 못하겠다는 듯 으르렁거리기 시작했다. 천막 덮개를 살짝 걷어 우리를 멍하니 엿보는 이들도 한둘 있었다. 몇몇 아이들은 좀 멀찍이 물러서서 호기심 어린 눈으로 우리를 빤히 쳐다보았다. 어른이 두세 명 있었지만, 그들은 우리를 전혀 아랑곳하지 않았다. 여자들은 보이지 않았다. 그야말로 긴장된 분위기였다. 우리 쪽 사람들이 서로 소곤대며 이야기하는 기미가 보이곤 했다. 인디언들과 이 사람들 간에는 만질 수는 없지만 침묵의 벽이 실제로 있는 듯했다. 잠시 후 큰 수달피가 부드럽게 흐르는 듯한 쉰 목소리로 몇 마디 했다. 곧이어 모카신을 신은 한 남자가 조용히, 소리 없이 걸어

나와 우리와 일일이 악수를 나누었다. 그는 젊었고, 잘생긴 얼굴은 당황하여 불그레했다. 다양한 사람들이 우리를 차분히 쳐다보고 소리 없이 걸어 나와 인상 깊지만 아무 감정도 없고 말도 없이 악수를 나눴다. 여자들도 오두막과 다른 은신처에서 걸어 나와 악수의 의식을 거행했다. 이들은 우리 일행의 여자들에게 반가운 인사를 하고 나서 마지막으로 통역자인 내게 말을 걸었다.

고지대 사람들이 입는 격자무늬 어깨걸이에 화려한 머리 숄을 걸친 몸집이 풍만하고 나이가 지긋한 여인이 왼손에 커다란 식칼을 들고서 부족의 전 성원들에게 아주 적절하면서도 불쾌하지 않게 큰소리로 연설했다. 그녀는 칼을 다른 손으로 바꿔 쥔 다음 무스 생가죽에서 털을 제거하는 작업을 다시 시작했다.

그녀와 다른 여자들은 인디언 여인들에게서 흔히 볼 수 있는 자기 자제와 무관심 상태로 돌아가서 우리를 전혀 상관하지 않고 각자 하던 일들을 계속했다.

이번에는 아이들이 들어왔다. 그들은 수줍어하면서도 호기심 어린 동그랗고 반짝이는 눈으로 미소를 지어 보였다. 작은 소년들은 씩씩하게 걸어와 위엄 있게 악수를 했다. 머리에 숄을 쓰고 커다란 격자무늬 치마를 입은 작은 소녀들은 제법 거리를 둔 채 가만가만 다가와 신기해 하며 속삭였다. "백인이다! 미국인이야!" 소박한 선물이 전해졌고, 바쁘게 일하던 여자들은 일손을 놓고 거리낌 없이 우리를 받아들였다. 불신과 의심의 분위기가 여름날 태양에 눈 녹듯 사라졌다. 이제는 만사가 순조로웠다. 그러나 경계의 태도는 여전히 남아 있었다. 개들이 배치된 자리를 보면 그것을 알 수 있었다. 마을의 뒤와 양 옆으로 폭이 최소한 백 피트 되는 지대에 나무들을 모두 뽑아내고 그 자리에 덤불을 심어 놓았는데, 아무리 작은 생물도 소리 내지 않고는 지나갈 수 없을 만큼 덤불이 빽빽하게 자라 있었다. 이 자연스런 요새 때문에 마을에서 사방으로 뻗은 길들이 끊어져 있었다. 이 길목마다 개들이 길 구석구석을 통제할 수 있도록 긴 가죽끈에 묶여 있었기 때문에 우리가 어느 쪽에서 다가가도 개들은 공공연한 적의를 보이며 증오로 핏발선 야생의 눈으로 우리를 노려보았다.

20세기에 살고 있었지만 우리는 그 사실을 순식간에 잊었다. 시간과 현대 문명의 그림자가 버려진 옷가지처럼 우리 곁을 떠나갔다.

주위에는 울프(Wolfe)가 퀘벡을 돌격했을 때부터 있던 오래된 숲이 있었다. 자작나무 껍질로 세운 티피들, 연기로 얼룩진 잿빛의 낡은 티피들, 그리고 샛노란 색 새 티피들이 짙푸른 나뭇가지 아래 흩어져 있었다. 바로 앞에는 쪼개 놓은 생선과 긴 무스 고기 조각이 걸린 받침대가 하나 있었고, 그 밑에서 연기 자욱한 불길이 피어 올랐다. 모닥불에 요리를 하는 여인들도 있고, 반쯤 탄 무스 가죽을 쉬지 않고 벗겨 내는 여인들도 있었다. 호숫가에서 약간 떨어진 곳에서 두 남자와 한 여자가 대팻밥 찌꺼기에 둘러싸인 채 반 정도 완성한 카누를 손보고 있었다. 빨강, 초록, 흰색 빛깔이 선명한 허드슨 베이 외투*들이 높게 친 빨랫줄에 널려 있어 마을의 원시적 색채가 한층 더해졌다. 매운 연기가 피어오르고, 낮은 콧노래가 늙고 늙은 누군가의 입에서 간간이 새어 나왔다. 바로 구체제의 인디언 마을이다. 딱 이런 식의 또 다른 마을에서 폰티액**이 정복의 꿈을 꾸었다. 우리는 지난 백 년 간의 역사의 페이지를 거의 초고속으로 미끄러져 내려왔다. 그러자 피크닉 차림을 한 사냥꾼들이 갑자기 어색해 보였고 말투

---

* 인디언 사냥꾼이나 모피 상인, 탐험가 들이 입는 담요로 만든 겨울 외투.
** 오타와 족 인디언의 추장으로 전통을 지키기 위해 오하이오 주에서 영국인들을 몰아내기 위한 반란을 일으켰다.

도 이상하게 느껴졌다. 우리는 이 원시적인 환경에서 그야말로 시대에 맞지 않는 인물이었다. 공식적인 환영을 받긴 했지만, 우리는 더 이상 깊이 들어갈 수 없는, 친교를 금하는 경계가 있다는 것을 본능으로 느꼈다. 또한 미개한 분위기만이 아니라 비밀과 침묵의 공기도 감지할 수 있었다. 문명 세계에서 보자면 이 인디언들은 어색하고, 불안하고, 하찮고, 정체를 알 수 없는 존재일지 모른다. 그러나 바로 여기, 황야에서 멀리 떨어진 자기네 땅에서는 그들이 최고였다. 독립적이고 유능한 그들은 황야 왕국의 시민으로서 자신들의 권리를 자랑스럽게 지키고 있었다.

　나는 요 몇 년 동안 내가 이 사람들을 알아 왔다는 것을 기억하려고 애썼다. 큰 수달피는 종종 내게 고기 선물을 주곤 했다. 지혜롭고 우스갯소리를 잘하는 이야기꾼 패드-웨이-웨이-돈(소리치며 오는 사람)을 누가 무서워할 수 있을까? 그는 요통을 앓고 있어서, 눈가에 빨갛고 파란 삼각형을 그리고, 밤마다 자라 등딱지 긁는 소리를 내고, 가을에는 갓 언 얼음을 깨뜨려 강물로 뛰어든다. 혼자 여행을 다니는 늙은 사-사빅(노란 바위)은 좀처럼 입을 떼지 않다가 간혹 비유법으로 말하곤 했다. 늘 종종걸음을 치는 지미 텐티는 걸어 다니는 모습을 좀처럼 보이지 않았다. 마토-젠스(작은 아이)는 능력 있는 마술사이고, 두 주 뒤 날씨를 예측할 수 있다고 평판이 나 있다. 그는 평소에는 늑대 가죽으로 만든 북 장단에 맞춰 노래를 부르지만, 대화할 때는 유쾌한 노신사가 된다. 패드-웨이-웨이-돈에게는 딸이 한 명 있는데, 길고 풍성한 머리칼에 헐렁한 옷을 입은 몸매가 잘 빠진 젊은 여성이다. 그녀는 우리 가까이 오지 않고 언제나 멀찍이 떨어져서 사나운 눈초리로 우리를 쳐다보았다.

　큰 수달피가 커다란 티피를 가리키며 말했다. "들어가서 쉬지요.

여자들이 음식을 차려 놓았습니다." 이것은 반가운 분위기 전환이었다. 안으로 들어갔을 때 우리는 배녁, 튀긴 무스 고기, 튀긴 생선, 펄펄 끓인 뜨거운 차를 비롯한 많은 음식이 차려져 있는 것을 보았다. 오두막 내부는 구석구석이 깨끗했고, 기둥에는 불쾌하지 않은 향을 내뿜는 허브와 뿌리 다발들이 걸려 있었다. 두 젊은 여인이 우리의 시중을 들었다. 일행은 새로 모은 나뭇가지들로 엮은 부드러운 깔개 위에 쪼그리고 앉아 현대적인 도구를 가지고 양철 접시를 비웠고 자기(磁器) 잔으로 차를 마셨다.

일행 중 어떤 이에겐 그 일이 매우 신기했다. 엄중한 감시를 받는 비밀 마을에서 연기로 얼룩진 티피 바닥에 앉아 인디언 식으로 요리한 야생 고기를 먹은 경험이 우리와 함께 온 사냥꾼들 중 한 명에게는 일생의 야망을 이룬 것이나 마찬가지였다.

백인 여자들이 인디언 여인들 중 한 명에게 그녀에 관한 아무 얘기나 해 달라고 했다. 몇 번 재촉을 받은 뒤에야 그녀는 입을 열었다. 그녀는 마을이나 기차를 본 적이 없고, 본 적이 있었다 해도 관심 있게 보지 않았다고 털어놓았다. 곧바로 대화가 진행되었고, 나는 서로의 말을 전하는 통역자 노릇을 하게 되었다. 어떤 주제에 관해 양측이 하는 질문들이 대체로 뭘 묻고자 하는지 알 수가 없어 나는 서로간에 오해가 생기지 않도록 다소 세심한 주의를 기울여야 했다. 나는 양측이 다 좋아하고 그래서 모두가 만족하는 답을 얻기 위해 상당한 임기응변을 발휘해야 했는데, 그 때문에 몇 번 아슬아슬한 위기를 맞기도 했다.

오두막 안의 나른한 열기와 침묵으로 여행에 지친 방문객들 중 몇 사람이 잠이 들었다. 다른 사람들은 적갈색 소나무 잎이나 한가운데 놓인 모닥불 옆에서 통나무에 앉아 나무에 기대어 느긋하게 담배를 피웠다. 삼나무로 만든 활로 무장한 한 청년이 들어왔다. 청년의 혁대에는 메추라기 세 마리가 묶여 있었다. 청년은 새들의 가죽을 벗기고 능숙하게 창자를 꺼내 굼뜨게 타고 있는 불 위에 걸고는 연기를 피웠다.

날이 저물면서 더운 열기도 식기 시작했다. 다람쥐 두 마리가 야영지를 쏜살같이 지나 나무 위로 올라가더니 마치 무엇에 쫓기는 듯이 날카로운 소리를 지르며 나무줄기를 빙글빙글 돌았다. 캐나다어치* 한 마리가 소리 없이 이리저리 날아다니다 제가 앉고 싶은 장소에 내려앉았다. 누구도 손을 휘둘러 녀석을 쫓아내지 않았다.

고요하고 평온하고 이루 말할 수 없는 평화가 야영지에 드리웠다. 저녁의 선선함과 눅눅함이 가을이 왔음을 알려 주었고, 그림자들은 나무 뒤와 숲의 어두운 통로 밖으로 뻗어나갔다. 날이 빠르게 저물고 있었고, 우리는 이제 달빛에 의지하여 길을 나서야 했다. 잘 가라는 말은 하지 않았지만, 추장은 나루터까지 우리를 배웅했다. 내가 손을 들어 작별 인사를 하자 추장이 말했다. "당신의 그 칼은 아주 소중한 겁니까?" 나는 당시 성능 좋은 평범한 사냥칼을 차고 있었다. 나는 그 칼이 아주 소중한 것이라고 답하고서 두말없이 그 칼을 내놓았다. "하지만" 나는 덧붙여 말했다. "당신은 내 형제이니 이 칼을 당신에게 드리겠습니다." 나는 칼과 벨트와 칼집 모두를 그에게 주었다.

호수 기슭을 빠져나왔을 때 우리는 자연의 아름다운 풍경에 반해 일제히 멈추어 섰다. 붉은 해가 서쪽 숲의 검은 성벽 뒤로 반쯤 숨어 버렸다. 검은 소나무 군단이 가로세로 줄줄이 정렬하여, 이미 어두워

---

* 겨울철에 벌목꾼 야영지에 자주 나타나는 겁이 없고 허물없는 습성을 가진 새로서 옅은 회색에 푸른색이 많다.

지고 있는 어둠침침한 언덕에 큼직한 그림자를 길게 그렸다.

아비 한 쌍이 하얀 배를 반짝이며 물 위에서 느릿느릿 헤엄을 쳤는데, 물이 얼마나 잔잔한지 아비들은 마치 공중에 떠 있는 것만 같았다. 운집해 있는 오두막들에서 가느다란 연기 기둥이 서서히 올라와 마을 위로 하얀 휘장을 쳤다. 곧이어 창백한 달이 가까이 떴고, 밝고 환한 달빛을 배경으로 소나무 한 그루가 검은 실루엣으로 도드라져 보였다. 어디선가 올빼미가 부엉부엉 울었다.

우리는 신비와 지난날의 관습과, 그들을 길러 준 어둠침침한 숲만큼 깊이를 헤아릴 수 없는, 초연하고 말이 없는 주민을 간직한 외딴 마을을 조용히 빠져나갔다. 우리가 출구에서 좁은 협곡에 들어섰을 때, 늑대 개들이 자기네 야생의 조상들이 무수한 세월 동안 그래 온 것처럼 보름달에게 경례할 때 내지르는 긴 울부짖음이 들렸다.

그리고 그날 밤 늦게 지속적이고 뚜렷하고 단조로운 소리가 고요한 대기에 희미하게 퍼졌다. 그것은 인디언 북이 일정한 박자로 고동치는 소리였다.

익살꾼 레드 랜드빌

찬사

놀라운 이야기꾼인 그는
자신의 이상한 모험담을 이야기했다
시간은 더욱 유쾌하게 흐르고
손님들은 더욱 흡족해 한다.

롱펠로

무릇 모든 진실하고 겁 없는 독자들처럼 여러분이 이 책을 처음부터
비통함으로 얼룩진 마지막까지 다 읽는다면, 레드 랜드빌과 미시소
가* 강변에서 그가 이룬 위업에 대해 알게 될 것이다. 레드 랜드빌은
카누 타는 사람도, 숲에 사는 주민도 아니었다. 그런데도 그는 내가

미시소가로 갈 때 몸담은 어느 카누 여단에서 가장 훌륭한 대원 중 한 명이었다. 몇 달에 걸친 황야 여행에 뒤따르는 혹독한 환경에서는 때때로 극한의 인내와 끈기를 시험하는 상황이 대두되곤 한다. 모든 일이 잘 풀리지 않아 보일 때, 모기가 극성을 부릴 때, 연수육로가 뜻하지 않게 길고 힘들 때, 카누에 구멍이 나고 음식이 타 버렸을 때, 그리고 따로 있으면 사소한 일들이지만 지치고 배고픈 일꾼들의 성미를 건드리기 위해 특급 악마가 극악한 재주를 부린 듯한 일련의 분통 터지는 사건들이 터질 때, 사람은 초인적인 자제를 통해서만 서로에게 정중할 수 있다. 대체로 즐겁고 근심 없는 야영지 분위기는 언제 터질지 모를 위험한 화약고를 안고 있는 것과 비슷하다. 이 특별한 여행은 사건들로 가득하다. 레드 랜드빌이 있었기 때문이다.

레드는 보통 사람들과는 다른 유머 감각을 갖고 있었다. 있는 그대로의 자연과 싸우는 괴로운 기쁨을 제외하고, 유일한 오락거리라 할 수 있는 노골적이고 신랄한 말과 상스러운 농담을 잘하기로 소문난 사람들 사이에서조차 레드는 비범한 인물로 통했다.

많은 위험한 상황을 무사히 넘기고 재수 없는 일들이 잇달아 터진다고 느끼기 시작할 때, 낙심하고 지친 많은 사람들은 시의 적절한 농담으로 당면한 고난을 잊곤 했다. 탈출구가 없어 보이는 절망의 구렁텅이에 빠지기 직전에 놓인 사람들은 떠들썩하게 웃으며 서로의 등이나 머리를 두들겨 주곤 했다. 그다지 고상하게 웃기는 이야기는 아닐지라도 뭐든 좋았고, 두 명의 아일랜드 사람에 관한 옛 이야기에 그들은 지겹도록 웃었다.

하지만 레드는 그런 진부한 이야기는 입 밖에 내지도 않았다. 그

---

* 〔66쪽 주〕캐나다 온타리오 주에 있는 도시.

가 하는 이야기는 깔끔했고, 이야기마다 온갖 새로운 미덕이 덧붙여졌다. 지금 생각해 보면, 그는 말을 하면서 그때그때 떠오르는 이야기를 갖다 붙인 게 분명했다. 레드는 예술가였다. 여간해선 웃지 않았지만, 그의 유머는 누구도 말릴 수 없었다. 그는 불운에 꺾이는 법도 없었다. 전문 짐꾼이 아닌 그가 한번은 연수육로를 건널 때 제 키보다 더 높은 짐을 지고 간 적이 있었다. 당시 나는 그의 뒤에 있었는데, 내 짐을 내린 다음 그가 짐을 내리는 것을 도왔다. 나는 그에게 기분이 어떠냐고 물었다. 얼굴은 상처투성이고 이 사이에는 모래와 소나무 가시가 가득 꼈지만, 그는 침을 뱉고 나서 자기 생애 이렇게 기분 좋은 때는 없었고, 계속 이런 기분이라면 세상이 그를 위해 만들어졌다고 생각하고 싶을 정도라고 대답했다.

내가 레드를 처음 본 것은 비스코에 있는 본부 오두막 밖 삼림 경비대 대원들 사이에서였다. 그곳은 사방으로 수백 마일 뻗어 있는 광대한 황야로 들어가려는 사람들을 위한 기점이었다. 여행은 카누와 연수육로만으로 이루어졌는데, 경험이 많은 총림 지대 원주민들에게도 아주 힘든 여행이었다. 랜드빌을 포함하여 참석자들 중 몇몇은 쓸모 있는 구실을 하기보다 장식용에 불과했기 때문에 나는 좀 불안했다. 그러나 랜드빌은 절대 장식용이 아니었다. 키가 크고 야위고, 못생기고 주근깨가 있는 얼굴이 몹시 붉은 헝클어진 머리칼에 가려져 있는 그는 사람들 사이에 불화를 조장하고 있다는 생각이 들 정도로 빈정대듯 입술을 비틀어 말을 하고 있었다. 그래서 나는 멈춰 서서 그가 하는 말에 귀를 기울였다. 그는 내게 정중하게 손을 흔들어 맨땅의 한 자리를 가리키며 이렇게 말했다. "이봐요, 대장. 이 사람들은 내 말을 믿지 않으려 할 걸요. 토끼에 관한 진실이 있지 않나요? 대장은 알겠지만." 나는 흥을 깨고 싶지 않아서 일반적인 원칙에서 대답했다. "그야 있지. 그게 뭔가?" "음." 레드가 대답했다. "인디언들이 토끼를 잡는 방법은, 고춧가루예요. 대장도 알다시피." 나는 알지 못했지만, 몰라도 괜찮았다. 레드는 자신이 이야기하려는 내용을 내가 전혀 모르고 있는 줄 뻔히 알면서도 일행에게 그 방법을 설명해도 좋으냐고 내게 물었다. 하지만 노닥거릴 시간이 없었기 때문에 나는 바쁘다고 하면서 그에게 빨리 말해 보라고 했다. "말해 보게." 내가 말했다.

그래서 그는 말했다. 그 후 나는 바쁘다는 내 핑계를 까맣게 잊어버리고 거기에 앉아 레드 랜드빌의 말을 경청했다.

일행 중 체격이 좋은 한 대학생(그는 당시 유행한 정치적 장려책으로 우리 팀에 들어왔다)이 앞으로의 여정에 대해 쉴 새 없이 묻는 통에 눈살이 저절로 찌푸려졌다. 학생으로서는 똑똑할지 모르겠지만, 그는 이런 환경에 전혀 어울리지 않았고 완전 풋내기였다. 나 같으면 대학 강당에나 계속 있었으리라. 사실은 이 일을 할 필요가 없고 등록만 해 놓고 숲에서 느긋하게 쉬기만 해도 충분한 보상이 된다고 쓸데없이 자랑하는 실수만 하지 않았다면 그는 용서해 줄 만했다. 그는 전연 쓸모없는 존재로 판명 났다. 그 청년이 걸림돌만 되고, 생계를 꾸려 나갈 돈이 필요한 다른 일꾼의 자리를 차지하고 있다고 생각하면, 그가 한 말은 이마에 땀방울이 맺히도록 밥벌이를 하는 다른 사람들의 신경을 상당히 거슬리게 할 만했다. 이 신사 — 우리는 그를 C라고 부를 것이다 — 는 지식욕이 많긴 했지만, 자기가 본 것에서 지혜를 얻으려 하지 않고 수도 없이 멍청한 질문들을 해 댔다. 그가 한 수많은 질문들 중에는 숲에서 싱싱한 고기를 얻는 방법에 관한 것도 있었다. 백인은 여름에 물고기와 토끼 말고는 어떤 것도 죽일 수 없다는 말을 듣자마자 그 청년은 토끼를 어떻게 잡느냐고 물었다. 레드는 자진해서 얼른 정보를 알려 주었다. 그는 그 방법이 인디언들과 자기만 알고 있는 비밀이라면서, 비밀을 누설한 것 때문에 자기가 인디언들에게 해를 입을 수 있으니 참석한 사람들에게 그 사실을 입 밖에 내지 말라고 부탁했다.

"그 방법은 정말 쉬워요." 그가 말을 시작했다. "토끼들은 밤에 둥 그렇게 앉아 있습니다. 우리처럼 말이죠." 그는 청중들을 가리켰다. "그렇게 앉아서 땅에다 뒷발을 탕탕 칩니다. 제 말이 맞죠?" 그가 내 쪽을 돌아보는 통에 나는 그 말이 사실임을 인정하지 않을 수 없었다. 그는 아주 교묘하게 나를 보조자로 끌어들이면서 이야기를 계속했다. "에, 토끼들은 축제를 열기 위해 늘 같은 장소만 돌아다닙니다. 그래서 녀석들이 앉아 있는 땅바닥은 약간 꺼져 있죠. 에, 여러분은 덤불 사이로 돌아다니다가 그런 장소를 발견하면 원 안에 돌을 놓아 두면 됩니다. 토끼들이 앉을 것 같은 곳에다 돌을 두면 돼요. 어떤 돌은 괜찮고 어떤 돌은 괜찮지 않지만, 뭐 상관없어요. 여러분이 토끼를 전부 죽이고 싶어하진 않을 테니 말입니다. 여러분이 할 일은 그 돌 위에 고춧가루를 살짝 뿌려 놓고 가는 겁니다. 알다시피 토끼들은 땅에 뒷발을 탕탕 칠 때 머리를 약간 숙이곤 하죠. 내가 제대로 말했죠?" 레드는 나를 쳐다보았다. 이제 나는 어찌할 도리 없이 그에게 말려들어서 그 말에 다시 동의했다. 레드는 내게 다정하게 고개를 끄 덕이고는 한 사람 한 사람을 쳐다보았다. 그는 이야기를 계속했다. "에, 토끼들이 발을 탕탕 칠 때 머리를 숙인다고 했죠, 그러면 머리를 숙일 때 돌에 묻은 고춧가루가 녀석들의 콧속으로 들어가고, 에취, 에취 하면서 재채기를 시작하죠. 그리고는 그 바보 같은 뇌가 돌에 부딪혀 정신을 잃을 때까지 머리를 돌에다 쾅쾅 내려칩니다. 그러면 여러분은 아침에 그곳으로 가서 기절한 토끼들을 모으기만 하면 돼요. 아무것도 아니죠!" 나는 그가 이 말에도 날 끌어들일 거라고 생각했다. 하지만 그는 이런 방면에 고수여서 더 이상 도를 넘지 않고 이렇게만 말했다. "여름에는 고춧가루가 많이 필요 없어요. 4파운드, 5파운드, 대충 그 정도면 됩니다."

이런 이야기가 C에게는 아무 효과가 없었다. 열심히 듣긴 했지만, 그는 그 이야기를 어떻게 받아들여야 하는지 몰랐다. 다른 사람들은 나오는 웃음을 가까스로 참았다. 물론, 그 믿을 수 없는 이야기를 그가 진짜 믿으리라 생각한 사람은 아무도 없었다. 레드가 한 일은 청년의 요령 없음을 질책하기 위해 그의 어리석은 질문에 똑같이 엉뚱하게 답을 한 것뿐이었다.

보안림으로 가는 길에 C는 발달된 근육 —— 나는 그렇게 매끈하고 골고루 발달된 근육을 본 적이 거의 없다 —— 을 가졌는데도 일행을 따라잡기 위해 해야 할 일들이 너무 많았다. 신참자들 중에는 정력적으로 일하고 익숙지 않은 환경의 본질을 이해하게 되면서 실적 같은 것을 올리며 종종 괜찮고 쓸모 있는 사람이 되는 경우가 있다. 그러나 C는 배울 줄을 모르는 사람 같았다. 그렇다고 해서 자신감을 잃거나 하는 법도 없었다. 여행 셋째 날, C는 연수육로로 가지 않고 덤불을 통과해 다음 호수까지 카누를 옮기는 일을 맡았다. 그것은 내가 지금까지 본 중 가장 미련한 곡예였다. 중간쯤 왔을 때 C는 길을 잃었고, 길을 찾기 위해 카누를 내려놓았다. 호수로 가는 길을 찾았지만, 이번에는 카누를 잃어버렸다. 그 덕에 모두들 카누를 찾는 데 거의 반나절을 소모해야 했다.

어느 날 밤 C가 식량을 천막 밖에 놔두었을 때 비가 퍼부었다. 물에 잠긴 식량은 홀라당 젖고 말았다. 비상시에 늘 도울 준비가 되어 있는 레드 랜드빌은 C가 물에 젖은 식량들을 추려 내는 걸 도와주었다. 그런데 그 속에 5파운드짜리 고춧가루 상자가 들어 있는 것이 아닌가!

나는 레드 랜드빌이 그 고춧가루 상자를 들고 일어섰을 때 C를 돌아보며 지었던 사람 기죽이는 경멸의 표정을 절대 잊지 못할 것이다. 랜드빌은 C에게 이렇게 말했다. "구제 불능이군." 그가 C를 구제 불능이라고 부르는 데는 명백한 이유가 있었다. "구제 불능, 넌 진짜 아무것도 모르는 멍청이다. 토끼를 잡겠다고, 그렇지! 누가 네 녀석을 어디 덤불 속에 매달아 놓고 고춧가루를 뿌려 놓음 좋겠군. 그래야 무스가 나타나서 네 대갈통에다 재채기를 할 테니까. 네 놈이 생각할 줄 아는 거라곤 고작 그런 것뿐이야."

이 무례한 허풍쟁이에 관해, 사실을 보증할 수는 없지만 레드라는 인간을 적나라하게 보여 주는 정말 사실 같은 이야기가 하나 있다. 나중에 제법 이력이 붙었을 때 레드는 삼림에 밝은 전문 일꾼의 거칠고 자유로운 삶을 좋아하게 되었고, 그것이 그의 무모한 성격에도 더할 나위 없이 잘 맞았다.

레드가 따라다닌 한 일행은 매우 성미 급한 대장의 지휘 아래 있었다. 이 이야기를 제대로 전하려면 그 대장을 좀 더 자세히 묘사할 필요가 있다. 효율성을 무척 중시하는 그 대장은 부대를 신속하게 움직였고, 조금이라도 늑장을 부리면 대원들을 호되게 꾸짖었다. 아무도 초를 가져오지 못하게 했고 촛불 사용을 금하면서까지 진군을 했다. 촛불이 있으면 몇 시간이고 불 옆에 앉아 있다가 잘 시간에도 이야기를 하게 되고, 그러면 아침에 일찍 못 일어난다는 것이 그의 주장이었다. 그러던 어느 날 한 대원의 배낭이 갑자기 터지면서 내용물이 쏟아졌는데, 커다란 초 상자가 발각되고 말았다. 대장은 그 위반자에게 바로 달려들어 소리쳤다. "하! 초! 초! 뭐 땜에 저 초들을 가

겨온 거야, 왜?" 두 사람이 서로를 빤히 쳐다보는 동안 침묵이 흘렀다. "아침에 일찍 일어나려고요." 그 대원이 조용히 대답했다. 이 전투적인 속도 숭배자의 특징 중 한 가지는 재치 있는 대답을 인정할때 고개를 끄덕이며 눈을 약간 게슴츠레 뜨는 것이었다. "네가 이겼다!" 대장이 말했다.

또 한번은 조종 솜씨가 서투른 두 사람이 탄 카누가 뒤집힌 적이 있다. 거의 모든 짐이 없어졌고 두 사람은 겨우 목숨을 건졌는데, 대장은 미칠 듯이 화를 내면서도 기슭에서 구조자들에게 큰소리로 이런저런 지시를 내렸다. 그 불쌍한 두 사람이 가까스로 목숨을 건지고 무사히 육지에 올라왔을 때, 대장이 달려와 소리소리 질렀다. "도대체 왜 그런 짓을 한 거야!"

다소 느긋한 사람인 레드는 이런 일에 조금 신물이 났다. 그래서 대장을 한 방 먹이기로 결심하고서 "단지 대장의 어조를 약간 부드럽게 할" 기회만 기다렸다. 당시에는 정치적 장려책에 따라 숲을 돌아다니는 대원들에게 끊임없이 폐를 끼치는 쓸모없는 인간들이 끼어있었다. 레드가 노린 기회는 그런 인간들 중 한 명이 장대를 떨어뜨려, 짐이며 사람이며 죄다 강물에 빠졌을 때 찾아왔다. 이 인간은 다른 사람의 충고를 듣지 않고 덤불 줄로 자신이 운반하고 있던 백 파운드 밀가루 부대를 몸에 꽉 묶어 두고 있었다. 그는 머리부터 물속에 빠졌는데, 밀가루 부대에 몸이 묶여 있어서 머리는 물속에 박히고 다리는 허공에 떠 있게 되었다. 물론 재빨리 끌어내지긴 했다. 그러나 오랫동안 이런 일을 기다리고 있던 레드 랜드빌은 그자가 살았는지 죽었는지 확인하지도 않고, 곧바로 대장이 있는 연수육로를 가로질러 길게 늘어선 짐꾼들 대열을 지나갔다. 레드는 가면서 사람이 물에 빠졌다고 소리치며 큰 소동을 일으켰다. 길 반대편에서는 대장이 효율성의 장점에 대해 큰소리로 떠들면서, 벌써 아침 일곱 시인데 20마일밖에 오지 못했다, 오늘은 모두 뭘 잘못 먹었느냐, 니들은 ……(망신이다) …… 조상이 원숭이인지 의심스럽다고 말하고 있었다. 그때 레드가 손에 모자를 들고 머리칼을 쭈뼛쭈뼛 세운 채 달려왔다. 그리고 다음과 같은 대화가 이어졌다.

"어이, 대장. 어찌 어찌해서 누가 물에 빠졌어요."

"왜, 뭐 때문에?"

"이유는 모르겠지만, 짐과 함께 빠졌다지요 아마."

"뭐야, 그럼 대원들이 건져냈나?"

"아니오. 둘 다 물속에 있어요. 그자는 빠져 죽을 것 같아요."

"엄청 큰 놈이로군! 아직도 그 자식을 끌어올리지 않았다니 …… 얼마나 깊이 빠진 거야?"

"아, 발목까지요."

"하! 오 넌 재치 있는 놈이로군, 발목까지라고, 빠져 죽을 것 같다고! …… 낯가죽이 두꺼운 놈일세. 이 일을 후회하게 될 거다. 발목까지 빠졌다고, 그렇단 말이지! …… 야!! ……."

"넵." 레드가 동의했다. "발목까지요. 하지만 대장, 당신은 반 밖에 모르고 있어요 …… 그자는 머리부터 처박혔다니까요!"

오래전부터 레드 랜드빌은 우리에게 암탉에 얽힌 귀신 이야기를 해 주겠다고 말해 왔다. 그러나 한 번도 해 준 적이 없었다. 나는 그런 이야기는 없었다는 쪽으로 생각이 기울고 있다. 아무래도 귀신과 암탉은 같은 범주에 속할 것 같지 않기 때문이다. 그 대신 레드는 우리에게 곰에 관한 이야기를 들려주었다.

내가 기억하기로 레드는 곰을 만났을 때 개울가를 걷고 있었다고 했다. 그 곰은 달리고 있었고, 그는 곰과 친해지려고 바로 앞에서 같은 방향으로 함께 뛰었다. 무슨 이유에서인지 곰이 입을 벌렸다. 거의 50개 정도 되는 이빨이 있었고 잇몸마다 구멍이 뚫려 있었다. 곰은 시끄럽고 기괴한 소리를 냈다. (레드는 그 소리를 흉내 냈다.) 그는 곧 나무로 올라갔다. 개울은 그의 왼편에 있었고 곰은 그 반대편에 있었다. 레드는 곰을 방해하고 싶지 않아서 나무로 올라갔다. (그는 고개를 돌려 뒤를 보면서 나무로 급히 올라가는 동작을 취했다. 그는 당시의 상황을 그대로 재연하면서 효과음까지 넣었다.) 랜드빌은 나무 위에 계속 있었고, 곰은 나무 발치에 잠시 서서 무슨 생각을 했다. 이내 곰은 가 버렸다. 레드가 나무에서 내려오기 시작했을 때 그 곰이 또 다른, 더 크고 더 노련해 보이는 곰을 데리고 돌아왔다. 두 녀석은 나무 발치에 앉아 그를 쳐다보았고 둘이서 뭐라고 뭐라고 속삭이기 시작했는데, 그를 어떻게 할지 쑥덕대고 있는 모양이었다. 레드는 곰들이 내지르는 소리와 똑같은 소리를 질렀다. 그리고는 날 쳐다보며 그 소리가 정말로 똑같으냐고 물었다. 나는 어깨를 약간 으쓱하면서 그렇다고 말했다. 레드는 이야기를 하다가 박물학에 관한 부분이 약간이라도 나오면 내게 동의를 구하는 것이 이젠 버릇이 되어, 나는 다소 난감한 상황에 말려들곤 했다. 어쨌거나 곰들은 긴 회의 끝에 첫번째 등장한 곰보다 더 재주가 많은 곰이 사라졌다가 비버와 함께 금방 돌아왔다. (이 대목에서부터 그 자리에 있던 많은 사람들이 그 이야기를 믿지 않았을 것이다.) 그 곰이 비버를 나무 발치에 앉히자 비버는 앉으려 하지 않았다. 두 곰에게 두어 번 두들겨 맞고 나서야 비버는 일을 시작했다. 곰들의 덩치가 훨씬 컸기 때문에 비버로서는 곰들을 당해 내기가 버거웠을 것이다. 그래서 비버는 곰들의 감독 아래 개울에서 가장 멀리 있는 나무를 자르기 시작했다. 그것은 아주 큰 나무였다. 비버가 나무를 반쯤 잘랐을 즈음, 레드의 눈에는 비버의 꼬리

끝밖에 보이지 않았다. 비버는 나무에서 물러섰다. 그러나 곰들의 성화에 못 이겨 녀석은 나무의 반대편, 그러니까 개울에서 가장 가까운 쪽으로 이동했다. 나무와 개울 사이에는 곰들이 있을 공간이 없었고, 그래서 비버가 오히려 곰들보다 우위에 있는 꼴이 되었다. 레드는 그것을 알아차렸다. 멀리 떨어진 곳에서 비버가 레드를 올려다보았다. 녀석이 그에게 윙크를 보냈다. "그래서 난 일이 잘되리라는 걸 알았어." 레드가 말했다. "비버들은 멍청하지 않아. 그러니까 그 비버는 나무를 다시 자르기 시작했는데, 내가 볼 수 있었던 건 또 녀석의 꼬리 끝뿐이었어. 난 무슨 일이 일어나리라는 걸 알았지. 그 나무가 움직이기 시작했어. 나무가 넘어질 곳이 없는데도 말이지. 무슨 말인지 알겠어? 그래서 난 나무에 계속 붙어 있었어. 그제야 비버가 내게 윙크를 한 이유를 알았어. 그 나무는 개울을 가로질러 직각으로 쓰러졌고 난 반대편 기슭에 떨어졌어. 비버는 개울을 껑충 뛰어 넘어 왔고, 두 곰은 자루 속에서 고개만 빠끔히 내민 고양이들처럼 멍청한 표정으로 서 있었지."

경탄해 마지않는 찬사들이 시들해졌을 때 레드는 뻐기는 곰들에게 제 분수를 알게 하는 좋은 방법이 있다고 말했다. "곰이 자네들을 못 쫓아오게 하는 건 아주 쉬워." 레드는 자신 있게 말했다. "한번은 성질 더러운 곰들이 사는 지역에 간 적이 있었어. 그때 난 과실을 줍고 있었는데, 곰이 오고 있는 게 보이는 거야. 아주 가까이 왔을 때 그 놈이 정말로 날 해치려 한다는 걸 감지했어. 그래서 난 과실즙을 짜서 들통 밑바닥에다 사람 얼굴을 그렸어. 곰이 아주 가까이 왔을 때 사람 얼굴을 그린 들통을 내 뒤통수에 놓고 머리인 것처럼 꾸몄지. 뒤통수에 얼굴이 붙어 있으니 마치 뒤를 정면으로 보면서 달리는 꼴이 됐지 뭐야. 그러자 곰은 그 얼굴을 보고는 내가 뒷걸음질로 도망치고 있다고 생각했고, 내가 미쳤다고 결론짓고는 반대쪽으로 휑하니 달려갔어."

아마도, 레드여, 당신이 이 글을 읽는다면 강에서 보낸 옛 시절을 다시 한 번 떠올리게 될 것이다. 당신이 어디를 가든 당신은 돈으로 살 수 없는 값진 선물을, 다시 말해 일이 잘 풀리지 않을 때 사람을 웃게 만드는 힘을 가지게 될 것이다.

펠리컨 호수의 현자

때는 가을 사냥철이었다. 나는 국립공원에서 살고 있었다. 겨울철에 필요한 양식을 구하기 위해 나는 공원 경계선 너머 20마일쯤 되는 곳을 돌아다녔다.

그 지역은 내게 새로운 곳이었다. 12월의 짧은 낮은 우중충했고, 폭풍우가 부는 험한 날씨가 계속되었다. 그 결과 날이 어두워서 나는 목적지까지 얼마 가지 못했고 몹시 피곤했다. 어둠 속에서 진창에 빠졌고, 내 눈신은 얼음 때문에 무거웠다. 그래서 앞바다로 부는 산들바람에 실려 오는, 희미하지만 틀림없는 연기 냄새를 맡았을 때 안도감이 들었다. 나는 서쪽으로 방향을 꺾어 연기 나는 곳으로 갔다. 그곳은 원목 지대였다. 어둠 속에서 우뚝 솟은 가문비나무들이 거무스름한 절벽처럼 음울하고 칙칙하게 서 있었다. 가문비나무 사이로는 불꽃도, 불 켜진 창의 어렴풋한 빛도 보이지 않았다. 연기 냄새는 역하지 않았지만, 불기운이 약해지는 모닥불에서 나는 특유한 향이 났다. 만약 나를 맞이할 집주인들이 자고 있다면 결코 환영받지 못하리라. 건초 더미는 얼음으로 덮인 눈신 테두리가 덜걱하는 소리를 잠재울 만큼 푹신했고, 바람은 앞서 말한 대로 내 쪽으로 불었다. 그래서 내가 그 외딴 오두막으로 이어지는 단단한 길에 발을 디딜 때까지 아무도 내 접근을 알아차리지 못했다. 곧이어 개들이 정신을 차리고 내게 와락 덤벼들었는데, 녀석들의 소동과 행동으로 보아 내 피를 먹고 싶어하는 것 같았다. 나는 이 짖어 대는 무리에 둘러싸여 가까운 가문비나무 사이를 지나서 불빛의 인도를 받아 오두막 앞에 당도했다. 문이 열리면서 누군가가 크리 족* 말로 내게 들어오라고 말했다. 나는 눈신을 벗었다. 내가 들어갔을 때 한 소년이 앞으로 걸어 나와 내 눈신을 집어 지붕 위로 던졌다. 친절한 행동이었지만, 이미 신발 냄새를 맡기 시작했고 허스키들처럼 생가죽을 뜯기 좋아하는 개들에게는 다분히 미움을 살 만한 행동이었다. 들어가 보니 안은 불빛이 희미한 통나무집이었는데, 바닥에는 덤불이 깔려 있었고 물건이라곤 난로 두 개가 고작이었다.

단출한 두 가족이 두 벽면 쪽 바닥 공간에 자리를 잡고 있었다. 밝은 불꽃이 피어 오르는 난로 옆에는 한 노인이 무릎을 꿇고 앉아 있었다. 노인은 난로 위에 차 들통을 올린 후 일어서서 반갑다는 뜻으로 내 손을 잡았다. 그는 짐을 내리는 것을 도와주고 나서 내가 구석에 세워 둔 소총을 들고 밖으로 나갔다. 이상한 행동으로 여겨졌지만, 어둠 속에서 천막을 치는 불편함에서 벗어날 수 있게 된 것에 기쁜 나머지 노인의 행동을 그다지 개의치 않았다. 그러나 떠나기 전에

---

* 캐나다 중앙부에 살았던 아메리카 인디언. 접촉해 오던 다른 부족의 생활양식을 받아들여 습지 크리 족(Swampy Cree)과 평원 크리 족(Plains Cree)으로 나누어졌다.

그 까닭을 물어보리라 생각했다. 내 접대인은 종아리에 담요 천으로 된 각반을 두르고 있었고, 발은 맨발이었다. 노인은 금방 돌아왔는데, 몸놀림이 여느 젊은이들보다 더 가벼웠다. 하지만 나이는 제법 많이 들어 보였다. 그렇게 주름이 많고 햇볕에 심하게 탄 얼굴을 거의 본 적이 없었다. 노인의 우둘투둘한 얼굴에 생긴 주름은 깊게 패여 있었다. 이 주름투성이 얼굴에서 쑥 들어가고 생각에 잠긴 우울한 두 눈이 날 쳐다보았다. 노인의 조용하고 침착하고 포용력 있는 응시에서 나는 인정 많은 아량과 이해의 세계를 감지했다. 노인은 삶의 모진 비바람을 겪으면서 원숙해지고 누가 어떤 거짓말을 해도 금방 알아차릴 만한 사람임이 분명했다.

노인은 순록 가죽을 펴고서 꾸밈없는 호의로 내게 앉으라고 했다. 그는 담배가 아니라 마르고 무른 키니-키닉 잎이 들어 있는 쌈지를 내밀었는데, 우리는 잠시 그것을 피웠다. 그곳에 있는 다른 거주자들은 내가 있다는 것을 전혀 아는 체하지 않았다. 그러나 나는 내가 면밀히 관찰되고 있다는 것을 알았고, 내게 쏠리는 빠르고 은근한 눈길을 보았다기보다는 느꼈다. 작은 속삭임이 들렸다. 한 젊은 여자가 장작더미에 놓여 있는 4등분된 사슴 고기를 얇게 자르기 시작했다. 나는 그들의 기대에 따라 노인이 처음 내게 말을 걸었던 오지브웨이 족 언어로 차근차근 내 상황을 이야기했다. 인디언 언어는 앨고머*나 아비티비** 같은 하이트 오브 랜드 지역에서 어퍼 서스캐처원에 있는 호수들에 이르기까지 많은 차이가 난다. 그런데도 그 노인이 오지브웨이 족 말을 훤히 알고 있고, 심지어 내가 그 말을 쓰고 있다는 것

---

* "꽃들의 공원"이라는 인디언 이름을 가진 미시건 호 근처의 아름다운 도시.
** 알공킨 인디언 어로 '가운데에 있는 물'이라는 뜻.

까지 아는 것은 놀라웠다.

"선생이 오지브웨이 족 눈신을 신고 있어서." 노인이 내 물음에 답을 해 주었다. "그래서 수 족이나 평원 크리 족이나 습지 크리 족 말을 해 봤자 소용없다는 것을 알았소."

노인은 내게 자신이 오지브웨이 족 사람들 사이에서 자랐고, 내 억양을 듣고서 내가 어디 출신인지 알았다고 하면서 이렇게 말했다.

"그 사람의 출신이 어디고, 부족이 어디라는 것을 머리에 쓴 장식이나 카누 모양을 보고 알 수 있던 시절에는 이방인을 판단하고 말을 어떻게 걸어야 할지 결정하는 것이 어렵지 않았다오. 나는 약 65년 전에 키치 게이밍(슈피리어 호) 서쪽을 돌아다녔소이다. 그땐 철로가 없던 시절이었지요."

노인은 사투리까지 써 가면서 오지브웨이 족 말을 나보다 더 능숙하게 구사했는데, 어떤 말은 알아들을 수도 없었다. 하지만 노인이 1868년경에 미네소타에서 대평원에 이르는 지역을 여행했고, 그렇게 다니면서 덫사냥도 하고 인디언들과 함께 살기도 했다는 것을 알아냈다. 노인은 그 일들이 꽤 최근에 있었던 일처럼, 별로 대수롭지 않다는 듯 아주 생생하게 이야기했다.

그런 일을 겪은 사람들이 이제는 거의 남아 있지 않은데, 그런 사람에게서 우리 역사의 가장 재미난 시기를 듣는 것은 몇몇 사람만이 누리는 특권이었다. 나는 어떤 작은 얘기도 놓치고 싶지 않아서 노인에게 영어를 할 줄 아느냐고 물었다. 뜻밖에도 노인은 영어도 능숙하게 구사했는데, 마침내 그는 처음에는 분명하게 나타나지 않은 사실로서, 자신이 백인이라고 말해 주었다. 노인은 인디언 말 네 개, 사투리 몇 개, 그리고 영어와 프랑스 어까지 할 줄 안다고 털어놓았다. 노인은 인디언 말로 이야기하는 편이 더 좋다고 했는데, 그 노인이 오지브웨이 족 말만큼 영어 표현이 풍부하지 않다는 것은 주목할 만한 점이었다.

노인은 결코 수다스럽지 않았고 대화보다는 소개하는 기분으로 내게 정보를 제공하는 것처럼 보였다. 그래서 나는 경솔한 질문을 자제했다. 노인들은 대체로 옛날을 추억하며 살고 자신의 생각에 누군가가 쓸데없이 끼어드는 것을 불쾌하게 생각한다. 그래서 나는 노인이 침묵에 빠져들었을 때 현명하게 잠자코 있기로 마음먹었고, 여자들 중 한 명이 내 앞에 갖다 준 음식에게 속으로 말을 걸었다. 식사가 끝나자 노인은 내게 키니-키닉 쌈지를 건넸고, 우리는 평온하고 흡족한 기분으로 그것을 피웠다. 인디언 담배의 향기로운 하얀 연기가 가는 나선형을 그리며 올라갔다. 작은 연기 구름은 우리 앞을 한가롭게 떠돌며 난로로 옮겨 가고 지붕 위로 소용돌이쳤다.

잠자고 있던 아기가 불안하게 몸을 뒤척이며 훌쩍이자 그 아버지가 반쯤 정신이 들어 팔을 뻗어 아기가 매달려 있는 밧줄을 흔들었다. 밖에서 개가 간간이 짖어 댔다. 나는 졸리기 시작했다. 잠시 후 노인은 우리도 잠자리에 들자고 하면서 보온보다는 짐을 가볍게 하려고 준비한 내 침낭이 좀 추워 보였는지 자신이 가지고 있던 두 장의 담요 중 한 장을 내게 건넸다. 북쪽의 환대 규칙은 자기 담요를 손님에게 나눠 주거나 침대를 손님에게 양보하고 각자 편안하게 잠을 자는 것이다. 하지만 이번에는 나와 잠자리를 같이하는 이들이 있었다. 내 옆에는 얼어 죽은 코요테 세 마리가 있었다. 아침이 되면 오두막 안의 온기가 식기 때문에 이 이상한 잠자리 친구들은 아침이 될수록 더욱 환영이었다. 나는 코요테들의 두터운 털에서 온기를 얻을 수 있었고 그들과 등을 맞대고 있는 것이 기뻤다.

노인은 동트는 새벽에 일어나 난로에 불을 붙였다. 곧이어 여자들이 빵을 만들고 고기를 요리하기 시작했다. 아침 식사 때 두 가족은 자신들이 정한 곳에 앉거나 웅크리거나 드러누웠다. 내 늙은 접대인은 내 접시가 빌 때면 접시에 고기를 채워 주며 내 시중을 들었고 내 컵에 뜨거운 차가 가득 차 있는지 계속 살폈다. 차가 어찌나 진한지 못을 띄워도 가라앉지 않고 둥둥 뜰 것만 같았다. 내가 나흘을 머무는 동안 노인이 내게 베푼 세심한 보살핌은 아주 높은 상류층 사람들에게서나 기대할 수 있는 것이었다. 어쨌거나 노인은 간소한 식사가 작은 행사가 되고, 푹 끓인 고기와 배넉은 더욱 맛있고, 차는 더욱 시원하고, 손수 만든 담배는 그의 상냥한 배려로 더욱 맛이 나게 하는 방식으로 얼마 안 되는 음식을 마음껏 나눠 주었다. 노인은 누구와 있든 사람을 편안하게 해 줄 필요성을 얼른 감지했고 내게 부족한 것을 바로바로 채워 주었다. 그래서 나는 손발을 까딱할 필요가 없었다. 성의 없는 거절은 이런 오지 사람들이 고집스럽게 지키는 환대의 신념을 거스르는 것이기에, 나는 거절할 생각조차 하지 않았다. 그날 아침, 이 오두막을 사냥 본부로 사용해도 좋다는 제안을 받고서 나는 그날 여행에 필요한 채비를 갖춘 다음 내 일을 했다.

저녁 시간 동안 우리, 즉 노인과 나는 숲에 사는 사람들이 관심을 가지는 주제들, 가령 땅의 형세라든가, 모피의 가치, 금지 조항 등에 관해 이야기하곤 했다. 그러나 노인의 지난 세월에 대해서는 더 이상 깊이 파고들지 않았다. 나는 노인이 보여 주는 조용하고 가부장적인 위엄을 이해했기 때문에 내 속물적인 호기심을 내비칠 수 없었다. 그 주제를 다시 거론할 기회를 가지게 된 것은 그곳에 머문 지 사흘째 되던 밤이었다. 담배를 네 대 피우고 — 그동안 우리는 아무 말도 하지 않았다 — 나서 노인이 침대 머리에서 오래된 잡지 한 권을 꺼내 내게 잡지에 나와 있는 사진의 의미를 설명해 줄 수 있느냐고 물었다.

그 책에 실린 여러 특집 기사들 가운데 태양 춤*을 비롯한 이런저런 인디언 활동에 대한 필자의 생각을 색다르게 서술한 관련 기사가 있었다. 사실 나는 다른 주제들에 대한 노인의 관심이 시들해질 때까지 이 주제에 관한 담화를 교묘히 삼가고 있다가, 마침내 그 기사를 마지막 전략, 최후의 일격, 주요한 사건, 기타 등등으로 소개했다. 나는 노인에게 태양 춤이 제대로 그려져 있느냐고 물었다. "당연히 아니오." 노인은 힘주어 말했다. "어떻게 이럴 수 있지? 그들은 저런 식으로 무대를 만들지 않소이다. '목마름의 춤'을 추는 무용수들은 어디로 갔소?"

노인은 오래되고 명예로운 관습을 잘못 써 놓은 것에 몹시 분개했다. 나는 어디가 잘못되었느냐고 물었다.

"태양 춤을 본 적이 있소?" 노인이 물었다.

이런 참혹한 의식을 약간 유순하게 바꿔서 부활시킨 의식을 몇 번 본 적이 있긴 했지만, 나는 없다고 대답하고서 입을 다물었다.

"저것은" 노인은 사진을 가리키며 말했다. "진짜가 아니오. 저보다 더 많은 것이 있소. 그들은 이런 식으로 울타리를 세우곤 했소." 노인은 작은 나뭇가지와 솔로 울타리 모양을 만들어 보였다. "한 사람당 한 울타리씩. 그들은 울타리를 많이, 그러니까 시험을 통과하고 싶은 사람 수에 따라 열두 개 가량 만들었소. 각자 한 곳씩 들어가서 그늘이라곤 없이, 햇볕이 내리쬐는 곳에서 벌거벗고 춤을 췄다오. 그들은 먹지도 마시지도 않고 계속 춤추고 노래했고, 밤에도 쉬지를 않았소이다. 절대 노래를 멈추지 않았지요. 그들은 비를 부르기로 되어 있었소. 비가 내리기 전까지는 안에서든 밖에서든 물 한 방울 마실

---

* 19세기에 북미의 평원 인디언들이 하지 때 펼친 가장 화려하고 중요한 종교 의식.

수 없었소. 부정행위를 할 수 없도록 파수꾼들이 지키고 서 있었다오. 고통을 참지 못하고 기권을 하게 되면 그자는 자격을 박탈당하고 망신을 당했소이다. 그리고 여자들과 함께 돌려보내졌지요. 블랙푸트 족*의 의식이 그랬다오. 그들은 이 의식을 목마름의 춤이라고 불렀소."

나는 무용수들이 비를 내리게 하는 데 어려움이 없었는지 알고 싶었다. 노인은 그들이 비가 올 때까지 춤을 춤으로써 그 어려움을 이겨 냈다고 말했다. 춤추는 시간대는 주술사들이 정했는데, 그들은 아주 훌륭한 일기 예보자였다. 그러나 때로는 시간대를 잘못 맞춰 의식에 참여한 이들 중 몇 사람이 죽기도 했다고 한다.

나는 노인에게 무용수들이 감수한 자발적인 고통에 대해 물었다.

"그때는 사람들이 지금과 달랐소." 노인이 말했다. "그들은 용감해야만 했고, 용감하지 않으면 감히 나서지 않았소. 그들은 포플러 나뭇가지를 잘라 가지를 쳐낸 다음 야영지로 가지고 와서 똑바로 세웠소. 20피트쯤 높이 세운 긴 나뭇가지 끝에 생가죽 끈을 연결하고서 그 끈을 가슴에 꼬챙이처럼 꿰었소. 그런 다음 춤을 추었지요. 무용수들이 목이 마를수록 끈들은 젖고 오그라들었소. 결국 무용수들은 살이 찢어질 때까지 발끝으로 춤을 추었소이다."

어떤 무용수들은 등가죽에 구멍을 뚫어 가죽 끈을 끼운 다음, 그 끈에다 수송아지나 작은 버펄로나 죽은 개와 같은 무거운 물체를 매달아 땅에 질질 끌고 가면서 춤을 추었다. 좀 더 격렬한 동작을 원하는 무용수는 같은 방법으로 그 끈을 살아 있는 개와 연결시켰다. 그

---

* 서스캐처원 계곡에 살면서 버펄로 사냥으로 살아가던 인디언. 18세기 중반에 말과 화기를 얻어 북서 평원에서 가장 공격적인 부족으로 이름을 날렸다.

러면 구경꾼들은 개들을 미친 듯이 몰아세우고 때렸고, 이 지독한 매질에 개들은 홱홱 움직이고 뛰어다니면서 끈이 끊어질 때까지 가죽 끈을 잡아당겼다.

이런 의식이 진행되는 동안 북소리와 노랫소리는 쉼 없이 계속된다. 말을 탄 사람들이 무용수 주위를 달리면서 힘내라는 함성을 지르면, 개들은 더욱 흥분해 날뛰고 끈에 묶인 사람들의 고통은 더욱 커진다.

"그 의식은 분명 위대한 시험이었소." 노인이 부르짖었다. "전사가 이 수련을 완수하는 데는 시간이 걸렸소이다. 지금은 금지하고 있지만 말이오." 노인은 생각에 잠겨 말했다. "어쨌거나 그 의식은 언제나 고통을 의미했소. 그래서인지 가끔은 그 의식이 끝난 게 그다지 아쉽지 않다오." 나는 노인에게 그 시절을 다시 보고 싶으냐고 물었다. "전혀." 노인은 단호하게 말했다. "보고 싶지 않소. 평원은 전사들로 가득했고, 우리는 큰 무리를 지어 돌아다녀야 했소." 인디언들이 편애하는 사람들을 제외하곤 아무도 안전하지 않았다. 노인은 인디언뿐 아니라 백인도 가해자였던 그 시절의 상상할 수도 없는 무자비함에 대해 말했다.

노인은 몇 가지 생생한 일화를 들려주면서 안개에 싸인 과거를 벗겨 내 보였다. 그는 의미심장한 손짓으로 옛 서부의 변경 지대를 가로지르는 로맨스의 우아한 베일을 벗겨 냈고, 그 로맨스에 담긴 삭막하고 오싹한 잔인함을 까발렸다. 수지 양초의 흔들리는 불빛에 그림자들이 이상하게 움직였는데, 그 그림자들은 기괴하게 나왔다 들어갔다 나불거리면서 노인의 무서운 이야기에 섬뜩한 분위기를 보탰다. 노인은 희미한 형체들, 다시 말해 연기 구름 사이로 무섭고 소름 끼치도록 가만히 접근하고, 이름도 없고 이름 붙일 수도 없는 공포의 사명에 열중한 망령들과 더불어 불빛이 침침한 오두막에 살고 있었다. 음침한 구석에 숨어 있거나 무시무시한 죽음의 술잔치를 벌이며 춤을 추는 벌거벗은 악마들과 함께.

어린 소녀가 차를 내왔다. 나는 두 가닥으로 길게 땋은 소녀의 머리를 눈여겨보면서 저 머리카락을 어떤 식으로 팽팽하게 펼치면 비버 가죽 같은 머리가죽으로 보일까 상상해 보았다. 수십 년 전 나는 젊은이다운 열정으로 그 옛날 백발이 성성한 살인자들이 이룬 위업을 정말로 열심히 들었는데, 그런 시절이 다시 오기를 바라는 사람들과 달리 내 마음은 그 소란한 시절에 큰 매력을 느끼지 못했다.

내 늙은 벗은 이제까지는 입 밖에 흘린 적이 거의 없는 듯한 수많은 이야기를 차례차례 풀어놓았다. 노인의 기억의 수문이 열린 것은 나의 마법 때문도, 내가 그에게 요술을 건 것 때문도, 내가 열려라 참깨를 외친 것 때문도 아니었다. 아마도 그것은 내가 한 사람의 청중으로 진심 어린 관심을 보인다는 것을 노인이 알아차렸고, 이야기를 하는 과정에서 생각에 잠기는 기쁨을 발견했기 때문이리라. 노인은 이야기꾼의 기교를 전혀 쓰지 않고 아무런 꾸밈없이, 그러나 정말로 자세하게, 있었던 일들을 이야기했다. 노인이 이야기 속 등장인물들에 대해 적절하고 소박한 논평을 덧붙여 주었기 때문에 인물들은 더욱 살아났다. 노인이 인디언 문자* 중 표음 문자밖에 읽지 못하는데도, 노인이 들려주는 이야기는 내가 언젠가 책에서 읽었거나 다른 사람에게서 들은 적이 있는 이야기들과 꼭 들어맞았다. 노인은 또한 사람들의 생활방식에 대한 예리한 이해와 날카로운 통찰을 보여 주었

---

* 이 문자는 선교사들이 인디언들에게 소개한 일종의 속기이며, 인디언들 사이에 널리 사용되고 있다.

는데, 그것은 교육보다는 관찰과 경험에서 얻은 지혜였다. 노인은 자신이 목격한 장면이 갖는 역사적 중요성을 알지 못하는 것 같았고, 그 일들을 이제는 더 이상 일어나지 않는 평범한 사건으로 여기는 것 같았다. 나는 내 여행 이야기로 노인의 관심을 끌어 볼까 생각도 했지만, 내 하찮은 경험담은 이야기하지 않는 편이 좋겠다는 생각이 들었다.

부드러운 치누크 바람*이 부는 따뜻한 어느 날, 노인은 오두막 옆에 서 있는 커다란 가문비나무 아래 잠시 앉아 먼 언덕을 조용히 응시하며 드넓은 호수 너머를 바라보고 있었다.

"이것은 내 나무라오." 노인이 내게 말했다. "소년들은 이 나무를 베고 싶어했소. 하지만 이 놈도 나처럼 늙어 가고 있다오. 내가 이 놈의 목숨을 구한 셈이요."

어떤 곳에 덫을 설치해 둔 두 젊은이가 내게 지형과 사냥감의 움직임에 관한 정보를 제공해 준 덕분에 나는 순록과 빨간 사슴을 죽일 수 있었다. 이 정도면 겨울 식량으로 충분했기 때문에 이제는 내 구역으로 돌아가야겠다고 생각했다. 그러나 노인의 요청에 못 이겨 며칠을 더 머물며 노인과 함께 이제는 사라진 옛 시절을 떠올렸다. 나는 조용히 앉아서 조금 있으면 영원히 봉인될 입술에서 나오는 말들에 귀를 기울였다.

혜택을 받은 손님으로서 의무를 다해야 한다는 생각에, 나는 내 차례가 되었을 때 아파치 족과 오지브웨이 족의 민화(民話)를 장황하게 이야기했다. 결코 일어나지 않은 우스운 이야기였다. 상상력이 풍부하고 미신에 사로잡힌 사람들이 신기한 자연 현상을 설명하기

---

* 미국 북서부에서 겨울부터 봄까지 부는 따뜻한 남서풍.

위해 꾸며 낸 신화와 우화였고, 아주 어리고 의심이 많지 않던 시절에 내가 반쯤 믿었던 이야기들이었다. 내가 이야기하는 동안 이 조용한 사람들은 근엄하게, 그러면서도 진지하게 귀 기울이며 공손하게 경청했다. 누구도 소리나 몸짓으로 이야기를 방해하지 않았고, 이야기가 케케묵었다는 둥, 믿을 수 없다는 둥 하는 말도 하지 않았다.

이 상서로운 행사에 참여해 달라는 요청에 마음이 움직인 다른 사람들이 이 여흥을 함께 하기 위해 크리 족, 소토 족,* 블랙푸트 족의 전설과 현인과 괴물 이야기, 그리고 악마와 예언자에 관한 이야기를 늘어놓았다. 속삭이는 숲과 굽이치는 넓은 대초원에서 일어난 우화들과 태초의 이야기들도 있었다. 그러고 나서 사람들은 차를 마시고 담배를 피웠다.

나는 최근 몇 해 동안 편안한 삶을 살면서 덫으로 짐승을 잡아 고기를 먹는 습성을 조금씩 버리고 있다. 이제는 하루 세 끼를 꼬박 고기와 배녁과 차를 먹으면서 생활할 수가 없다. 그러나 나의 늙은 대접인은 다른 사람들이 생각하는 진미(珍味)에는 전혀 흥미를 갖지 않으면서 엄청나게 많은 고기와 다른 것들을 먹었다. 나는 노인이 나 같은 젊은 햇병아리에게 부담을 느끼는 것은 아닌가 생각했다. 내가 보았을 때 노인은 조금, 아니 정말로 특이한 사람이었다. 이 사실을 인식하자 나는 노인이 자제하는 음식을 부끄럼 없이 먹을 수가 없었다. 겉으로는 용감한 표정을 지었지만, 내 위장은 어김없이 나오는 순록 스테이크와 늑골 요리를 내켜하지 않았다. 그래서 나는 종종 배가 고팠다. 하지만 자기 이를 고스란히 가진 그 족장은 생고기만 먹

---

* 위니펙 호수 서쪽, 미시건 북쪽, 오대양 지역에서 거주했던 북미 인디언으로 오지브웨이 족의 분파.

고도 언제까지나 살 수 있다고 하면서 괴로운 일이 있을 때는 맛있는 뼈를 씹는 것보다 더 좋은 치유책은 없다고 말했다. 칠십대 초반에 노인은 자신들을 다코타 족으로 부르는 수 족 인디언들과 살았는데, 겨울 식량으로 모아 두거나 사 두거나 저장해 둔 채소와 열매를 제외하고는 고기, 특히 버펄로가 유일한 식량이었다고 한다. 미네소타에는 도토리 가루와 줄풀*이 있었고, 나중에는 우유와 설탕을 타지 않은 커피를 많이 마셨다고 한다.

우리가 순록의 가죽에 앉아 담배를 피우며 생각에 잠겨 잠자코 있느라 노인의 이야기는 잠시 중단되었고, 그 사이 여자들은 집안일을 하느라 조용히, 조심조심 움직였다. 그곳에 머무는 마지막 날 아이들을 해먹처럼 생긴 그물이나 이끼로 덮인 요람에 눕혀 재웠을 때, 어른들이 바닥에 담요를 깔고 누워 잠자는 소리 외엔 아무 소리도 들리지 않았을 때, 노인은 추억에 잠겨 오랜 경험에서 나온 긴 에피소드들을 떠올리며 밤새도록 이야기했다. 노인은 궁핍과 굶주림, 싸움과 축제, 지평선만 보이는 끝없는 길, 오래전에 중단되고 잊혀진 관습들에 대해 말했다. 노인은 그 이야기들을 마치 어제 일인 것처럼 늘어놓았다. 깜박이는 수지 양초의 불빛 옆에서 노인은, 만약 내가 그것을 쓸 재주만 충분히 있다면, 서사시가 되고도 남을 이야기의 직물을 내 눈앞에서 짰다.

노인은 커스터 전투** 직전에 미국의 평원을 떠나 캐나다로 건너왔다고 말했다. 노인은 글자 그대로 번역했을 때 시팅 불(앉아 있는 소)과 불 게팅 업(일어서는 소)을 알고 있었는데, 그들은 지금의 위니

---

* 습지에 나는 볏과 (科)의 다년초.
** 1876년에 조지 커스터 장군의 명령에 맞서 인디언들이 벌인 대대적인 전투.

펙인 포트 개리 근처에서 태어난 것으로 추정되는 인디언 혼혈이었다. 노인이 사이프러스 힐 마을에 있을 때 리틀 빅혼 전투에서 승리를 거둔 인디언 전사들이 이 마을에서 소금을 얻기 위해 마침 그곳 변경을 지나고 있었다. 노인은 오랜 지기(知己)로서 그들 사이를 자유롭게 돌아다녔다. 전사들은 평화의 사명을 띠고 있었기에 전투복을 입지 않았고, 화려한 전투모와 다른 장신구들도 조심스레 치워 놓았다. 전사들 대부분은 깃털 장식 한두 개만 달고 있었는데, 깃털은 곧은 수직이 아니라 늘 비스듬히 꽂혀 있었다. 그래서 전투 후반에는 깃털 장식과 표지만으로 그들의 무용을 짐작할 수 없었고, 그들 모습 어디에도 호전성이 보이지 않았다. 그러나 많은 이들이 도끼와 흙받기(길고 가는, 어쩔 때는 구부러지는 손잡이가 달린 달걀 모양의 돌)를 팔꿈치 속에 넣어 가지고 다녔다. 더 나이 든 남자들은 긴 파이프를 들고 다녔고, 거의 모두 인디언 외투를 입고 있었다. 노인은 그들이 매우 상냥하고 기쁨에 넘쳐 있다는 것을 알았다. 그들은 당면한 문제로서 백인 군인들이 종종 인디언 여자들과 아이들에게 저지르는 잔혹 행위를 염려하면서도, 청색 제복에 대한 두려움은 가지고 있지 않은 듯했다. 그들은 사람들이 흔히 알고 있는 전투를 비롯하여 참으로 다양한 전투를 이야기해 주었다. 내가 노인에게 벗겨 낸 머리 가죽을 본 적이 있느냐고 묻자, 노인은 없다고 대답했다. 인디언들은 머리 가죽을 벗기는 것을 부끄러워했고, 머리 가죽에 붙은 머리카락이 짧기 때문에 그것을 보여 주지 않으려 했다고 말했다. 인디언 군대에는 순수 백인이 몇 명 있었는데, 그들도 그 전투에 참가했다. 노인의 견해로는 그들의 탈영이 자기 종족에 맞서 간혹 백인을 돕는 인디언 배반자들의 경우처럼 비난할 만한 일이 아니었다. 나는 그 점에서 노인의 견해에 동의했다. 왜냐하면 대대로 백인의 고매한 친구로 지내 온

91

인디언들은 사실 그들 종족에게 배반자도 그 이상도 아닌, 그저 빵에 버터를 발라 먹는 편에서 세상을 바라보는 눈치 빠른 기회주의자일 뿐이라고 여겨왔기 때문이다. 인디언들이 한번은 캐나다 기마 경찰대를 추적한 적이 있는데, 군인들 중에 스스로 몸을 내던졌는지 아니면 말에서 저절로 떨어졌는지 모르겠지만 어쨌거나 인디언 소녀에게 구출되어 그녀와 결혼한 사람이 있었다.

노인은 북서부 반란에 대해서도 말해 주었다. 당시 노인은 자신이 받아들인 인디언 종족에 맞서 정찰병으로 복무하라는 명령을 거부하고 전쟁이 벌어지는 동안 프린스 앨버트 지역에 있었다. 노인은 자신의 피부색에 맞서 인디언들 편에 서지도 않았고, 오로지 방관자로만 일관했다. 노인은 백인들이 개틀링 기관총으로 사격 연습을 하는 것을 지켜보곤 했다. 탄약들이 쇄석기에 쏟아지는 바위들처럼 깔때기처럼 생긴 것을 통해 기관총으로 들어갔고, 그동안 포수들은 손잡이를 돌려 대포를 쏘았다고 말했다.

백인들은 덫 사냥꾼, 정찰병, 그 밖의 다른 비정규 전사들을 두려워했지만, 노인의 말에 따르면 인디언들은 노선이 어느 쪽이든 청색 제복을 입은 적의 말은 절대로 받아들이지 않았다고 한다. 또한 덧붙여서 인디언 전사들은 제대로 무장만 하면 백인 최고의 군대와 경찰에 맞서 자신들을 지킬 수 있었다고 말했다. 노인은 백인 군대의 압도적인 패배로 끝난 보토치 전투에서 서른 명의 군인을 죽였고, 한술 더 떠 날이 어두워진 바람에 백인 군대를 전멸시키지는 못했다고 주장한 어떤 인디언 혼혈을 알고 있었다. 대초원에서 전투 경험이 없는 백인 군인들은 엄호물을 제대로 이용하지 못했고, 종종 길을 잃거나 당황하여 자기네 진영에 총을 쏘기도 했다. 역사를 보면 이 같은 상황이 동쪽 숲에서 일어나 옛 인디언 전투와 그 후의 보어와 다른 황야의 전투 때 엄격하게 훈련받은 군대와 더욱 숙달된 게릴라 전사들 간에 일어난 싸움에서 자주 벌어졌음을 알 수 있다.

노인은 내게 다리에 맞은 화살 흉터를 보여 주었다. 그 흉터는 마치 얼마 전에 다친 것처럼 뚜렷이 남아 있었다. 아주 보기 흉한 흉터였다. 어깨총으로 쏘는 전쟁용 화살에 맞은 상처였는데, 전투가 한창일 때 칼로 살을 도려내야 했다고 한다. 이 상처는 포니 족이 갑자기 쳐들어와 그의 부족이 교착 상태에 빠졌을 때 생겼다. 당시 노인은 어려서 싸울 수가 없었고, 전투가 벌어지는 동안 짐마차 밑에서 다른 소년들과 함께 탄알 더미를 가지고 놀면서 시간을 때웠다고 한다.

인디언들은 머리형과 구슬 장식과 모카신 모양도 다를 뿐 아니라 정신과 신체 면에서도 각 부족마다 아주 다양한 특징을 가지고 있다고 한다. 스토니 족과 블랙푸트 족과 포니 족은 가장 호전적이고 가장 용감하며 인디언 문화가 가장 발달했고, 소토 족과 크리 족과 오지브웨이 족은 가장 평화로운 부족이라고 했다. 블랙푸트 족은 아주 거칠고 훌륭한 전사들이지만, 중앙 대초원의 부족들에 비해 덜 공격적이고 더 온건했다. 그들은 또한 더욱 절도가 있었다.

노인의 이야기에 밝은 면이 전혀 없지는 않았지만, 재미난 이야기를 구성하는 면에서 노인에겐 남다른 점이 있었다. 기괴한 코미디의 한 예로서 노인이 많은 인디언 전투를 치른 고참병들과 함께 처음 여행을 한 일화를 들 수 있다. 피난처라곤 없고 비바람이 몰아치는 어느 날 저녁 그들은 최근까지 사람이 살았던 흔적은 있지만 그때는 버려진 듯한 오두막을 발견하고서 무척 기뻐했다. 하지만 그들은 오두막에 사람이 있다는 것을 알게 되었다. 안으로 들어가다가 일행 중 한 명이 죽은 사람으로 보이는 것에 걸려 넘어졌다. 그 옆에는 또 다른 사람이 누워 있었다. 자세히 보니 세 사람이나 더 있었다. 그들 중

한 명은 자다가 살해당할 정도로 부주의했다. 비가 심하게 내리고 있었다. 그래서 그들은 시체들을 밖으로 내놓고 어떻게든 참을 수밖에 없었다.

"아이고. 우린 복도 많아." 고참병이 쾌활하게 소리쳤다. 그 사이 좀 더 나이 어린 병사가 시체들을 치우기 시작했다. "어이 잠깐, 잠깐. 우리는 이 일을 똑바로 해야 해." 그 고참병은 그들에게 찾아든 행운에 감사의 말을 덧붙인 뒤 시체 다섯 구의 머리 가죽을 벗기고서 시체를 밖으로 질질 끌고 갔다. 말하자면 아주 깔끔한 농담이었다. 그런 식의 익살을 떠는 것에 버릇 들린 이방인과 있어 본 적이 있는 젊은이만이 그런 유머에 즉각 반응할 수 있었을 것이다. 개인적으로 나는 유명한 크리 족 추장인 늙은 스타 블랭킷(별 담요)에 관한 유머가 더 마음에 든다. 한번은 추장의 몇몇 백인 친구들이 대접인지, 실물 교육인지, 혹은 그 비슷한 목적을 위해 그를 동부로 데려가서는 도시에 있는 가장 큰 호텔들 중 한곳에 묵게 했다. 그 늙은 추장은 융숭한 대접을 받았고, 그때는 특별히 신사복을 차려입었다. 하지만 고향에서 짧은 천 조각, 모카신, 오래된 깃털만 입고 살던 것이 몸에 배어서, 어느 날 아침 그는 잠시 건망증에 빠져 옷을 다 입었다고 생각하고는 속옷만 걸친 채 아침 식사를 하러 내려간 것이다.

인간의 본성은 원시 시절과 진화를 거듭해 온 지금을 견주어 볼 때 그다지 잘 변하는 것 같지 않다. 그날 추장의 모습은 석기 시대에서 막 나타난 원시인이나 다름없었다. 하지만 그의 곁에는 더욱 진보된 기준에서 볼 때 삼류 양아치밖에 안 되는 모리배들과 공갈꾼들도 있었다. 몇몇 부족이 만드는 약간의 구리 무기를 빼고, 인디언들이 가진 금속이라곤 얼마 안 되는 금뿐이었다. 금은 장식으로 쓰일 때밖에는 가치가 없었다. 그런데 이 금 때문에 많은 나라의 못된 인간들이 전쟁을 조성하려고 음모를 꾸미고, 다음에는 자기네 군인들을 죽이는 치명적인 무기와 탄약을 서로에게 파는 것 같다. 머리 가죽을 벗길 때 쓰는 가장 질 좋은 칼이 셰필드와 코넷티컷 주에서 만들어져서, 백인들이 그 칼을 인디언들에게 팔고, 그 칼에 백인들의 머리 가죽이 벗겨진다. 내 늙은 접대인은 이번에는 불티나게 팔릴 만큼 우수한 화살을 만든 화살 제작자에 관해 말해 주었다. 그자는 합법적인 소득에 만족하지 못하고 생산량을 더 늘리기로 결심했다. 그래서 여가 시간이면 자기 부족과 이웃 부족간에 불화를 부추기고 다녔다. 전쟁이 일어났을 때 그는 균형 이론에 입각해 화살을 양쪽 진영에 다 팔았고, 그동안 가만히 앉아서 재미를 즐기고 덤으로 돈까지 벌어들였다. 이런 일을 심심풀이처럼 저지르는 사람이 비단 화살 제작자만은 아니리라. 노인이 들려준 한 이야기는 얼굴빛을 굳어지게 하는 재담도 있었다. 한 개척자가 초창기에 창 밖에서 나는 소란스러운 소리에 잠을 깼다. 창밖을 내다보니 인디언 일행이 자신이 애지중지하는 구리 주전자에 뭔가를 넣고 흔들고 있었다. "어이, 당신들 그 주전자에 뭘 섞고 있는 거지?" 그가 물었다. "페인트." 인디언들 중 한 명이 짧게 대답했다. "뭐 때문에?" 개척자가 물었다. "출정의 길." 앞서 대답한 그 인디언이 그를 똑바로 쳐다보며 말했다. "오!" 그 개척자는 잠시 곰곰이 생각했다. "좋아, 좋아, 어서들, 가져가. 좋아." "젠장 당연히 좋다고 해야지. 암 그래야지." 그 인디언이 말했다.

노인이 있던 곳에서는 백인들이 인디언 땅을 빼앗으려고 쳐들어온 적이 없었는지, 노인은 꽤 평화롭게 지낸 듯했다. 아니면 인디언의 숫자가 더 적고, 날씨가 혹독해서 인디언들이 여름에는 주로 겨울을 대비하는 데 보내고 겨울에는 주로 밖을 나서지 않아서 서로를 해치는 활동을 할 겨를이 없었던 탓인지도 모른다. 그래도 가끔은 인디언들끼리 약탈을 했고, 그래서 크리 족과 블랙푸트 족은 오랫동안 사이가 좋지 않았다. 때로는 대규모 습격이 벌어지기도 했는데, 블랙푸트 족이 거의 매번 승리를 거뒀기 때문에 다른 부족들의 두려움을 사거나 온갖 미움을 받았다.

벨리 강 지역을 여행할 때 노인은, 조상 대대로 적으로 지내 온 블랙푸트 족에게 때마침 완전히 패배한 크리 족 무리와 하룻밤을 보낸적이 있었다. 이 경우에는 패배 요인이 부족의 주술사가 영적으로 제대로 원조하지 못한 탓으로 돌려져서, 그 주술사는 부족 사람들 눈밖에 나고 말았다. 문제의 그날 밤, 영적인 도움을 주기 위해 경쟁자 주술사가 세운 넓은 티피에서 주술 춤이 거행되었다. 마음이 상한 퇴출된 주술사는 의식에 참여하지 않고, 그의 말들이 묶여 있는 곳 근처에서 잠을 자려고 했다. 그는 잠을 이루지 못해 잠시 어슬렁거렸다. 짧은 산책을 끝내고 돌아왔을 때 낯선 인디언을 보고서 깜짝 놀랐다. 말의 매듭을 푸는 — 그의 가장 좋은 말을 풀고 있었다 — 행동으로 보아 그자는 블랙푸트 족이 분명했다. 주술사의 기척을 느끼지 못한 그 도둑은 말을 끌고 가기 시작했다. 말 주인인 주술사는 무적의 블랙푸트 족 일원의 출현에 겁을 먹었지만, 정의감과 분노감에 불타 땅에서 말뚝을 뽑아서 적 뒤로 몰래 다가가 놈을 때려눕혔다. 그리고는 그 말뚝으로 미숙하지만 빈틈없이 일을 처리하여 적의 머리가죽을 벗겨 냈다. 그는 자신의 행운을 거의 믿을 수가 없었다. 몇 분전만 해도 망신당한 돌팔이 주술사였는데, 이제는 자기 이름이 붙는 머리 가죽을 가진 증명된 전사가 된 것이다. 정말이지 멋진 일격이었다 …… 무기 하나로, 가만히 서서, 그것도 말뚝에 불과한 무기로 사람을 죽이다니! 그것은 아무리 못해도 깃털 두 개를, 그것도 수직으로 꽂을 수 있는 성과였다. 이 공적은 부족의 마음에 쏙 들어서 그는 십중팔구 복직될 것이었다. 그래서 그는 적의 목을 말의 꼬리에 묶어 주술 춤이 진행 중인 넓은 오두막으로 말을 타고 가서 승리의 입성을 했다. 주술사가 그 사건을 노래하고 자신의 멋진 일격을 열거하는 동안 의식은 즉각 중단되었다. 곧이어 대소동이 벌어졌다. 바로 여기에 부족 성원이 앙갚음할 수 있는 미운 종족의 시체가 있었다! 그자가 죽었다는 사실은 전혀 중요하지 않았다. 오두막 밖에 재빨리 불이 지펴졌고, 그 승리자는 북과 딸랑이 소리에 맞춰 노래와 주문을 외며 말을 타고 불 주위를 돌았다. 음악을 연주하는 데 끼지 못한 부족 성원들은 시체 주위를 에워싸고서 시체를 나뭇가지로 때리고 칼로 난도질하고 토막을 냈다. 그러는 동안 여자들은 온갖 욕설을 퍼부으며 그 시체에게 그자가 자신들의 삶에 끼친 피해를 상기시켰다.

"우린 오랫동안 널 기다려 왔어."

"너는 오랫동안 우릴 화나게 했어." 그들은 노래를 부르면서 나뭇가지와 칼과 도끼를 부지런히 움직였다. 마침내 시체는 사지가 조각조각 절단되고 아주 잘게 쪼개졌다. 시체 조각이 높이 걸렸을 때 무용수들은 소리를 지르며 자세를 갖추고 점점 더 광적으로 노래를 불렀다.

이 대목에서 노인은 약삭빠르게 빠져나왔다고 했다. 노인에게는 이런 관행을 유감스럽게 여기는 훌륭한 친구들이 많이 있었다. 늙은 추장들 중에는 종족 보존을 위하는 경우에만 싸웠던 착하고 고결하고 이성적인 사람들이 몇 명 있었다. 어느 부족의 지도자든 종족 보존을 위해서는 싸움을 했을 것이다. 일부다처제가 가끔 행해졌지만, 그들의 가족 생활은 여러 부족들 가운데 나무랄 데가 없었다. 여자들은 대체로 정숙했다. 그런데 부족에서 승인받은 몇몇 경우에는 부족의 "윗사람들"도 아직 해결책을 찾지 못한 문제를 부족을 위해 해결하기도 했다. 그들은 아이들을 헌신적으로 사랑했고, 착한 남편이고 성실한 아내였으며, 나중에 인디언 보호지에 모여들기 시작할 때까지 대체로 정갈하고 건강한 사람이었다.

정찰병과 길잡이들 중에 행실이 좋지 않은 몇몇 인간들은 미개인들보다 더 악랄했고, 평화로운 인디언들과 달리 불안과 보복의 빌미가 되는 약탈을 감행했으며, 종종 전쟁을 부추겼다. 당시에도 분쟁을 피하면서 효과적으로 일을 처리할 수 있었다는 것은 수백 명의 사람들이 화가 나도 총을 쏘지 않고 그 시기를 거쳐 갔다는 사실에서 확인할 수 있다.

노인의 습성을 보면 그처럼 격렬했던 시대에 영향을 거의 받지 않은 듯하다. 노인에게는 그 시절이 끝났고, 누군가가 굳이 캐묻지 않으면 그 시절은 겉보기에는 과거의 후미진 곳에 잊혀진 채로 있었다. 그러나 나는 노인에게서 지난날의 관습과 약간 관계가 있어 보이는 한 가지를 발견했다. 노인은 그의 친족을 제외하고는 누구도 야영지에 총을 가져오지 못하게 했다. 나는 노인이 이 현대 사회를 어떻게 생각하는지, 비행기를 보거나 라디오를 들을 때— 그런 적이 있다면— 무슨 생각을 하는지, 40년 가까이 그의 성스러운 장소였던 여기 펠리컨 호수를 침범하는 경솔하고 시끄럽고 즐거운 여행객들에 대해서 어떻게 생각하는지 정말로 궁금했다. 또한 나에 대해서 어떻게 생각하는지도 무척 알고 싶었다. 호전적인 종족의 후손인 나는 노인이 보기에 별 노력 없이 얻는 편한 삶을 살고 있는 반면, 이 세계가 앞으로 다시는 볼 수 없게 될 헌신적인 개척자 무리의 외로운 생존자인 노인은 광야에서 고기, 차, 밀가루, 마른 약초, 그리고 담요 등으로 삶에 필요한 모든 것을 완벽하게 마련하며 살고 있다.

하지만 나는 이런저런 많은 것들을 결코 알지 못할 것이다. 노인은 자신의 비밀을 잘 지킨다. 이 예의 바르고 친절한 현인이자 고대의 전사는 파이프를 물고 꾸벅꾸벅 졸 때 그 자신처럼 너무나 늙어가고 있는 가문비나무 아래 앉아 희미하고 먼 날들에 관한 어떤 꿈들을 누가 알아주기를 꿈꾸고 있다. 그리고 이제는 멀지 않은 마지막을 끈기 있게 기다리면서 마지막 변경의 문에서 죽음을 기다리고 있다.*

---

* 이름이 루이 르벨레(Louis Levallé)인 이 늙은 전사는 이 이야기가 쓰여진 직후인 1935년에 죽었다.

춤추는 늑대

본부 오두막에서 25마일, 철로 북쪽으로 100마일을 오는 동안 나는 아무것도 먹지 못했다. 벌써 어둠이 깔리고 있었다. 이제는 천막을 치는 도리밖에 없다.

　그곳은 스라소니가 많은 지역이었고, 개 꼬리에 붙은 털만큼 나무가 울창한 길이었다. 이런 지역에서 부지런히 덫을 설치하노라면 시간은 어느덧 금새 지나가 버리고 일하는 데 가속도가 붙어 일에서 좀처럼 손을 뗄 수가 없다. 양탄자를 깔아 놓듯 발삼나무 가지를 깔고, 가벼운 장대 여섯 개를 반원형으로 똑바로 세워 그 위에 덮개 천을 씌우자 모닥불 열을 반사하는 티피 모양이 갖춰졌고 천막이 만들어졌다. 아, 그렇지, 장작. 그걸 잊고 있었다.

　그날은 무척 길었다. 나는 순록의 뒷다리며, 털, 발, 뼈까지 죄다 먹을 수 있을 만큼 배가 고파 죽을 지경이었다. 하지만 덫을 놓은 길 위에서는 음식보다 장작이 먼저다. 왜냐하면 북위 51도 훨씬 위쪽으로는 모든 것이 언제 얼어붙을지 모르기 때문이다. 그래서 나는 낡은 혁대를 꽉 쥐고서 두 시간 동안 계속 마른 목재 사이로 도끼를 휘둘렀다. 장작이 키 작은 두 사람이 악수도 나누기 힘들 정도로 높이 쌓였을 때 나는 불을 피웠다.

바로 이럴 때 북쪽의 혹독함이 인간의 몸에 깊이 파고든다. 나는 지금 녹초가 되었고, 뭘 먹을지 생각하는 것도 귀찮았지만 내 몸을 지키기 위해 먹어 두기로 했다. 그래서 무스 스테이크 약 2파운드, 빵 반 조각, 뜨거운 차 한 잔으로 시장기만 채우고서 불을 지펴 오래된 굴뚝에 연기가 피어 오르도록 했다.

그것은 꽤 효과가 있었다. 파이프를 빨면서 나는 상반신을 뒤로 젖히고 앉아, 연기가 소용돌이치며 하얀 차양 속에서 내 머리 위로 지붕처럼 번지는 것을 쳐다보았고, 모닥불이 기분 좋게 타닥거리는 소리를 들으며 더할 나위 없이 흡족해 했다. 그리고 일주일 내내 내 한 끼 식사량도 먹지 못하는 도시의 가난하고 배고픈 사람들에 대해 생각하기 시작했다. 끝없이 펼쳐진 하얀 고독 속에서 작은 불 옆에 홀로 있기는 했지만, 상황은 내게 그다지 나쁘지 않았다.

불빛이 비치는 반경 안에서 거대한 가문비나무들이 생각에 잠겨 엄숙하게 빙 둘러서 있었다. 불길로 생긴 그림자들이 나무 발치에서 앞뒤로 춤을 추었다. 그 너머는 암흑이었다. 인디언들이 믿는 꼬마 도깨비와 땅 신령과 장난꾸러기 요정들이 어둠 속에서 날 뚫어지게 쳐다보고 있는 듯했다. 이따금씩 하얀 눈덧신토끼가 어둠 속에서 나타나 아무 소리도 없이 가만히 앉아 보고 또 보다가 연기처럼 휙 사라졌다. 별 아래 온 세상이 가만히 멈춰 서서 귀를 기울이고 결코 일어나지 않는 뭔가를 기다리고 있는 것 같았다. 이상하게 들리겠지만, 여기 북쪽 땅에 있으면 그렇게 된다. 만일 여러분이 사방과 위가 끝이 없고, 모든 것이 여러분의 영혼을 내리누르는 반짝이는 침묵에 뒤덮인 세계의 끝에 홀로 있어 본 적이 있다면 내 말을 이해할 것이다.

잠시 후 불이 꺼지는 소리가 들렸다. 넋이 나간 듯 있다가 갑자기 한기가 느껴져서 정신을 차려 보니, 불꽃이 약해져 있었고 어떤 소리가 메아리치며 텅 빈 언덕들을 가로지르다 잠잠해졌다.

나는 잠시 그 소리를 귀담아듣다가 다시 졸기 시작했다. 그때 그 소리가 반복되었다. 멀리서 들려오는 길 잃은 영혼의 울음소리처럼 구슬픈 소리. 그 메아리가 채 잠잠해지기도 전에 야영지 바로 가까이 있는 호숫가에서 대답이 들려왔다. 늑대들이다!

나는 장작을 정돈해 또다시 연기를 피운 뒤 반으로 접은 담요를 둘둘 말았다. 이 지역에서 늑대는 전혀 새삼스럽지 않았기에, 내 바람은 오직 녀석들이 날 깨우지 않는 것이었다. 내가 막 눈을 감았을 때 호숫가에 있는 늑대들이 또다시 우우우우 울부짖으며 위에서, 서쪽에서, 양 옆에서 내 잠을 방해했다. 이 소리는 두어 번 반복되었고 나는 미칠 것 같았다. 나는 신발을 신고 옷가지를 몇 개 벗고서(영하 50도의 날씨에 밖에서 잠을 잘 때는 옷을 모두 갖춰 입고 잠을 자기 때문이다), 눈신을 신고 호수로 내려갔다. 북극광이 희미하게 반짝이며 앞뒤로 흔들거렸는데, 손을 뻗으면 닿을 것처럼 낮게 있어서 그 불빛에 신문을 읽어도 될 듯했다. 늑대들이 움직이면서 나뭇잎을 건드리는 소리가 들리는 듯했다.

나는 예전에 생각했던 것만큼 호숫가에서의 늑대 사냥에 의욕이 생기지 않았다. 오로라 불빛에 모든 것이 기괴하고 유령 같이 보였고, 기슭을 따라 늘어선 눈에 덮인 키 큰 나무들은 마치 내가 못 올 데라도 들어온 것인 양 엄하고 험상궂은 표정으로 날 뚫어지게 내려다보고 있었다. 이런! 호수는 추웠다.

나는 소총은 놔두고 엽총만 들고 나왔는데, 내 처지에서 보자면 어리석은 짓이었다. 사람들은 대체로 어느 정도 멀리 나오고 나서야 어떤 사실을 깨닫게 된다. 어쨌거나 나는 호수로 나아갔고 사정권 밖에서 소리를 지르고 있는 늑대 한 마리를 보았다. 나는 호수 끝까지 살금살금 가서 호수 전체를 다 보았는데, 그곳은 거의 늑대 소굴처럼 보였다. 가까이 있는 놈들은 아홉 마리였다. 그것은 작은 호수였고 늑대들은 아주, 아주 컸다. 아마도 북미 지역에서 가장 큰 늑대들이리라. 내가 보기에 녀석들은 분명 빙판 위에 많이들 서 있었다. 한 놈이 무리들 앞에서 뒷발로 뛰어다니고 빙빙 돌면서 자기의 장기를 보여 주고 있었다. 이른바 늑대 춤이었으리라. 내가 나중에 그 호수를 춤추는 늑대라고 불렀지만, 당시에는 그 걸음이 흡사 출전의 춤처럼 보여서 이름에 대해 고민하지도 못했다. 이제 늑대들은 그들의 긴 코를 허공에 치켜들고서 한 놈씩 울부짖기 시작했다. 소음! 나는 그때까지 그런 소음을 들어 본 적이 없었다.

　그 소음은 인간의 피를 얼어붙게 할 만하다. 늑대들은 날카로운 울음소리로 빌 코디 목장의 인디언들이 낮짝도 디밀지 못하게 했다. 백 야드 정도 떨어진 곳에 있는 늑대가 가장 가까웠는데, 사정 거리였다. 소총만 가져왔더라면 놈을 소탕했을 것이다. 나는 몹시 화가 났고 추워서 몸이 떨리기 시작했다. 그래서 상황이 불리해지기 전에 천막으로 돌아가기로 결심했다. 나는 속으로 말했다. "저 불쌍한 놈들이 즐길 수 있는 동안 즐기게 해 주자. 일단 내가 쫓으면 오래 살지도 못할 테니."

　늑대들은 병들거나 하지 않고 건강해 보였는데, 얼음 위에서도 아주 잘 지낼 거라는 생각이 들었다.

　춤을 추는 늑대는 제 감정에 취한 듯이 보였다. 나는 녀석이 금방

이라도 날 발견해서 사람을 의식하게 되어 그 여흥을 망칠게 할까 걱정되었다. 무슨 일이 있어도 그런 일이 일어나게 해서는 안 된다. 나는 누구도 상처 입는 것을 보고 싶지 않았고, 그래서 엽총을 들고 조용히 빠져나왔다. 이제는 엽총이 꼭 장난감 콩알총처럼 보이기 시작했다.

엽총 상태가 약간 좋지 않다는 것을 알아채고서 이렇게 말했다. "그만 덜걱거리고 흔들려라, 이 얼간이 총아. 무엇보다 넌 저놈들이 네 소릴 못 듣고 가 버릴 거고, 우리가 쓸쓸해질 거라는 걸 알아야 해."

다음날 종일 덫을 설치하고서 밤늦게 사하간*으로 돌아갔다. 늑대 발자국들만 찍혀 있고 주위에 6피트 넘는 나무라곤 눈을 씻고 보아도 없는, 약 1마일 되는 소택지를 지나야 했다. 내가 호수의 얼음을 치자마자 전쟁터에서 나는 것 같은 함성 소리가 사방에서 들썩였다. 너무 캄캄해서 늑대라곤 보이지 않았지만, 나는 내 일만 마음 쓰며 평소처럼 한 발 한 발 계속 나아갔다. 걸음을 디딜 때마다 늑대들이 따뜻하고 편안한지를 확인하려고 귀를 쫑긋 세웠다. 나는 녀석들이 또한 배가 고프지 않기를 바랐다. 나는 늘 동물에게 친절했고, 모두가 만족하는 모습을 보고 싶었다.

몸통이 굵고 키가 큰 나무들이 있는 야영지에 당도하자 기분이 한결 좋아졌다. 나는 늑대들이 가까이 있을지 모른다고 생각했다. 만약 사람이 나무 위에서 얼어 죽고 싶지 않다면 차라리 땅으로 내려와 늑대들과 뛰어 놀며 체온을 따뜻하게 유지하는 건 어떨까. 우리는, 그러니까 나와 내 총과 늑대들은 밤새도록 전쟁에 사용하는 주술을 쓰

---

* 범포로 만든 임시 오두막.

면서 그 밤을 보냈다. 다음날 우리는 그 장소에서 다른 곳으로 이동했다.

일주일 뒤 나는 두 개울이 반대편 기슭에서 시작되는 지점에 있는 길고 좁은 호수를 건너고 있었다. 이 지점은 겨울에도 한참 동안 물이 얼지 않고 흐르는데, 심지어 한겨울에도 물이 늘 살짝만 얼었다. 밤 열 시나 그 무렵이었다. 달이 졌다. 덤불을 헤치고 얼음 위에 발을 디뎠을 때 희미한 어둠 속에서 동물 떼로 보이는 것들이 50야드 조금 못 미치는 곳에서 바위 끝을 지나가다 발길을 돌리는 것이 보였다. 나는 이웃에 사는 한 사냥꾼이 그 시각에 내 사냥터를 지나가려 하나 보다고 생각하여 그에게 얼음이 얇게 얼었으니 개들을 붙들라고 소리쳤다. 대답이 없어서 다시 소리를 질렀다. 그 순간 이상한 느낌이 들어 개들 쪽으로 걸어갔다. 개들 중 한 놈이 요란하고 날카로운 소리로 짖어 댔다. 일곱 번을 반복해서 짖었는데, 개소리 같으면서도 더 야만스럽고 더 날카롭고 더 사나웠다. 그 개들은 늑대들이었다! 나는 이 짐승들이 사람을 해치려 할 때 풍기는 강한 사향 냄새를 맡았다. 나는 곤경에 빠져 얼른 도망을 쳤다. 이번에는 바보 같이 굴면 안 된다. 늑대들이 옆으로 흩어지면서 내게 다가왔고, 꼭 소를 물어 뜯는 개떼처럼 나를 가로막고 으르렁거리고 허공에 대고 짖기 시작했다. 나는 얼음이 얇게 언 곳을 얼른 지나갔다. 늑대들이 내게 기어 왔을 때 그 무게를 못 이긴 얼음이 빠직거리며 금이 갔다. 사정이 달라지지 않는다면 나는 곧 하프를 켜는 천사 앞에서 죽음의 심판을 받을지도 모르리. 그러나 이번에는 내게 32구경 소총이 있다는 것에 생각이 미치자 마음이 곧 편해졌다. 나는 거리를 가늠하기 위해 걸음을 멈추지도 않고 총을 몇 방 쏘았다. 불꽃이 약했다. 내가 소총을 꽤 잘 다루는 편인데도, 늑대는 두 마리밖에 쓰러지지 않았다. 나머지 놈들은 어둠 속에서 뒤로 물러서며 으르렁거리기 시작했는데, 얼마 안 있어 더 많은 녀석들이 몰려왔다. 놈들은 총알 세례를 받으면서도 군대처럼 사방으로 흩어져서 점점 더 가까이, 천천히, 그러나 확실하게 다가왔다. 놈들에게 더 많은 총알을 날리자 늑대들은 다시 뒤로 물러섰고, 이번에는 멀리 가지 않았다. 나는 내 아늑한 오두막을 생각하기 시작했다. 연수육로로 건너면 불과 1마일 거리였지만, 독자 여러분에게 말하지만 어떤 때는 1마일이 빌어먹을 정도로 길게 느껴지기도 한다. 적들이 다시, 이번에는 더 대담하게 다가왔다. 얼마 후 나는 그 늑대들에게서 한 가지 사실을 알아냈다. 늑대들은 늘 나와 일정한 거리를 유지하며 멈춰 서는 듯했는데, 마치 침대 곁에 있는 올가미 밧줄 때문에 방울뱀이 접근하지 못할 때처럼(사실은 그렇지 않다) 나를 둘러싼 그 무엇에 제지당하는 것 같았다. 그 무엇은 인간에 대한 두려움이었다.

탄약이 떨어지기 시작했다. 나는 늑대들이 다가오지 않을 때까지 총을 계속 발사했고 어쩌다 한 마리씩 맞추기도 했다.

그럴 때마다 늑대들은 어둠 속으로 사라져서 지원병을 불렀는데, 그러면 지원병은 언제라도 금방 왔다. 나는 본래 잔인한 사람이 아니고 이런 경우에도 마찬가지다. 그래서 더 많은 피 흘림을 피하기 위해 집으로 가야겠다고 생각했다. 나는 눈신을 신고도 뒷걸음질을 칠 수 있는 사람처럼 위엄 있게 그 자리를 떠났다(언제고 독자 여러분도 해 보시라). 그렇게 나는 물러났는데, 그 판단이 틀렸다고 생각하지 않는다.

나무가 울창한 연수육로에 다다랐을 때 곤두서 있던 머리카락이 내려와 모자가 내 귀를 다시 덮을 수 있게 되었다. 나는 그것을 들어 올려서 얼른 내려놓기 시작했는데(귀가 아니라 발을 말이다), 쓰러진 나무에 걸려 다리를 부러뜨릴 뻔했다. 죽자 살자 달렸더라면 좋았을지도 모르지만, 그래서는 안 된다는 것이 주변 사람들 견해였다.

연수육로를 건너는 동안 내 뒤에서 늑대들이 짖는 소리가 들리는 듯했다. 내가 워낙 황소고집이라 뒤돌아서 굳이 확인하진 않았지만, 늑대들이 내 등골을 따라 기어오르는 듯이 연수육로 구석구석에 포진해 있음을 느낄 수 있었다. 내 예측이 맞았다. 그 1마일은 진짜 멀었다. 그날 밤 일이 있은 뒤로 그 야영지는 결코 안전하고 온전해 보이지 않았다.

내가 쏘아 댄 총알 수에 견주어 그날 밤 내가 죽인 늑대가 몇 마리였는지는 자존심 때문에 밝히기 곤란하지만, 당시 늑대 한 마리 당 상금이 40달러였다. 나는 그 돈으로 내게 필요한 새 장비들을 몇 가지 살 수 있었고, 그중 몇 개는 지금도 남아 있다.

지금에서야 나는 그 소동을 웃으며 이야기할 수 있다. 흥분으로 귀가 거의 얼어붙을 때면 늑대 사냥을 위해 귓바퀴가 별도로 길게 내려오는 특수 모자가 있으면 좋겠다는 생각이 들곤 한다. 그러면 이따금 내 머리털이 아무리 곤두서더라도 모자 귓바퀴가 길게 내려와 있어서 귀를 덮어 줄 테니 말이다.

하이어워사*가 남긴 것

사랑을 잘하는 이는 기도도 잘하도다.
크고 작은 모든 일에서.

북미 인디언의 삶을 그린 페니모어 쿠퍼**와 롱펠로의 작품들을 조롱하는 것이 현대의 최첨단 지적 교양의 태도가 되고 있다. 그렇게 조롱하는 사람들 대다수가 인디언의 삶에 대해 거의, 혹은 전혀 알지 못한다. 그들은 두 작가의 작품을 읽자마자 자신들은 그런 시련을 견딜 수 없었을 거라 생각하면서, 그런 얘기를 아주 잘 아는 사람들이 하는 말을 의심하고 괜히 믿지 않는 척한다. 마치 내가 적어도 한 발

---

* 롱펠로가 핀란드의 〈칼레발라〉에 영향을 받아 쓴 시 〈하이어워사의 노래〉에 나오는 인디언의 신화적 영웅. 하이어워사는 오지브웨이 어로 '그가 강을 만든다'는 뜻이다.

** Fennimore Cooper, 《모히칸 족의 최후》로 유명한 19세기 미국 소설가.

이라도 땅에 붙여 놓기를 더 좋아하고 비행기를 좋아하지 않는다는 이유로 린드버그*가 대서양을 건넜다는 사실을 믿지 않으려 하는 것처럼 말이다.

숲에서, 심지어 요즘처럼 안전한 숲에서 소풍 나온 사람들을 보면 문명화된 인간이 얼마나 무력한 존재인지를 알 수 있다. 그들은 소풍과 달리 숲에서는 위급한 순간이 많다는 것을 알지 못한다. 옛날 같은 더 혹독한 환경에 있었다면, 문명화된 인간은 아마 일주일도 살고 싶어하지 않았을 것이다. 다른 사람이 하는 일에 대해 무지몽매한 것이 수치스러운 일은 결코 아니다. 독자 여러분은 운전대를 잡은 내 모습을 보고 싶어할지도 모르겠다(그런 모습을 어느 누구도 본 적이 없고, 장담하건대 앞으로도 절대 보지 못할 것이다).

한 번도 접해 보지 못한 환경에 직면하거나 자기가 할 수 없는 위업을 누군가가 달성하는 것을 볼 때, 그 일을 건방지게 얕잡아 보는 연막을 치는 것이 관대하지 못한 사람들 사이에서 관습이 되고 있다. 아무리 믿을 만한 근거를 제시해도 인디언의 삶을 그린 이야기들은 섣부른 비판의 표적이 되어 왔다. 무조건적인 의심이 답은 아니다.

앞에서 말한 두 작가와 다른 몇몇 사람들은 자신들이 묘사한 그 시절과 사건을 우리보다 더 가까이에서 겪었다. 따라서 그들이 우리에게는 차단된 정보의 출처에 (그것도 거의 직접적으로) 접근했으리라는 것은 능히 짐작할 수 있다. 물론 그들이 무조건 맞는 것은 아니다. 한 예로 쿠퍼는 목공술에 관한 세부 묘사에서 몇 가지 엄청난 실수를 저질렀고, 작품 속 인물들을 다소 과장된 기법으로 이상화했다는 것

---

* Charles Augustus Lindbergh, 1927년 최초로 대서양 무착륙 횡단에 성공한 미국인 비행사.

을 인정해야 한다. 또한 쿠퍼는 어떤 면에서는 약간 서툴렀다. 가령 《모히칸 족의 최후》에서 이야기 내내 백인 길잡이인 호케이를 빼고 나면, 호케이의 경우도 어쩌다가 그것도 조용히 웃을 뿐이지만, 등장 인물들 중 누구도 웃지 않는다는 것을 발견할 수 있다. 그러나 이 작 가가 크고 단단한 나무 띠를 형성하는 북미의 숲을 그린 내용은 매우 정확하다. 쿠퍼는 야만성과 많은 기술과 황야의 싸움을 아주 생생하 고 대단히 충실하게 기술했다. 무엇보다 그는 인디언이 가진 성격의 미묘함, 애매함, 완강함, 극기 정신, 설명할 수 없는 모순에 대해 상 당히 정통했던 것 같다.

쿠퍼의 인물들은 유별나게 똑똑했다. 그러나 그때처럼 힘든 상황 에서는 인간이 다음 식사 시간까지 살려면 유별나게 똑똑해야 했다 (아마도 그래서 등장인물들이 식량을 나르는 장면이 나오지 않는 것 같 다). 왜냐하면 당시 그 지역에서는 아침에 깨어나면 자기 얼굴이 밤 사이 없어지지 않았나 확인하는 것이 다반사였고, 얼굴을 받쳐 주는 머리가죽이 벗겨져 있곤 했기 때문이다. 거의 매일 아침 황천길로 가 버린 이상한 얼굴이 있었다 해도 과언이 아니다.

롱펠로는 하이어워사의 이야기에서 인디언의 삶과 완전히 상반되 는 모습을 그렸다. 그의 시는 모든 전쟁이 끝나는 것을 시작으로 전 사들이 무기도 던져 버리고, 얼굴에 칠한 물감도 지우고, 적대 부족 들은 '위대한 영'이 자신들에게 준 평화의 담뱃대를 돌려 피우며 친 하게 지내는 것을 기술하고 있다. 많은 부분이 대체로 시적 파격으로 자유롭게 꾸며져 있는데, 이런 식으로 윤색된 비슷한 상황은 구약 성 서에서도 발견될지 모른다. 그 시는 대개 우화 같고, 대부분이 전설 이다. 하지만 거의 모든 예에서 그 우화들은 지금 상황에도 적용될 수 있고, 전설들은 비록 잔인하지만 종종 아름답고 거짓 없이 이야기된다. 이 문제에 관해서는 현대의 역사책들 어디에나 동화 같은 멋진 이야기들이 수록되어 있는 것을 볼 수 있다.

운율을 지키기 위해 의도적으로 행한 발음상의 한두 개 잘못을 제외하고 롱펠로는 오지브웨이 족 말들을 정확하게 표현했고, 어떤 경우에는 영어로 번역을 해 놓기도 했다. 만약 그렇게 쓸 수 있을 만큼 글 잘 쓰는 인디언이 있었다면, 그 모든 이야기를 인디언이 쓸 수도 있었을 것이라는 논리도 꽤 일리가 있다. 색다른 용어, 웅변조의 문체, 심상, 한 가지 생각이 여러 방식으로 이어지는 되풀이 기법, 그리고 물 흐르듯이 거의 단조롭게 이어지는 리듬 때문에 롱펠로의 작품은 성가보다 시적인 느낌이 덜하다. 이 때문에 그의 작품을 읽으면 대규모 군중 앞에서 잘 뽑은 문구와 알맞은 어조로 지난날의 위대한 사건을 낭송하는 지혜롭고 나이 지긋한 어느 인디언 웅변가의 억양조차 떠오르지 않는다.

롱펠로의 뛰어난 문체를 보여 주는 예는 가수이자 상냥한 치비아보스의 영혼이 지나가는 것을 묘사하는 아름다운 시구에 드러난다.

그의 어린 시절 마을에서

그를 아는 사람들 집에서

비스듬히 떠도는 연기 화환처럼

숲 사이를 조용히 지나

천천히 사라지는 치비아보스!

그가 지나간 곳에선 가지들이 움직이지 않았다,

그가 밟고 간 곳에선 풀들이 머리를 숙이지 않았다,

또한 지난해의 낙엽들은

그의 발밑에서 소리를 내지 않았다.

이와 대조적으로, 나는 변경의 역사에 대해 권위 있는 한 작가가 쓴 이야기를 읽은 적이 있다. 그는 수 족의 야영지를 이야기 배경으로 삼았고, 그가 사용한 인디언 말은 전부 오지브웨이 족 말, 그것도 아주 저질스런 말이었다. 오지브웨이 족과 수 족은 중국어와 힌두스타니만큼 다른 언어를 가진 전혀 다른 부족이다(내 말이 맞기를 바란다. 사실 나는 힌두스타니나 중국어를 전혀 모른다).

동물과 자연물을 의인화하여 묘사한 것은 전형적인 인디언풍이라고 할 수 있다. 모든 것은 그것만이 가지고 있는 특별하고 고유한 특징으로 식별된다. 소나무는 노래를 한다고 전해지는데, 소나무 바늘잎 사이로 바람이 흥얼대는 소리를 들어 본 사람이라면 이 말을 이해할 것이다. 겨울의 정령은 하얀 담요를 입는다. 올빼미들은 "숲에서 웃고, 울고", 쏙독새는 "불평하고", 갈매기는 "고상하게 할퀴는 자"이고, 식용 개구리는 "땅 밑에서 흐느끼고 노래한다." 다람쥐는 나무 줄기에 딱 붙어 있을 때 좋아하는 자세 때문에 "공중에 뜬 꼬리", 혹은 오지브웨이 족 말로 "머리가 아래로"를 뜻하는 "아지도모"라고 불린다.

롱펠로가 그 당시 어느 인디언 마을의 삶을 그린 내용은 내가 북쪽에서 반(半)원시 부족의 야영지들 사이에 머물면서 모은 정보로 판단해 볼 때 초기 여행자들에게서 대대로 전해 내려온 이야기들만큼 거의 정확하다. 하지만 내가 머문 야영지들은 하이어워사의 마을이 가끔 활기찼던 만큼 활기차지는 않았다. 아마도 이 불행한 사람들은 지금 시대에 대해 거의 만족하지 않을지도 모른다. 롱펠로가 묘사한 것과 같은 장면과 의식, 춤, 의복을 보기 위해서는 캐나다 서부에 있는 블랙푸트 족, 수 족, 스토니 족, 그리고 크리 족의 정기 집회를 방문해야 한다. 심지어 도박도 그런 절차를 밟아야 볼 수 있을 만큼 실재적이고 꽤 진지하다.*

롱펠로는 인디언의 기질을 정확하게 지적했는데도, 최근까지 크게 인정받지 못하고 있다. 그는 하이어워사를 감정적이고, 수줍음이 많고, 친절하며, 싸울 때는 가차 없지만 다정다감한 아버지이자 남편이면서, 한편으로는 몽상가이자 철학자로 그렸다. 그 모든 것이 사실이다. 특히 가족간의 유대가 강하고 손님을 대접해야 할 때는 극진히 대접한다는 점에서 그렇다. 그러나 지난 반세기 동안 일어난 숱한 불행한 일들로 인해 오늘날에는 인디언 마을을 돌아다니는 이방인들을 그처럼 극진히 대접해 주는 경우는 거의 없다.

모든 민족이 다 가지고 있는 민간 전승이나 전설들 외에 그 이야기에서 억지스런 구석은 전혀 없다. 당시의 인디언들과 오늘날의 방랑하는 많은 인디언들에게 황혼의 숲은 땅의 신령들과 요정들과 온갖 이상한 신화적 존재들이 살고 있는 곳으로 기억될 것이다. 그러나 하이어워사의 사람들 이야기에는 매우 인간적이고, 매우 단순하고, 매우 사실적이며, 인간이 가지는 거의 모든 감정이 실려 있다. 인디언의 인물 묘사는 대단히 사실적이다. 타와센사 골짜기를 가로지르고, 노래하는 소나무 숲을 지나갈 때, 말하고 노래하고 춤추는 이 사람들, 일단 알게 되면 사랑하지 않을 수 없는 이 사람들을 ─변하긴 했겠지만─ 우리는 모든 인디언 마을에서 발견할 수 있고, 그들과 닮은 이들을 어느 마을 어느 부족에서나 발견할 수 있다. 세계 어느

---

* 미시소가 강 지역에서 온타리오 주의 데스바라츠 부근의 가든 강 보호지에 사는 알곤킨 족 인디언들은 롱펠로가 시의 자료를 얻기 위해 얼마 동안 그들과 함께 살았다고 주장한다. 여러 해 동안 그들은 하이어워사의 이야기를 휴런 호와 인접한 숲에 무대를 설치하여 해마다 공연을 하면서 롱펠로의 방문을 기렸다. 이 공연은 최근까지 계속되었는데, 지금도 간혹 그곳에서 볼 수 있을 것이다.

곳이나 아무리 작은 마을이라도 파우-푹-키위스, 즉 게으르고 명랑하고 호감이 가는 식충이와, 재치 있는 무용수, 연회의 중심인물이면서 동시에 말썽꾸러기, 그리고 그 지역 남자들 사이에서 푸대접을 받는 사람이 꼭 있게 마련이다. 또한 롱펠로의 이야기에는 이아구처럼 과거에 살고 과거에 관한 무용담을 들려주는 인물도 있고, 부족 전체를 어머니처럼 돌보지만 하이어워사에게 "쓸모없는 여자"를 아내로 데려와서는 안 된다고 말하는 경험 많고 유능하고 가정적인 노코미스*도 있다. 우리는 콰신드**가 완력과 기술은 있지만 머리가 좋지 않다는 것을 알게 된다. 상냥하면서도 내향적이고 감칠맛 나게 노래하는 치비아보스는 예술가의 영혼을 가지고 있다. 하이어워사는 비록 영웅이지만 많은 결점을 가지고 있다. 성인다운 품성을 빼고 나면 그는 완고하고 정열적이고, 때로는 꽤 무자비했던 것 같다.

하이어워사, 다른 이름으로 부르자면 하요웬사는 인디언들에게 결코 신이 아니었다. 진정한 의미에서 그는 예언자도 아니었다. 심지어 주술사도 아니었다. 그는 곤경에 처할 때 부족 주술사들의 도움을 얻었다. 하지만 머릿속은 부족이 발전할 수 있는 새롭고 진보한 생각들로 가득 차 있었다. 또한 그는 열심히 애써야만 이룰 수 있는 임무가 있다고 느꼈다. 인류의 발전을 위해 애쓰는, 선견지명을 가진 사람들의 운명이 으레 그렇듯이, 그도 많은 반대에 부딪혔고 부족 사람들은 그의 말에 거의 주의를 기울이지 않았다. 만약 그들이 그의 충고를 귀담아들었다면 오늘날 훨씬 부유하게 살고 있을지 모를 일이다. 그가 죽은 지 한참이 지나서야 그들은 위대한 사람 하나를 잃었

---

* Nokomis, 코코미스(Kokomis)가 정확한 표기이다.
** 무쉬-카-와신드.

114

다는 것을 깨닫게 되었다. 인디언들은 다른 민족이 대개 그렇게 하는 것과 달리 그들의 위대한 스승들을 신격화하거나 유해를 딴 곳으로 옮기지는 않았지만, 자신들의 나약함을 깨닫고서 자신들이 사는 땅 밑에 위대한 스승들을 모셔 놓기도 했다. 그래서 하이어워사는 보통 치르는 관례대로 죽음을 맞이하고 땅에 묻혔다. 어떤 이들은 그가 슈피리어 호 기슭에 있는 선더 곶 밑에 묻혔다고 말하지만, 그 주장에 모든 사람이 동의하는 것은 아니다. 하이어워사가 죽자마자 수많은 전통과 전설이 생겨났고, 하이어워사 덕분에 온갖 종류의 실현 불가능한 업적과 위업이 이루어졌다고 이야기되었다. 이로 인해 상당히 많은 전설들이 생겨났고, 그런 전설들이 생기고 지금도 생겨나고 있는 것처럼 상상력이 풍부한 다른 민족들에 의해 많은 신학적이고 역사적인 인물들의 업적이 칭송되었다.

한 인간의 진정한 가치는 보통 죽고 나서야 인정을 받고, 죽은 지 오래될수록 더 유명해진다는 것은 널리 알려진 사실이다. 그러나 역사적으로 위대한 인물들의 사생활을 조사해 보면 종종 실망스러운 경우가 있기도 하다. 내 생각에 흔히 거인으로 알려진 옛 영웅들의 용맹과 체격은 과장된 듯하다. 얼마 전 런던 타워를 방문했을 때 나는 옛날 전사들이 입었던 옷을 보고서 그들이 지금의 우리보다 체격이 훨씬 작았다는 사실을 발견하고서 정말 놀랐다. 블랙 프린스*가 입은 옷은 열다섯 먹은 소년에게나 딱 맞을 듯했다. 나는 영국에 있을 때 완전 무장한 악당(그 시대의 점잖은 기사들) 네 명이 무방비로 있는 왕자를 죽이는 데도 20분이나 걸렸다는 믿을 만한 설명을 들었

---

* 영국의 왕 에드워드 3세의 맏아들로서 그의 갑옷 빛깔이 검은 데서 "흑태자 에드워드"라고 불렸다.

다. 이들 솜씨 좋은 검객들은 칼을 날렵하게 휘둘렀지만 번번이 찌르지 못했고, 가까이 있는 석조물에 부딪쳐 무기의 날도 무디어졌다고 한다.

나는 셰익스피어의 책을 한 권 집어 든다. 그 책에는 작가의 일대기가 곁들여 있는데, 그 내용을 곧이곧대로 받아들일 수가 없다. 그를 열렬히 지지하는 전기 작가들은 작가에게 인간적인 결점이 있었다 해도 그것을 인정하지 않을 것이고, 인정할 수도 없기 때문이다. 그러나 셰익스피어가 천재일지는 몰라도 결혼에 관한 그의 조잡한 비유는 유쾌하지 않고, 마실 것인 색(Sack)*에 관한 폴스타프**의 찬사는 그 불멸의 시인이 알코올의 효능에 대해 제대로 알지 못했음을 보여 준다. 사실 몇몇 논평자들이 독자들에게 믿게 하고 싶은 것처럼 셰익스피어가 정말로 초인간적으로 성스러웠다면, 그의 극에서 볼 수 있는 인간 본성에 대한 깊은 통찰을 가지고 있지 않았을 것이고, 작품 또한 보편적인 매력이 덜했을 것이다.

우리는 지난날의 초인들을 무턱대고 숭배하던 것을 바로잡아 고대든 현대든 우리의 영웅들을 인간적인 측면에서 사랑하는 것이 더 좋다. 그러면 하이어워사도 기적을 행하는 인물이나 초인이 아니라, 자신의 신념을 전파하는 데 큰 성공을 거두지 못한 외롭고 다소 우울한 인물로 보일 것이다. 그가 오늘날 살아 있다면 많은 면에서 꽤 평범한 인물이고, 속도 위반이나 나직이 노래를 읊조리는 행동을 하거나 다른 비난할 만한 습성에 빠질지도 모른다. 아니면 밤에 라디오를 틀어 이웃 사람들을 깨울지도 모른다. 사람은 태생이 무엇이든 결코

---

* 와인의 일종.
** 셰익스피어의 희곡 《헨리 4세》 1부와 2부, 《윈저의 유쾌한 아낙네들》에 등장하는 희극적인 인물.

완벽할 수 없다. 아마도 하이어워사는 책을 썼을 것이고, 다른 문제는 더 이상 신경 쓰지 않았을 것이다. 아담이 사과를 좋아한다는 사실을 깨닫게 된 뒤에도 인간의 본성은 많이 변하지 않았다. 미약한 방법으로나마 나는 인디언 형제를 대표하여 선전 활동을 하고 있는데, 어떤 지역에서는 내가 기대한 만큼의 환영을 받지 못했다. 내가 만난 혼혈들 대부분이 변치 않는 내 적들이었다. 딱 한 경우를 제외하고는 백인들 사이에서 겪은 일들이 가장 재미있었다. 그 일은 웃기는 구석이 없지 않았다. 깃털과 칼을 찬 것 때문에, 그리고 마약 중독자나 마약 상용자나 그 장소를 이용하는 고객들의 불평 때문에 예약 손님 외에는 사절하는 호텔 — 있지도 않은 일종의 안정 요법을 위해 사람들이 묵는 곳 — 을 나가 달라는 요청을 받았을 때, 나는 여기에 어울리는 유머로써 여주인에게 제법 강한 인상을 줄 법한 관련 윤리에 대해 위엄 있고 근엄한 주장을 펼쳤다. 그리고는 머리와 눈부신 깃털을 아주 위엄 있게 높이 세운 채 돌아서서 나가는데, 그만 현관 계단에 걸려 넘어지는 통에 멋들어진 퇴장을 망치고 말았다. 작은 호텔에서 내쫓긴 얘기가 나온 김에 덧붙이자면, 나는 젊었을 때 오락에 대한 생각이 약간 비딱하고 다소 유별나서 모든 마을에서 쫓겨난 적도 있었다. 그러나 모든 일은 용서되는 법이고, 내가 그 당시에 한 행동은 지금으로부터 백 년 후면 그리 중요하지 않을 것이다.

백인들은 이 위대한 원주민 사상가를 인디언의 신이나 성자라고 칭했다. 그러나 똑같은 훈장을 받은 다른 사람들처럼 하이어워사는 결코 신이나 성자가 아니었고, 그렇게 되고 싶어한 적도 없었다.

몇몇 인디언 부족들은 하이어워사를 있는 그대로 존경한 반면, 다른 부족들은 그를 마법사로 둔갑시켰다. 부처나 공자나 마호메트 같은 다른 유명한 이상주의자들처럼 그가 만약 다시 살아 돌아온다면,

그는 자신의 의도가 얼마나 심하게 왜곡되고 잘못 해석되고 있는지를 알게 되어 몹시 실망할 것이다. 하지만 그의 영감과 이상이 지금까지 상업화되고 있지 않다는 것은 다행스러운 일이며, 이것은 아주 드문 일이다.

하이어워사가 어느 부족에 속했는지는 정확하게 확인된 적이 없다. 이로쿼이 족이라는 주장도 있고, 오지브웨이 족, 말리사이트 족, 미크맥 족, 그 밖의 다른 인디언 부족이라고도 말한다. 그가 존재했다는 것은 확실하다. 그가 남긴 업적과 주장에 대해 많은 이야기들이 전해 내려오고 있는데, 처음부터 부정확한 정보는 빼버린 그 이야기들에서 우리는 그가 기울인 전도 노력을 약간 엿볼 수 있다.

하이어워사는 이교도였다. 그러나 크든 작든 그는 모든 것들을 사랑했다. 비록 교회는 없었지만 곧잘 기도도 했다. 미개했고 그가 세운 정부에 부족한 점도 있었지만, 그는 화신(化身)도, 그를 일컫는 말들처럼 무시무시한 존재도 아니었고, 다만 상냥하고 정 많은 영혼이었다. 시대를 훨씬 앞서가면서 그는 부족의 발전을 위해 열심히 일했다. 백인이 출현했을 때──백인의 출현은 그가 죽을 때까지 계속되었다──그는 테쿰세와 폰티액*이 그랬던 것처럼 부족 사람들을 단합시키고 다른 부족들도 동참하게 하려고 애썼다. 그는 인디언의 나라를 만들고 싶어했고 자신이 혐오하는 전쟁을 대신할 만한 새로운 기술을 발전시켰다. 하지만 부족 사람들에게 그는 교란자이자 논쟁자였다(역사는 반복되고, 세계는 점점 좁아진다!). 그는 폐쇄적이고 자족적인 어느 부족에게 격식도 차리지 않고 불쑥 뛰어들어 편안하고

---

* 테쿰세는 쇼니 족 추장이고 폰티액은 오타와 족 추장으로서 많은 인디언 부족을 결합하여 백인 이주민에 맞서 그들의 땅을 지키고자 애썼다.

만족해 하며 살아가는 그들에게 달갑지 않고 불온한 소식으로 충격을 주는 전령이었다. 그보다 훨씬 앞서 살았던 다른 많은 위대한 사람들처럼 몽상가이자 공상가로 불렸다. 그는 사람들에게 임박한 재앙의 전조를 보여 주었고, 기묘하게도 그가 예언한 거의 모든 일들이 실제로 일어났다.

하이어워사는 인간들과는 비록 실패를 맛보았지만 동물들과는 성공을 거뒀던 것 같다. 그는 말을 분명하게 하지 못하는 비천한 생물들의 옹호자가 되었는데, 이상하게도 동물들은 그에게 끌렸던 것 같다. 그는 동물들을 작은 형제들이라고 불렀다. 그는 황야에서 동물들을 마음대로 부를 수 있었다고 한다. 특히 비버의 언어를 배웠다고 전해지는데, 비록 그보다 길다고는 할 수 없지만 이런 놀라운 동물들과 지내 본 경험이 있는 나는 그 말을 믿을 수 있다.*

당시의 인디언들과 오늘날의 많은 인디언들은 황야에 사는 모든 것이 생명과 영혼을 가지고 있다고 보았다. 상당히 훌륭한 생각이다. 비록 그 생각이 더 높은 문화 수준에 있는 성숙한 인간의 생각과는 상충되지만 말이다. 모든 나무는 오랜 친구로 느껴졌고, 산에는 제일 처음 그 산을 찾은 사람의 이름이 붙게 되었다. 우리가 알고 있는 하이어워사는 모든 생물을 숭배했다. 따라서 그가 자신이 구해 보고자 했던 사람들의 태도에 환멸을 느끼고 실망하여 그들을 떠나, 자신의 부족도 보여 주지 않은 우정을 보여 주는 악의 없고 다정한 동물들 사이로 살러 간 것은 당연하다.

이제부터는 신화와 전설로 들어가 보자. 인디언 종족이 자신의 충

---

* 비버의 억양은 인간의 억양과 많이 닮았다. 비버는 넓은 음역을 가지고 있으며, 그것을 통해 대단히 명료한 방식으로 자기 감정을 거의 다 옮길 수 있다.

하이어워사처럼 황야와 그곳 동물들의 친구로 살았던 그레이 아울.

고를 전혀 귀담아듣지 않는데도 하이어워사는 그들에게 닥칠 운명이 염려되어 다시 한 번 호소해 보기로 했다. 그래서 그는 부족들 사이를 지나면서 큰 잔치를 벌인다며 모든 사람을 초대했다. 또한 숲에 사는 모든 짐승들도 초대했다. 슈피리어 호 기슭에서 그는 성대한 잔치를 준비했다. 하지만 그날이 되었을 때 인간은 단 한 명도 오지 않았고 동물들만 왔다.

잔치는 즐겁지 않았고 침묵에 휩싸였다. 거기에 모인 동물들에게는 그것이 이별의 식사였다. 자신의 사명이 결국 실패했다는 것을 깨달은 하이어워사는 더 이상 그곳에 머물 수가 없었다. 그는 떠나기 전에 동물들에게 연설을 했는데, 잔치에 와 주어서 고맙다고, 그들의 호의에 대한 답례로서 앞으로 들어올 백인들은 동물들을 잘 보살펴 줄 거라고, 인디언들이 사라진 후에도 오래오래 살게 될 것이라고 말했다. 그것이 지금 그대로 보여지고 있는 또 다른 예언이다.

카누에 홀로 탄 하이어워사는 작별의 노래를 부르면서 서부로 떠났다. 동물들은 슬픈 표정으로 떼 지어 앉아 점점 작아지는 그의 외로운 모습을 바라보았다. 마침내 그의 모습은 찬란하게 빛나는 지는 해 속으로 사라졌다.

호수 기슭에 있던 당황하고, 슬픔에 빠진 동물들은 소리를 지르며 그를 쫓았는데, 자신들의 목소리가 변한 것을 알았다. 그들은 더 이상 전처럼 말할 수 없었고, 서로를 이해할 수도 없었다. 그래서 그들은 말없이 목소리가 돌아오기를 기다렸지만 허사였다. 어둠이 깔렸을 때 그들은 흩어졌다. 그날 이후 늑대들은 하이어워사를 떠올리며 슬픔에 잠겨 간간이 울부짖게 되었고, 아비들도 길 잃은 영혼들처럼 밤에 호숫가에서 구슬프게 울었다. 올빼미와 다른 많은 동물들도 구슬픈 목소리를 가지고 있고, 어떤 동물들은 벙어리가 되었다. 자연의 형상 모두가 그가 떠나 버린 것을 슬퍼했다. 그리고 숲도 종종 하이어워사를 그리워한다.

오랜 시간이 지난 뒤에도 하이어워사의 노래는 계속 남아 있었던 것 같다. 새들은 그 노래가 사라지기 전에 배웠고, 그래서 비록 말은 잃었지만 지금도 그 노래를 부르고 있다.

그리하여 동물들이 사랑한 인간은 사라졌다. 보답받을 희망도 없이 칭찬도 구하지 않고 선행을 행하며 돌아다니고 자기네 종족에게 거부당한 한 인간이, 황야의 메시아가 사라진 것이다. 인디언들은 숲의 모든 생물들이 늘 알고 있었던 것을 뒤늦게 깨닫고서 하이어워사의 모든 교훈과 가르침과 개선책을 받아들였다. 그 깨달음으로 인디언들은 이득을 보았다. 그러나 너무 늦었다. 인디언들은 하이어워사의 예언대로 멸망하고 말았다.

그의 친구이자 그를 형제라고 불렀던 동물들은 언제나 그가 돌아오기만을 기다린다.

숲은 지금도 하이어워사를 그리워한다. 늑대들은 지금도 그로 인해 슬퍼하고, 개울들은 그의 이름을 소리쳐 부르며, 독수리들은 하늘 높이 떠서 "하이어워사!"를 소리쳐 부른다. 비버들은 그들의 집에서 잠시 하던 일을 멈추고는, 그들의 형제 하이어워사가 오는지 코를 킁킁거리고 쳐다보고 귀를 기울인다.

> 나는 우리 종족이 흩어진 것을 보았다.
> 나의 충고를 까맣게 잊었기에,
> 서로 싸우면서 약해졌다.
> 나는 우리 민족의 잔존물을 보았다
> 폭풍우 구름 떼처럼

가을날의 시든 잎들처럼.

황량하고 비참한 서쪽으로 휘몰아치는 것을.

　롱펠로

편지

이 편지는 1915년에서 1917년까지 프랑스에서 캐나다 원정군의 저격병으로 있었던 어느 북미 인디언이 쓴 것이다. 받는 이는 그 인디언이 부상을 치료하기 위해 캐나다로 돌아가기 전에 입원한 어느 영국 병원의 간호사로 되어 있다. 그의 원래 문체와 철자가 서로 상충되면서 묘한 대조를 이루고 있는 점과, 그것이 그의 독학 때문이라는 사실은 아주 흥미롭다. 새롭게 터득한 학식이 다소 앞뒤가 맞지 않게 여기저기 나타나는데, 다행히 글 솜씨와 무관하게 글 자체는 쭉 이어지고 있다.

1918년 2월 3일

간호사님께

캐나다기러기들이 남쪽으로 날아간 지 거의 넉 달이 지났고, 눈이 많이 내렸습니다. 간호사님께 편지를 쓴 지도 제법 됐지만, 그 후로 나는 먼 길을 걸었고 힘든 길을 따라왔습니다. 내가 당신에게 말했던 자그마하고 슬픈 동물들이 오늘밤 내 주위에 있습니다. 그들은 피곤하지도 않은지 내 곁을 떠나지 않고 있고, 나는 지금 당신에게 편지를 씁니다. 그들은 내가 편지 쓰는 걸 좋아하는 것 같습니다. 나는 내가 아는 늙은 나무들과 바위들을 봅니다. 당신에게 집이 보금자리이듯이 내게는 숲이 그렇습니다. 나는 숲에 다시 왔고 사흘 후에 그곳으로 돌아갈 것입니다. 봄이 오고 강물이 다시 풀리면 4월 말경에 카누를 타고 올 것입니다. 내가 돌아왔을 때 당신이 이곳을 보러 오면 좋겠습니다. 인디언들이 야영지를 설치했고, 호수 위쪽에 그들의 천막이 있었습니다. 나는 올라갔습니다. 인디언들이 나와서 날 쳐다보았고 추장이 내 손을 잡고 인사를 했습니다. 그리고 모두들 한 사람씩 나와서 악수를 하고 인사를 했습니다. 그들은 내게 전쟁에 대해 아무것도 묻지 않았고, 자기네는 '아침 바람' 춤을 출 것이라고 말했습니다. 내가 동쪽에서 막 왔을 때 호숫가로 이른 아침 바람이 불어왔기 때문입니다. 다음날 밤, 그들은 텅 빈 숲 속에서 바람에 날려 떠도는 잎을 뜻하는 니비체를 추었습니다. 백인들이 그것을 알게 되어 다가갔지만, 그들 중 많은 이가 얼른 가 버렸습니다. 백인 학교에서 가르치는 여선생은 기절을 했습니다. 우리가 아무 짓도 안 했기 때문에 그것은 좀 웃겼습니다. 몇몇 백인들만 고함 소리와 드럼 소리를 듣고서 이것을 보기 위해 가까이 와서 재미있게 보았습니다. 나는 비버 마흔세 마리, 수달 한 마리, 물고기 일곱 마리, 늑대 몇 마리, 그리고 무스와 사슴을 죽였습니다. 이제 겨울 동안 먹을 양식과 녹비 옷이 있고, 나는 상처가 나아서 가장 좋은 눈신도, 모카신도 신을 수 있습니다. 어제는 다섯 시간 동안 눈이 수북이 쌓인 길을 18마일이나 걸었습니다. 큰 숲에서 다시 돌아다닐 수 있게 되었으니 나는 운이 좋습니다. 우리에게 숲과 큰 언덕들과 북극의 오로라와 일몰은 모두 살아 있고, 우리는 이들과 함께 살며 어떤 백인들도 살 수 없는 숲의 정령 속에서 삽니다. 우리는 큰 호수를 돌아다니고, 작고 외로운 호숫가에 늘 북쪽을 바라보고 일렬로 서 있는 키가 크고 거무스름한 소나무의 고리로 비버 덫을 설치합니다. 소나무들은 결코 오지 않는 그 무엇을 기다리고 있는 듯합니다. 우리가 볼 때 소나무는 살아 있기에, 우리는 혼자 있을 때 소나무에게 말을 걸고 그러면 외롭지 않습니다. 먼 옛날과 옛 사람들에 대해서도 늘 생각합니다. 그래서 우리는 과거에서 살지만, 세계의 나머지 사람들은 과거를 계속 지나쳐 버립니다. 현대적인 장비를 가지고도 백인들은 우리가 사는 것처럼 살 수 없습니다. 그들은 일몰을 읽을 수도 바람 속에서 옛 사람들이 얘기하는 소리를 들을 수도 없기 때문에 설령 노력한다 해도 그냥 죽을 것입니다. 늑대는 사납지만 우리의 형제이고 옛날 방식으로 살아갑니다. 그러나 사가나쉬*는 풋내기이고 바람이 자신들에게 불어오면 죽을 것입니다. 그것은 그들이 책 말고는 나무와 바위와 물을 볼 줄만 알았지 읽을 줄은 모르기 때문입니다. 우리는 이백 년이나 뒤쳐져 있고 크게 변하지 않았습니다 …… 나는 사진을 많이 찍고 있는데 간호사님께 몇 장을 보낼 것입니다. 하나는 내 친구(인디언인데, 간호사님에게 그 친구의 편지를 보여 준 때를 기억할 겁니다) 사진입니다. 나는 물이 호수 한복판에서 흐르기 때문에 '물이 한복판에 흐르는 곳'이라고 부르는 한 장소에서 사냥을 합니다. 나는 그곳에서 찍은 사진을 당신에게 보낼 겁니다. 고참들에게 들키지만 않는다면 '말하는 언덕'도 찍어서 당신에게 보여 줄 참입니다. 이 모든 것이 당신에게 의

---

* 인디언 말로 영국인이라는 뜻.

미가 있기를 바라고, 어쨌거나 당신이 그것을 보고 웃을 수 있기를 바랍니다. 지금은 눈이 얼음 속으로 녹아들고 낮 동안에 녹고 밤사이에 얼면서, 무스들이 지나다닐 수는 있지만 뛰어다닐 수는 없는 얇은 빙판이 만들어지는 시그윈*의 계절입니다. 이때가 고난의 시기이고, 우리의 눈신은 빙판을 지날 때 젖고, 우리의 발도 젖고, 날마다 늘 젖습니다. 까마귀들이 막 돌아왔습니다. 눈이 녹는 이 시기가 정착지에서는 좋은 날씨이지만 숲에서는 지옥입니다. 백인들은 이 시기에 절대 돌아다니지 않으며, 나는 이 계절을 탓하지 않습니다. 3월 20일 18시. 오늘은 하루 종일 캠프에 틀어박혀 있었고 부드러운 달이 떴습니다. 그것은 나에게 나쁜 징조여서 당신에게 편지를 씁니다. 어제는 하루 종일 호숫가를 돌아다녔는데, 얼음이 녹아 물이 무릎까지 올라오는 진창길이 반이었습니다. 초봄이 오려 합니다. 상처는 상태가 약간 나빠지고 좀처럼 낫지를 않습니 …… 어쨌거나 봄새들이 아침에 나를 깨우고, 그들은 밖에 걸어 둔 내 고기까지 먹어 버립니다. 그러나 새들은 언제든 환영입니다. 오랫동안 새들을 보지 못했는데, 이제는 그들이 고기를 구할 수 있는 곳으로 돌아와서 너무 기쁩니다. 새들이 내 고기를 먹어 치우지만 때가 되면 나는 더 많은 고기를 얻을 수 있습니다. 그들은 정부의 저격병으로 돌아가라고 나에게 심부름꾼을 두 번 보냈습니다. 하지만 나는 이곳에서 행복을 느끼고 있고 자유를 원합니다. 그것이 돈보다 더 좋고, 이번 여름에는 떠돌아다닐 생각입니다. 나는 오지그**를 잡으려고 설치해 둔 덫에 우연히 걸려든 다람쥐 한 마리를 잡았습니다. 다람쥐는 죽었는데, 나는 다람쥐가

---

* 북미 인디언 전설에 내려오는 봄의 정령.
** 담비의 인디언 이름.

가여웠습니다. 바로 거기 눈 위에서, 저녁을 짓고, 앉아서 생각하고, 담배를 피우며 다람쥐 사건과 오만 가지 일들을 생각했습니다. 바람이 방향을 틀어 담배 연기가 내 얼굴 쪽으로 불었고 나는 그때 떠났습니다. 나는 키 크고 검은 나무들이 그위그위치* 주위에 있는지, 옛사람들이 지금도 옛날 옛날에 죽은 숲을 돌아다니는지 궁금했습니다. 나는 그들이 내가 생각하고 있는 것을 아는지 궁금했습니다. 어쩌면 나는 잊혀졌는지도 모르겠습니다. 밖에서 고기를 뜯는 그들은 붉은 새들입니다. 당신은 그 새들, 날개에 빨간 줄무늬가 있는 그들을 쉽게 발견할 겁니다. 이제는 눈이 반쯤 녹았고 호수는 얼음이 대략 3, 4피트로 두껍게 얼어 있습니다. 한 달이 지나면 모든 것이 변할 것입니다. 해는 따뜻해지고 있습니다 …… 내게 있던 던지는 칼에 대해 얘기한 적이 있었지요. 나는 그것을 가지고 돌아왔고, 그 칼은 지금 내 옆에 놓여 있습니다. 무스 뼈를 자르느라 칼끝에 금이 갔습니다. 당신에게 큰 호수와 검은 숲이 있고, 높이 솟은 나무들로 둘러싸인 작고 외로운 호수들이 있는 이 지역을 보여 주고 싶습니다. 그 나무들은 조용하고 결코 움직이지 않지만, 당신이 그 옆을 지나갈 때 계속 당신을 보고 있고, 당신이 태어나기 전에도 거기 있었고 당신이 죽은 후에도 거기 있을 것입니다. 그러고 보면 인간은 왜소하고 우리의 삶은 나무들 사이에 있는 것 같습니다. 나는 오늘 스라소니를 죽였는데, 어쨌거나 죽이고 싶지 않았습니다. 녀석의 가죽은 단돈 10달러입니다. 스라소니는 날 쳐다보며 내 기대에 어긋나게 행동하지 않았는데, 그 모습을 잊을 수가 없습니다. 내가 그 가죽을 팔 것 같지는 않습니다 …… 나는 남쪽이 바라다보이는 언덕 편에 있습니다. 이곳

---

* 캐나다어치에 대한 인디언 이름.

에는 눈이 없고 잎들은 내 발 밑에서 말라 있습니다. 내가 전에 당신에게 말했던, 아픈 것에 대해 생각했습니다. 봄에는 꽃들 사이를 걸었고 지금은 마른 나뭇잎들 위에 서 있습니다. 차가운 바람이 벌거벗은 나무 꼭대기 위로 붑니다. 그 바람이 내게 아무도 내 말을 들을 수 없다고 말하는 것 같습니다. 내 앞에 펼쳐진 길이 보이지 않기 때문에 그 말은 맞을 것입니다. 구름이 길을 덮습니다. 아주 멀지도 않은 저 앞에서 구름이 몰려오고 있고, 해는 언덕 뒤로 넘어갑니다. 구름만 보이고 나무들도 더 이상 없습니다. 내게는, 지금은 죽고 없는 한 친구가 있었습니다. 그 친구가 외로운지 궁금해집니다. 나는 지금 여기 있습니다. 그들은 내가 퇴원하기 전에 새너토리엄*으로 날 보내고 싶어했습니다. 하지만 나는 싫다고, 그러지 말라고 말했습니다. 나는 일주일 후면 죽을 것입니다. 사람은 여기서 가능성을 찾습니다. 나는 폐가 나쁜 어떤 사람이 장례식을 치르기 위해 여기로 온 일을 알고 있습니다. 그는 7년을 더 살았습니다. 봐요, 불쌍한 여러분들은 거기서 고기도 못 먹지요. 물론 당신을 두고 하는 말은 아닙니다. 하지만 지금 우리 수중에는 삼백 파운드의 물고기가 있습니다. 인디언들은 자신들에게 필요한 모든 것을 죽일 수 있습니다. 나는 당신에게 몇 가지를 보내고 싶습니다. 작은 정원과 질녀들은 어떻게 지내고 있는 지요. 편지에 그들 얘기를 써 주십시오. …… 이제 태양 위로 밤의 커튼이 드리워지고 내 마음은 우울합니다. 노래하는 새들이 와서 날더러 이것을 하라 저것을 하라고 말합니다. 새들이 나와 함께 있고, 나는 귀를 기울이고, 해가 졌다는 것을 잊을 겁니다. 새들이 떠날 때까지 나는 앉아서 생각하고 몇 시간 동안 담배를 피우고 마음속으로 좋

---

* 특히 회복기 및 결핵 환자의 요양소.

다고 말할 것입니다. 나는 유일한 인디언이고 새들은 나를 위해 노래
합니다. 아침 바람이 일고 샛별이 동쪽의 검은 늪지 끝에 걸립니다.
내일, 나는 눈신을 신고 길을 낼 것입니다. 안녕히.

아나-쿠온-에스

편안함에 대하여

상관없는 이야기들을 늘어놓을 때 작가(특정 개인을 지목하는 것이 아니다. 모든 작가를 말하는 것이다)는 종종 옆길로 샌다. 특히 그 이야기가 화자 자신의 경험에서 나온 것이고 그 이야기에 걸맞게 다소 회고적일 때 그렇다. 옛날 사냥꾼들 사이에서 이야기가 이렇게 옆길로 새는 것은 흔한 일이다. 그들은 세부 설명에 너무 집착하고 이야기에 도움이 되는 수식어를 찾다가 갑자기 딴 데로 샌다. 그런 것을 얘기하다 보면 이야기 자체보다 더 많은 세부 설명이 필요하다는 생각에 빠지기 쉽고, 세부 설명은 더 많은 세부 설명으로 이어진다. 이런 식으로 세부 설명을 하다 보면 애초의 이야기가 무엇이었는지 잊어버리는 중대한 위험에 빠지고 만다.

이 방면에서 자타가 인정하는 대가인 늙은 덫 사냥꾼 친구가 한명 있었다. 한번은 그 친구가 애완용 개구리에 대해 이야기를 시작했다가 아프리카 한복판에서 코끼리에게 쫓기는 사람에 대한 생생한 묘사로 이야기를 끝낸 적이 있다.

이 친구는 평소 혼자 살다가 기회만 생기면 떠들어 대는 사람들처럼 엄청난 이야기꾼이었다. 그의 전문 분야는 주절주절 끝없이 이야기하기였다. 그는 끝도 없는 이야깃거리를 가지고 있었다. 한번은 지나가던 몇 사냥꾼들이 그의 집에서 하룻밤을 묵고 아침에 떠나게 되었는데, 길을 나서려고 짐도 다 꾸리고 옷도 다 입은 손님들을 밖에 세워 놓고 수다스럽게 떠들어 댄 적이 있었다. 그는 이야기에 가지에 가지를 치면서 세상의 약 3분의 1을 거치는 그의 이야기들 중 하나를 꺼냈다. 손님들에게 작별 인사를 해야 했지만, 그들은 이야기를 듣던 도중 곧 피로해져서 짐을 풀고 앉았다. 그래서 그는 또 이야기했고 손님들은 이야기가 끝날 때까지 무척이나 참을성 있게 기다렸는데, 모르긴 몰라도 그동안 그 친구가 황천길로 끌려가기를 바랐을 것이다. 당연히 이야기는 삼천포로 빠져 버렸고, 결과적으로 다시 시작하기에는 너무 늦은 셈이 되었다. 그는 그날 하루를 완전히 탕진하면서 자신을 포함해 그 일행과 함께 이야기로 시간을 다 보냈다. 이후 그는 긴 설명으로 넘어갔다. 만약 길을 가다 그가 자신의 이야기를 귀담아들어 주는 누군가를 만난다면 두 사람 다 어김없이 목적지에 도착하지 못할 것이고, 적어도 얼마 동안이 아니라 아예 도착하지 못할 가능성도 농후하다.

제목에서 알 수 있듯이, 나는 지금 이 장의 주제와 상당히 동떨어진 얘기를 하고 있다. 고로 독자 여러분은 나 또한 내 친구와 같은 병에 걸렸다고 생각할 것이다. 이제는 본론으로 돌아가야겠다.

"편안함"이란 상대적인 용어라는 게 한결같은 내 생각이다. 내가 말하고자 하는 것을 제대로 설명하려면 고인이 된 내 친구의 말투를 흉내 낼 필요가 있다. 그래서 쉽지는 않겠지만, 나는 내 친구가 도통

한 부드럽게 흐르는 말투로 이 이야기에서 저 이야기로 넘어가겠다.

편안함, 혹은 흡족, 혹은 만족의 기준은 그것을 어떻게 부르든 간에 사람들마다 상당히 다른 것 같다. 예를 들어, 한번은 내가 굉장히 똑똑한 사람들이 모인 자리에 낀 적이 있었다. 식사 시간이 되어 갈 무렵 브랜디와 과일이 나왔을 때 거기 참석한 가장 똑똑한 사람들 중 한 명——그의 대화는 내 마음을 약간 움직였다——이 갑자기 소리쳤다. "알았다! 알았다! 굉장해, 말할 수 없을 정도로 놀라워. 분명히, 알았어!" 혹은 그 비슷하게 말했다. 모인 사람들은 그를 주목하며 말 없이 앉아 있었는데, 그는 계속 탄성만 질렀다. 그가 알았다는 것이 무엇인지 나는 도통 알 수가 없었다. 하지만 그가 예술인이나 문인이었기——어느 쪽인지 잊어버렸다——때문에 일과 관계된 어떤 골치 아픈 문제에 대한 해결책이 갑자기 떠올랐거나 아니면 번뜩이는 영감, 즉 좋은 아이디어가 떠오른 것이라고 짐작했다. "이제야 알았어!" 그는 그만의 황홀감에 빠져 그 말을 되풀이했다. "이거야. 브랜디와 무화과!"(치즈였나, 잊어버렸다).

새로운 맛! 기분 좋은 감각 세포의 자극! 그것이 그만의 발견이었다!

나는 그때 무척 실망했는데, 이 똑똑한 남자가 입을 즐겁게 해 주는 음식을 자기 기준으로 삼고 있는 것 같다는 생각이 들었을 때는 경멸감마저 들었다. 그도 내 기준을 이해하지 못할지 모르지만, 나로서도 그의 기준이 이해되지 않았다.

배고픔에 관한 오랜 훈련——숲 교육의 교과 과정에서 필수 과목이다——으로 나는 식욕에 깊이 탐닉하는 것은 남자답지 못하며, 음식을 가장 맛있게 먹을 수 있는 비결은 배고픔이고 배고프지 않으면 먹을 이유가 없다는 생각을 갖게 되었다. 나는 무뚝뚝하고 늙은 삼림

답사자를 잘 기억하고 있다. 그는 다소 소박한 음식을 내 코밑에 들이밀며 말했다. "이보게, 젊은 친구, 세 끼 식사를 꼬박 놓쳐 본 적이 있나?" 내가 없다고 대답하자 그가 말했다. "그럼 자넨 아직 한 끼도 제대로 맛있게 먹어 본 적이 없겠군."

약간 배고픈 것이 식사를 맛있게 먹을 수 있는 필수조건은 아니지만, 꽤 까다로운 식성을 바로잡는 데는 효과 만점이다. 나는 굶어 죽기 직전까지 간 몇 번의 여행을 통해 그것을 뼈저리게 느꼈다. 한번은 순수 인디언인 청년과 여행을 하게 되었을 때, 나흘을 굶고서 죽은 지 한참 된 무스의 뼈에서 고약한 냄새가 나는 골수를 어쩔 수 없이 먹은 적이 있었다. 맛이 어땠는지를 얘기하자면, 추운 밤에만 단단히 얼어붙었다가 낮이면 다시 질퍽해지는 봄 빙판 길을 밤새 여행한 뒤 꾸벅꾸벅 졸아야 하는 모험이 훨씬 더 견딜 만했다. 그때 나는 하루 만에 목적지까지 곧장 갈 생각이었다. 밤새도록 걷고 아침나절 걸으면 목적지까지 충분히 갈 수 있을 것 같았다. 그래서 단단해진 얼음이 태양에 빨리 녹기―그러면 더 위험하므로― 전에 목적지에 당도하기를 기대했다.

나는 빙판을 열심히 두드리면서 잠도 자지 않고 서른여섯 시간을 걸었다. 작고, 부드러운 바위섬을 지날 때 얼음이 다시 얼기를 바라면서 밤이 될 때까지 누워서 쉬기로 했다. 여러 징조로 보아 비가 올 것 같았지만, 너무 졸려서 운명에 맡기기로 했다. 숲에서는 무엇이든 당연한 일로 생각하는 사람은 바보다. 그러나 잠은, 더구나 젊을 때는 참을 수가 없다. 나는 거의 모든 종류의 모험이 그릇된 판단이나 경험 미숙, 아니면 그 둘 다에서 비롯된다고 생각한다. 경험이 많은 여행자들은 절대 모험을 하지 않는다.

그래서 나는 잠을 잤다. 이후의 낮 동안과 밤을 꼴딱 잤다. 퍼붓는 빗소리에 놀라 잠이 깼는데, 보니까 얼음이 녹긴 했으나 드문드문 녹아 있어서 내 썰매에 있는 카누를 타고서도 갈 수 없을 지경이었다. 나는 완전히 고립되었고, 남은 문제는 며칠을 더 그렇게 있느냐는 것이었다. 결국 나는 꽤 여러 날을 그곳에 있어야 했다.

그 섬에는 나무토막이라곤 없었다. 그저 허허벌판이었다. 내가 가진 물품이라곤 네모난 작은 천막 덮개, 크고 싱싱한(요리를 하지 않은) 송어, 차 들통, 차가 고작이었다. 아무리 봐도 흥미진진한 상황이었다.

뒤집어엎은 카누 위에 천막 덮개를 펼쳐서 돌로 받치니 그럴듯한 피난처가 만들어졌다. 나는 날생선을 먹었고, 한 움큼이 되는 차 잎을 차가운 얼음물에 적셔 목도리로 잎을 걸러 내 차를 만들었다. 엿새에서 이레가 지났을 때 마침내 얼음이 녹았고, 나는 그곳을 떠날 수 있었다.

음식에 흥미를 잃기 시작했다고 말하는 것만으로는 그때의 내 생각을 다 표현할 수가 없다. 어떻게 해서 흥미를 잃게 됐는지는 더더구나 표현할 수 없다. 그 후로 꽤 오랫동안 내가 가장 원한 것은 음식, 아무 음식이나 먹는 것이었다. 그러나 물고기처럼 생긴 것이라곤 눈에 띄지 않았다.

얼마 전 외국에 나가 문명 세계에 있을 때 내 관심을 끈 것은 미식가들의 버릇이었는데, 나는 그들이 지나치게 집착하는 사소한 문제들이 왜 중요한지 전혀 이해할 수 없었다. 사람들이 즐기는 수많은 오락과 흥분이 어쨌거나 대단히 억지스러워 보였고, 더구나 먹는 문제에서는, 내 미숙한 판단으로는, 사는 게 너무 편하고 지루한 나머지 그들에겐 그런 하잘것없는 기쁨만 남아 있는 것 같았다.

밤에 돌아다니는 습성이 배여서 나는 밤에는 거의 자지 않고, 종종 밤새도록 내 주위에서 일어나는 일들에 대해 곰곰이 생각하곤 했다. 큰 호텔 같은 데 있는데 어찌나 적적한지 어느 날 밤·라운지로 내려갔다. 나는 야간 근무를 하는 웨이터와 대화를 나누면서 그 웨이터 역시 완벽한 신사라는 사실과 함께 그의 직업에 대해서도 많은 것을 알게 되었다. 그와 이야기하면서 내가 오랫동안 의심해 왔던 것을 확인할 수 있었다. 웨이터와 그의 시중을 받는 잘 차려입은(웨이터와 거의 똑같이) 고객 간의 유일한 차이는, 외투 꼬리의 길고 짧음과 웨이터의 양복 바지가 발목 정도까지 내려온다는 근소한 차이뿐이었다.

이 웨이터는 인간 본성에 대해 이것저것 아주 유용한 지식을 갖고 있었다. 그는 여러 이야기들 가운데 뇌조, 혹은 그 비슷한 새 요리를 원하고, 요리가 나오기까지 평소보다 더 오래 "기다리는" 쪽을 선호하는 한 저명한 미식가에 대해 말해 주었다. 그 미식가는 창자를 꺼내지 말고 새를 통째로 요리해 달라고 요구했다. 약속한 날에 그 새가 요리돼 나왔을 때, 뚜껑을 열어 본 그는 음식을 먹지 않겠다고 하면서 화를 버럭 냈다. 그가 불평한 것은 비슷한 새의 새롭고 싱싱한 창자가 그 새 몸 안에 들어 있어야 한다는 것이었다.

나는 잠시 말없이 있었다. 그 웨이터가 친절하게도 내게 갖다 준("제가 드리는 겁니다"라고 그는 말했다) 뜨거운 코코아를 홀짝거리며 마시면서, 오랫동안 굶주려 힘이 없이 휘청거리며 걷다가 올빼미가 꿩을 죽인 곳을 발견했던 이십 년 전 일을 떠올렸다. 그 올빼미가 먹이를 얼마나 깨끗하게 먹어 치웠는지 남아 있는 거라곤 꿩의 발과 깃털과 창자뿐이었다. 그런데도 나는 그 찌꺼기나마 건질 수 있어서 기뻤고, 그것들을 녹여서 깨끗이 씻어 구워 먹었다. 인간은 올빼미가 버린 썩은 고기를 처리하는 고등 동물이다! 내가 그 찌꺼기를 아주 맛있게 먹었다고 말할 수는 없지만, 우선은 그것이 내게 큰 위안을 느끼게 해 준 것만은 틀림없다.

그날 밤 웨이터가 이야기해 준, 제대로 된 창자가 없으면 새를 먹을 수 없다고 말한 그 대단한 미식가가 새 없는 창자를 먹었다면 과연 좋아했을까.

한번은 어떤 웨이터와 이런 일도 있었다. 그 일은 우리 두 사람을 번갈아 가며 몹시 언짢게 만들었다. 그러나 우리 중 한 사람은 그 만남으로부터 아주 만족스러운 승리감 같은 것을 얻어 냈다. 영국에서는 버터가 여러 음식 중에서 정찬에 포함되지 않는지, 일단 나왔다가 도중에 어느 단계에서 빠져 버린다. 나는 간식 때나 식사 때마다 버터나 그 비슷한 지방을 먹고 싶어하는데, 영국에 있을 때 그런 것이 몹시 먹을 싶을 때가 가끔 있었다. 어느 날 저녁 식사 시간에 강의를 세 개나 하고 많이 돌아다녀서 배가 무지 고팠다. 그 자리에는 참석한 사람들이 아주 많았다. 그렇게 많은 사람들이 웨이터의 시중을 받으면서 대화를 나누는 동안, 나는 빵 조각 몇 개에 간신히 버터를 발랐다. 그 빵들은 내게 귀한 음식이었다. 그래서 나는 웨이터의 숨막힐 듯한 시중을 받고 싶지 않아 빵을 한쪽으로 치워놓았다(스스로 먹는 데 익숙한 사람들은 이런 서비스에 쉽게 적응하지 못한다). 영국인들이 집에 초대한 손님들을 후하게 대접하고 친절하게 대하는 것은 분명 고마운 일이지만, 때로는 자신이 늘 먹던 음식, 차마 달라고 하기에는 민망한 바보 같고 하찮은 것을 먹고 싶을 때도 있는 법이다. 그날 밤 나는 배녁과 지방, 혹은 그런 비슷한 것을 먹고 싶었는데, 그것이 빵과 버터였다. 다른 사람들의 빵과 버터는 이미 치워졌지만 나는 내 것을 굳게 지켰다. 따로 챙겨 둔 버터 바른 빵을 웨이터가 기회만 있으면 가져가려 한다는 것을 알아차리고서 그가 빵을 가져가지 못하게 해야겠다고 마음먹었다. 이 때문에 우리 두 사람은 불편해지기 시작했다. 우리 둘 다 빵을 원했기 때문이다. 이제는 남은 빵이 한 조각뿐이었기 때문에 빵을 서로 나누어 가지자고 해서 그의 기분을 달랠 수도 없었다. 웨이터는 내가 챙긴 노획물을 몇 번이나 가져가려고 했다. 웨이터의 행동이 옳다는 것을 알았을 때 나는 남의 물건을 훔쳐 갖고 있는 듯한 죄책감이 들기 시작했다. 그 웨이터는 직업 정신에 입각하여 사냥개처럼 냄새를 맡았다. 그는 내 뒤에서 유령처럼 나타났다 사라지곤 했고, 내 주위를 빙빙 돌다가 예상치 못한 순간에 나의 애처로운 빵을 덮치곤 했다. 웨이터에게 빵을 뺏기지 않으려고 나는 되도록 남의 눈에 띄지 않게 빵을 내 큰 접시 이쪽저쪽으로 옮겨 놓았다. 나는 "입에서 양식을 빼앗는다"는 말을 들은 적은 있지만, 실제로 본 적은 한 번도 없었다. 상황은 이제 외로운 빵 한 조각을 누가 차지할 것인가를 놓고 벌이는 머리싸움으로 발전했다. 그 빵 조각이 식탁 위에 단 하나 남은 생명의 양식을 대표하는 것 같았다. 이 웨이터 — 그는 이탈리아 인이었고 몸놀림이 아주 재빨랐다 — 의 작전은 대단히 교훈적이었다. 그는 수완이 비상하고 아주 재치가 있었는데, 목표물을 놓칠 때마다 내 귀에다 대고 "죄송합니다"라고 속삭였다. 사실 나는 문제가 되는 이 작은 빵 조각을 더 이상 먹고 싶지 않았다. 우리 두 사람 다 이 상황을 매우 즐기고 있었다.

한번은 나의 적이 빵을 가져가려고 하다가 내 모자에 꽂힌 깃털을 팔로 툭 치고 말았다. 나와 눈길이 마주쳤을 때 그는 내게 의례적인 사과의 말을 했다. 비록 각자의 눈 속에 우리가 좋은 적수이며, 이 싸움이 끝까지 가리라는 것을 보여 주는 번뜩임이 있었지만 우리는 상냥하게 웃었다. 사실 그 싸움은 끝까지 갔다. 내 오른쪽에 앉은 숙녀가 내게 말을 걸어서 내 접시 위로 툭하면 옮겨 다니던 버터 바른 빵은 내 왼쪽에 놓여졌고 잠시 방치되었다. 바로 그때 웨이터가 몰래 다가와 빵을 얼른 낚아채 갔다. 내가 잽싸게 뒤를 돌아보았으나 상황은 이미 종료되었다. 웨이터와 빵 둘 다 사라진 것이다. 그리하여 위대한 우정이 되었을지도 모를 싸움이 끝났다. 나는 단호하게 행동하는 사람들이 좋다.

자, 독자들이여, 여러분의 여담 목록을 적어 내려가 보라. 생각보다 많은 일들이 있다는 것을 알게 될 것이다. 이 책은 여담으로 가득차 있다. 어쨌거나 이것은 이야기책이다, 그렇지 않은가? 한편으로는 이 장의 제목과 상관없어 보이는 이 이야기가 이치에 맞을 수 있다. 왜냐하면 내 친구인 그 웨이터는 승리를 얻었으므로 모르긴 몰라도 자신의 성공으로 깊은 위안을 얻었을 테니 말이다.

내가 생각하기에 심신의 상쾌함과 안도감을 그 어느 때보다 절실히 느낄 수 있는 때는 눈이 수북이 쌓인 눈길에서 눈신을 신고 백 파운드의 짐을 실은 터보건을 15마일 정도 끌고 나서 짐 위에 앉아 쉴 때인 것 같다. 그 순간 찾아드는 호사스러운 편안함은 그처럼 지루하고 힘든 일에 오랜 시간 매달렸을 때라야 얻을 수 있다. 그때 누리는 짧은 휴식은 썰매 끈을 끌 때 손과 어깨를 아프게 하는 지루하고 끝이 없고 고단한 노동에서 잠시 해방되는 것이고, 무거운 눈신을 질질 끄는 일에서, 그리고 길이 눈발에 쌓이고 덮여 사방에 뻗은 죽음 같은 진창길의 바다에 빠지지 않기 위해 불안하게 균형을 잡아야 하는 끊임없는 긴장 상태에서 잠시 놓여나는 것이다.

그래서 그런 상황에 처하면 다시 출발하기가 매우 힘들어질 줄 알면서도, 또한 터보건 밑바닥이나 끄는 면이 얼어붙어서 썰매를 끌기가 더욱 힘겨워질 줄 알면서도 5분 동안 짐 위에 앉아 쉬는 쪽을 택하게 된다. 완전히 마음을 비우고 더할 나위 없는 행복을 느끼며 그야말로 확실하고 철저하게 휴식을 취하고 있노라면 격렬한 행복감이

밀물처럼 밀려든다. 그동안 휘파람 소리를 내는 북풍이, 다른 때 같으면 따갑고 밉게 느껴지겠지만 지금은 여름날의 찬 음료처럼 부드럽고 상쾌하게 몸을 감싸며 더운 몸을 씻어 준다. 잠시 뒤 약간 떨리면서 갑작스레 몸이 경직되는 경고가 찾아든다. 그러면 거기서 영원히 머물 요량이 아니면 더 이상 꾸물거려서는 안 된다. 마지못해 몸을 움직여 본다. 현명한 사람이라면 몸이 이상하게 나른하고, 북풍이 옆과 주위에서 유혹하듯, 강요하듯, 좀 더 쉬라고 하면서 슬피 우는 것을 느낄 수 있을 것이다. 그러면 그 유혹 —— 다시 멈춰 서서 쉬다가 잠이 드는 것 —— 에 거의 넘어갈 것만 같다. 그러나 여러분은 뻣뻣해진 사지와 무거운 발로 있는 힘을 모두 실어 무거워진 터보건을 힘껏 잡아당기고 아픈 발을 보이지 않은 길 위에 내디딘다.

여러분은 위험을 무릅썼다. 그러나 가치 있는 일이었다. 그렇게 멈추지 않았다면, 진정한 휴식, 다시 말해 편안함이나 만족을 절대 알지 못했을 테니까.

11년 전 한겨울의 어느 날 밤, 나는 휘몰아치는 눈보라 속에서 눈신을 신고 작은 나무에 등을 기대고 서서, 내가 숨겨 둔 작은 저장소에 남아 있는 음식을 먹었다. 새들이 음식을 거의 훔쳐 가서 남아 있는 것은 소금에 절인 돼지고기 두 조각과 배넉 한 덩어리뿐이었다. 그것들은 꽁꽁 얼어 있었다. 두 개를 서로 치니까 돌처럼 딱딱 소리가 났다. 날씨가 영하 30도에 가까운 날이었다. 전에 없이 몹시 떨어진 기온에서 눈이 내렸고, 퍼붓는 눈발이 뜨거운 모래처럼 내 얼굴을 세차게 때렸다. 눈발은 그리 크지 않은, 내 키의 중간밖에 오지 않는 나무 둘레를 빙글빙글 돌았다.

나는 5피트나 쌓인 눈 속을 하루 종일 열심히 걸었다. 아침을 먹은 후론 아무것도 먹지 못했는데, 벌써 자정이 지났다. 나는 20마일

정도 걸었다. 그 상태, 다시 말해 몸속 자원이 급속도로 빠져나가는 상태에서 이 모든 일은 위험을 예고하고 있었다. 어쩌면 아침이 오기 전에 결판이 날지도 모른다. 이처럼 눈보라에 완전 노출된 지역에서 불을 피우는 것은 아예 불가능하다. 그러나 나중에 어지간히 걷고 나면 멈추고 싶지도, 감히 멈추려고도 하지 않을 것이다. 그래서 나는 잠시 멈춰 서서 돼지고기를 입속에 넣고 녹였다. 처음에는 고기가 입술에 약간 붙었지만, 내 따뜻한 침에 곧 녹기 시작했고, 이내 고기에 입혀진 끈적끈적한 것도 녹았다. 나는 그것을 이빨로 잘근잘근 씹었다. 그러자 음식물이 녹은 납처럼 내 굶주린 식도를 타고 내려갔다. 배녁은 더 딱딱해서, 눈신 테두리에 붙은 도끼로 배녁을 부지런히 조각조각 잘랐낸 뒤에야 먹을 수 있었다. 별 것 아닌 일로 들릴지 모르지만 전혀 그렇지 않다. 눈보라가 치는 어둠 속에서 한 인간이 감각을 잃고 지치고 굶주려 있었으니까. 기력을 회복하는 데는 오랜 시간이 걸렸다. 생명의 불꽃이 그런 순간에는 아주 낮게 탈 수 있다. 게다가 배녁 조각 몇 개마저 잃었다. 그 순간에는 내게 다이아몬드가 한 바가지 있었다 해도 거들떠보지 않았을 것이다.

마침내 배녁과 돼지고기가 녹고 우적우적 씹혀서, 새들이 더 이상 넘볼 수 없는 안전한 곳으로 내려갔다. 이 기괴하고 말로 형언할 수 없는 식사를 하고 나자 기분이 훨씬 좋아졌고 전혀 불편하지 않았다. 나는 아주 활기차고 꽤 좋은 기분으로 본 캠프에 도착했다.

따라서 편안함이란 결국, 우리가 그 순간 그것을 몹시 필요로 한다면 거의 무엇에서나 찾을 수 있다.

고난에 대하여

앞에서 말한 적이 있듯이, 불운한 모험들은 언제나 모험가의 지식 부족이나 그릇된 판단에서 비롯된다. 이야기를 할 때 아무리 용감하게 꾸민다 해도 참으로 바보 같은 구석이 약간은 있게 마련이다. 어리석은 짓을 범했을 때 처음에는 그것이 대수롭지 않아 보이지만 나중에 가서 꼭 대가를 치르게 된다. 나는 이런 짓을 많이 해서 민망한데, 그중 몇 번은 내 목숨을 위태롭게 한 적도 있었다.

황야를 돌아다니는 사람들에게 편안함이 견딜 수 없는 상황에서 잠시나마 해방되는 것을 의미한다면, 고난은 그런 잠깐의 휴식조차 없는, 정말로 견딜 수 없는 상황이다. 그런 상황에서는 도망갈 곳이 없다. 이런 일들은 간혹 순전히 운이 나빠서거나 재수가 없어서 생기는 수도 있지만 대개는 그렇지 않다. 내 경우에는 내가 더 젊고 조심성이 없던 시절에, 그리고 신중히 행동하라고 타이르는 조용하고 낮은 목소리에 귀 기울이지 않았던 시절에 주로 일어났다.

첫 번째에 대한 좋은 예로는 수십 년 전 북퀘벡에서 일어난 일을 들 수 있다.

겨울 덫 사냥이 끝났는데도 물건 값이 떨어졌다. 빚을 다 갚고 나자 남아 있는 돈이 얼마 없어서 나는 다시 돈을 벌어야 했다. 그래서 나는 그해 겨울을 보낸 지역에서 봄 사냥에 나서기로 했다.

눈은 여전히 3피트 정도 쌓여 있었고, 나는 터보건에 신선한 식량을 싣고 평소처럼 혼자 출발했다.

얼음이 녹기 시작하고 눈이 부드럽고 축축해서 걷기가 힘들었다. 캠프에서 약 10마일을 왔을 때 모든 식량을 은닉처에 저장하지 않을 수 없었다. 덫 몇 개와 가벼운 도끼 하나만 들고서 호숫가에 식량을 둑 모양으로 높이 쌓았고,* 위험한 얼음과 한바탕 접전을 벌인 뒤 새벽이 되기 전에 야영지에 당도했다. 겨울 주거용으로만 쓰이는 그 오두막은 낮은 지대에 세워져 있었다. 야영지에 도착해 보니, 최근에 눈이 많이 녹아서 강물이 둑 위로 넘쳐흘러 온 땅이 물에 잠겨 있었다. 오두막 바닥이 1피트 정도 물에 잠겼는데, 그 물속에 내 겨울 식량들이 있었다. 저장소까지 계속 가려면 카누를 타고 이 식량들을 건져내야 하겠지만, 일주일 동안 물속에 있어서 흠뻑 젖고 먹을 수 없을지도 모른다. 이것이 부주의에 대한 한 예이며, 언제 올지 모를 여행자들을 위해 몇 가지 식량을 제대로 보관해 두는 전통적인 관습을 내가 소홀히 했던 유일한 예일 것이다. 나는 그때 숲의 예절을 어긴 첫 희생자가 될 판이었다. 기분이 상한 나는 그런 것, 다시 말해 한 번만 실수해도 그 즉시 호되게 당하는 것이 숲의 방식이라는 사실에

---

* 높은 둑. 호수나 강의 기슭이나 둑을 따라 세우는 것을 의미한다. 매우 지루한 작업이다.

투덜거렸다. 사실 그것은 순전히 내 어리석은 부주의 탓이었고, 그로 인해 혹독한 대가를 치르게 될 판이었다.

다행히 내가 돌아왔을 때 쓰려고 놔둔 천막과 담요 몇 장, 접시와 난로, 그리고 카누도 있어서 머물 수 없을 정도는 아니었다. 나는 작은 둔덕에 천막을 세워 그 안에 난로를 설치하고 담요를 좋은 관목 위에 깔고서 잠잘 준비를 했다. 둔덕은 물에 완전히 둘러싸여 있었다. 나는 해자(垓字)*에 둘러싸인 어떤 남작의 성에 있는 것처럼 당당하게 앉아 있었지만, 물에 흠뻑 젖은 음식을 먹고 싶지가 않아 꽤 허기진 채로 잠을 잤다.

그날 낮에 늦게 일어나 보니, 포탄 파편으로 생긴 옛날 상처가 하루 낮과 거의 하룻밤 동안 진창과 얼음물에 잠겨 있었던 탓에 걷지도 못할 만큼 퉁퉁 부어 있었다. 나는 다리를 최대한 곧게 펴야 했다. 다행히 지난겨울에 비축해 둔 땔나무들이 여기저기 떠 다녀서 그것들을 성공적으로 건져 내, 쪼개지지 않은 나무들을 난로에서 태울 수 있을 만큼 충분히 말렸다. 그러나 식량 문제는 쉽게 해결할 수 없었다. 경험으로 볼 때 며칠은 이곳에 묶여 있어야 할 것이고, 계속 지내려면 오두막에서 물에 젖은 음식들을 건져 내야 했다.

이 상황에는 흔히 모험이라고 하면 떠올리게 되는 낭만적인 면이 전혀 없었다.

나는 임시변통한 목발을 이용하여 얼음물을 피하면서 힘겹게 걸음을 옮겨 오두막으로 돌아가서 오트밀과 설탕과 담배와 밀가루를 구했다. 선반에 있던 차와 베이킹파우더와 소금과 성냥 상자는 젖어 있지 않았다. 우유통도 하나 있었다. 나는 그 모든 것들을 가지고 섬

---

* 성 밖으로 주위를 둘러서 판 못.

에 있는 성으로 갔고, 조립 방식이 다양한 총신 하나짜리 엽총과 조개껍데기도 몇 개 가지고 갔다. 오리들을 끌어들일 만한 연못이 있었기 때문이다.

준비가 되자 마음이 놓이기 시작했다. 나는, 내가 지금 영웅인 체하고 싶어할 뿐이고 이 일이 처음에 생각했던 것만큼 친구들을 흥분시킬 만한 영웅적인 이야기가 되지 못할 거라는 사실에 약간 실망하기도 했다. 사실 내 경우는 로빈슨 크루소만큼 동정을 살 만한 상황은 아니었다. 그러나 로빈슨은 돈을 대 주는 완전 장비의 배를 제외하곤 모든 것을 갖추고 있었고, 심지어 럼주도 몇 통 가지고 있었다. 내게는 그런 것들이 부족했다. 지금으로서는 어떤 착한 밀주업자가 머리를 내 천막 속으로 쑥 들이밀고서 내게 윙크를 하고 손가락만 까딱해 보여도 반가울 판이었다.

나는 식량을 점검했다. 담배는 물론 변질되었는데, 말리고 나서 피우니 마치 이끼 같은 연기가 났다. 밀가루와 오트밀은 천 가방 속에서 반죽 덩어리가 되어 있다시피 했지만, 이리저리 변통해 먹을 수 있게 만들었다.

나는 애초에 눈이 녹은 후에는 여기서 살 마음이 없었기 때문에, 죽은 무스 두 마리와 더 작은 짐승의 시체 더미를 오두막 앞 물속에 놔두고 갔었다. 내가 떠났을 때 그 시체들은 안전하게 얼어 있었다. 그러나 두 주 동안 오월의 뜨거운 태양열을 받아 그들의 모습은 달라졌다. 그 식량은 의심할 여지 없이 잘 부패되어 있었다. 달리 어떻게 될 수 있었겠는가. 그런 생각이 들자 속이 울렁거렸다. 나는 물컹해진 배녁을 연못에 쏟아 버렸는데, 배녁은 철벅 소리를 내며 흔적도 없이 가라앉았다. 오트밀을 먹어 보려 했지만 이상하고 요상한 냄새가 나서 그것마저 물속에 버렸다. 나는 차를 마시고 맛도 없고 타기만 잘 타는 담배를 계속 피워 대고 오리들이 나타나기만을 기다리면서 다음날까지 버텼다. 퉁퉁 부은 발과 발목은 가라앉을 기미를 보이지 않았고, 배는 점점 더 고팠다. 그래서 다음날 아침 나는 배넉과 오트밀을 요리했다. 사람은 먹어야 한다. 나 같으면 그렇게 하지 않았을 거라고 독자 여러분이 말하는 소리가 들리는 것만 같다. 아닐 수도 있다. 단정하기 힘들다. 하지만 나는 사람들이 배가 고플 때 이보다 더한 짓도 하는 것을 본 적이 있다. 여러분은 그래 본 적이 있는가? 차로 씻어 내서 그런지 음식 맛은 생각만큼 나쁘지 않았다. 다 쓴 차 잎을 말려 잘 다듬은 담배와 섞어 놓으니 연기가 그다지 역하지 않았다. 나는 그날 두 끼를 먹었고, 앉아서 결과를 기다렸다. 아무 일도 일어나지 않았다. 제 몸을 챙기는 본능에 따라 나는 우유를 남겨 놓았는데, 나로서는 다행한 일이었다. 속이 아무렇지 않았기 때문에 나는 용기를 내어 꼬박꼬박 끼니를 채웠고, 사냥을 나가볼까 생각하기 시작했다. 1마일도 떨어지지 않은 작은 호수에 비버 가족이 살고 있었고, 나는 오래전부터 이 사실을 알고 있었다. 새끼들이 태어나기 전에 비버들을 죽일 생각이었는데, 지금이 딱 좋은 때인 듯했다. 부은 발이 낫고 있어서 저장소로 가기 전에 덫을 몇 개 놓기로 했다. 그도 그럴 것이 다음 주까지도 저장소로 가기란 힘들 것 같았기 때문이다.

어느 날 아침 물이 약간 빠졌다. 나는 영양가는 있지만 맛이 없는 아침을 들고 나서 덫과 점심을 가지고 길을 나섰다.

여기서 운명의 여신은 그녀의 구속을 막 거부하고 나선 날 보고서 내가 도망치지 못하게 하려고 작정한 듯 약간 제동을 걸기 시작했다. 얼마 가지도 못해서 나는 구역질이 올라와 걸을 수가 없었고, 증상이 가라앉았을 때 다시 출발했다. 곧이어 비슷한 증상이 또 찾아왔고,

또 찾아왔다. 나는 속이 너무 메스꺼워서 천막으로 돌아가 담요 속으로 기어 들어갔다. 밤이 되기도 전에 얼굴이 퉁퉁 붓기 시작했다. 다음날 아침까지 나는 열병에 시달렸고 목과 입이 심하게 부었다. 우유가 있다는 것을 생각해 내고 우유를 조금 마셨는데, 삼키기가 힘들었다. 시간이 갈수록 목구멍이 점점 막히고 있다는 느낌이 들기 시작했다. 얼마 후 숨 쉬는 것마저 힘이 들었다. 그제야 나는 여러 가지 어리석은 임기응변에 대해 생각했는데, 숨이 끊어질 듯한 당장의 공포로 인해 도저히 말도 안 되는 방법까지 떠오르곤 했다. 호흡이 점점 더 힘들어졌다. 나는 헐떡거리고 숨 막혀 하면서 식식거렸고, 가끔씩 숨넘어가기 직전까지 가곤 했다. 목구멍으로 튜브 같은 것을 억지로 밀어 넣으면 숨이라도 계속 쉴 수 있을 것 같았다. 정신착란 같은 증세가 생기기 시작하자, 조립식 엽총에서 총신을 떼어 내 거기에다 기름을 발라 튜브로 만들어 볼까 하는 생각마저 들었다. 그러나 너무 아프니까 괴이하다고 할 정도는 아니지만 참으로 터무니없는 생각이, 그러니까 텅 빈 총신이 목구멍에 걸려 내가 죽은 채로 발견되는 모습까지 상상하게 되었다. 아마도 내가 어설픈 자살을 시도한 것처럼 보이리라.

그러나 황야에서 살 때 사람은 쉽게 죽지 않는다. 우유가 목구멍을 진정시켜 주기 시작했지만 내가 저장소로 여행을 떠날 수 있었던 것은 그로부터 며칠이 지나서였다. 그 사이 나는 조금씩 회복되었지만, 한편으론 굶어 죽어 가고 있었다.

고난은 습성과 환경에 따라 사람마다 느끼는 정도가 다른 상대적인 용어이다. 한번은 다른 사람 집에 초대되어 갔다가 무슨 까닭에서인지 퓨즈가 녹아서 전등이 나간 일이 있었다. 거기 모인 사람들에게는 그것이 진짜 고난이었다. 그들 중 몇 사람은 그런 경우를 처음 겪어 보는 듯했는데, 나는 그들의 고난을 이해할 수 있었다. 왜냐하면 불이 나간 것이 위험할 것까지는 없지만 아주 불편한 것만은 사실이기 때문이다. 내 생각에, 임박한 고통에 대한 염려는 제쳐놓는다면, 무엇보다 두려운 것은 마치 갑자기 장님이 된 듯한 느낌이다. 그것은 내가 장님이 되어 밤중에 얼어붙은 호수에서 서 있었던 적이 있었기 때문이다.

가장 가까이 있는 사람이 대략 8마일 거리에 있다 해도, 눈에 발이 묶인 황야에서 앞이 보이지 않을 때는 8마일이 거의 백 마일처럼 느껴진다. 그날 아침 일찍 나는 마지막 정착지를 떠났다. 측량 기사들에게 물품을 조달해 주러 가는 화물차를 얻어 탈 수 있었던 것은 행운이었다. 날씨는 전혀 춥지 않았고 눈신을 신고 걷기에는 나쁜 상황이었지만, 차를 타고 가기에는 기분 좋은 날씨였다. 나는 화물차를 타 본 경험이 별로 없었다. 그날 밤 화물 취급인들은 내가 잠을 자려고 생각해 뒀던 오두막에서 몇 마일 떨어지지 않은 곳에서 야영을 했다. 같이 있자는 그들의 초대를 사양하고 나는 눈신을 단단히 신고 길을 나섰다. 폭풍우가 칠 기미가 보이자 그들 중 몇 사람이 가지 말라고 날 설득했다. 하지만 폭풍우가 친다 해도 밤에 여행하는 것이 전혀 두렵지 않았기 때문에 나는 떠났다. 따뜻하고 붉은 모닥불과 그 주위에 모인 마음이 맞는 사람들을 떠난 지 얼마 지나지 않아 연수육로가 너무나 외롭고 어둡고 우울하게 느껴졌고, 한두 번 돌아갈 뻔도 했다. 하지만 그날 밤 가야 할 길에 대해서만 정신을 집중하자 헛된 아쉬움을 가질 틈이 거의 없었고 외로움은 어느 새 사라졌다. 그때 나는 날씨가 점점 더 추워지고 있다는 것을 깨달았다. 눈신을 신고 있어서 괜찮다고 생각은 했지만, 확실히 더 추웠다.

연수육로 끝에 도착했을 때 바람이 북쪽으로 방향을 틀었다는 것을 알았다. 꽤 강한 바람이 불기 시작했지만, 구름은 보이지 않았다. 죽은 사람의 얼굴처럼 여위고 홀쭉하고, 앓아 누운 듯 핏기 없는 얼굴을 살짝 돌린 이지러진 달이 주위 풍경을 알아보는 데 별 도움이 되지 않는 창백한 빛을 발하고 있었다. 호수는 대략 7마일 너머에 있었고, 그 호수 기슭에 내가 가고자 하는 오두막이 있었다. 나는 눈신 고삐를 몇 번 더 단단히 죄고서 광활한 호수를 건너기 시작했다.

눈발이 제멋대로 요동치는 파도처럼 심하게 날렸다. 어스름한 달이 내뿜는 창백한 빛이 끊임없이 눈을 현혹시켜 차라리 없느니만 못했다. 그래서 물마루 같은 폭신한 눈덩이에 발을 차이기도 했고, 아무 데고 걸음을 크게 옮겼을 때는 강한 충격과 함께 깊은 구덩이에 빠지곤 했다. 이런 식이다 보니 나중에는 힘이 딸려서 마침내 천천히 갈 수밖에 없었다. 너무 지쳐서 심지어는 뭍에 다 왔다고 생각하고서 불을 지펴 거기서 밤을 보내려고까지 했다. 그러나 어느 쪽이든 호수 기슭은 아직도 몇 마일 남아 있었고, 나는 이제 목적지까지 가기 위해 호수를 반 이상 건넜다. 그런데 강해진 바람이 시간이 갈수록 점점 더 강해지고 있었다. 아침이 오기 전에 무슨 일이 일어날지 알 수 없었다. 세차지도 사납지도 않은 강풍이 계속 불다가 이내 끝도 없고 줄기찬 속도로 돌진하는 물 벽을 이루며 파죽지세로 맹공격을 가해와 지친 몸으로는 도저히 이겨 낼 수가 없었다. 이번 바람은 북쪽에서 불어왔고, 다소 건조하고 시끄럽고 사포처럼 까칠까칠했으며, 심지어 내 단단한 녹비를 뚫고 들어올 만큼 둥근 톱처럼 날카로웠다. 바람 때문에 손발이 떨리고 눈물이 나고 굽이치는 눈발에 계속 넘어지면서 나는 급속도로 기운이 빠지고 있었다. 눈이 쓰라리기 시작하는 것이, 마치 바람이 내 눈을 말라붙게 하는 것만 같았다. 그래서 나는 눈을 감아 버렸고, 눈을 감은 상태로 얼마 동안 걸었다. 이따금씩 눈을 떠야 할 때면 눈 안에 뜨거운 모래가 가득 낀 듯했다.

앞을 똑바로 보았을 때 오른쪽 호수 기슭이 무슨 까닭에서인지 흐릿해지고 있다는 것을 나는 이내 알아차렸다. 정해 둔 피난처를 찾을 생각으로 한동안 오른쪽으로 가고 있었기 때문에 이제는 그쪽 기슭이 반마일밖에 떨어져 있지 않다는 것을 알 수 있었다. 반면에 적어도 3마일은 떨어진 왼쪽 호수 기슭은 곁눈질로도 또렷하게 보였다. 그때 내가 방향을 틀어 왼쪽 기슭을 보지 않았더라면 오른쪽 기슭이 잿빛의 형체 없는 벽으로만 보였으리라. 그 사실을 깨닫자 이상한 느낌이 들었고, 멀리 가지도 못했는데 왼쪽의 더 먼 기슭이 흐릿해지면서 회색빛으로 변하더니 완전히 사라졌다. 하늘을 올려다보았지만 달도 보이지 않았다. 나는 내가 장님이 되어 가고 있다는 것을 깨닫기 시작했다. 아직은 눈신이 보이긴 했지만, 눈신은 눈으로 하얗게 덮여 있었다. 녹비 셔츠를 내려다보니 그것도 눈으로 하얗게 덮여 있었다. 하지만 얼굴에는 눈이 하나도 떨어지지 않았다. 어쩌면 서리인지도 몰랐다. 눈을 털어 보았으나 털어지지 않았다. 셔츠를 올려 안쪽을 들여다보았다. 안쪽도 하얗다. 정말이다! 내 눈도 서서히 하얘지고 있었고, 다른 것들도 하얘지고 있었다. 하얀 것만 볼 수 있는 눈, 인디언들에게서 들은 적이 있는 백색 장님, 무서운 백색 죽음!

나는 잠시 우두커니 서서 이 상황을 가만히 생각했다. 그리고 나서 호수 기슭을 분명히 볼 수 있을 때까지 계속 그쪽으로 갔다. 서두르는데다 하얗게 된 눈알로는 눈발이 안 보였기 때문에 발을 계속 헛디디고 휘청거리고 넘어졌다. 강기슭에 있는 삼림 지대에서 강풍이 거세게 부는 소리를 들을 수 있을 만큼 기슭에 가까워지고 싶었다. 만약 그렇지 않고 그쪽 기슭도 사라진다면 길을 잃을지도 모르리. 가고 있는 쪽을 제외하고 나는 하얀 벽에 둘러싸였다. 그런데 때마침

삼림 지대에 당도했다. 내가 가까이 갔을 때 하얀 벽은 내 앞에 똑바로 뚫린 회색의 좁고 긴 땅만 남겨 두고 양 옆에서 녹아 없어지는 듯했다. 하얀 벽은 커다란 회색 요새 같고, 보이지 않는 곳으로 무너질 때 빙 도는 듯한 느낌이 들었던 것이 기억난다. 내가 이것을 지켜보았을 때 벽은 오그라들고 하얗게 변하더니 아무것도 남지 않았다. 벽이 사라진 뒤 나는 그것을 더듬으려고 허공을 긁었는데, 그것, 다시 말해 살아 있는 세계와의 마지막 연결 고리를 찾으려고 손을 쭉 뻗다가 앞으로 넘어졌다. 나는 한두 발짝 달리다가 나무에 부딪혔고 눈 위에 그대로 쓰러졌다.

그제야 나는 눈이 보이지 않는다는 것을 알았다. 갑작스레 닥친 시력 상실에 엄청난 공포, 무서운 무력감, 그리고 말할 수 없는 고통이 느껴졌다. 섬뜩하고 피할 수 없는 사실이 천둥소리를 내며 내 어지러운 머리를 쾅 쳤고 내가 장님 — 하얀 장님 — 이 되었다는 사실을 깨달았을 때 나는 벌떡 일어서려고 발버둥쳤다. 눈신이 벗겨져 발목 주위에서 달랑거렸다. 일어서다가 눈 속에 엉덩방아를 찧었고, 동물의 끔찍한 비명, 그러니까 동물이 덫에 걸렸을 때 내는 고통스러운 소리를 질렀다. 나는 머리 위로 주먹을 불끈 쥐고서 보이지 않는 눈을 부라리며 뭐라도 보려고 무진장 애썼다. 바람도 없고, 끔찍하고 악마 같은 외침이 내게 되돌아오는 것으로 보아, 내가 있는 곳은 작은 만이 틀림없었다. 내가 다시 고함을 지르자 메아리가 대답을 했다. 얼굴 위로 땀이 흘러내릴 정도로 소리쳤다. "나는 장님이다, 장님이다, 알겠어? 난 장님이라고!" 그러자 메아리가 대답했다. "나는 장님이다 — 장님이다 — 장님이다 — 장님이다." 그리고 악마가 와서 "넌 장님이야" 하고 속삭이고는 부드럽고 솜털 같은 몽둥이로 내 머리를 쳤다. 광란이 지나갔고 내 몸은 기분 좋게 마비되고 따뜻해졌다. 눈 속에 편안하게 앉았는데, 눈이 더 이상 따끔거리지 않았다. 매우 피곤했다. 이제 끝이라는 생각이 들었다. 끝. 황야에 그렇게 오랫동안 용감하게 맞선 뒤 이런 식으로──너무나 간단하게, 어쨌거나 너무나 쉽게──죽는 것이 이상해 보였다. 누군가 내 시신을 발견한다 해도 내게 무슨 일이 있었는지 아무도 알지 못할 것이라 여겨졌다.

그때 갑자기 나는 무기력증에서 깨어나, 봄에는 내 시신을 발견할 수 없을 거라고 혼잣말하면서 죽은 두꺼비처럼, 그러나 점잖게 해변에 대자로 누워, 내 옆에 있는 무기와 눈신을 멍하니 쳐다보았다. 극한 상황에서 우리는 얼마나 철없는 생각을 하는가! 나는 총과 도끼를 잃어버렸다. 눈 위를 기어 다니며 그것들을 찾아보았지만 찾을 수가 없었다. 그래서 나는 눈신을 질질 끌며 좀 더 호수 기슭 가까이 간신히 나아가다가 큰 나무에 부딪혔다. 눈신으로 발밑에 구덩이를 팠고, 그 속으로 기어 들어가 눈신을 옆에 세워 두고서 될수록 많은 눈을 내 위로 끌어당겼다. 이제 나는 잠을 잘 것이다. 다른 것은 더 이상 중요해 보이지 않았다. 바람은 이제 잠잠해졌다. 바람이 없으면 나는 절대 길을 찾지 못할 것이고, 아마도 호수에서 어리둥절해 하며 헤매다가 결국 지쳐 나가떨어질 것이다. 그러니 자는 것이 더 낫다. 더 깨끗한 방법이다.

독자들이여, 여러분이 나와 같은 일을 겪어 보기 전에는 내 이런 행동을 섣불리 판단하지 말라. 전투의 열정도, 용맹이나 자기희생 같은 영웅적인 도취도 없었다. 나는 자연의 힘에 맞서 종종 싸우러 나가 미약한 힘으로 황야와 맞붙곤 했다. 이번에는 졌다. 나는 인간을 지배하는 무적의 계율──적자생존──에 굴복해야 하는 한낱 동물일 뿐이었다. 작은 판단 착오로 나는 부적격자임이 증명됐다. 화물 취급인들의 야영지를 떠나지 말았어야 했다. 그러나 또 한 번 운에 맡기고 다시 움직여야 하리.

몇 시간 뒤 나는 출발하려고 깨어나서 일어섰다. 걸을 때마다 칼로 찌르는 듯한 아픔이 근육을 관통했다. 나는 그것이 무엇을 의미하는지 알았다. 몸이 얼어붙고 있는 것이다. 나는 깨어난 것을 저주했다. 앞으로 겪을 일은 다시 고통뿐이리라. 눈에서는 물이 흐르고, 눈속은 불이 붙은 듯 뜨거웠다. 나는 검은 실크 목도리를 눈에 감았다가 다시 풀고서 눈을 떴다.

정말 놀랍게도 볼 수 있었다. 하지만 대충 보였다. 나는 내 주위에 서 있는, 아주 두터운 털에 둘러싸여 있고 거대한 기둥처럼 보이는 키 큰 회색 유령의 형체를 간신히 알아볼 수 있었다. 그것은 의심할 여지 없이 나무들이었다. 한쪽 방향에서 얇은 천에 가려 비치는 촛불처럼 희미한 빛이 보였다. 그것이 나는 달이라 생각했다. 내 눈신은 한 쌍의 묘비처럼 보였는데, 내가 손을 뻗어 신을 잡으려 했을 때 1피트쯤 앞에서 놓치고 말았다.

그러나 앞을 볼 수 있다면 죽는다는 생각은 할 필요가 없었다. 모든 것이 매우 흐릿하고 몽롱하고 일그러졌고, 모든 물체가 털을 뒤집어쓴 듯하고 엄청나게 커 보였다. 하지만 나는 볼 수 있었다. 불을 피울 수 있을 만큼 말이다. 나는 불 옆에서 발삼나무 숲에 앉아 길을 나설 수 있을 만큼 시력이 돌아오기를 기다렸다. 눈을 떴다 감았다 해 보고, 문지르기도 하고, 눈에서 흘러내리는 물을 훔치기도 하면서 눈을 치료했다. 주름이 새겨진 것처럼 눈알이 거칠게 느껴졌다. 천천히, 고통스럽게, 비록 완전하지는 않지만 눈알이 제구실을 하기 시작했다. 시력이 회복되는 데는 오랜 시간이 걸렸다. 몸이 약해졌고, 기운도 거의 없었다. 증세가 조금만 더 심각했다면 그곳을 결코 빠져나오지 못했으리라.

사물들이 실제보다 훨씬 커 보여서 내가 손을 뻗어 잡으려는 모든 것들이 날 피했다. 손에서 고작 6인치나 8인치 떨어져 있는 물건을 집으려고 손을 더듬는 내 모습을 구경꾼이 보았다면 이상하게 여겼으리라. 이런 눈밭이 아닌 다른 곳이었다 해도 그 모습은 재미있는 구경거리였을 것이다.

아침 무렵 나는 도끼와 총을 손에 넣었고 꽤 혹독한 시련이 끝나고 나서야 오두막에 당도했다.

손가락 끝이 모두 얼어붙었다. 나는 며칠 동안 잘 볼 수가 없었다. 하지만 아주 중요한 교훈을 한 가지 얻었다. 숙련된 기술과 능력을 갖춘 사람이 겨울 여행을 떠났다가 원인 불명으로 죽은 채 발견되는 까닭을 이제야 알 것 같았다.

나무

나무의 나이는 일 년에 하나씩 생기는 나이테로 정확히 추정할 수 있다.

650년 전이나 그 무렵쯤 다람쥐 한 마리가 인접한 산허리에 있는 나무 꼭대기에서 떨어진 수십 개의 솔방울 중에서 방크스소나무 솔방울을 하나 주워, 잘 익고 즙이 많은 솔방울들을 모아 놓은 저장소로 가지고 갔다. 그 저장소는 로키 산맥의 고갯길 중간에 자리해 있었다. 곡물 창고에 도착했을 때 그 다람쥐는 조금 왼쪽에서 흥미를 당기는 뭔가를 보고서 솔방울을 떨어뜨려 놓고 그쪽으로 가 버렸다. 그리고 다시는 돌아오지 않았다.

그 장소와 다람쥐의 곡물 창고에는 다는 아니지만 아직 발견되지 않은 솔방울이 수십 개나 남아 있었다. 그 솔방울들은 바람과 비에 여기저기 흩어졌다. 그들은 겨울을 무사히 넘긴 뒤 다음 해 뿌리를 내렸고, 대부분이 작은 방크스소나무 싹을 틔웠다. 곧이어 적자생존을 위한 싸움이 시작되었다. 각각의 묘목은 햇빛을 차지하기 위해 이웃한 나무보다 더 빨리 자라려고 애썼는데, 그것은 그들의 작은 생명이 햇빛에 의존하기 때문이었다. 그래서 그들은 너무나 약하고 작은 것들에 비해 꽤 굳센 종족으로 빠르게 자랐다. 다른 나무들보다 성장이 느린 것들은 불이익을 당했다. 그들은 자기네보다 빨리 자라는 형제들에 가려져 햇빛이 모자라 병들게 되었고, 결국은 숨이 막혀 죽고 말았다. 5년이 지나 방크스소나무들 가운데 일곱인가 여덟이 살아남았고, 예의 바르게 각자 떨어져 자라서 건강한 어린나무가 되었다.

그해 가을 어느 날 사슴이 그곳을 지나갔다. 사슴은 맛있는 먹이를 구하던 중 어느 방크스소나무의 어린잎과 어린 가지 끄트머리를 죄다 먹었고, 봄이 될 무렵 그 나무는 마른 막대기로 변해 버렸다. 겨울 동안 수많은 토끼들이 나타나 남은 소나무들 중 몇 개의 껍질을 벗겼는데, 토끼는 할 수 있는 한 높은 곳까지 아주 깨끗하게 고리 모양으로 벗겨 냈다. 그리하여 그것들도 죽었다. 4~5년이 지난 늦여름에 수컷 무스가 자기 뿔에 난 이끼를 떼어 내기 위해 그 나무들 중 하나를 긁는 기둥으로 이용했고, 그 과정에서 몇 개의 다른 나무들과 함께 그 나무도 부러졌다.

이십 년이 지났을 무렵 살아남은 것들은 크기가 어린나무만 해졌고, 분투한다면 모두가 여물고 늙은 나무로 자랄 가망이 있었다. 그때 마침 호저* 한 마리가 나타나 한 그루를 뺀 모든 소나무의 껍질을 위에서부터 아래까지 깨끗하게 벗겨 내고는, 그 지역의 삼림 자원을 이용할 수 있는 비옥한 들판으로 제 갈 길을 갔다. 혼자 남은 그 소나

---

* 몸과 꼬리의 윗면이 가시털로 덮여 있는 야행성 동물.

무는 적이 될 만한 이들이 더 이상 관심을 갖지 않아서 백여 년 동안 아무 해도 입지 않고 장대하게 큰 나무로 자랐다. 대초원에 들어서기 직전의 높은 산 고갯길에서 비바람에 노출된 채 서 있었지만, 그 나무는 몸통이 굵어졌고 큰 가지들이 위로보다는 옆으로 뻗어 나갔다. 맨 꼭대기 가지들은 사방으로 굽었고, 평원에서 불어오는 강한 남동풍을 맞으며 꾸준히 단련되었고, 힘차게 내뻗는 크고 검은 팔처럼 늘 북쪽을 가리켰다.

그 나무는 때때로 저 아래쪽 대초원에서 끊임없이 불어오는 토네이도의 무시무시한 바람도 잘 이겨 냈다. 가뭄, 비, 눈보라, 그리고 자기만의 파괴력을 가진 온갖 폭풍우가 그 나무를 죽이거나, 뿌리째 뽑거나, 시들게 하거나, 부러뜨리려고 애를 썼다. 그런데도 그 나무는 잘 자랐고, 오히려 그 모든 시련 덕분에 더욱 무성히 자란 듯했다. 그 나무는 견뎌 내야만 했던 저항 때문에 유달리 단단해졌거나, 아니면 날 때부터 워낙 튼튼해서 살아남았는지도 모른다. 어느 쪽이든 간에 그 나무는 몸통이 거대하게 불어났고, 2백 년이 지나자 나뭇가지들이 작은 나무 만하게 커지면서 비틀리고 꼬이고 돌출해 아치형의 넓은 차양을 만들어 그 그늘 밑을 지나가는 많은 동물들이 여름 한낮의 뜨거운 해를 피하는 쉼터나, 겨울 폭풍우를 피하는 피난처로 이용했다.

각양각색의 많은 동물들이 아득한 옛날부터 이 고갯길을 여행했다. 이 고갯길은 그 너비가 거의 2백 야드에 달했기 때문에 동물들은 갑자기 가고 싶어진 곳이 생기거나 먹이를 찾을 수 있을 만한 곳이 있으면 어디로든 갔다. 그러나 이제 그 나무가 등장하면서 동물들이 모여들고 그들의 노정도 바뀌기 시작했다. 때마침 그 나무가 제공하는 그늘과 피난처는 쾌적했다. 동물들도 인간들처럼 한두 가지 눈에 띄는 특징을 보면서 윤곽이 뚜렷한 길로 다닌다. 그래서 동물들이 횡단하는 모습은 유별나게 큰 바위나, 수목이 울창한 협곡을 지나거나, 유달리 큰 비버 댐이나, 특히 건너기 좋은 여울을 가로지르는 장소들에서 종종 발견되는데, 윤곽이 뚜렷한 길들은 그런 장소들 사이에 나 있다. 그 방크스소나무는 산들을 통과하는 길고 힘든 여행에서 그렇게 연결된 길의 마지막 거점이자, 그와 동시에 평원에서 오는 동물들에게는 첫 관문이었기 때문에 때마침 일종의 메카가 되었다. 오고가는 모든 동물들은 그 나무 아래서 쉬기 위해 잠시 순례를 멈추고 원기를 회복하거나 아니면 몽롱한 꿈을 꾸듯 그 외로운 나무와 잠깐 우정 같은 걸 나눈 뒤에 제 갈 길들을 갔다. 게다가 그 나무의 사방에는 푸른 양탄자가 쫙 펼쳐진 듯한 기분 좋은 초원이 있었다. 그 초원에는 꽃을 좋아하는 이들을 위한 꽃들이, 모두를 위한 제철의 열매들이 있었고, 송어들이 사는 작은 개울도 하나 있었다.

마침내 그 나무 옆에 부드러우면서 단단하고 윤곽이 뚜렷한 사냥 길이 뚫리자 때때로 흔히 볼 수 있는 종이 아닌 뛰어난 생명체가, 때로는 고귀한 동물이 탄생했다. 종종 커다란 수컷 엘크가 산기슭의 낮은 언덕에서 먹이를 구하러 가는 길에 자기 뒤로 길게 늘어선 무리를 이끌고 왔다. 해마다 첫서리에 사시나무포플러 잎들이 청동색과 금색으로 물들 때면, 그 수컷 엘크는 자기가 늘 다니는 곳으로 한가운데 방크스소나무가 서 있는 그 초원을 찾아와 그곳에서 세상에 시끄러운 도전장을 내밀었다. 가을이 끝날 무렵이면 우두머리가 바뀌는데, 무리는 이전의 수컷을 버리고 떠났다. 한번은 그만큼 높은 지대에서는 좀처럼 볼 수 없는 소규모의 늑대 무리가 지나갔는데, 놈들은 눈 꼬리가 치켜 올라가고 험상궂게 생기고 조심스러웠다. 그들은 재게 움직이고 끊임없이 돌아다니고 쉽게 뛰어다녔지만 봄이면 마치 황야의 해적처럼 더 이상 모습을 보이지 않았다.

　그러고 나면 거대한 회색곰이 왔다. 그 곰은 그때부터 정기적으로, 그리고 상당히 자주 그 장소를 방문했다. 비록 화가 났을 때는 날래고 파괴적이지만, 그 곰은 거대하고 육중하면서도 마음씨 고운 야산의 왕이었고, 그 지역에서는 어떤 살아 있는 놈에게도 그 자리를 내주지 않았다. 그 곰에게는 가슴에 은빛으로 빛나는 반달 조각이 있었다. 꼿꼿이 서면 가슴에 난 유(U) 자형의 큰 은백색 털이 왕의 지위를 나타내는 무슨 상징처럼 보였다. 코에서부터 꼬리까지의 길이가 8피트, 어깨까지 높이는 4피트, 발톱 길이는 5인치에 달하는 거대한 짐승인 이 곰은 화가 나면 끔찍하고 파괴적인 괴물로 변할 수 있었다. 하지만 배가 고플 때 저지르는 꼭 필요한 살생을 제외하고 녀석은 결코 싸움을 좋아하는 편이 아니었고, 오히려 고요함과 평화와 양지에 앉아 있는 것을 좋아하고 뿌리와 열매, 그리고 초원 옆으로 흐르는 개울에서 자기가 잡은 송어를 먹는 것을 좋아했다. 곰은 그 개울에서 종종 물고기를 낚아서 먹고는 나무 아래에 누워 발톱을 핥고 꾸벅꾸벅 졸았는데, 꿈도 꾸었을지 모른다.

　그 곰에게는 아주 멋진 놀이가 하나 있었다. 그것은 저 아래 끝도 없이 무한히 펼쳐진 대초원의 광활한 공간을 오래도록, 계속 바라보는 것이었다. 가끔씩은 이 먼 곳을 가로질러 포효하는 검은 덩어리들이 움직이는 양탄자처럼 굽이치는 풍경 위로 시커먼 홍수를 이루며 거기에 닿곤 했다. 또 가끔씩은 살아 있는 생명체처럼 일렁이는 이 광대한 물결의 끝머리에서 먼지 구름이 일었는데, 그러면 멀리서 늑대들의 울부짖음이 희미하게 고갯길을 넘어와서 더 사납고 더 날카로운 소리와 고동치는 북 소리와 뒤섞였다. 일정하게 들썩대는 그 소란은 이상하게도 회색곰을 흥분시켰다. 이 검은 덩어리는 거대한 버펄로 무리였고, 그 무리 뒤에는 눈이 퀭한 회색 늑대들이 있었다. 뒤이어서 이곳으로 구릿빛 피부를 가진 키가 큰 온갖 종족이 모여들었는데, 그들은 전진하면서 버펄로 무리를 조잡한 우리로 몰아넣으며 화살로 그들을 쏘아 죽였다. 이것은 그들에게 말〔馬〕이 생기기 전의 일이었다.

이 모든 것을 회색곰은 보고 들었다. 녀석은 멀리 내다보이는 경치와 미지의 거주자들이 사는, 자신이 알지 못하는 저 먼 땅을 꾸준히, 오래도록 응시할 때마다 이상한 생각들이 그 작고 지혜로운 눈 뒤로 지나가는 것을, 또한 이루어지지 않은 갈망이 그 거대한 몸 안으로 밀려드는 것을 알 수 있었다. 하지만 그곳은 그의 보금자리가 아니었기에 곰은 결코 그 아래에 내려가지 않았다. 걸출한 태생과 연륜을 가진 그 거대한 방크스소나무는 회색곰에게 일종의 이정표나 기념비였다. 그 나무와의 교제는 회색곰의 외로운 삶에 모자란 부분을 채워 주는 것 같았고, 곰은 그 나무가 살아 있으며, 언제나 조용하고 결코 움직이지 않는 듯하지만 친구라는 것을 어렴풋하고 낯선 방식으로 느끼기 시작했다. 그래서 곰은 그 나무에다 이빨로 자신의 표적(表迹)을 새겼다. 그러자 토끼 이빨에 물어뜯긴 작은 상처—지금은 그 상처가 4백 년 동안 생긴 나이테에 가려져 있었다—이후로는 한 번도 베인 적이 없던 그 나무는 이상한 전율이 온몸으로 번지는 것을 느꼈고, 곧이어 자신이 살아 있음을 알게 되었다. 그 곰이 그곳에 없을 때면 그 나무 발치 주위는 휑뎅그렁하고 텅 비어 보였다. 그 거대한 회색 짐승이 돌아와 자기가 늘 가는 자리를 차지할 때면 그 나무의 영혼은 떨리곤 했고 전율 같은 것이 가지 사이로 퍼졌다. 곰은 나무 아래 흡족한 마음으로 누워 미지의 세계로 쭉 이어지는 광활한 초원을 응시했다.

이 기묘한 우정은 거의 반세기 동안 지속되었다. 가슴에 은빛 털이 있는 그 거대한 곰은 늙기 시작했는데, 다른 곰들보다 훨씬 오래산 늙은이가 되었다. 봄이 왔을 때 회색곰은 그 나무 아래 점점 더 오래 누워 있었고, 늦여름 동안에는 열매 부스러기를 먹고 물을 마시러 개울로 잠시 갈 때를 빼고 나면 나무 곁을 떠나지 않았다. 곰은 이제 재빠른 송어들도 더 이상 잡을 수 없었다.

나뭇잎의 색이 변하기 시작했고, 숲은 가을의 장관으로 물들었다. 산의 거친 윤곽이 인디언 섬머*의 흐린 안개에 덮여 부드러워졌다. 낙엽이 쌓이기 직전인 어느 날, 곰은 방크스소나무 옆 자신이 늘 가는 장소에 누워 저 멀리, 전보다 더 희미해지고 더 멀어진 미지의 초원을 그리운 눈빛으로 바라보면서 소나무 가지를 흔들어 대는 바람의 푸근한 흥얼거림에 귀를 기울였다. 그날따라 곰은 무척 피곤했는데, 곧이어 숭고한 평화가 녀석을 찾아왔다. 곰은 이제 꿈에 빠져들었다. 드넓은 평원이 희미해지면서 사라졌다. 그 나무의 목소리도 더욱 부드러워지고, 더욱 희미해지고, 더욱 멀어지면서 곧이어 사라졌다. 마침내 그 곰의 생명이 다했다.

하지만 그 나무는 곰의 영혼이 늘 그 자리에 있으리라는 것을 알았다.

늙고, 늙은 방크스소나무는 곰의 뼈를 지키고 우뚝 서서 또 한 번의 백 년을 보냈다. 자신은 계속 살아 있지만, 그 나무를 사랑한 모든 것들은 죽고 마지막 한 명이 사라질 때까지 계속 기다려야 하는 것이 그 나무의 운명이었다. 그래서 그 나무는 산의 출입구에서 보초를 보며 홀로 서 있었다.

---

* 늦가을의 봄날 같은 화창한 날씨.

161

나중에 독수리 두 마리가 그 나무 꼭대기에 둥지를 틀었다. 크고 용맹한 독수리로, 산 위로 높이 선회하는 하늘의 왕과 여왕이었다. 그들은 위로, 계속 위로 날아오르고, 힘들이지 않게 떠 있고, 햇빛 속에서 반짝이는 날개를 넓게, 더 넓게 펼쳤다. 해마다 새끼 독수리들이 몇 마리씩 태어났고 나무 꼭대기에 자리한 둥지는 독수리가 낳은 작은 새 식구들 때문에 아주 중요해졌고 두 왕족 새의 훌륭한 탁아소가 되어 주었다. 그 나무는 새끼들을 잘 지켜 주었다. 백여 년이 흐른 후 둥지는 비었고, 그 나무는 다시 혼자가 되었다. 하지만 다른 독수리들이 찾아왔고, 그때부터 그 나무에는 독수리 둥지가 늘 자리하게 되었다.

그 나무는 나이가 들수록 몸통 둘레가 점점 더 불어났다. 곰에게 베인 이빨 자국이 어느 정도 나아지긴 했지만, 흉터는 여전히 남아 있었고 앞으로도 계속 남아 있을 것이다. 그 나무의 아름다운 자줏빛 껍질은 두꺼워졌고, 거대한 나뭇가지는 더욱 두꺼워지고 꼬이고 넓게 뻗어 나갔다. 세월이 갈수록 나무껍질은 뿌리에서부터 점점 단단해졌다. 쾌청한 여름날 아침이면 떠오르는 해가 단단하고 주름이 굵게 진 껍질을 빨갛게 물들이고 그 나무를 따뜻하게 감싸 주었다. 서늘한 밤이 되면 그 나무는 자기 안에서 생명이 꿈틀거리는 것을 느꼈다. 이른 아침의 산들바람이 그 나무의 솔잎들을 건드릴 때면, 잎들은 생명의 주인인 태양에게 깊고 다양한 화음으로 감사의 콧노래를 불러 주었다.

그 평원 아래 사는 인디언들 역시 태양을 숭배했다. 태양은 그들에게 생명을 주었을 뿐 아니라 그 생명을 지탱시켜 주고, 겨울의 눈을 치우고, 풀을 자라게 하고, 나무가 없는 단조로운 평원에 꽃이 만발하게 했다. 이것이 블랙푸트 족 인디언들의 믿음이었다. 그들은 종종 눈 덮인 산들의 풍경에 견주어 그 모습이 너무나 어둡고 장대하면서 아주 당당하고 눈에 띄게 서 있는 거대한 방크스소나무를 올려다보았다. 멀리서도 또렷하게 보였기 때문에 그들은 그 나무가 그렇게까지 크게 자란 것에 놀랐다. 조상 대대로 내려온 야영지가 그 나무가 보이는 곳에 자리한 블랙푸트 족에게, 언제부터 거기서 자라기 시작했는지를 아는 사람이 없을 정도로 오랜 세월 동안 고갯길 입구에서 있었던 그 거대한 상록수는 그들 부족의 상징물이 되었다. 그래서 이제는 더 이상 기억되지 않는 먼 옛날부터 그 나무는 그 부족의 경계표이자 신성한 장소였고, 옛 인디언 시절의 모든 경계표들처럼 절대 더럽혀지지 않았다.* 이 부족에게는 그 나무가 쓰러질 때 블랙푸트 족도 평원에서 쫓겨나 산으로 들어가고, 그들이 먼저 산으로 쫓겨나면 그 나무 역시 쓰러지게 된다는 전설이 있었다. 그래서 그 부족은 대단히 경외하는 마음으로 그 나무를 숭배했다.

건망증에 빠진 다람쥐가 솔방울을 떨어뜨린 날로부터 580년이 흐른 후, 그 나무는 처음으로 인간에게 피난처를 제공했다. 곧 있으면 전사로 입문하게 될 블랙푸트 족의 한 청년이 자신의 악한 영혼을 깨끗이 씻기 위해 이 존경받고 존경할 만한 나무 옆에서 닷새 동안 아무것도 먹지 않고 머물면서 계시를 받은 다음 마을로 내려와 자신이 꾼 꿈을 말해 주겠다고 맹세했다. 그의 꿈은 주술사들의 지혜로 풀이될 것이다. 청년이 그 혹독한 시험을 통과하게 되면 전사가 될 것이다. 아마도 검은 눈동자를 지닌 젊은 여인이 청년의 간청을 귀담아듣고서 그와 그의 멋진 새 티피를 같이 쓰고, 또한 그 땅을 차지하기 시

---

* 성경에도 이에 견줄 만한 "이웃의 경계표를 제거하는 자는 저주받을지니"라는 문구가 있다.

작한 낯설고 얼굴빛이 창백한 인종에 맞서 벌어지게 될 앞으로의 전쟁에서 그가 누리게 될 영광을 함께할 것이리라.

그래서 그 청년은 산으로 올라가서 닷새 낮과 닷새 밤 동안 그 신성한 나무 발치에서 단식을 했다. 지금까지 그 나무를 찾은 다른 생물들은 늘 무언가를 먹었기 때문에 그 나무는 청년이 왜 굶고 있는지 궁금했다. 그 나무는 청년이 안쓰러워 넓은 가지로 그늘을 만들어 주고 그가 들을 수 있도록 잎사귀로 부드러운 음악을 조용히 연주해 주었다. 닷새 동안 청년은 앉아서 명상을 했고, 멀지만 보이기는 하는 저기 아래, 그의 부족이 사는 먼 야영지까지 펼쳐진 광활한 평원을 내려다보았다. 청년의 날카로운 눈은 그가 돌아오기만을 간절히 기다리는 사랑하는 처녀의 티피를 알아볼 수 있었다. 어쨌든 그는 처녀가 기다려 주기를 바랐지만, 남자를 향한 여자의 마음은 헤아리기 힘들어서 확신할 수가 없었다. 잠을 잘 때 청년은 그곳에서 발견한 회색곰의 두개골을 베개로 썼다. 그가 잠든 사이 근처에 사는 야생 동물들이 가까이 와서 그가 어떤 종류의 짐승인지, 거기서 무엇을 하는지 궁금해 하면서 신기한 듯 그를 관찰했다. 구슬 같은 눈을 가진 작은 쥐들이 구멍에서 뛰어나와 똑바로 앉아서 그의 냄새를 킁킁 맡고 때로는 그의 발 위로 지나다녔다. 작고 창백한 날다람쥐들은 휠휠 나는 유령처럼 아무 소리도 없이 날아올라 그의 머리 위에서 가지와 가지 사이로 날아다녔다. 여우는 우아하고 점잔 빼는 걸음으로 다가와 귀와 코를 청년의 주위에 섬세하게 맞추고서 그 뒤에서 꼬리를 깃털처럼 펄럭이며 경쾌하게 걸었다. 한번은 달빛 아래 망령처럼 보이는 순록의 무리가 초원을 지나가는 유령들처럼 소리도 없이 유유히 지나갔다.

수호 동물을 찾는 것은 인디언들 사이에는 일종의 관습이다. 수호 동물은 이 청년이 하고 있는 것 같은 철야 기도 중에 꿈으로 나타나, 그 뒤로는 그자의 머리 장식이 되고 그자의 방패에 칠해지는 상징이 된다. 하지만 그 청년은 잠을 자는 동안 자기 주위를 맴돈 동물들이 아니라, 자신 앞에 똑바로 서서 앞발로 그에게 신호를 보내는── 회색곰들이 가끔씩 하는 행동이다── 가슴에 은빛 조각이 있는 괴물 같은 곰에 관한 꿈을 꾸었다. 이것은 행운의 징조였다. 청년은 그 곰을 자신의 수호 동물로 삼기로 했다. 또한 청년은 거기, 나무 밑에서 넓게 뻗은 우듬지에 자리한 새 둥지에서 떨어진 독수리 깃털 두 개를 발견했다. 이제 그는 전사가 될 준비를 갖추게 되었다. 그래서 감사의 표시로 청년은 도끼로 그 나무줄기에, 그 곰이 아주 오래전에 새겼고 이제는 반쯤 나은 이빨 자국 옆에다 길고 좁은 흰 표적을 새겼다. 그리고는 곰의 두개골을 길이가 짧은 죽은 나뭇가지에 매달아 먼저 그 안에 제물로 담배를 넣고는 가문비나무 줄로 그 턱을 조심스럽게 제자리에 고정시켰다. 이 모든 일을 청년은 감사의 표시로 했는데, 그것은 그 장소가 행운을 주는 곳이기 때문이었다. 청년은 그 나무에게 감사했고, 떠나기 전에 나무에게 다정한 말을 몇 마디 했다. 그 인디언이 곰의 두개골을 나뭇가지에 걸었을 때, 그 나무는 온몸이 떨렸고 마치 오랜 친구가 곁에 있는 듯한 느낌을 받았다. 그 청년이 다정하게 말을 했을 때도 온몸이 떨렸다. 그것은 멀리서 버펄로 사냥꾼들이 지르던 고함 소리 말고는 그 나무가 처음 들어보는 인간의 목소리였다.

그 나무는 백 년 이상을 기다린 뒤에야 또 한 명의 친구가 생겼다는 것을 알았다.

입문식을 치르고 이제 전사가 된 청년은 검은 눈동자를 가진 처녀의 집으로 갔다. 처녀는 청년의 가슴에 선명하게 새겨진 상처를 보고서* 그가 전사의 시험을 정말로 용감하게 통과한 것에 기뻐했고, 그가 마른 고기를 몇 점 가지고 가서 몰래 먹는 속임수 —— 그렇게 하는 사람들이 있다고 한다 —— 를 쓰지 않고 아주 정직하게 철야 기도를 지켜 낸 것을 진심으로 칭찬해 주었다. 그래서 처녀는 청년의 구애를 더 이상 거부할 수 없었다. 청년이 그녀에게 답을 해 달라고 했을 때 그녀는 그 청년이 거의 기대하지 않았던 답을 해 주었다. 하지만 처녀는 오래전부터 그렇게 되리라는 걸 알았다. 이제 그녀는 청년에게 손을 내밀고 약속을 했다. 그러나 인디언 처녀의 관습대로 낮고 부드러운 목소리로 수줍게, 그리고 머리 숄로 얼굴을 예의 바르게 가린 채 대답했다. 처녀는 청년이 단식을 하며 보낸 장소를 보고 싶다고 말했고, 청년은 그곳이 매우 아름답다고 말했다.

그리하여 처녀는 그녀의 부모에게, 사실은 멀리 가지 않지만 마치 먼 곳으로 떠나는 양 작별 인사를 했다. 청년과 처녀는 신혼여행을 위해, 그늘을 제공해 주는 방크스소나무의 커다란 팔 아래 꽃이 만발한 유쾌한 초원에서 찬란한 신혼을 보내기 위해 그 고갯길로 함께 여행을 떠났다. 그 나무의 가지들 사이에 두 사람은 이날을 위해 오랫동안 묵혀 두었던 버펄로 가죽으로 새 천막을 쳤다. 비록 오르막길이 가팔랐지만 그들은 말들이 끄는 트래보이**를 타고 편안하게 갔다. 몇 세대 전부터 인디언들은 평원에 사는 야생마들이 남쪽에서 온 얼굴이 창백한 탐험가들이 버리고 간 말들의 자손이라고 생각했다. 천

---

* 태양 춤에 관한 한 문헌에는 그 후보자가 가슴팍에 꼬챙이를 끼워 생가죽 끈을 매달았고, 그 끈을 끌어당기면서 끈이 끊어질 때까지 춤을 추었다고 나와 있다. 복잡한 그 의식에는 종교적인 의미도 들어있었다.
** 북미 평원 지방 인디언의 두 개의 장대를 틀에 붙들어 매어 개나 말이 끌게 하는 운반 용구.

막을 치고 말들을 방목시키고 나서 그 청년 전사는 어린 아내를 위해 개울에서 송어를 잡고, 초원에서 딸기를 따고, 오두막 안을 장식하기 위해 꽃도 꺾고, 싱싱한 사슴 고기와 푹신한 베개로 쓰려고 푸르고 향기로운 가문비나무 잎들도 가져왔다. 청년은 벚나무 잎들을 모아 기분 좋은 향을 피우기 위해 그것들을 불 옆에서 바싹 말렸고, 그 말린 잎들로 그녀를 위해 향기로운 베개를 만들었다. 그러고 나서 청년은 오두막 앞에 활활 타오르는 모닥불을 지폈고, 검고 하얀 독수리 깃털 두 개를 머리에 썼으며, 이날을 위해 그 처녀가 오랫동안 몰래 손수 구슬로 장식하고 술을 달고 수를 놓은 가장 멋진 옷을 입었다. 처녀는 이날이 오리라는 것을 너무도 잘 알고 있었다. 두 사람이 거대한 방크스소나무 바로 밑 모닥불 옆에 앉았을 때 청년은 화려하게 장식된 가방에서 물감을 칠한 작은 북을 꺼내 연인에게 노래를 불러 주었다. 그는 젊은이다운 기운차고 희망에 찬 목소리로 언젠가 추장이 될 것이라고 큰소리로 노래했다. 이제 아내가 된 처녀는 청년의 노래를 들으면서 조만간 그가 위대한 인물이 될 것을 확신했다. 한 남자의 아내가 되고 경험이 풍부한 그녀는 청년이 식량으로 쓰려고 죽였던 사슴의 가죽을 입고서 간소한 식사로 사슴 고기를 훈제하고 열매를 요리하고 모닥불 앞에서 송어를 구웠다. 두 사람은 무척 행복했다.

그 나무는 두 사람을 호감 어린 눈길로 내려다보았고, 넓게 펼친 나뭇가지로 그들을 보호해 주었으며, 그들에게 양탄자를 깔아 주려고 많은 솔잎을 살포시 떨어뜨려 주었다. 흐느끼는 듯한 소리가 저 위의 가지들 사이에서 어둠을 타고 실려 왔다. 그 나무는 자신이 알아 왔던 다른 모든 생물들처럼 이 두 사람도 아주 오래 살 수 없다는 것, 자신이 그들보다 더 오래 살고 언젠가는 다시 혼자가 되리라는 것을 알았다.

다른 모든 것들은 죽지만 자신은 계속 사는 것, 그것이 그 나무의 운명이었다. 그래서 그 나무는 자신이 해 줄 수 있는 만큼 두 사람을 행복하게 해 주기로 마음먹었다.

어느 날 밤 청년 전사는 가슴에 은빛 조각이 새겨진 커다란 갈색 곰이 오두막 바깥에 앉아 있는 꿈을 꾸었다. 꿈이 하도 생생해서 청년은 일어나서 밖을 내다보았는데, 곰은 보이지 않았고 그는 다시 잠이 들었다. 다음날 아침 청년은 행여 아내를 놀라게 하지 않을까 싶어 꿈 이야기를 할까 말까 망설였다. 그런데 아내가 깨자마자 꿈에서 활처럼 구부러지고 은색으로 빛나는 커다란 흰 표시가 가슴에 새겨진 거대한 곰을 보았다고 말했다. 곰은 달빛 아래 오두막 앞에 앉아 앞발로 그녀에게 무슨 손짓을 했다고 말했다. 그래서 그 청년 전사는 자신도 같은 꿈을 꾸었다고 털어놓으면서, 그 꿈은 비전이 틀림없고 그 곰이 자신의 수호 동물이므로 지금 당장 곰의 영혼을 달래 주어야 한다고 말했다. 그는 곰의 두개골 속에 남아 있는 담배를 전부 집어넣고서 구슬 달린 그의 가장 좋은 녹비 벨트로 그 두개골을 묶어 기처럼 매달았다.

그러자 그 나무는 행복에 겨워 모든 가지를 떨었고 곰의 영혼은 기뻐했다.

그때부터 청년은 곰의 모습을 깃 장식으로 사용했고 방패와 화살통에 곰을 그려 넣었다. 청년의 아내는 그의 화려한 예복에 구슬로 곰의 모습을 수놓았다. 그리하여 그가 입는 모든 옷에는 화려한 색깔이 아닌, 그 곰과 같은 자연스런 갈색으로 수를 놓은 곰의 초상이 새겨졌다.

그 후 그 전사는 해마다 그 장소로 순례 여행을 가서 방크스소나무 아래서 하룻밤을 보냈다. 그리고 늘 그 곰에 관한 꿈을 꾸었는데, 곰은 늘 그가 잠자는 곳 앞에 앉아 있었다. 그러면 그 전사는 늘 그 나무를 장식하고 곰의 영혼을 기쁘게 해 주려고 제물이나 무슨 표적을 남겼다. 이 일을 그는 과실의 계절인 매년 여름에 했다. 해마다 그는 흰 표적을 새롭게 남겼고, 곰이 그 나무에 새긴 상처에서 생기는 고무를 닦아 주고 곰의 두개골 속에 새 담배를 제물로 바쳤다.

그러던 어느 날 그는 지금까지 찾아오던 때와는 다른 복장을 하고 나타났다. 허리에 두른 천과 넓은 칼집이 달린 구슬 달린 벨트와 모카신을 제외하면 벌거벗은 모습이었다. 얼굴과 몸에는 진홍색, 흰색, 노란색의 이상한 무늬들이 그려져 있었고, 머리 위에는 넓게 펼쳐진 독수리 깃털 장식이 커다란 원으로 꽂혀 있었다. 손에는 깃털로 장식된 긴 파이프와 호저 가시가 들려 있었다.

그가 이 장소를 처음 찾은 날로부터 꼬박 이십 년이 흘렀다. 수십 번 그는 자신이 용감하고 숙련된 전사임을 증명했고, 젊은 시절에 자신 있게 한 예언을 완수하여 추장이 되었다. 이 중요한 시기에 그는 나무의 영혼과 소통하고, 그의 수호 동물이자 그가 형제라고 부르는 회색곰의 가르침을 얻기 위해 여기에 왔다. 중대한 시기였다. 내일은 그 땅을 차지하고 있는 인디언들을 몰아내기 위해 성난 파도처럼 함성을 지르며 대군을 이끌고 오는 백인들과 큰 전투가 있을 예정이었다. 이번 전투에 이 부족의 운명이 달려 있었고, 그는 지금 부족의 추장이었다.

그는 파이프에 불을 붙여 담배설대로 동쪽, 서쪽, 북쪽, 남쪽을 가리켰다. 그리고 자신이 숭배하는 태양을 향해 그것을 위로 치켜올렸고, 다음에는 그가 어머니라고 부르는 땅을 가리켰다. 마지막으로 소나무 가지들 사이로 담배를 한 모금 후하고 분 다음 곰의 두개골에도 불었다. 이번에는 뒤로 물러서서 기도를 드리려는 듯 두 팔을 치켜 올리고 고개를 숙였다. 그러자 독수리 깃털이 거대한 왕관처럼 머리와 어깨 주위로 넓게 펼쳐졌다.

그는 거기 우뚝 서서 큰소리로 외쳤다.

"오, 위대한 나무여. 산들의 파수꾼이여.

오, 나의 형제인 곰의 영혼이여.

너는 나의 수호자다.

내 말을 들어다오.

나는 다른 것은 필요 없고 오직 나 자신을 원한다. 이것뿐이다.

전투에서 날 강하게 만들어다오.

내 칼과 도끼가 우리 땅을 빼앗으려는 저 창백한 사람들을 가차 없이 내리치게 도와다오.

나 자신을 위해 이것을 부탁하는 것이 아니다.

나는 이제 더 이상 영광을 위해서가 아니라 내 부족을 위해, 내 아내와 가족을 위해 싸운다.

창백한 사람들은 인디언들을 바람 앞의 눈송이처럼 흩어지게 하고 있다.

인디언의 해는 지고 있고 창백한 사람들의 해는 강해지고 있다.

지난해의 눈송이처럼 우리는 소멸할 것이다.

전투에서 날 강하게 만들어다오.

너는 나의 수호자다.

오 나의 형제들이여.

내 말을 들어다오."

그러자 그 나무는 잎을 흔들고 산들거리며 대답을 하고 속삭였다. "강해져라. 우리가 너와 함께 있다." 곰의 영혼이 그늘에서 속삭였다. "내가 너의 곁에 있을 것이다. 나는 전투에 강하다."

　제물을 바친 뒤 추장은 평원으로 내려가서 부족에게 돌아갔다. 가는 길에 바로 뒤 어둠 속에서 자신을 따라오는 거대한 짐승의 부드러우면서도 무거운 발걸음 소리, 질질 끄는 소리를 들은 것 같았다. 그 짐승이 말했다. "나의 형제여. 너를 따르는 것은 곰이다." 이 소리가 그에게 용기를 주었고, 그는 돌아가는 길에 내일 있을 전투를 자신 있게 준비했다.

　그는 평의회 오두막으로 뛰어 들어가면서 소리쳤다. "전쟁 춤을 시작하자! 빨리 모든 준비를 하라. 우리는 이길 것이다. 우리의 주술은 오늘밤 아주 강하다. 젊은이들은 전투를 위해 분장을 하라. 전쟁의 북소리와 딸랑이와 독수리 날개 뼈의 파이프를 울려라! 전쟁의 함성을 질러라! 강해져라! 내일 우리는 이길 것이다." 그가 다시 소리쳤다. "강해져라!" 그것은 그 산에 있는 그의 수호자들이 그에게 준 암호였다.

　그러나 창백한 군인들이 아침 일찍 나타났을 때 그들은 블랙푸트 족의 전사들보다 무장이 잘 돼 있었다. 그들은 또한 자기 부족이 탄 말보다 훨씬 큰 말을 타고 있었고 군인 수도 훨씬 많았다. 대포*와 총과 연발 권총과 검으로 무장한 백인들은 인디언 야영지에 죽음을 퍼뜨리고 아무도 살려 주지 않았다. 여자들은 등에 업힌 아기들과 함께 총에 맞았는데, 때로는 총알 하나에 두 사람이 한꺼번에 죽기도 했다. 어린 소녀와 소년, 노인과 아이 들은 도망치다가 푸른 제복을 입

---

* 여러 개의 총신을 가진 개틀링 기관총.

은 군인들의 칼에 찔렸다. 군인들은 죽음의 칼을 가차 없이 휘두르며 웃고 욕을 퍼부었다. 궁지에 몰린 인디언들은 그 고갯길로 도망쳤다. 거기, 산까지는 대포가 올라올 수 없었고 군인들의 무거운 말은 인디언들의 가벼운 조랑말만큼 고개를 잘 오르지 못했다.

인디언들은 말들을 풀어 주고 그 고갯길로 안전하게 도망치게 하고는, 자신들은 남아서 바위 사이를 돌아다니며 가까운 거리에서 화살로 군인들을 한 사람씩 쏘고, 매복해 있다가 군대를 함정에 빠뜨리고, 그들을 쏘아 죽이고, 무기와 탄약을 포획하고, 그 총을 그들에게 겨누었다.

거대한 방크스소나무가 우뚝 서 있는 그 산의 초원에서 전투가 최후까지 이어졌다. 인디언들은 그들의 신성한 나무 주위에 집결했다. 이제 그 나무는 싸움터 중심지가 되었다. 전투가 한창 치열할 때 추장은 자기 옆에 늘 곰이 있다고 느꼈는데, 곰은 더 이상 조용하고 친절하지 않고 빠르고 무시무시하고 사정을 봐주지 않았다. 추장의 팔은 곰 때문에 더욱 힘이 세졌다. 적을 칠 때마다 그는 새로운 힘을 느꼈고 아무도 그를 대적할 수 없었다. 인디언 전사들은 자기네들끼리 그를 "곰 같다"고 말했다. 그 소나무와 주위에 있는 바위들은 소름 끼치는 전투 소리로 메아리쳤고, 이 바위 저 바위로 소리를 옮기며 자기들끼리 무시무시한 굉음을 냈다. 그래서 마치 바위들 역시 전투에 동참한 것 같았고, 그 사이 독수리들은 피의 전장 위에서 미친 듯이 퍼덕이고 날카로운 소리를 지르며 맴돌았다.

연기와 먼지와 소음 속에서 그 소나무는 조용히 우뚝 서서 마치 높은 곳에서 전투 과정을 지켜보며 전투 계획을 세우고 지시를 내리는 위대한 장군처럼 용기를 불러일으켰다.

이제 전투의 흐름은 달라졌다. 가족들이 학살된 것에 피가 끓어오른 인디언들은 그 누구도 용서치 않으며 맹렬하게 싸웠다. 어떤 이들은 권총뿐 아니라 검과 기병대의 총까지 사용하고 있었고, 적에 맞서 필사적인 용기로 일대일로 싸웠다. 백인 군인들도 용감했지만, 그들은 무거운 부츠와 이런저런 장비들 때문에 벌거벗고 민첩한 인디언들보다 행동이 굼뜨고 느려서 거의 다 죽임을 당했다.

그리하여 추장의 예언은 실현되었다. 그는 집결한 전사들에게 나무의 힘이 어떤 도움을 주었는지, 곰의 영혼이 자기 곁에서 얼마나 용감하게 싸웠는지를 말했다. 살아남은 인디언들은 필사적으로 싸워 마침내 승리를 따낸 덕분에 전보다 더욱 신성해진 방크스소나무 발치에 감사의 제물을 올렸다. 인디언들은 감사의 표시로 곰의 두개골을 구슬이 달린 혁대와 깃털 장식으로 아름답게 꾸몄고, 색칠한 방패와 불에 탄 전리품들과 다른 귀중품들을 나무줄기 옆에 놓거나 나뭇가지들에 걸었다.

오래전부터 이 부족의 현자들은 그 나무가 살아 있는 동안은 그들도 살 것이고 그 나무가 쓰러지면 그들 부족은 평원에서 쫓겨날 것이라고 말해 왔다. 이 전설은 더 나아가 인디언들이 먼저 멸망하거나 쫓겨나면 그 나무도 쓰러질 것이라고 했다. 이제 그 나무의 비호 아래 그들은 승리를 거뒀다.

하지만 나무의 마음은 괴로웠고 곰의 영혼은 슬펐다. 나무와 곰은 인디언 전사들이 죽은 사람이 얼마나 되는지 조사하러 갔을 때 알게 될 사실 때문에 걱정이 되고 겁이 났다. 전사들은 언젠가는 죽게 마련이다. 그런데 다 찢어진 천막과 연기 나는 잔해 사이에서 여자들과 아이들이 난도질당한 채 죽어 있었다. 그들 사이에서 추장은 아내와 어린 두 아들을 발견했다. 슬픔에 가슴이 미어져 그는 아무 말도 할 수 없었고, 어둠 속에서 죽은 이들 사이를 지나 황폐한 야영지를 떠

173

나 전장으로 갔다. 그는 그 소나무 밑에 홀로 말없이 서서, 너무나 행복했던 신혼 시절과 너무나 수줍어하고 주저하면서도 그 나무 아래에서 그의 새 티피를 기꺼이 함께 썼던 검은 눈동자의 상냥한 처녀를 떠올리며 고통스럽게 숨을 들이켜고 내뱉었다. 그 기억에 그는 목이 메어 왔다. 그러나 이것은 나약함이었다. 엄격하고 단호한 몸짓으로 그는 곰의 두개골과 그 나무에 경례를 했고 승리—— 승리!—— 에 대한 고마움을 표했다. 그리고는 제물과 선물 사이에 있는 솔잎 양탄자 위로 몸을 던져 거대하고 뒤틀린 뿌리 위에 얼굴을 대고서 눈물을 흘렸다. 지금 그는 더 이상 전사가 아니라 한 명의 인간일 뿐이었다.

아무도 보는 이들이 없었다. 거대한 방크스소나무 가지들이 그의 주위로 머리를 숙였고 곰의 영혼이 그 곁에 미동도 없이 앉아 무슨 말을 하려고 했지만 슬픔 때문에 말을 하지 못했다.

잠시 후 소나무 잎에 이슬이 맺혀 떨어졌을 때, 이슬은 마치 천천히 조용하게 흐르는 눈물방울처럼 추장의 뺨 위로, 한때 이겼으나 결국에는 지고 만 전투가 벌어지던 쓸쓸한 현장 위로, 그리고 그 고갯길에서 너무나 오래전부터 있어 온 초원 위로 떨어졌다.

고립된 소규모 반격으로는 도저히 이길 수 없는 많은 군인을 거느린 백인들은 인디언들을 무자비하게 죽였다. 정직한 전쟁이나 정당한 방법으로 이길 수 없을 때는, 조약을 깨고, 경제 제재를 가하고, 인디언들을 추방하고, 위스키를 팔고, 버펄로를 몰살시키고, 부족의 삶과 관습과 종교와 언어와 예술을 가차 없이 억눌러 마침내 바라는 결과를 얻어 냈다. 세계 여기저기에서 오만하고 넓은 땅을 차지하고 싶은 사람들의 물결이 메뚜기 떼처럼 한꺼번에 대륙을 건너와 이 땅을 침략했다. 그들은 자신들이 이용할 수 없거나 정복할 수 없는 것은 무조건 파괴했다. 황폐화되고 있는 숲과 초원에서 연기가 한낮에도 해를 가렸다. 광대한 땅은 도살장으로 변했고, 드넓은 평원은 학살된 버펄로 수백만 마리가 풍기는 악취 때문에 지나갈 수도 없는 지경이 되었다. 죽은 버펄로들 사이에서 부모를 잃고 사냥꾼들에게도 쓸모 없는 어린 송아지들이 굶주림으로 수천 마리가 죽었다.

살아남은 몇 안 되는 인디언들은 자기네 땅에서 추방되어 인디언들에 대해서는 거의 알지도 못하고 대개가 악랄한 백인 정부 관리의 감독 아래 보호지로 쫓겨났다. 비통하고 소용없는 싸움이 있었는데, 그 싸움에서 수치스럽게도 수많은 "친절한" 배반자 인디언들이 백인들에게 온순한 양처럼 복종하고 비굴하게 아첨했다. 기질에 따라 어느 편에 서는 것이 이로운지를 깨달은 인디언들은 자기 종족에 맞서 백인들을 도왔다. 그 뒤 이런 배반자들을 기리는 기념비들이 백인들에 의해 세워지고 있다. 이런 인간쓰레기들은 종종 고용된 암살자와 다를 바가 없었다. 백인들 스스로가 잘못인 줄 알면서도 불필요한 만행을 저지르는데도, 그들은 인디언 사냥 놀이에 참가하여 정찰병과 군대의 안내자로 활동함으로써 역사에 남는 큰 명성을 얻었다. 그들 중에는 진짜 변방의 개척자이고 심지어 그들이 맞서 싸운 상대편에게서 존경받는 이들도 간혹 있었지만, 대개는 살인을 저지르고도 교수형에 처해지는 일 없이 자신들의 타고난 악랄함을 충족시킬 기회를 얻는 살인 청부업자에 지나지 않았다.

양쪽 진영은 닥치는 대로 대량 학살을 감행했는데, 한쪽은 피로 얼룩진 땅을 차지하기 위해, 다른 쪽은 그 땅을 지키기 위해 끔찍하게 잔혹한 행위를 저질렀다. 인간이든 짐승이든 그 땅의 원주민들은 서로 경계하고, 사람을 피하고, 가까이하기 어려워졌고, 어쩔 수 없이 저지른 배반 행위라도 그것에 대해서는 종종 되갚아 주었다.

변방에 생기는 도시에서는 술집과 감옥이 중요한 건물이 되는 것이 전혀 이상하지 않았다. 창백한 침입자들 중에는 백인 공동체를 위협하는 총잡이들과 무법자 패거리가 등장하여 법과 질서에 맞서 죽이고 빼앗고 되도 않은 싸움을 벌였다.* 인디언들이 무력한 비참함에 빠져 방관하며 지내는 사이, 백인들은 인디언들에게 빼앗은 땅을 누가 가질 것인가를 놓고 자기들끼리 다투고 싸웠다.

문명화 바람이 서부에 닥친 뒤로 서부는 이제 거칠어졌다. 위대한 개척 시대의 "거친 서부"에 관한 로맨스와 노래와 이야기가 그때 만들어졌다.

그 모든 것을 지켜본 소나무는 한숨 한 번 쉬지 않고 가만히, 침울하게, 그리고 말없이 서 있기만 했다.

이제는 잊혀진 지 오래된 역사적인 그 전투가 끝나고 몇 십 년이 흐른 뒤, 한 노인이 그 고갯길에서 꽃으로 뒤덮인 초원으로 이어지는 길을 올라왔다. 그는 마치 너무 쇠약해지고 살 날이 얼마 남지 않은 사람처럼 아주 천천히, 힘없이 걸었다. 저 아래 평원의 광대한 전경을 바라보며 홀로 서 있는 거대한 방크스소나무에 이르렀을 때 노인은 거대한 뿌리 중 하나에 앉아 생각에 잠겨 저 아래 초원을 오래도록 응시했다.

그는 거기서 여기저기 뿔뿔이 흩어져 있는 집들을 보았다. 티피들은 더 이상 없었고 백인의 통나무집만 들어서 있었고, 땅은 하나같이 일정한 바둑판 모양으로 정사각형으로 나뉘어 있었다. 시꺼멓게 무

---

* 이 글을 쓸 당시에도 상황은 크게 변하지 않았다. 예전과 달라진 것이 있다면 이런 활동이 벌어지는 무대가 동쪽으로 더 나아갔고 총잡이들의 신분이 낮아졌다는 점이다. 옛날 총잡이들 중에는 진짜 용감한 이들도 간혹 있었다.

176

리 지어 움직이던 버펄로들은 더 이상 보이지 않았고, 대신에 버펄로의 뼈만 거대한 둔덕이나 높고 넓은 벽처럼 철로 옆에 쌓여 있었다. 그 뼈들은 열차에 실려 어디론가 옮겨져 비료로 쓰일 예정이었다. 노인이 그 사실을 아는 것은 그런 광경을 본 적이 있었기 때문이다.

노인은 앉아서 생각에 잠겨 광활하게 뻗은 평원의 저 너머까지 말 없이 응시했다.

예전에 사냥 길이었던 곳에 지금은 철로가 들어서 있었다. 처음에는 덫 사냥꾼들이 왔다. 그들은 황야의 비밀 장소들을 냄새 맡고 다니면서 가기 어렵다고 소문난 온갖 종류의 장소로 가는 길을 발견하거나 길을 냈다. 다음에는 평판이 좋은 "탐험가들"이 왔다. 그들은 좀처럼 선두에 서지 않고 대체로 덫 사냥꾼들을 따라다녔지만, 공로를 인정받으면 그 장소에 자기 이름을 붙이곤 했다. 그 다음에는 선교사들이 왔다. 그들은 착하고 남을 위하고 용맹하고 신념을 지키는 용기를 갖고 있었지만, 간혹 약간 잘못된 쪽으로 나아가기도 했다. 그 뒤로는 시굴자, 위스키 장사꾼, 카우보이, 측량 기사, 땅을 사고파는 흥정꾼들이 잇달아 빠르게 왔다. 아마도 덫 사냥꾼들을 빼고는 그들 중 누구도 자기네가 다닌 그 길이 지나가는 모든 이들에게 그늘을 드리워 주는 장대하고 외로운 소나무의 출현으로 생겨났다는 것을 아는 사람은 없으리라.

사냥 길에서 운송로로, 다음에는 철로로 바뀌게 된 지는 이십 년이 조금 못 되었다. 그 거대한 소나무를 지나가게 된 탐험가들과 욕심쟁이들과 모험가들은 이유는 모르겠지만 어쨌거나 나무 주위에 쌓여 있는 인디언의 기장과 장신구들을 가져갈 수 있는 한 많이 좀도둑질해 갔다. 선교사들만큼은 달랐다. 선교사들은 미개한 인디언들이 나무나 태양을 "숭배하는" 것을 금지시키고 원주민들이 말 못하는 짐승들의 "영혼"에 대해 품고 있는 믿음에 눈살을 찌푸리긴 했지만, 거의 언제나 정직했다. 하지만 그들도 때로는 자신들의 영적 우위를 이용하여 인디언들을 제편으로 끌어들이기도 했고 침입자들의 탐욕스런 술책을 조장하기도 했다. 곰의 두개골은 사람들의 변덕 탓인지, 아니면 쓸모없었기 때문인지(곰은 사냥터에서 얻을 수 있으니까) 그 자리에 계속 걸려 있게 되었다. 작은 개울에 있던 송어들은 사라진 지 오래되었고, 개울 옆 커다란 숲이 불에 타 버리자 결국에는 개울도 거의 말라붙었다. 독수리들은 총에 맞아 죽거나 오래전에 그 지역을 떠나서 그들의 둥지는 반백 년 동안의 겨울 폭풍에 조금씩 날아가 버리고 말았다.

첫 모험가들이 드문드문 찾아오던 그때부터 개척 군단은 전국 구석구석을 누비고 다녔다. 땅 욕심이 많고 거만하고 탐욕스러운 당시 문명국 사람들은 닥치는 대로 땅을 싹쓸이했다. 자신들이 섬기는 특정 신들 말고는 아무것도 신성시하지 않는 이 잡다한 주인들은 오직 흙 — "땅" — 이나 금만을 보았으며, 대체로 자연을 미워했고, 자연과 그 지역에 사는 원주민들의 제도를 어떻게든 빨리 뒤집어엎어야 할 무엇으로 간주하여 그 자리에 위대한 밀의 신을 앉히려 했다. 하지만 나중에 그 신은 손만 닿으면 황금으로 변하지만 결국에는 재앙이 되고 만 미다스 왕의 손처럼 그들을 질식시키고 굶주리게 만들 것이다.

이 모든 빠르고 격렬한 변화를 거치면서도 굳건히 서 있는 방크스 소나무 아래 앉아 있는 그 노인조차도 숱한 일을 겪었지만 이 땅에서 사람들이 굶주리게 될 날이 오리라는 것은 예견하지 못했다. 지금 그 땅에는 쓸 수 있는 양보다 더 많은 밀이 쌓여 있는데도 사람들은 키울 만한 것이 밀밖에 없다는 생각에 오로지 밀만 경작하며 풍작에 대해 떠들어 댔다. 그러나 땅은 밀 때문에 숨이 막히고 있었고 지난해 거둬들인 농작물도 광에 그대로 쌓여 있었다. 노인은 탐욕과 그릇된 경영으로 인해 그토록 많은 비옥한 땅이 선인장과 방울뱀조차 더 이상 살 수 없는, 먼지로 숨 막히는 사막으로 변하리라는 것을 이해하지 못할 것이다.

이제는 발을 들여놓을 수 없는 그 땅을 노인은 줄기차게 바라보았다. 그는 더 이상 거기서 환영받지 못했다. 그는 인디언이었다.

노인은 천 조각으로 기운 잘 맞지도 않은 바지에 품이 작은 외투를 입고 있었고, 너덜너덜해진 신발에다 송송 뚫린 구멍 사이로 백발의 짧은 머리카락이 비어져 나온 테 넓은 모자를 쓰고 있었다. 그는 한때 추장이었지만, 지금은 그의 땅을 빼앗은 자들에게 먹을 것을 구걸하고 그들이 버린 옷가지로 주워 입는 뜨내기였다. 그는 속옷도 입지 않고 양말도 신지 않았으며, 어떤 종교 분파의 인물이 그려진 값싼 메달을 노끈에 매달아 목에 걸고 있었다. 백인들에게는 여러 분파가 있었는데, 노인이 차고 있는 메달의 인물에 대해서는 그 권위를 전혀 인정하지 않는 것 같았다.

그러나 편협함과 투쟁과는 거리가 먼, 메달 속에 그려진 이의 슬프고 상냥한 두 눈은 분명 저 아래를 내려다보며 연민으로 눈물을 흘렸으리라.

늙은 인디언의 청각은 흐려지고 어두워졌다. 오직 얼굴만이 더욱 날카로워진 눈 때문에 위엄을 지키고 있었다. 그러나 젊은 시절에는 보는 이의 간담을 서늘하게 했을 법한 날카롭고 예리한 눈을 빼고는, 미동조차 없는 거무스름한 얼굴은 깊은 고요에 빠져 있어서 엄숙하게 부동자세를 취하고 있는 산들만이 그 고요에 대적할 만했다. 그는 멍하니 주석 메달을 만지작거리다가 갑자기 생각난 것처럼 그것을 내려다보았다. 그리고는 끈을 확 잡아당겨서 메달을 던져 버렸다. 값싼 장신구가 땡그랑 소리를 내며 바위에 부딪쳤는데, 그 소리가 숭고하고 장엄한 주위 공기와 대조적으로 아주 경박하게 들렸다. 노인은 잠시 휘청거리며 일어났다. 늙은 두 눈이 번뜩였고, 얼굴에는 놀랍게도 잔인함이 서린 주름이 새겨졌다. 그는 마치 수치스럽다는 듯이 이루 말할 수 없이 너덜너덜한 신발을 벗어던지고 값싼 외투를 벗고 모자를 내동댕이쳤다. 허리까지 벌거벗은 거무스름한 몸통과 골격은 비록 쇠약하고 마르긴 했지만 한때는 훌륭한 몸이었음을 짐작할 수 있었고, 일어섰을 때의 행동거지에는 일종의 야생의 기품이 엿보였다. 그는 거대한 나무줄기에 난 두 개의 상처에 손을 갖다댔다. 하나는 나무껍질을 벗겨서 낸 흰 표적이었고 다른 하나는 일종의 흉터였는데, 지금은 두 개 다 안쪽으로 자라는 껍질에 거의 가려져 좁은 틈만 보일 뿐이었다. 그는 힘없이 비틀거리면서도 손으로 곰의 두개골을 찾았다. 두개골을 묶고 있는 끈은 오래전에 썩어서 아래턱은 땅에 떨어져 있었다. 그는 곰의 두개골에 힘겹게 기대면서 90년 가까운 세월을 지나온 백발의 머리를 들어올려, 깊고 넓게 펼쳐진 수랑*처럼 아치형의 천장을 이루고 있는, 한데 모여 마구 엉켜 있는 나뭇가지들을 올려다보았다. 그는 말하기 시작했다.

"오 나무여, 내 수호자여. 너와 나는 각자 자기 나름대로 아주 오래 살았다.

우리는 너무 오래 살았다.

너무 오래.

---

* 평면이 십자형인 교회의 몸채 좌우를 잇대어 붙인 날개 부분.

과거는 파멸되어 낡고 버려진 옷가지처럼 우리의 발치에 쓰러져 있다.

만약 우리가 과거를 손대지 않고 그대로 놔둔다면, 그것은 갈기갈기 찢어져서 영원히 사라질 것이다.

이 위대한 과거를 아는 사람은 너와 나뿐이다.

너와 나만이 과거를 기억하기 위해 남아 있다.

기억의 무거운 짐이 우리 둘에게만 지워졌지만, 우리의 심장이 이 짐을 짊어지고 갈 날도 이제 얼마 남지 않았다.

우리 사람들은 사라졌고 창백한 자들이 모든 것을 차지했다.

이제 우리의 일은 끝났다. 너와 나의 일이.

너의 사지가 겨울눈에 하얗게 덮이고 북쪽의 유령 새들이 하얀 날개를 퍼덕이며 숲을 지나가기 전에 나는 내 아들들의 어머니였던 그녀를 만날 것이다.

나는 여기 내 옆에서 백인 군인들에 맞서 싸운 위대한 곰을 만날 것이다.

너도 곧 우리와 함께할 것이다. 인디언들이 사라졌기 때문에 너 또한 가야만 한다.

네가 어렸을 때 너를 알던 옛 시대의 현인들이 그렇게 말했다.

그들이 말한 대로 될 것이다. 전설은 이루어져야 한다.

네가 위대한 신비의 세계인 내세에서 우리와 만날 때 우리는 다시 한 번 너의 가지 밑에 앉아 쉬면서 과거를 이야기할 것이다.

그리고 내 형제인 위대한 곰이 거기서 들을 것이다.

우리가 오랫동안 동족이었기 때문이다. 너와 나, 그리고 곰이.

위대한 영은 너그럽고 우리를 떠나지 않을 것이다.

아무리 그자가 현명하다 해도 오직 자신만이 내세의 왕국에 살게 될 것이라고 말하지는 못할 것이다.

그때까지, 강해져라, 오 내 오랜 친구여.

오 나무여, 오 위대한 곰이여, 내 수호자들이여, 내 말을 들어라.

우리는 기다릴 것이다."

그리고 나서 그는 말을 멈췄고, 잠시 주머니를 뒤지더니 막대처럼 생긴 씹는 담배 뭉치를 꺼내 그것을 곰의 두개골 속에 제물로 넣었다. 곰의 뼈가 약간 부서지면서 뼛조각이 손에 떨어졌기 때문에 그는 무척 조심했다.

이제 늙은 추장은 등받이는 되어 주지만 그에게 생명을 줄 수는 없는 방크스소나무에 등을 기대고 앉았다. 혹여 생명을 줄 수 있었다 해도 그 나무는 주지 않았을 것이다. 늙은 추장은 아주 조용히 앉아서 평원을 응시하고 나무의 목소리에 귀를 기울였다. 바람이 제일 위쪽 가지 사이로 불면서 마치 거칠고 야만적인 화음에서 뽑아 낸 것처럼 이 세상 소리가 아닌 듯 아름다운, 깊고 오래 계속되고 떨리는 곡을 흥얼거렸다. 그것은 분명 내세에서 울려 퍼진 화음이었으리라.

늙은 추장이 조용히 앉아 있었을 때, 이윽고 평원의 땅이 흐릿해지고 멀어지더니 마침내 그의 시야에서 사라졌다. 그 나무가 내던 소리도 그쳤다. 그리고 이백 년 전 늙은 회색곰이 그랬듯이, 그 늙고 늙은 인디언의 생명은 그들이 선택한 이 장소에서 다했다.

이제 그 나무는 자신의 친구들 중 마지막 한 사람도 죽었기에 자신 역시 그들을 따라가야 한다는 것을 알았다. 자신을 사랑한 이들이 죽을 때, 그들 중 누구도 남아 있지 않을 때, 자신 역시 죽어야 하는 것이 그 나무의 운명이었기 때문이다.

그날 밤에는 산에서 요란한 소리와 함께 폭풍이 불어왔다. 폭풍우

속에서 그 외로운 나무는 신음하고 구슬프게 울었고, 뿌리부터 격렬하게 몸을 흔들었다. 번쩍이는 하얀 번갯불에 검은 윤곽만 보이던 그 나무는 고통으로 몸부림치고 괴로워하는 듯했다.

다음날 말 탄 일행이 그곳을 지나가다 노인을 발견하고는 길 옆 보잘 것없고 이름 없는 무덤에 그를 묻어 주었다. 착한 영혼들이 다가와 그들 중 한 명이 곰의 두개골을 나무에서 내려 토마토 캔과 다른 쓰레기들이 모여 있는 개울에 던졌다.

얼마 안있어 그곳에 고속도로 건설이 결정되었다. 이런 일을 잘하는 기술자들과 현장 경험이 풍부한 기사들이 이곳을 찾았다. 그들은 쭉 뻗은 길과 뚜렷한 윤곽에서 아름다움을 보았고, 인간이 모습을 나타내기 전부터 반백만 년 동안 자유롭게 길을 연 원시적인 힘을 흐뭇하게 볼 수 있었으며, 조물주의 얼굴인 그 길을 인간의 필요에 맞게 바꾸는 과정에서 낭만적인 이야기를 만들어 냈다. 산의 입구에 서 있는 늙은 파수꾼은 저항할 기색이 거의 없었고 쓰러질 준비가 되어 있었다.

너무도 오래 산 그 나무는 참을성 있게 서 있었고 끝까지 기다렸다. 첫 번째 도끼가 날아들었다. 그 나무는 아무런 반항도 하지 않고, 마지막까지 그 웅장한 자태와 기품을 지닌 채 서 있었다. 잠시 뒤 나무는 조금 흔들렸고 땅으로 쓰러지기 시작했다. 구슬프고 날카로운 울음소리와 더불어, 나무의 섬유질이 찢어지고 흔들리는 윗통이 공중에서 아래로 허물어지면서 그 거대한 침엽수는 딸기와 야생화들이 피어 있는 땅으로 추락했고, 거의 7백 년 전 그 나무가 처음 싹을 틔웠던 기분 좋은 초원에 넘어졌다. 그리하여 그 나무의 운명은 이루어졌고, 블랙푸트 족의 옛 전설도 실현되었다.

산들은 무심한 표정으로 그 광경을 바라보았다. 그들은 나무들이 언젠가 죽을 운명이고 인간들 역시 그러하지만 자기네는 영원히 산다는 것을 알았기 때문이다.

최후의 일격이 가해지고 그 나무의 생명이 마침내 끊어졌을 때, 독수리 깃털 장식을 머리에 쓴 벌거벗은 인디언 추장의 모습이 아주 잠깐 동안 산등성이 높은 곳에 나타났다가 이내 사라졌다.

그의 옆에는 털이 덥수룩하고 괴물 같이 생긴 거대한 회색곰이 서 있었다.

기계 조작 기술이 만들어 낼 수 있는 최상품이고, 아주 영리하고 다소 쓸모 있는 장치들을 완비하여 최신 모델들을 빠르게 구식이 돼 버리도록 설계된 한 자동차가 그 산들을 관통하는 새 고속도로를 질주하고 있었다. 차에는 승객 두 명이 타고 있었다. 운전사는 예민하고 섬세한 손을 갖고 있었고, 관찰을 잘하는 사람인지 주위를 조용하고 지긋이 힐긋힐긋 보았다. 옆에 앉은 친구는 눈 밑의 살이 많이 처지고 목살도 덜렁거리는 뚱뚱한 남자였다. 입술은 구근 모양이고 손가락에는 반지가 여러 개 끼워져 있었다. 그는 입가 쪽에 담배를 아주 비스듬히 물고 있었다.

차는 속력을 내면서 대초원 농지의 멋진 풍경이 내려다보이는 산 정상에서 고갯길로 들어섰다. 운전사는 차를 세웠고, 분명 감상하는 표정으로 풍경을 둘러보았다. "우와!" 그가 소리쳤다. "저 산들 좀 봐! 대단하지, 응?"

다른 친구는 담배를 씹으면서 희미한 산봉우리들을 사색에 잠겨 바라보았다.

"내 사업에 저들을 이용할 수는 없어"라고 단언하면서 그는 덧붙여 말했다. "내게는 불쌍하게 보이는 땅이야."

고속도로 옆에는 거대한 방크스소나무 그루터기가 있었다. 그 뚱뚱한 남자는 담배를 끄고서 힘차고 정확하게 그 그루터기에 침을 뱉었다.

차는 어디론가로 갔다.

붉은다람쥐 한 마리가 입에 솔잎 하나를 물고 도로를 쏜살같이 가로질렀고, 대초원의 어딘가에 솔잎을 심어 놓고는 즉시 그 사실을 잊었다.

캐나다, 캐나다 사람, 캐나다의 자연

광대한 캐나다 땅을 방문하는 사람이 여러 국가들 가운데 우리 캐나다 사람들만이 전통을 존중하지 않는다고 생각해도 그 정도는 너그러이 넘길 수 있다. 우리에게는 많은 전통이 있고, 그 전통은 또한 나쁘지 않기 때문이다. 그러나 어떤 작가에게는 캐나다가 개척 국가라는 사실을 될수록 많이 귀띔해 줄 필요가 있을 것 같다. 왜냐하면 그는 버펄로가 1880년에 다 죽었고, 인디언들은 보호지에 갇혀 있으며 (이 두 가지 사실이 자랑스러운 뭐라도 되는 것처럼), 얼마 남지 않은 카우보이들은 농장의 일꾼처럼 옷을 입고 다니고, 개척자들은 과거의 산물일 뿐임을 상기시키는 산더미 같은 편지들에 시달릴 것이기 때문이다. 몇몇 지역에서는 이 사실이 모두 맞을지도 모른다. 그러나 나는 독자 여러분에게 캐나다 국립공원으로 알려진 캐나다 자치령의 한 지부 덕분에 캐나다의 대초원에 오천 마리가 넘는 거대한 버펄로들이 살고 있다는 것을 자랑스럽게 얘기해야겠다. 물론 진짜 야생종,

그러니까 밀렵꾼들과 다른 환경 파괴자들도 구하지 못했고, 아직 탐험되지 않은 북서부 황야를 돌아다니는 동물들을 제외하고 말이다. 서스캐처원 주의 프린스 앨버트에서 나는 최근에 카우보이들이 입는 가죽 바지에 굽이 높은 승마화를 신고 있는 카우보이 무리를 본 적이 있다. 캐나다의 약 3분의 2는 세계에서 가장 멋지고 가장 귀중한 황야로 이루어져 있다. 개척자들은 나무를 베기 위해 지금도 믿어지지 않을 만큼 궁벽한 삼림 지대까지 들어간다. 운이 나쁘면 죽고, 비록 산다 해도 그들은 인디언들이 아니라 산불과 자신들의 가축을 위협하는 늑대들과 싸워야 한다. 오늘부터 약 일주일 동안 나는 행사를 보고 싶어하는 관광객 수천 명을 데리고 이 지역에서 거행되는 인디언의 가장 큰 종교 행사를 보러 갈 것이다. 그 행사에서는 활과 화살, 평화의 담뱃대, 길게 땋은 머리, 녹비, 구슬 장식, 깃털, 그리고 고대의 의식이 매우 중요한 구실을 할 것이다.

이런 일을 할 때 지나치게 머뭇거릴 이유가 무엇이겠는가? 하나로 묶어서 보면 인디언들의 종교 행사는 캐나다 역사상 가장 흥미로운 시기를 대표한다. 아직까지는 그런 종교 행사가 남아 있지만, 우리가 그것의 존재 여부를 강력하게 부인하지 않는다 해도 그것은 빠르게 사라지고 말 것이다. 아마도 우리는 그런 행사들이 사라지고 나서야 그것의 진정한 가치를 알게 될 것이다. 그때 가서 그것들을 되찾기 위해 전력을 기울인다 해도 소용없는 노릇이다.

우리의 도시들은 날이 갈수록 런던과 뉴욕을 닮아 가고 있다. 그러나 다른 모든 나라에도 그런 도시들은 있다. 그러니 우리 역시 다른 나라들만큼 도시를 보존하고 잘 지켜야 한다. 이런 일은 행정부에서 처리하고 잘 살피고 있다. 그러나 이런 일에서는 차별성을 찾아볼 수 없다. 어느 나라든지 이런 일을 하고 있기 때문이다. 그러나 우리는 바로 여기, 다시 말해 우리의 뒷문에 우리 자신만의, 캐나다만의, 캐나다 사람만의 다른 무엇을 가지고 있다. 바로 우리의 북쪽 지방이다. 캐나다의 역사와 캐나다의 전형적인 풍경은 여러 나라들 가운데 유일무이하다. 우리는 그 점을 자랑스러워해야 한다. 캐나다의 경제는 매우 탄탄한 토대 위에 세워지고 있고, 이 나라는 지금 경제적으로 크게 부상하고 있으며, 더 나은 시대가 찾아오면 국가의 위업을 달성하는 면에서 큰 발전을 이룰 것이라는 데 의심의 여지가 없다. 하지만 그렇다고 해서 개척자 나라라는 아주 멋진 본보기로서 우리의 개성을 죽일 필요는 없다고 본다.

캐나다가 땅덩이에 견주어 인구가 적다는 것이 큰 이점들 중 하나라고 얘기하는 것을 들은 적이 있다. 이는 인구당 차지하는 천연 자원의 비율이 높다는 것을 뜻하는데, 나 또한 이 의견에는 기꺼이 동의한다. 그러나 지금 마당에서는 캐나다 인구가 자연히 늘어날 것이 분명해 보인다. 현재 인구가 폭증하고 있는 나라들은 곤경에 처해 있다. 그들은 늘어나는 국내 인구 때문에 사방팔방으로 돌파구를 찾아보지만, 결국은 주변의 다른 나라들 역시 비슷한 곤경에 빠져 있고 더 이상 갈 곳이 없다는 것을 깨닫고 만다. 반면에 우리는, 우리 땅 안에서 갈 곳이 무수히 많다는 점에서 매우 행운아이다. 오늘날 문명 세계를 위협하는 것처럼 보이는 문제들은 대개가 인구 과잉으로 빚어진 결과이다. 우리 나라에도 더 많은 소비자와 더 많은 생산자가 필요하다는 말이 제기되고 있다. 그러나 생산자가 제대로 처리하지도 못할 많은 물건을 생산하거나, 지불 능력도 없는 소비자를 과잉 창출하는 것이 무슨 도움이 되겠는가.

북쪽 땅에서 나는 빛이 우리 나라에서 가장 밝은 빛이라는 것이 증명되고 있는데도, 우리 나라 사람들은 그 사실을 자꾸만 감추려 하는 것 같다. 자기 나라를 제대로 알고 있지 못한 사람들(모르는 것이 정당화될 수는 없다) 중 많은 이들이 "북쪽"이라는 말에 지나치게 민감하게 반응하고, 북극 탐험과 관계 있다는 것 때문에 그 말에 위협을 느낀다. 우리 나라 말에서 "남쪽"이라는 말은 삭제해도 이상할 것이 없을 듯한데, 그것은 남쪽이 가뭄이나 메뚜기를 뜻하기 때문이다. 우리의 북쪽 땅은 기후와 온도가 남프랑스 쪽과 일 년 내내 거의 비슷하다고 하는데, 나는 그것을 몸소 느끼고 있다. 캐나다에서 가장 넓은 비율을 차지하는 것은 북쪽 땅이다. 그 땅은 아직 밝혀지지 않은 무한한 가능성을 갖고 있다. 봄은 짧고, 여름은 따뜻하면서도 상쾌하고 청명하고, 가을에는 내가 생각하기에 세계 어느 나라에서도 보기 힘든 진풍경이 펼쳐지고, 겨울은 밝고 깨끗하고 춥고 활기차고 상쾌하고 건강에 좋다. 그런데 왜 이런 사실을 부인하고, 모호한 눈가림으로 숨기려 하고, 내키지 않는 칭찬을 하면서 한편으론 비난할까? 이런 사실을 우리의 강점으로 이용할 수 있는데도 말이다.

내가 외국에서 만난 캐나다 사람들은 우리의 숲이나, 강과 호수, 풍부한 광물 지대, 산과 거대한 나무들에 대해서는 이야기하지 않고 영(Yonge) 거리*의 고층 건물이나 돼지 값 상승에 대해서만 떠들어댔다. 고층 건물과 돼지는 시세가 오르락내리락할 수 있지만, 우리의 북쪽 땅은 우리가 가진 최고의 재산이라 말할 수 있어야 한다.

나는 종종, 빼어나게 아름다운 장소에 언제, 어떻게 이름이 붙게 됐는지, 우리가 그 장소에 지금처럼 따옴표를 붙이면서까지 외국 이름을 사용해야 하는지 알 수가 없다. 마치 우리 나라에 그런 곳이 있어서 미안하니 남의 이름을 빌려 그것의 존재 가치를 얻으려는 것처

---

* 토론토에 있는 거리 이름.

럼 말이다. 피레네 산맥을 유럽의 로키 산맥이라 부르거나 제네바를 스위스의 슈피리어 호라고 부른다고 해 보자. 그러면 여러분은 필시 그 장소가 그다지 인기 없는 곳이라고 생각하게 될 것이다. 때때로 일종의 속물 근성으로 평범한 것을 선호하는 집단들이 선조 개척자의 이름 대신 약간 뽐내는 이름이나 젠체하는 진부한 말로 바꾼 의미가 있고 적절하고 듣기 좋은 지명을 쓰곤 한다. 아름답고 낭만적인 장소들, 다시 말해 캐나다의 경치를 유감없이 대표하는 숭고하고 장엄한 경치들에, 돈은 많이 벌었지만 살면서 가치 있는 일이라곤 해본 적이 없는 사람들의 이름들이 붙는 경우도 있다. 문명과는 거리가 먼, 새로운 광산촌에서는 브리지 게임*과 뜨개질이 주된 오락거리인 것 같고, 아무리 유능한 광부도 밤사이 신발을 신은 채 비명횡사했다는 소문이 나서 그 마을에 나쁜 평판을 줄까 봐 신발을 벗지 않고 잠자리에 들 생각은 하지 않는다고 한다. 그래서 진부한 일에 빠져 있는 것이 "현실적인 것"이라 여겨지길 바라고, 또한 지극히 평범한 생활에서만 의미를 찾으려는 사람들이 우리의 훌륭한 개척자 정신을 억누르고, 짓누르고, 쇠퇴시키고 있다. 만일 그들을 그대로 내버려둔다면. 만약 지금 있는 광산촌이 우리가 가정하는 대로 무력하게 스러지는 지경까지 갈 수 있으니, 사람들은 입조심을 할 필요가 있다. 나는 캐나다에서 "가장 거친" 광산 붐이 일고 있는 현장 한두 곳을 가 본 적이 있는데, 그곳에서 여러 "개척"의 삶을 목격했다. 그러나 살인이나 총싸움이나 브리지 게임이나 뜨개질 같은 것은 보지 못했다. 그 현장은 몇몇 사람들이 생각하는 만큼 거칠지도 않았고, 다른 사람들이 알고 있는 만큼 몹시 따분하지도 않았다. 고된 일들이 많

---

* 카드 놀이의 일종.

고, 재미난 일들과 정다운 우정, 그리고 그런 환경에서 흔히 볼 수 있는 아주 자유롭고 편안한 분위기가 있었다. 개척자들은 대체로 아무리 유혹을 받는다 해도 남을 해칠 시간이나 마음을 갖고 있지 않다. 그들은 동물들과 비슷한 성품을 가지고 있어서 도덕가들에게서 그들이 정말로 "예절 바르다"는 식의 빈정대는 칭찬을 들을 필요가 없다. 개척자들은 보통 그들을 낳아 준 거칠고 자유로운 땅이 전혀 부끄러워할 필요가 없는 사람들이다. 소위 "법이 없는" 시절에는 장비와 여타의 귀중품을 눈에 뻔히 보이는 연수육로와 행인들이 쉽게 볼 수 있는 저장소에 놔둘 수 있었고, 그곳으로 돌아갔을 때 그 물건을 틀림없이 찾을 수 있었다. 그런데 이와 같은 일이 사라지고 있다고 생각하게 만드는 인간들이 있다. 오늘날 몇 군데 야영지에 임명된 경찰 인원이 1905년의 코발트* 같은 곳보다 훨씬 많다는 사실을 보면, 그런 모습이 어느 정도는 사라졌는지 모른다. 그러나 아직은 사라지지 않았다는 희망을 버리지 말자. 캐나다는 그런 특성으로 세워진 것이므로.

개척 지역은 당연한 일이지만 언제나 북쪽으로 더 멀리 뻗어가고 있다. 상업주의는 반드시 등장하게 마련이고, 그것으로부터 이 나라는 이익을 거둘 것이다(혹은 거두어야 한다). 하지만 우리는 까다롭고 약아 보이는 흥정꾼은 되지 않도록 하자. 우리의 영혼은 또한 무엇을 필요로 한다. 우리 인간은 비록 그가 독재자라 할지라도 나무를 심고 자연 경관을 손대지 않고 보존하고, 예술을 육성하는 사람이라는 사실을 알게 되면 대체로 그를 용서한다. 나는 캐나다의 작가와 화가와 배우와 그 밖의 예술가들이 자신의 직업으로 생계를 꾸려 가려면 영

---

* 온타리오 주에 위치한 광산촌.

191

국이나 미국으로 갈 수밖에 없다는 것을 이해한다. 내가 전업 작가가 아니고 그렇게 될 생각도 없다고 해서 이런 말을 하는 것이 아니다. 다만 할 수 있는 동안 여기 황야의 풍경과, 이곳의 생물들과 사람들, 그리고 내가 그들 속에서 살아왔고 그들과의 유대를 결코 끊을 수 없다는 것을 글자를 빌려 기록하고 있는 것뿐이다.*

생활필수품을 공급한다 해도 밀 값을 재치 있게 흥정하는 능력만으로 한 나라가 부강해지지는 않는다. 나라간의 환전상이 있다고 해서 각 나라의 제국의 꿈이 영속되는 것도 아니다. 우리가 앞으로 중요한 국민이 되고자 한다면 달러가 아닌 다른 무엇을 생각해 내야 한다. 내 마음대로 돌아다닐 수 있는 구역 안에서 지금까지 내가 발견할 수 있었던 캐나다의 대표적인 예술품은 프랑스계 캐나다 사람과 인디언들의 작품이었다. 캐나다 사람들이 길을 가다가 거대한 나무를 보았을 때 목재의 용적만 계산하고 있다면, 우리는 뛰어난 캐나다 예술품을 만들어 낼 수 없을 것이다. 오늘날 우리는 지나치리만치 동양의 전설에 등장하는 농부와 닮아 보인다. 그 농부는 땅에서 한몫 얻고 싶다는 것에만 열중한 나머지 위를 쳐다보는 것도 잊고서 하늘을 보지도 않았고 하늘의 아름다움도 생각하지 않았다. 그는 아마도 일에서 한눈을 판 적이 한 번도 없었을 것이다. 나는 이 새롭고 활기찬 젊은 땅을 일구느라 바쁘게 살아온 많은 영혼들이 어떤 면에서는

---

* 종종 얘기했듯이, 나는 자연주의자가 아니다. 생물학과 분류법에 관한 전문적 방법이나, 이곳에서 나와 함께 살고 있는 동물들에 대한 다른 순수 과학 자료를 조사해 본 적이 없다. 내 관심은 오히려 그들의 소소한 일상과 성질과 덜 알려진 특성을 조사하고, 과학적 관찰에 해당된다고 하는 영역에 포함되지 않는 그들의 생활사와 습성과 노동을 좀 더 상세하게 전하는 데 있다. 순수 자연주의자에게는 각각의 동물이 특정 집단을 대표하는 종(種)에 지나지 않을 것이다. 그러나 나를 비롯하여 모든 동물은 개체일 뿐이다.

약간 영양실조에 걸려 있다고 생각한다. 우리는 물질적인 번영보다 다른 것을 살찌울 필요가 있다. 그것을 얻으려면 우리의 땅이 제공하는 것을 둘러보기만 하면 되고(그것을 보려고 굳이 멈출 필요는 없다), 상투적으로 말하면 "먼저 캐나다를 보아야" 한다. 앞서 얘기했듯이, 우리에게는 다른 나라가 갖고 있지 않은 어떤 것이 있다. 우리는 한 개인과 국민이라는 전체로서 심미안을 가질 필요가 있다. 그것은 살아가는 일의 일부이다. 몇 개 되지도 않는 예술품들을 제외하고, 우리는 다른 어디도 아닌 우리 북쪽의 호수와 개울과 숲에서 아름다움을 발견할 수 있다. 여러분은 거대한 나무들이 있는 숲의 장엄한 정적과 평온한 고요와 잠자는 듯한 평화로움이 어떤 것이라고 생각하는가? 혹은 거대한 강이 날뛰고 포효하는 듯한 느낌을 주는 것이나, 눈 덮인 산의 엄숙한 장엄함으로 가치 없는 생각을 눌러 버리는 것이나, 인디언이나 덫 사냥꾼들이 낸 반쯤 숨겨진 먼 길을 카누나 송아지를 타고 혹은 눈신만 신고서 따라가는 모험 같은 것을 생각할 수 있는가? 이따금 참으로 넌더리나는 소동, 묵인, 음모, 간계가 지긋지긋하다면 이 모든 것을, 아니면 그중 하나라도 보러 가라. 그러면 헤어진 연인에게 두 번이고 세 번이고 돌아가고 싶어질 것이다.

이 위대한 북쪽의 유산 중 도대체 몇 가지나 그렇게 가치 있는 목적을 위해 훼손되지 않은 원상태로 보존될 가치가 있을까?

이곳의 북쪽 지역이 모조리 파괴되는 것은 상상할 수도 없는 일이다. 이 땅의 많은 곳들이 많은 점에서 캐나다에 아주 쓸모 있다. 제재업을 지원해야 할 곳이 많이 있으며, 그 일로 돈을 벌려는 사람들은 나무를 베고 다시 심을 수 있고, 또 그렇게 해야 한다. 그러나 제재업자들에게 북쪽 땅 전체가 필요한 것은 아니다. 동쪽 지방에서는 오래 전부터 각 지역에 맞는 구획 숲의 멋진 본보기가 되는 보안림들이 세

위지고 있는데, 그것들은 비록 잠재적일 뿐이지만 몇몇 사례에서 볼 수 있듯이 사람들에게 운동장과 휴양지로서 더 큰 가치를 지닌다. 이들 중 미시소가와 알곤퀸 공원 같은 가장 아름다운 장소는 목재 저장소와 같은 꼴이 되어서 서서히 파괴되어 가고 있다. 비교적 면적은 작지만 캐나다의 그쪽 지역에서 가장 아름다운 숲을 대표하는 이런 공원에도 지원을 아끼지 않아야 한다. 그들이 사라진다면 돌이킬 수 없는 손실이 될 것이다.

국민 모두를 위해 캐나다의 넓은 원시적 풍경이 언제까지나 더럽혀지지 않도록 놔둔다 해도 우리로서는 손해 볼 일이 아니다. 이 일과 이해관계에 있는 사람들은 자신들의 활동 분야를 바꾸어야 하고, 그래서 작은 불편이나 심하게는 손해를 볼지도 모르지만, 우리의 유산을 일반 국민들을 위해, 또한 후손들을 위해 보존하는 것이 더욱 중요한 일이라 여겨진다. 그리고 방금 말했듯이, 결국에는 우리가 손해 보는 것이 아니다. 그것은 오히려 우리에게 이익을, 그것도 큰 이익을 가져다 줄 것이다. 여러분은 캐나다의 야생 생물이 살아 있고, 자연 환경(다 타버린 지역이나 벌목꾼의 찌꺼기가 아니라 큰 나무들이 있는 자연스런 진짜 숲을 의미한다)이 관광객을 유치하는 캐나다의 주요 산업이 되고 있는 것을 알고 있는가? 그러니 야생 생물과 자연 환경은 손님들이 볼 수 있도록 이곳에 있어야 한다. 그렇지 않으면 손님들은 오래 머물지도, 다시 오지도 않을 것이며, 이 땅에 더 이상 돈을 뿌리지도 않을 것이다. 숲이란 필요조건만을 채운 빈약한 재생림이 아니며, 야생 생물은 새장 속에 갇힌 새가 아니다.

우리에게 헤아릴 수 없이 소중한 장자 상속권 중 일부를 지키는 일이 중요하다는 것을 너무 늦기 전에 깨달은 캐나다의 국립공원국은 몇몇 지방에서 광대한 황야를 국립공원으로 지정하고 있다. 이들

국립공원들은 그 이름에 따라 유적지가 포함된 좁은 구역에서부터 처녀지가 대부분이고 범위가 사천 평방마일에 달하는 황야에 이르기까지 크기가 다양하다. 이 국립공원들은 비교적 접근하기가 쉬워서 수많은 사람들에게 즐거움을 제공하고 있다. 또한 이 지역들은 나무를 벨 수 없으며 온갖 야생 생물이 영원히 보존될 성역들이다. 북미의 이 지역에서 흔히 볼 수 있는 동물들은 아마도 콜럼버스가 이 대륙을 발견한 당시에 있던 동물들만큼 아주 많이 있을 것이다(정말로 콜럼버스가 발견했다면―의견의 차이가 약간 있는 것 같다). 국립공원들은 수많은 개울과 강 상류가 공원 안으로 흐르도록 설계되었다. 그래서 자연림의 보존은 다양한 야생 동물에게 필요한 것을 채워 줄 뿐 아니라, 숲이 보유하는 수분으로 물이 필요한 주변 지역에 물을 공급할 수 있으며, 또한 오래전에 파괴될 뻔했던 견줄 데 없이 아름다운 지역에서 사람들은 여름의 황야를 여행할 수 있다. 그러나 모두가 즐길 수 있는 이런 장소들을 아름답게 지키고 야생의 터전을 그대로 보존하려면 국민들의 협력이 필요하다. 일단 손상되고 파괴되면 다시 되돌릴 수 없는 이 국가 자산들을 국민들은 법과 개인 활동을 통해 화재와 파괴와 어리석은 부주의로부터 보호하는 조처를 취해야 할 것이다. 몇몇 지방을 보면 캐나다의 원시적인 풍경을 보존하기 위해 분명한 조처를 아직까지 취하지 않고 있다. 온갖 이유로 숲들이 사라지고 있는 현 시점에서는 숲을 보존하기 위해 할 수 있는 일이 있다면 뭐든 하는 것이 더 낫다.

캐나다 정부는 인디언의 예술을 발전시켜야 한다는 것에도 긍정적인 태도를 보이고 있다. 인디언의 예술은 본래 캐나다의 것이고 대단한 가치를 지니는데도, 실제로 억압되지는 않았다 해도 지금까지 무시되어 온 것이 사실이다. 그러나 많은 유물들이 방방곡곡에 남아 있는데, 그 유물들은 캐나다 국민들이 자신들의 장자 상속권과 후손에게 물려줄 유산이 아주, 아주 빠르게 줄어들고 있으며, 심지어 유산이 모아지기도 전에 탕진되고 허비되고 있다는 사실을 깨닫게 될 때라야 비로소 대접을 받을 것 같다.

이제는 이견이 분분한 우리의 겨울을 얘기해 보자. 나는 우리의 겨울에 관한 주제를 논의할 때 쑥덕공론을 넘어선 이야기는 수지가 맞지 않는다고 생각하는 사람들의 관점을 정말이지 이해할 수가 없다. 캐나다에 겨울이 있다는 사실을 과소평가하거나 심지어는 숨기려고 하는 사람들이 너무나 많다. 나는 저 밑의 남쪽 땅이나 캐나다 남서쪽에 대해서는 거의, 혹은 전혀 알지 못하지만, 그 나머지 땅에는 멋지고 진짜 겨울다운 겨울이 있다. 그것을 부인하려는 것은 현실을 무시하는 처사이다. 만일 이민자들이 그 사실을 모르고서 이곳 호반으로 온다면, 겨울 동안 많은 눈과 얼음을 마주하고 싶지도 않고 마주하게 되리라고 생각조차 못해 본 사람들은 우리에게 속았다며 곧바로 우리를 미워하고 이 나라를 결코 믿지 않게 될 것이다. 그렇다면 교통비까지 내고 이곳에 온다 해도 보람이 없지 않겠는가. 따라서 우리의 겨울을 부인하는 것은 누구에게도 도움이 되지 않으며, 반은 인디언이고 반은 백인인 나 같은 종자로서는 유감이지만 내가 기록한 많은 사실들을 상기할 수밖에 없다. 인디언인데도 그다지 인디언처럼 생기지 않은 사람들(대부분 그렇게 생겼다) 중에는 자신의 피를 부인하고 자신을 있는 그대로의 자신 — 인디언 — 이 아니라 아일랜드나, 스코틀랜드, 프랑스, 우크라이나, 혹은 그 밖의 다른 나라 사람이라고 소개하는 이들이 있다. 인디언이 맞는데도 그렇게 하는 것은 그 사실이 부끄러워서일까? 그렇다면 왜일까? 그리고 우리는 우리의 겨울을 부끄러워하는가?

여러 가지 점에서 캐나다의 겨울은 일 년 중 최고이다. 그것을 부인할 이유가 없다. 나는 어떤 남자가 이보다 한술 더 뜬 얘기를 하는 것을 들은 적이 있다. 그 남자는 지진을 부인하려고 애썼다! 이것은 사실과 전혀 다르게 과장을 한 아주 훌륭한 예이다. 지금부터 그 얘기 해 보자. 그 장소에서 일어난 지진이 당연히 그때만 있었던 것은 아니다. 그 지진은 3년 전에 일어났다. 얼마나 많은 사람들이 죽었는지는 기억나지 않지만, 수천 명이 부상을 입었고 재산 손실이 수백만 달러에 이르렀다. 나는 밤새도록 라디오 방송에 귀를 기울였고, 공포에 휩싸인 도시의 주민들이 재난을 만났을 때 보이는 용감한 행동과 자기희생에 관해 들었다. 또 기차들이 도중에 대륙을 가로질러 구조 물자를 급히 실어오는 얘기도 들었고, 여러 먼 지역에서 전하는 애도의 말도 귀담아들었다. 그로부터 며칠이 지났을 때 아마도 그 지역 후원자였거나 자기 호텔에 손님이 오길 바라는 어느 호텔의 주인이었거나 아니면 그 지역 땅을 팔고 싶은 부동산 업자였을 것 같은 이 유능한 발뺌자는 우리가 지진에 관해 들은 모든 내용이 오보였다고 라디오 방송을 통해 알렸다. 그자가 우리에게 말한 내용을 보면 그 보도는 심하게 과장되었고, 큰 소동을 피울 만한 일은 전혀 없었으며, 어쨌거나 그 지역의 그 장소에서 지진은 일어나지 않아 보였다. 모두(내 생각에 이재민들을 포함하여)가 지진을 지나치게 의식했는데, 그자는 난처해져서 열심히 떠들었지만 우리에게 지진이 전혀 일어나지 않았다고 믿게 하지는 못했다.

지금 우리의 겨울은 큰 재앙이 아니며, 많은 산업 분야에서 겨울이 정말로 필요하다. 그런데 우리는 겨울을 행여 소문이라도 날까 두려운 집안의 수치로 만들려 한다. 하지만 모든 사람이 우리의 겨울에 대해 알고 있고 겨울은 무시될 수 없기 때문에 그렇게 되기란 무척 어려울 것이다. 어쨌거나 한 번이라도 이곳에서 겨울을 지내 본 적이 있다면 어느 누가 그렇게 멋진 계절을 무시하고 싶어할까? 겨울 덕분에 우리는 더욱 튼튼하게 자라는 것 같다. 와스케시우의 해수욕장에서 본 풍경에 따르면, 나는 캐나다의 젊은이들이 외국 잡지에서 볼 수 있는 완벽한 육체를 가진 모델들보다 훨씬 더 낫다고 확신한다. 그들은 사람들의 기력을 빼앗는 여름만 일 년 내내 있는 지역에 사는 인종들보다 더 활기차고 더 생기 있고 더 원기 왕성하며 더 기백이 있다.

많은 캐나다 사람들에게 겨울은 짜증나는 것이다. 그것은 우리의 땅 중 너무나 많은 곳이 사람이 살지 않고 농사에 부적합하기 때문이다. 하지만 이런 기후에서는 씩씩하고 강건하고 건강한 사람들이 태어나고, 현재로서는 농사가 약간 무리인 듯하지만 우리는 오히려 다른 것에 고마워할 수 있을 것 같다. 사람이 살지 않는 북쪽은 공급 과잉으로 팔리지 않는 상품으로 전락한 밀보다 훨씬 더 나은 잠재적 가치를 가지고 있다. 나는 목재가 남아돈다는 말은 들어 본 적이 없다. 지금의 발전 단계에서 저 북쪽 땅을 남의 유흥거리나 되게 하려고 그다지 달갑지 않은 넘쳐 나는 이주민들에게 맡겨 버린다면, 국가 경제에 전혀 도움이 되지 않을 것이다. 내가 내 핏줄에 대해 변명하지 않듯이 겨울에 대해 우리는 더 이상 변명할 필요가 없다. 언젠가 내 핏줄에 대해 자기 남편이 별 생각 없이 무슨 말을 했을 때 그 부인은 좋은 마음으로 "하지만 여보, 그는 혼혈이 되겠다고 하지 않았어요. 그건 그의 잘못이 아니에요!" 하고 말했다. 게다가 겨울 스포츠 국가로서, 나는 최상의 기후 조건을 가진 캐나다가 스위스를 제쳤다고 생각한다. 아마도 미래의 어느 시기에 이 나라에서 동계 올림픽이 개최된다면 오랫동안 악평을 받아 온 우리의 겨울은 마침내 그 진가를 발휘할 것이다.

　독자 여러분은 내가 광고를 하고 있다고 말할 것이다. 음, 그럴지도 모르겠다. 하지만 나는 여러분에게 무엇을 팔려고 애쓰지 않는다 (이 장이 없다면 더 잘 팔릴지도 모를 이 책만 빼고 말이다). 내가 여러분에게 말하는 것은 사실이다. 여러분이 이 나라에 오든 안 오든 나는 만세 삼창을 부르면서까지 호들갑을 떨 생각은 없다. 오고 안 오고는 여러분의 뜻에 달렸으며, 나는 여러분을 유혹하지 않을 것이다. 그러나 형제여, 만일 그대가 온다면 우리는 그대를 기꺼이 환영할 것이다. 여기에는 우리가 여러분에게 자랑스럽게 보여 줄 것이 있기 때문에 나도 원하고, 모든 친절한 캐나다 사람들도 원한다.

캐나다는 대비(對比)의 땅이다. 옛 것과 새 것이 공통의 기반과 평등한 관계로 만난다. 캐나다는 진취적인 기상, 산업, 그리고 그림 같은 낭만이 있는 땅이다. 여기서는 상업과 미와 예술이 손에 손을 잡고 위대한 무엇을 낳을지 모른다. 우리는 좋은 것들을 가지고 있다. 나머지는 여러분의 몫이다.

2 아자완 호수의 비버 이야기

…… 모든 창조물에게
무한한 하늘은 미소를 보낸다.
격렬하고 부드럽게. 어떤 것도 불결하고,
기괴하고, 볼품없고, 섬뜩하지 않다. 오히려
그 눈 속에는 무수한 별빛이 깃들어 있다.

　　블런트

비버 오두막

비버 오두막은 평범한 숙소가 아니다. 처음부터 그런 의도로 세워진 것은 아니지만, 비버 가족의 모험심과 그 기묘한 솜씨 덕에 애초의 계획이 크게 바뀌어 그 오두막은 기묘하고 색다른 목적을 지니게 되었다.

제법 넓은 비버 보금자리 중 반은 오두막 안에, 나머지 반은 바깥에 있는데, 완벽한 두 보금자리는 내 통나무집 벽을 사이에 두고 있다. 이 모든 것이 약간 기묘하고 거짓말 같이 들리겠지만, 사진에 나와 있듯이 틀림없는 사실이다. 바깥쪽 반은 사실 물가로 이어지는 내 앞마당이 되었어야 할 곳에 세워져 있다. 그러나 비버들이 너무도 정중히 점령한 이 구역에는 나뭇가지와 흙이 한데 뒤섞여 있는데, 그곳에서 무게가 1파운드에서 60파운드까지 나가는 비버들이 밤마다 정열적이고 못 말리는 열정으로 일을 한다. 어떤 비버들은 두께가 6피트가량 되는 통나무나 나뭇가지 뗏목을 타고서 30피트 이상 멀리 나아가 겨울 식량을 모아 오기도 한다.

그리고 밤에는 흙으로 만든 이 요새에서 아이 목소리 같은 낮은 중얼거림이 들리는데, 마치 그곳에 사는 비버 토목 기사들이 새로운 개량 공사를 의논하고 나이 많은 현자에게 자문을 구하는 것만 같다.

내 눈신은 더 이상 사용되지 않고 못에 걸려 있다. 소총과 권총과 연발 권총은 기름이 칠해진 깨끗한 상태로, 어떤 천막이든 걸어 두는 장소가 꼭 있게 마련인 한쪽 벽에 자랑스럽게 걸려 있다. 나는 그 총들을 지금은 곰들을 겁주기 위해 사용한다. 오래되고 잘 늘어진 등짐 끈은 깔끔하게 돌돌 말린 채 나무못에 걸려 있다. 짐승의 가죽을 벗기던 칼들은 이제는 빵과 베이컨만을 자르며, 무두질에 쓰이던 매끄럽고 뾰족한 도구들은 지금은 잊혀진 채 선반 위에서 놀고 있다. 소박한 장식물로 꾸며진 상자 속에는 작은 유물들, 그러니까 내 오래된 기념품들이 들어 있다. 오래되고 빛바랜 녹비들은 몇 십 년 동안 정직한 여행에서 얻은 상처를 영광스럽게 간직한 채 생기 없이 축 늘어져서 일렬로 걸려 있고, 옷에 달린 화려한 술 장식들도 맥없고 풀이 죽어 늘어져 있다. 이 모든 것들은 그들에게도, 내게도 다시 오지 않을 그날을 기다리고 있다. 그들은 이제 퇴물이 되어 버렸다. 오직 등짐 끈만이 아직도 수천 가지 용도로 쓰일 수 있다. 그들이 늘 나와 함께 여행하고 저 먼 언덕 너머 있는 그 무엇을 찾고 미지의 세상이 유혹하는 것을 쫓으면서 일했을 때, 그들 자체와 그들이 했던 사냥과 탐험, 그리고 그들이 다닌 발견되지 않은 먼 땅들에 대한 이야기는 이야깃거리가 될 만한 한 편의 역사를 만들 것이다.

나는 얘깃거리가 떨어지거나 글이 막히거나 회상에 잠길 때면 펜을 물어뜯으면서 그 물건들을 쳐다본다. 그러면 지나온 발자취를 함께해 온 이 오랜 동반자들은 부동자세와 침묵으로 책망하듯 날 노려보는 듯한 기분이 든다. 너는 우리들이 제각기 너무도 큰 구실을 하며 너를 도왔던 그 화려한 시절을 정녕 잊어버렸단 말인가 하고.

그들은 또 내게 우리가 간 곳은 여기였어, 저기였어, 혹은 이 길이 그 길이었어 하고 떠들어 대는 것만 같다. 스페인 강가에서 우리가 검은 피셔*를 잡았던 때, 인디언이 우리에게 마법의 숲에 관한 이야기를 해 주던 곳, 이름도 없는 미지의 한 호숫가에서 우리가 처음으로 야영을 하게 됐던 일, 그리고 헝그리 홀 공원에서 며칠 동안 굶게 된 일을 기억하지 못하는가?

이 옛 기념물들 중에는 아귀가 맞지 않은 너덜너덜한 가죽 칼집에 들어 있는 날이 길고 좁은 칼이 한 자루 있다. 이 칼은 다른 녀석들과 달리 좀처럼 말을 걸지 않는 것 같다. 나는 이 칼을 물이 빠질 때 내 오두막에서 멀지 않은 여울에서 총구로 탄약을 재는 기괴하게 긴 소총과 함께 발견했다. 그 오래된 소총은 녹슨 쇳덩이로 변했고, 칼은 손잡이가 거의 떨어져 나가서, 나는 날이 잘 들어 보이는 이 무기에다 생가죽 손잡이를 달았다. 그때부터 이 칼을 본래 제 짝이 아닌 다른 칼집에 넣고서, 실제의 칼 용도와 이 칼의 먼젓번 주인의 지혜가 내게 전수되기를 바라는 부적처럼 허리에 차고 다녔다.

부식된 총, 말이 없는 낡은 칼, 그 장소를 지키는 어둡고 침울한 방크스소나무들이 입을 열면, 아직까지 아무도 들어 본 적 없는 이야기가 흘러나올 것이다.

지금 비버 오두막 문이 열려 있다. 나와 함께 들어가 보자.

---

* 족제비과에 속하는 것 중에 가장 큰 야생성 담비.

외톨이 무스

어니스트 톰슨 시튼이 동물은 자기를 대하는 인간의 의도를 단번에 간파할 수 있다는 취지의 글을 쓴 적이 있다. 동물이 언제 어느 때나 인간의 의도를 즉시 간파하는지는 잘 모르겠지만, 우리 숲에 사는 야생 동물들을 관찰해 본 내 경험에 비추어 볼 때 시튼의 진술은 대체로 옳은 것 같다. 인간의 속마음을 정확하게 파악할 수는 없다 해도 야생 동물들은 직감 같은 것을 부여받은 듯한데, 그 감으로 자신들에게 쏠리는 인간의 의도를 분명히 감지하고서 대상에 따라 경계 태세를 취하기도 하고 신경을 쓰지 않기도 한다. 하지만 동물들이 늘 맞는 것은 아니고 종종 실수를 범하기도 한다. 하지만 주목할 만한 것은 판단을 잘못했을 때에도 안전한 쪽을 택한다는 것이다. 나이 든 노련한 동물들은 그 어떤 일도 으레 그러하겠거니 보아 넘기지 않는다. 이것은 짐승들뿐 아니라 인간들도 오랜 세월 황야를 여행하면 얻을 수 있는 자명한 이치이다.

동물들의 직감이 빠르다는 것은 새로운 사실이 전혀 아니다. 인디언들과 나름대로 사냥 기술이 뛰어나다고 주장하는 사람들 사이에서는 오래전부터 널리 알려진 사실이다. 죽이겠다는 의도를 보이면 역효과를 낳기 때문에 사냥꾼들은 사냥감에 다가갈 때 한 놈만 뚫어지게 쳐다보지 않는다. 사냥감이 그들의 의도를 알아차리지 못하게 하려면 꼭 죽여야겠다는 생각을 품고 있으면 안 된다.

지금도 인간의 모습을 잘 볼 수 없는 지역에서는, 인간은 동물들에게 호기심의 대상일 뿐이다. 이런 환경에 있는 대부분의 야생 동물들은 때때로 호기심 어린 눈으로 인간을 응시하며 오랜 시간 동안 충분히 평가한다. 그런 경우에 인간에 대한 동물들의 판단, 즉 황야에서 같이 살 수 있는 무해한 대상인지 혹은 천적인지에 대한 판단은 인간의 행동 여하에 달려 있다. 인간이 처녀지에 거주한 시간이 불과 몇 시간뿐이라도 해도 몇 가지 공공연한 행위만으로도 그 땅에 거주하는 동물들과 새들과 영원히 소원해질 수 있다. 반대로 인내심을 가지고 아주 호의적인 태도를 보이면 이들의 관심을 금방 이끌어 낼 수 있다. 동물들 중 어떤 녀석들은 몇 차례 시험 공격을 해 본 뒤 어느 날 불쑥 나타난 이 괴상하고 어줍게 생긴 두 다리 짐승이 자기 볼일에만 신경 쓰고 그리 나쁜 놈은 아니라는 것을 깨닫게 되면 그의 거주지를 자주 기웃거리기 시작한다.

북미 대륙에 사는 동물들 중에는 선사 시대부터 지금까지 계속 살고 있는 동물들이 있다. 무스, 비버, 버펄로가 바로 그들이다. 그들만이 공룡이나 매머드 같은 거대한 동물들을 전멸시킨 엄청난 기후 변화에 적응할 수 있었던 것 같다. 중요한 행사 때만 함께 먹을 수 있는 오십 년 된 페미컨*을 먹어 본 것을 제외하고, 나는 버펄로와 인연이 닿은 적이 없다. 하지만 내 생각에 무리 지어 다니는 동물들은 가족

단위나 홀로 살아가는 동물들에 비해 지각 능력이 떨어지는 것 같다. 그러나 앞서 언급한 비버와 무스는 조상들에게서 물려받은 지혜를 약간 갖고 있는 듯하다. 비버의 생활 방식은 강한 체력과 정신력을 요구하기 때문에 우리는 비버로부터 평범하지 않은 무엇을 기대하게 된다. 반면에 무스의 경우에는 태어날 때부터 후각과 청각이 예민하고 자기 방어의 필요성 때문에 어느 정도 타고난 잔꾀를 부린다는 점을 빼고 나면 다른 면을 찾아보기 힘들다. 그런데 얼마 지나지 않아 이런 내 선입견을 뒤집는, 최소한 아주 간단한 계산은 자기 혼자 할 수 있는 능력을 갖추고 있다고 여겨지는 무스를 만나게 되었다.

동물들은 대체로 분명 상상력이 없으며, 그것이 오히려 그들에겐 다행한 일이다. 왜냐하면 고난에 처했을 때 별다른 노력 없이도 인간보다 더 침착하게 그 고난을 이겨 낼 수 있기 때문이다. 그렇지만 나는 오래전부터 여러 종들에서 정도의 차이는 있지만 동물들도 사고 능력이 갖고 있다고 확신해 왔다. 동물의 지능에 대해 잘 모르거나 왜곡되게 알고 있는 사람들조차도 원숭이와 코끼리와 비버, 많은 경우 개와 말이 가진 지능에 대해서는 어느 정도 인정할 것이다. 하지만 오랫동안 일해 오면서도 나는 내가 관찰한 동물군이나 사슴 가족의 개체에서 그들의 추리력에 대한 증거를 확보하지 못했다. 무스는 머리 회전이 느린 종인 것 같지만, 습관적이고 거의 자동적인 반응 말고도 머리를 쓸 줄 알며, 가끔씩 실제로 머리를 쓴다. 나는 그 사실을 비록 일정하지는 않지만 거의 오 년 동안 꾸준히 이곳을 방문한 여덟 살 박이 무스를 통해 제대로 알게 되었다.

내가 글을 쓰고 있을 때 그 무스는 내 카누 옆에 얌전히 누워 가끔

---

* 〔207쪽 주〕 말린 쇠고기에 지방과 과일을 섞어 굳힌 인디언의 휴대 식품.

씩 만족스러운 트림까지 해 가면서 되새김질을 한다. 녀석이 자리 잡은 카누 뒤는 동쪽에서 불어오는 바람을 약간만 피할 수 있는 반면, 지난해 녀석이 가끔씩 잠자리로 썼던 오두막 뒤편은 바람을 더 잘 막아 준다. 그런데도 이 새로운 자리가 그 무스의 흥미를 당긴 것 같았는데, 그것은 내가 하는 자잘한 일들을 비롯해 그곳에서 일어나는 모든 일들을 볼 수 있는 자리이기 때문이고 녀석은 그것에 관심이 아주 많은 듯했다. 이 자리에서 그 무스는 이 장소를 자주 들락거리는 많은 다람쥐들과 캐나다어치에게 호기심의 대상이자 약간의 분개의 대상이 되고 있다. 그러나 녀석은 작지만 다소 과격하게 구는 이 작은 동물들의 변덕스러운 움직임에 전혀 개의치 않는다.

나는 이 무스가 내 거주지에 들어온 첫날부터 녀석이 온 것을 알아차리고 종종 힐끔힐끔 쳐다보기도 했지만, 친밀감 있는 교섭을 시도하지 않고 좀 떨어져서 녀석을 조용히 주시하는 쪽을 택했다.

그해 여름에는 사진을 찍을 때 필요한 빛을 얻기 위해 많은 포플러를 베어 내야 했는데, 그 무스는 포플러 나뭇잎을 먹기 위해 밤마다 내가 넘어뜨린 나무들을 몰래 찾아왔다. 끼니를 공짜로 해결해 주는 이 방문은 잎이 다 없어질 때까지 거의 두 주 동안 계속되었는데, 그동안 나는 놈의 식사 시간에 맞춰 슬그머니 나타나곤 했다. 그때부터 녀석이 내 오두막에서 그리 멀지 않은 곳을 지나가는 모습이 간간이 보였고, 때로는 전망이 좋은 곳에서 오두막을 내려다보는 모습도 보였다. 내가 종종 비버의 작업장을 순찰하러 왔다 갔다 할 때면 그리 멀지 않은 언덕 꼭대기에서 그 무스가 서성거리는 모습이 보이곤 했다. 녀석은 심지어 사방에 쓰러진 나무들로 가득한 숲의 가장자리까지 나오는 대범함까지 보이며, 나무처럼 꼼짝 않고 서서 내가 나무를 자르는 것을 조용히 지켜보았다. 나는 그런 것에 이렇다 할 반응을 보이지 않았고, 일을 중단하지도 않았으며, 녀석이 온 것을 짐짓 모르는 체 묵묵히 일만 했다. 그도 그럴 것이 녀석의 호기심이 이미 충분히 발동했기 때문이다. 무엇보다 비버들의 움직임이 녀석의 관심을 끈 것 같았는데, 어느 날 저녁에는 대범하게 아래까지 내려와서 비버들을 지켜보았다. 그러자 비버 가족은 재빨리 모여들어 꼬리를 흔들어 녀석에게 물세례를 퍼부으며 물속을 아수라장으로 만들었다. 하지만 이런 짓도 그 무스에게는 아무 소용이 없었다. 오히려 녀석은 무슨 일인지 알기 위해 좀 더 가까이 다가왔다.

수컷 무스는 보통 무게가 반 톤 정도 나가는데, 그렇게 가까이 왔을 때는 아주 어마어마해 보이고 녀석이 일단 해치우겠다고 마음먹으면 아무리 해도 당해 낼 수 없다. 그래서 지금까지 창문으로 관찰만 하던 내가 이번에는 오두막 밖으로 나와 다소 놀라운 친근감을 보이자 녀석은 약간 의아해 했다. 그리고는 주저 없이 발굽 소리를 내며 언덕으로 휙 달아났다. 나는 평소 하던 대로 비버들을 부르면서 그들을 진정시켰다. 지금부터 이 사건에서 가장 주목할 만한 한 면이 드러난다. 처음 내가 부르는 소리에 무스는 속도를 늦추더니 천천히 걷다가 딱 멈춰 섰다. 내가 계속해서 비버를 부르자 녀석은 천천히 돌아서서 가던 길을 되돌아와 바로 옆에 있는 오리나무 잎을 따 먹기 시작했다. 놀랍게도, 내가 비버를 진정시킬 때 쓰는 말이나 억양이 그 무스에게도 통하는 것 같았다. 내가 몸을 바삐 움직이며 더 놀라게 하자 무스는 다시 한 번 물러났지만, 이번에는 아까만큼 멀리 가지 않았고 내가 낸 소리에 다시 안심을 하고는 서 있던 자리에서 다시 잎을 따 먹기 시작했고, 한 시간 넘게 태연하게 잎을 따 먹고서 마침내 가 버렸다. 아직 얼굴도 익히지 못한 한 야생 동물이 내가 이제껏 보지 못한 행동을 보이는 것에 당시 나는 무척 놀랐다. 녀석이 스스로 상황 판단을 했다고 인정하지 않고서는 이 일을 제대로 설명할 길이 없다. 나는 그 무스가 스스로 결정을 내리고 그에 따라 행동한 것 같았기 때문에 이 일을 거의 믿을 수가 없었다. 이 문제에 대해 오랫동안 깊이 생각해 보았지만 만족할 만한 답을 얻지 못했다. 이 짐승이 이상하리만치 고분고분하게 자주 찾아와서 다시 실험을 해 보았지만, 결과는 거의 똑같았다. 나는 갑자기 나타나서 녀석을 겁주고 또 쉽게 불러들였다. 이 같은 실험으로 나 스스로도 믿기 힘든 사실을 확인할 수 있었다. 내 편에서 무슨 영향력을 행사하거나 훈련을 시킨 적이 없는데도, 거칠고 자유롭고 내게 아무런 신세도 지지 않은 이 놀랍고 불가해한 동물은 내 목소리에 기꺼이 응답하며 한마디로 내 수중에 들어왔다. 다행히 그 무스는 여러 사람들이 지켜보는 가운데서도 똑같이 반응했다. 그렇지 않았다면 나는 이 일을 글로 옮기는 데 주저했을 것이고, 동물 심리의 진기한 양상은 기록되지 않았을지 모른다.

야생 동물과 지내 본 적이 없는 많은 사람들은 동물의 지능이 이렇게 경이롭게 발현되는 것을 대수롭지 않게 보아 넘긴다. 그런 사람들이 볼 때는 내가 이 특별한 경우를 지나치게 과장하고 있다고 생각할지도 모르겠다. 하지만 무스를 사냥해 본 적이 있거나 무스가 많이 사는 지역에서 살아 본 사람이라면 내 견해를 인정할 것이다.

무스와 다른 짐승들이 똑똑하다는 것을 보여 주는 엉뚱한 이야기들이 사람들 입에 많이 오르내리고 있고, 그중 일부는 책으로도 나와 있다. 기록된 사실이 때로는 단조롭고 재미없기도 하지만, 동물을 객관적으로 정확하게 관찰하다 보면 종종 허구보다 더 허구 같은 사실이나 사건을 발견할 수 있다.

나는 그 무스가 자신을 대하는 내 태도를 처음부터 아주 잘 알고 있었다고 믿는다. 아마도 녀석은 상황을 오랫동안 주의 깊게 관찰하고 내가 알아차리기 전에 내 오두막에서 나는 모든 소리에 오래도록 열심히 귀 기울였을 것이다. 그리하여 내가 내는 소리에 익숙해지고 그 소리가 가지는 뜻에 대해서도 나름의 결론을 내렸을 것이고, 결국 내가 수고할 것도 없이 내 목소리가 전달하려는 뜻이 안전하다는 것을 알아챘을 것이다.

대부분의 동물은 자기와 같은 종을 쉽게 확인할 수 있는 몇 가지 정체 확인 방법을 가지고 있다. 새를 비롯하여 비버, 사향뒤쥐, 호저의 경우는 목소리로 상대를 알아본다. 어떤 종은 몸 전체 색깔과 아주 큰 차이가 나는 부위별 색깔로 구분이 되는데, 무스의 흰 뒷다리, 엘크의 오렌지색 엉덩이, 스컹크의 줄무늬, 흰꼬리사슴의 흰 꼬리 등이 이에 해당한다. 나 또한 황야에 살면서 터득한 몇 가지 방법을 쓰고 있는데, 내 오두막을 기웃거리는 모든 동물들이 금방 알아들을 수 있는 일정한 소리와 강약을 통해 나만의 정체 확인 방법을 세웠다. 처음에는 별 생각 없이 이렇게 한 것이, 시간이 꽤 지나자 자주 하는 습관이 되어 버렸다. 이 소리가 얼마나 큰 마력을 지녔는지 알게 된 것은 무스처럼 아주 재빠르고 의심이 많은 동물들에게서 그것의 효력을 눈으로 확인하고 나서였다. 내가 뜬금없이 나타날 때나 생소한 소리를 낼 때 모든 동물들 — 다람쥐, 사향뒤쥐, 비버, 무스 — 은 얼어붙은 듯 즉각 동작을 멈추는데, 그때의 모습은 마치 모양과 크기가 저마다 다른 돌덩이처럼 보인다. 익숙한 소리 — 이 소리도 사실 그들에게는 외국어이다 — 가 들릴 때까지 그들은 계속 죽은 듯이 있는데, 그 소리가 들리면 금방 다시 살아나 하던 일을 계속한다.

지난여름과 가을에 그 무스는 내 물건들, 장작더미, 저장용 천막, 카누 사이를 무심하게 어슬렁거리면서 내 야영지 주변에서 많은 시간을 보냈다. 가끔은 오랫동안 오두막 문 밖에 서 있기도 했는데, 이 상하게도 어떤 방문객들은 그 무스가 오두막 안으로 들어오려 하는 것을 두려워하지 않았다. 모험심이 왕성한 이 짐승이 도대체 어디까 지 갈지 나는 알 수가 없었다. 한번은 녀석이 내 카누를 밟고 지나가 수리할 수도 없을 정도로 카누를 박살낸 적이 있었다. 카누는 가벼운 늑재와 굵은 삼베로 만들어진 반면, 무스의 무게는 거의 반 톤이나 나간다. 그러니 상상을 해 보라. 어느 날 밤에는 문 밖에 서 있는 무 스를 쫓아내야 했던 적도 있었는데, 녀석이 무슨 생각에 잠긴 채 서 있어서 건축 자재를 들고 오두막을 드나드는 비버들의 진로를 방해 한 것이다. 이때쯤은 비버들도 그 무스를 더 이상 두려워하지 않았지 만, 나와 비슷하게 녀석이 다음에 어떻게 나올지 몰라 그 옆을 지나 가지 않으려 했다.

모든 동물은 하나의 종이자 개체로서 자기만의 두려움을 가지고 있다. 이 특별한 무스의 경우에는 가장 싫어하는 것이 누군가가 그림 자를 휙 그리면서 자기와 불 켜진 창문 사이를 지나가는 것이었다. 그러면 녀석은 냅다 줄행랑을 치곤 하는데, 휘파람을 불어 다시 불러 들여도 계속 나타나는 그림자를 보고는 얼른 물러났고 그것에 좀처 럼 익숙해지지 않았다.

비버들이 이 거대한 방문객을 마침내 정식 손님으로 인정하기 전 까지, 나는 비버들의 꼬리 신호로 무스가 어디까지 왔는지를 알 수 있었다. 이제 그 무스는 비버들에게 필요악 같은 존재이자 비록 반갑 게 맞이할 수는 없어도 너그럽게 봐줄 만한 존재——내 생각에—— 가 되었다. 뻔질나게 찾아오는 통에 무스의 출현은 당연한 일로 여겨졌 고, 비버들도 더 이상 경고음을 내지 않았다. 나도 당해 본 적이 있지 만, 밤중에 오두막에서 걸어 나오다 말만한 동물과 부딪치는 것은 아무리 대범한 사람이라도 등골이 오싹한 일이 아닐 수 없다.

날씨가 점점 따뜻해지자 그 무스는 카누 상륙장에서 물속에 서 있곤 했다. 그것은 분명 어린 비버들에게 특별한 구경거리였다. 비버들은 무스 주변에서 수영을 하면서 꼬리로 물을 튀기고 소란을 떨었지만, 이 모든 광경을 무스는 고상한 무관심으로 바라볼 뿐이었다.

이 이상한 짐승이 하는 짓을 보며 나는 가끔씩 녀석이 외롭지는 않은지 궁금했다. 안전하면서도 동시에 재미난 구석이 있는 친구들을 발견하게 되자 무스는 그 장소에 애착을 가졌다. 동물들은 으레 노는 것을 좋아하며, 색다른 것이 그들의 단조로운 일상에 출현하면 매우 흥분하고 좋아한다. 안전하다는 것만 증명되면 동물들은 새롭고 낯선 것을 바라보는 일에서 큰 즐거움을 얻는 것 같다. 나는 말 못하는 동물들이 서로 친하게 지내고 싶어하는 마음을 더 잘 알리고 더 잘 증명하기 위해 오랫동안 애써 왔다. 어떤 경우에는 절대 친하게 지내지 않으려는 짐승들도 있는데, 이들은 너무나 비사교적이어서 동족에게도 위험하다.

비버들에게 관심이 생겼다고 해서 그 무스의 선천적인 경계심이나 조심성이 줄어들지는 않았다. 그도 그럴 것이 내가 언덕 뒤편에서 예고도 없이 나타나면 그 무스는 곧바로 약간 높은 곳으로 줄행랑을 치고 그곳을 방패 삼아 재빨리 퇴각하기 때문이다. 동물들이 위급하지 않은 상황에서 위험을 피해 달아날 때는 공포나 맹목적인 두려움 때문에 도망가는 것 같지는 않다. 분명 두려워하고는 있었지만, 그 무스는 감탄할 만한 평정을 유지하고 있는 것처럼 보였다. 왜냐하면 내가 언덕 꼭대기로 쫓아가 큰소리로 신호를 보내기만 하면 녀석은 갑자기 백 야드 앞에서 딱 멈추고서 결국에는 내가 가까이 오는 것을 내버려 두었기 때문이다. 하지만 그곳이 오두막에서 꽤 멀리 떨어져 있고 무스와 내가 자주 마주치는 장소가 아니어서 나는 녀석의 믿음을 너무 과감하게 시험하지는 않았다. 동물들이 급히 도망치거나 몹시 당황한 순간에도 정신을 바짝 차리고 있다는 증거가 비단 이 사례만 있는 것이 아니다. 내가 알기로, 동물들은 발정기나 극도의 굶주림에 처했을 때, 혹은 달갑지 않게 우리에 갇히는 아주 부자연스런 상황에 처했을 때만이 자제력을 완전히 잃는다.

이제는 의젓한 모습을 하고 있지만, 약 5년 전 내가 그 무스를 처음 보았을 때만 해도 녀석은 뿔이 새싹처럼 돋아난 어린 것에 지나지 않았다. 녀석의 풋내 나는 이마에는 길이 1피트의 브이 자처럼 생긴 눈썹이 붙어 있었는데, 짧은 콧수염이 수컷다운 얼굴에 어울리지 않을 때가 있듯이 그 눈썹 역시 어린 무스의 씩씩한 모습을 더해 주기는커녕 오히려 깎아내렸다. 하지만 이듬해 갈라진 진짜 뿔들과 더불어 상판이 꽤 커지고 여러 종류의 뿔들이 생겨나면서 그 무스는 멋지게 자랐다. 짝짓기 철이 되자 녀석은 이런 뿔들을 화려하게 단 채 수컷들 사이를 으스대며 걷고 잘난 체하면서 도전장을 내미는 소리를 크게 내질렀는데, 나는 녀석이 절대 후퇴하지 않았으리라 믿는다. 그 무스는 평소에는 늘 타고난 신사처럼 행동하는 예의 바르고 단정한 모범생이었지만, 첫서리가 내리기 시작하면 하룻밤 사이에 위험한 미치광이로 돌변했다. 어느 날 오후 녀석은 평상시의 조용하고 위엄 있는 거동과는 아주 다른 태도로 성큼성큼 나타났다. 주위에 말썽거리가 없나 찾고 있는 듯한 모습이었다. 나는 녀석의 용기를 시험해 볼 요량으로 작은 메가폰처럼 생기고 이 계절에 무스를 부를 때 쓰는 도구인 자작나무 껍질로 만든 나팔을 가지고 나와 도전적인 소리를 짧게 두 번 냈다. 반응은 금방 나타났다. 무스는 그 소리를 듣자마자 가까이 있는 모든 것에 적대감을 드러냈다. 소름끼치는 소리를 내면서 버

어린 무스에게 먹이를 주고 있는 그레이 아울. 이 글에 나오는 무스는 찰리라는 수컷 무스인데,
녀석은 종종 오두막 문 옆에 와서 서 있곤 해서 비버들을 놀라게 했다.

드나무와 오리나무를 덥석 물었고, 쓰러진 힘없는 나무들을 도려내고 뿔로 들이받았고, 가는 길에 서 있는 무방비의 묘목들을 심술궂게 대했고, 뒤집힌 그루터기와 맹렬한 싸움을 벌였고, 카누 대를 내던졌고, 무더기로 쌓여 있는 빈 상자들과 미쳐 날뛰는 어지러운 접전을 벌였다. 이 마지막 충돌과 소란이 녀석을 최고 흥분 상태로 몰고 갔는데, 녀석은 그렇게 큰 동물에게서는 거의 볼 수 없는 발놀림과 민첩함을 보여 주었다. 이 모든 것이 내 옆에 있던 털가죽을 쓰고 깃털이 달린 몇몇 구경꾼들을 아주 침울하게 만들었다. 그것은 도시의 거리를 활보하고 다니는 미친 총잡이가 보행자들에게 끼치는 영향과 똑같았다. 나는 약삭빠르게 물러나 나팔을 조심스럽게 치웠다. 얼마 후 다행히도 녀석이 못 보고 지나친 저장용 천막을 제외하고 모든 눈에 띄는 적들을 아주 잘 진압한 후, 이 대담한 기사는 생기 넘치는 영광의 들판으로 달려갔다. 들판으로 질주하는 모습으로 미루어 보아 나는 녀석이 조만간 시끄러운 일을 벌이게 되리라 생각했다.

이 구경거리를 보았을 때 나는 매우 존경받고 존경할 만한 어떤 지기(知己)가 공공장소에서 갑자기 재주넘기를 시작하거나 거리에서 소리를 지르며 굴렁쇠를 굴리는 것을 보는 듯한 기분이 들었다. 또한 주정뱅이를 만날 때처럼, 잠깐 정신이 나간 사람에게 느끼는 연민도 들었고 한편으로는 가까이 가고 싶지 않다는 마음도 들었다.

일주일이 넘도록 그 무스는 야영지에 나타나지 않았다. 나는 녀석이 다른 무스에게 당한 것이 아닌가 걱정되기 시작했는데, 어느 날 저녁 여행을 갔다가 카누를 타고 내 저장 창고로 돌아오는 길에 어두컴컴한 곳에서 내 오두막 앞에 편안하게 기대어 있는 어둡고 볼품없고 낯익은 모습을 보았다. 카누에는 짐이 많고 물은 얕았기 때문에 나는 완전히 녀석의 수중에 들어 있었다. 하지만 녀석은 일어서서 가

217

까이 있는 낮은 덤불만 뜯어먹으면서 아무 이의 없이 내가 뭍에 내리고 짐을 부리게 해 주었다.

지금은 그 무스가 뻔질나게 오지 않고 오더라도 잠시—한 시간 정도—머물다 돌아간다. 녀석의 행동으로 미루어 보아 녀석은 제 짝을 찾는 데 성공한 것 같다. 크고 노련한 수컷들이 아주 많이 사는 이 땅에서 그 무스가 속임수를 써서 제 짝을 얻을 수 있었으리라고는 여겨지지 않는다. 녀석은 의심할 여지 없이 젊은이다운 낙천성과 열정을 갖고 있다. 아마도 녀석은 자기와 닮은 젊은 암컷을, 다시 말해 이 젊고 잘생긴 친구가 그녀 앞에서 다른 수컷들과 벌였을 모의 전투에서 낭만과 무용을 볼 줄 알고, 녀석의 경쟁자인 체하는 놈들을 물리치는 것을 보고서 처녀다운 전율을 느낄 줄 아는 젊은 암컷을 만났으리라. 그 무스가 내 거주지를 피난처로 삼을 때 했던 식으로 짝을 고르는 일에서도 똑같이 머리를 썼다면 틀림없이 좋은 짝을 골랐을 것이다.

나는 그 무스가 창문 앞에 앉아 있을 때 숲의 어둡고 후미진 곳을 마음을 졸이며 그리워하는 눈빛으로 바라보는 모습을 본다. 녀석은 가끔씩 머리를 한쪽으로 돌려 귀를 쫑긋 세우고 콧구멍을 벌렁거리며 냄새를 맡는다. 그러면 나는 그곳까지 찾아온 녀석의 암컷이 미지의 인간 세계에 용감하게 뛰어드는 것이 두려워 숲 속에 숨어 있다는 것을 안다.

이제 곧 무스는 모든 자연의 법칙을 따르고 그의 배우자가 부르는 곳으로 따라갈 것이다. 녀석은 위엄 있게 성큼성큼 걸으면서 북과 군악대 소리에 맞춰 제왕의 자부심과 왕의 거동으로 행진할 것이다. 그 무스는 성년이 되었고 세상이 보는 앞에서 자신의 능력을 증명해 보였다. 그는 이제 황야의 거대한 보고(寶庫)에서 난 완성품이고, 자연의 손재주가 낳은 훌륭한 걸작품이고, 헤아릴 수 없는 시간의 안개 속에서 그 기원을 잃어버린 종의 자손이며, 이 북쪽 숲을 거니는 가장 숭고한 짐승이다.

정복이나 훈련이나 감금도 없고 식량이나 안전을 걱정하지 않아도 되기 때문에, 또한 여기 있는 것이 만족스럽고 기쁘고 그 무엇보다 자유롭기 때문에, 제가 선택한 짝을 잠시 떠나 그 무스가 한 시간 동안 내 앞 뜰에서 쉰다는 사실을 떠올릴 때면 억제할 수 없는 남모르는 만족감이 차오른다.

작은 순례자들

1

육 년 전 캐나다 정부가 내가 만든 비버 거주지를 접수하여 우리 모두는 캐나다 국립공원의 구성원으로 등록되었다. 그 덕분에 내 작은 순례자들의 복지에 대해서는 더 이상 걱정하지 않아도 되었다. 우리는 서쪽에 자리한 큰 국립공원 중 한 곳으로 수송될 예정이었다. 비버들은 특수하게 건조된 거대한 탱크에 타고 나는 그 옆의 화물차에 타고서 함께 수천 마일을 여행했다. 거의 일주일간 여행한 끝에 목적지인 라이딩 마운틴에 도착했다. 고된 여행이었지만, 다들 좀 지저분하기만 할 뿐 전혀 지치지 않은 최상의 기분으로 순례의 종점(나중에 밝혀졌지만 그곳은 오래 머물 곳이 못 되었다)에 당도했다.

새 정착지에 도착하자 비버들은 물가를 찾아 돌아다니는 짓은 하지 않았지만, 첫날밤에는 약간 어리둥절해 하며 내가 아직 있는지 확인이라도 하듯 백 번이나 천막을 들락날락했다. 집짓기를 위해 비버들이 처음 한 일은 천막에서 층계참을 없애는 것이었다. 그 다음에는 호수 맞은편에 한 곳을 골라 거대한 집을 짓기 시작했다. 여름 내내 일했는데도 집이 완성되는 데는 한 달이 걸렸으며, 비버들은 집 크기가 높이 8피트 너비 16피트가 되었을 때라야 일을 그만두었다. 이곳에서 젤리는 첫 새끼들을 낳았다. 새끼들을 길들이는 것은 만만찮은 일이었다. 젤리는 새끼들이 잘 자라고 매처럼 다루기 힘들어질 때까지 그들을 내 손길이 닿지 않는 곳에 두었다.

　나는 밤마다 해질 녘부터 다음날 동틀 때까지 소택지에서 일종의 주둔 뗏목에 꼼짝 않고 앉아 시간을 보냈다. 모기떼에게 물어뜯기면서도 비버 거주지에서 언제 올지 모를 새끼 비버를 행여 놀라게 하지나 않을까 싶어 모기들을 마음대로 쫓을 수도 없었다. 이곳에서 나는 어슬렁거리는 어린 비버들이 신중하게 고른 내 주둔지로 오기를 바라면서 밤마다 몇 시간을 기다렸다. 그들은 간간이 나를 지나쳤는데, 때로는 아는 듯이 날 눈여겨보기도 했지만 어쩔 때는 아예 쳐다보지도 않았다. 그러다 나에게 익숙해지자 내 옆을 헤엄쳐 갈 때 아는 체하는 인사를 건네기 시작했다. 자신들의 제한 구역에 붙박이가 된 듯한 이 이상하게 생긴 피조물의 출현에 흥미가 당겼는지, 어린 비버들은 마침내 내 뗏목으로 올라와 약 일 분 동안 날 뚫어지게 쳐다본 뒤 잠자코 물속으로 들어가 생각에 잠기곤 했다. 그들은 완전히 내 통제권 밖에 있었고 굳이 내게 접근할 필요도 없었다. 그러나 나는 조심스럽게 행동하면 비버들을 만질 수 있지만, 약간만 이상하게 움직여도 비버들이 멀찌감치 물러나 그 뒤로는 날 피한다는 사실을 알아냈다. 때마침 나는 젤리 롤의 도움을 받았다. 젤리는 가끔씩 내 주둔 뗏목까지 새끼 네 마리를 데리고 와서 그들과 함께 놀았다. 그녀는 새끼의 손을 꼭 잡고서 물속에서 빙글빙글 도는데, 몸을 격렬하게 움직이면서 새끼들을 빙글빙글 돌리기도 하고, 한 번에 두세 마리와 신나는 레슬링 경기를 펼치면서 늘 새끼들이 이기게 해 주었다. 그것은 생기 넘치는 장면이었는데, 그동안 나는 머리부터 발끝까지 물세례를 받곤 했다. 나는 이 놀이로부터 내가 얻을 수 있는 이점을 쉽게 간파했다. 그래서 나는 그 점을 이용하여 비버들이 뒹굴고 몸부림치는 물속에 손을 집어넣었는데, 그러면 한창 흥분해 있던 새끼들은 십중팔구 어미의 본을 따라 내 손가락을 잡았고 곧이어 이 이상한 인간의 체취에 익숙해져서 어미와 장난칠 때처럼 나와도 장난을 치곤 했다. 그 뒤로는 모든 것이 수월해졌다. 한 달이 지날 무렵 그들은 내 수중에 들어왔고, 날 따르고 내 부름에 응하고 가끔은 날 도와주려고 내 카누로 올라타곤 했다. 이 시점에서 우두머리의 질투심이 고개를 쳐들기 시작했다. 한번은 엄청난 수고와 인내를 들인 끝에 새끼 네 마리를 모두 내 카누에 올라타게 하는 데 성공했는데, 어미인 젤리가 발끈하여 카누로 올라와 새끼들을 모두 내쫓아 버렸다. 아비인 로하이드의 경우에는 황야에 살 때 인간에게 잡힌 적이 있어서 그런지 아버지로서의 보호 본능이 더욱 강했다. 그래서 초창기에는 그것 때문에 고생을 많이 했다. 가끔 내가 생각해 낼 수 있는 온갖 책략을 써서 새끼들을 설득해 내 주위에 모이게 하면 로하이드는 새끼들 사이로 뛰어들어 그들을 사방으로 흩어지게 하고 한 놈씩 쫓아낸 후 내 옆의 물가로 올라가곤 했다. 그것이 새끼들을 보호하고 교육시키는 로하이드만의 방법이었기 때문에 나는 이런 습성을 굳이 깨뜨리려 하지 않았다.

이곳에서 몇 천 피트의 필름을 찍을 수 있었다. 로하이드가 영웅 역을 맡은 배우라고 한다면, 여왕인 젤리는 판에 박히지 않은 연기를

젤리 롤은 캐나다 국립공원국에서 제작한 다섯 편의 영화에서 주연으로 활약했다.

선보였다. 지금까지 젤리는 재능이 좀 떨어지는 다른 비버 배우들과는 아주 비교되는 기질을 보여 주었다.

안타깝게도 이 지역의 물 사정은 비버들이 더 늘어나면 좋지 않다는 결과가 나왔다. 수리 시설이 좋은 장소는 서스캐처원에 있는 프린스 앨버트 국립공원으로 밝혀졌고, 그래서 우리는 비행기를 타고 그곳으로 가야 했다. 그곳에 도착하는 시기가 늦가을이어서 비버들이 집 지을 시간이 없었다. 그래서 비버들이 겨울을 무사히 날 수 있게 인공 장치를 만들어 줄 필요가 있었다. 이런 장치는 비버들이 세우는 것과 가장 비슷하게 만드는 것이 가장 중요했다. 그래서 나는 한쪽 벽 밑에 수중 터널을 뚫어 바깥쪽 호수와 이어지는 인공 웅덩이를 오두막 안에 만들기 위해 호숫가에 캠프를 세우기로 했다. 그러면 비버들은 봄에 눈이 녹아 자유롭게 일할 수 있을 때까지 오두막 안에 임시 거처를 가지게 될 것이다. 임시 댐은 출구에 세워졌는데, 주목할 만한 점은 이듬해 여름에 비버들이 더 나은 장소에서 그 댐 아래 약간 더 높은 또 다른 댐을 세워 인공 댐을 완전히 물에 잠기게 했다는 것이다. 조사해 보니 나중에 세워진 그 댐은 적어도 오백 년 전에 그곳에 세워졌던 댐 자리와 정확하게 일치했다. 이들 비버들의 활동으로 옛날 댐의 일부 흔적과 거대한 나무들이 자라고 있는 층층이 쌓인 흙더미 속에서 선사 시대 것으로 보이는 오두막의 잔재들이 드러났다. 비버들이 이 특정 장소를 알아보고 다른 장소에서는 얻을 수 없는, 수압의 분포 가능성을 아주 정확하게 추정한 것은 고도로 발달된 본능 이상의 다른 힘이 작용한 것이 아닌가 싶다.

얼마 후 오두막과 다른 설비들이 완성되었다는 전갈이 왔다. 돌볼 짐승이 여섯 마리나 되었지만, 크게 도움이 될 만큼 이 특별한 비버들에 대해 잘 아는 사람이 없어서 나는 아나하레오 —— 그녀는 온타리

1930년 초의 그레이 아울과 그에게 영감의 원천이 된 아나하레오.

오에 있는 부모님 집에 있었다 —— 에게 전보를 쳤다. 그녀는 남은 휴가를 반납하고 곧바로 와 주었다. 그것이 그녀와 비버 새끼들과의 첫 만남이었는데, 그녀와 새끼들은 여행에서 즐거운 시간을 보냈다. 여행 경험이 많은 젤리와 로하이드와 내게는 그 여행이 여느 때와 다름없었다. 아주 지루하거나, 무덤덤하거나, 흥밋거리가 없거나, 혹은 경험 많은 여행자라면 으레 겪는 여러 가지 고통이 따랐다. 이번 여정은 그다지 단조롭지는 않았다. 이번에는 전에 우리를 극도로 우울하게 만든 건조하고 황량한 사막을 통과하지 않았기 때문이다.

우리 식솔과 소지품을 삼십 마일 떨어진 첫 번째 연수육로까지 수송하는 데는 가솔린 함대가 필요했다. 연수육로에서 지금 사는 아자와 호수까지는 짐을 모두 싸서 반 마일 되는 카누 길을 건넜는데, 비버들을 비롯한 우리 모두는 카누를 타고 릴레이로 그 여행을 마쳤다.

너비 6피트의 야영지를 꽉 채운 오두막의 구석진 곳에는 울타리가 둘러져 있고 비버들이 지나다닐 만한 구멍이 나 있었다. 그곳에는 바닥을 깔지 않았는데, 거기서부터 출구까지는 깊이 7피트 정도 되는 물속에 터널이 숨겨져 있었다. 이러한 배치는 내가 설계한 그대로였다. 하지만 결빙기 때까지는 그 칸막이한 방을 닫아 둘 필요가 있었다. 왜냐하면 작업을 막 끝낸 거주지에서 옮겨 온 비버들은 대체로 자신들의 옛 동네를 찾아 즉시 가 버리기 때문이다. 이번 경우에는 그럴 가능성이 훨씬 컸는데, 그도 그럴 것이 모든 겨울 식량이 그곳에 모여 있기 때문이다. 비버들은 그들의 옛 집을 찾아 개울 위아래로 먼 길을 헤엄쳐 가고 평소와는 전혀 반대되는 방법으로 뛰어다닐 것이다. 여러 번 확인했듯이 이 특별한 종이 정말로 내 곁을 떠나지는 않겠지만, 결빙기가 가까워지면 집에서 멀리 떠나 돌아다니다가 얼어 죽거나 늑대들에게 잡아먹히거나 다른 식으로 비참하게 죽을지도 모른다. 우리는 젤리 롤이 비버들 중 가장 믿을 만한 놈이어서 녀석에게 실험을 해 봤는데, 젤리조차 덤불에서 세 시간 동안 길을 잃고서 꼬리가 얼기 시작했고 깊은 절망에 빠져 육로를 이용해 야영지로 돌아왔다.

비버들은 웅덩이가 있는 것을 금방 알아차렸는데, 깨어 있는 동안은 어떻게든 그 웅덩이로 들어가려고 했다. 녀석들이 마룻바닥 여기저기를 후벼 파고 칸막이를 물어뜯기 시작했기 때문에 우리는 나무 토막을 갖다 대 칸막이를 보호해야 했다. 비버들은 나무토막도 산산조각 내고 말았지만, 우리는 그 즉시 다른 나무토막을 갖다 놓았다. 이 일과 관련하여 어린 비버들 중 한 놈이 이 동물들이 서로를 아끼는 마음을 보여 준 사건이 있었다. 웅덩이로 들어가려고 끈질기게 시도한 놈은 야생의 성향이 강한 로하이드였다. 한번은 내가 녀석을 누르려고 꼬리를 약간 난폭하게 잡아당겼는데, 그러자 새끼들 중 로하이드가 가장 총애하는 — 새끼가 태어날 때마다 이런 놈이 꼭 한 놈씩 있었다 — 작은 수놈이 구슬프게 울면서 아비에게 급히 달려가 아비를 와락 붙잡고는 얼굴을 맞대고 꼭 껴안으며 용서해 달라는 듯이 울고불고 소란을 피웠다. 그래서 나는 내 성급함이 조금 부끄럽고 창피했다. 비버들의 이런 애정은 어떤 사건이나 사태가 갑자기 일어났을 때가 아니면 여간해선 나타나지 않는데, 나타날 때는 아주 강하다. 그러나 고등 동물에게서 흔히 볼 수 있듯이, 이러한 애정은 지나치게 도를 넘는 경우가 아닌 이상 성숙한 비버에게 찾아오는 피할 수 없고 억누를 수 없는 방랑 욕구에 그 자리를 내어 주고 만다.

우리는 비버들의 편의를 위해 오두막 안에 큰 탱크를 설치해 주었는데, 비버들은 대부분의 시간을 그곳에서 보냈다. 비버들은 자연스런 환경에 있을 때처럼 몸을 말릴 수 없어 불편해 했다. 마룻바닥은 순식간에 물에 젖었다. 난로 열기에 바닥이 어느 정도 마르긴 했지만, 수증기가 지붕에 고이면서 벽이 습해지기 시작했다. 모든 것이 눅눅해졌고 식량들 중 몇 개는 못 먹게 되었다. 비버들이 잠을 자는 오전 중이 아니면 우리는 잠을 잘 수도 없었다. 비버들이 침상을 차지하려고 끊임없이 소란을 피워 대는 통에 우리는 녀석들의 불만을 잠재우기 위해 그들이 젖든 말든 원하는 만큼 오래 오래 침상에 누워 있게 해 주었다. 그러자 녀석들은 흡족해 했고, 그 덕에 우리는 요리도 하고 식사도 할 수 있었다. 가끔.

젤리 롤은 2년 전 겨울에 오두막에서 지내 본 적이 있어서 그 상황을 침착하게 받아들였고 무슨 일에도 평정을 잃지 않았다. 물론 그녀는 여왕이었고, 참고 견디는 체하고 흔히 여왕의 속성으로 여겨지는 본데 있는 집안의 침착성을 갖고 있었다. 그러나 우리로서는 비버들이 내는 통곡 소리, 울음소리, 물어뜯는 소리, 부단한 첨벙 소리, 칸막이를 오르려고 끊임없이 발판을 세우는 소리, 오두막 설비가 파괴되지 않도록 시종일관 비버들을 감시해야 하는 것 등 모든 것이 신경을 괴롭히는 시련이었다.

이런 고생도 있었지만, 재미난 상황이 연출될 때도 있었다. 어린 비버들이 낯선 환경에 적응하려고 벌이는 익살스럽고 기이한 행동이 막간 여흥처럼 이런저런 소동에 대한 걱정을 꽤 덜어 주었다. 새끼들 중에 거의 두 발 자세로 늙어빠진 노인처럼 비틀거리며 걷는 놈이 있었다. 가끔 다른 새끼들이 오두막 주위로 몰려와 어미나 아비 뒤에서 그 녀석에게 난폭하게 뛰어들곤 했다. 그러면 그 녀석은 쓰러졌다가 다시 일어나 끊임없이 소란스러운 행렬에서 제자리를 잡는데, 넘어질 뻔하다가 다시 꼿꼿한 자세를 취하곤 했다. 녀석은 이 자세로 어슬렁어슬렁 걸으면서 단춧구멍 같은 작은 눈으로 어디 잘못 놓아 둔 물건이라도 찾는 양 이곳저곳을 계속 유심히 보았다.

비버들은 자신들을 꿰뚫어 보는 젤리 롤에게 많이 의지하는 것 같았다. 그들은 젤리 롤이 어떠한 상황이나 곤경도 침착하고 명랑하게 받아들이는 것을 감지한 듯했다. 그들에겐 의심할 여지 없이 그렇게 보였을 것이다. 어린 비버들은 젤리가 어딜 가든 따라다녔다. 내가 야영지를 돌아다닐 때면 젤리 롤은 늘 내 뒤를 따랐고, 그녀 뒤로는 뒤뚱거리는 난쟁이 대열 같은 새끼들이 거의 언제나 소란을 피우면서 짧은 다리로 깡충 뛰고 발을 질질 끌며 뒤따른다. 때때로 피곤해지면 어떤 녀석은 그녀의 크고 납작한 꼬리에 올라가 터보건을 탄 것처럼 질질 끌려가는데, 이로써 녀석은 무임승차의 기회를 누린 셈이었다. 이런 방법으로 그 비버는 꼿꼿이 서서 어미의 털을 한 움큼 쥔 채 좋아 죽겠다는 표정으로 야영지 바닥을 빙글빙글 돌았고, 그 사이 모험심이 모자란 딴 녀석들은 그 뒤를 쫓거나 나란히 기어올랐다. 마침내 이런 식의 운송 수단의 이점을 발견한 어린 비버들은 때로는 이 놀라운 운송 수단에 두세 놈이 한꺼번에 올라타곤 했다. 한꺼번에 어미의 꼬리에 들러붙어서 물갈퀴가 있는 뒷발을 놓을 공간이 없으면, 승객들은 한 발로만 서서 다른 발은 전진할 때 바닥에서 제자리걸음을 걷게 한다. 한편 젤리 롤은 서두르지도, 걱정하지도 않고 짐이 달렸다는 것을 모르는 양 천천히 걸었다. 그 자세, 다시 말해 마음의 평화를 잃지 않는 그 태연하고 위엄 있는 침착성을 우리도 배울 수 있었다면, 한결 기분이 좋아졌을 것이다. 그러나 새끼 비버들을 비롯한 우리 나머지는 그 여흥으로 인해 아주 지치고 말았다.

어느 날 밤 다행히 결빙기가 왔다. 우리는 지금까지 양철 상자와 갖가지 철물들로 막아 놓은 칸막이에서 잠수 구멍을 열었다. 그 열린 구멍으로 비버들이 일제히 달려들었다. 들어가자마자 전 가족 구성원은 그들의 새 보금자리를 조사하러 다니기 시작했다. 처음에는 물웅덩이를 약간 의심했지만 곧 그 물을 좋아했다. 비버들은 내가 그동안 호수에서 건져 온 흔한 뗏목 위에 놓아둔 먹이를 곧바로 가져가지 않고, 아주 조직적이고도 매우 칭찬할 만한 절약 정신으로 내가 가져오고 자기네가 침상 밑에 쌓아 둔 포플러들을 우리가 만들어 준 임시 굴 속에 보관해 두었다. 또한 그들은 이 식량이 동나고 껍질 벗겨진 나뭇가지가 다 없어질 때까지 뗏목에 손을 대지 않았다.

비버들은 지금 더할 나위 없이 행복하고 흡족했다. 모든 불평불만이 일거에 사라졌다. 녀석들은 레슬링을 하고, 장난치고, 다투고, 예전처럼 잘 먹었다. 며칠 동안 새끼 비버들은 우리의 야영이 끝나는 것에 더 이상 마음 쓰지 않았다.

하지만 젤리 롤은 달랐다. 이 노련한 어미는 평소의 끈질기고 강한 열정과 기운으로 지금이야말로 미세한 바람이 들어오는 오두막 문을 고칠 때라고 결정했다. 그녀는 이따금 가슴에 진흙을 한 뭉치씩 안고 물웅덩이에서 나타나, 똑바로 선 자세로 비틀비틀 걸어서 마룻바닥에 당도했다. 여러 가지 물건을 마룻바닥에 멋지게 미끄러지게 하는 방법을 경험으로 알고 있는 젤리는 물이 줄줄 흐르고 끈적거리는 진흙 덩이를 새로 문지른 판자 위에 내려놓고서 문 쪽으로 밀기 시작했다. 그 결과 바닥에는 적어도 폭이 1피트나 되는 진흙 길이 생겨났다. 문 아래쪽에 난 기분 나쁜 틈은 능숙하지만 너저분하게 흙이 발라졌고 마무리 작업은 밤늦게까지 계속되었다. 젤리는 시간당 여덟 번 정도 실수를 저질렀다. 내가 아침에 문을 열려고 했을 때 삽으로 흙을 파내지 않는 한 문을 열 도리가 없었다. 흙을 파내는 소리에 젤리 롤이 잠에서 깼다. 그녀는 무슨 일이 일어나고 있는지 보러 왔다가 자신이 한 일이 엉망이 된 것을 보고 비명을 지르고 난리를 쳤다. 그녀는 참을 수 없다는 듯 온몸을 부르르 떨다가 웅덩이로 들어가서 진흙을 또 한 덩이 들고 얼른 돌아왔다. 저녁때쯤 문틈은 또 메워졌고 젤리 롤은 일이 완성된 것 —— 이번에는 아주 단단하게 발랐다 —— 에 만족하여 뒷다리로 서서 머리와 상체를 기괴한 나선형으로 비틀었다. 그것은 젤리가 곧잘 하는 진심 어린 고마움의 표시였다.

우리로서는 이 승리의 춤이 사악한 취지로 가득해 보였다. 반대에 부딪치면 더욱 의욕을 불태우는 젤리이기 때문에 이제부터는 젤리가 갑작스레 죽지 않는 한 그녀를 꺾을 수 있는 것이 아무것도 없음을 우리는 알았다. 젤리 롤은 일단 마음먹은 일을 달성할 때는 무슨 일이 있어도 해내고 만다. 비버들은 고집불통이기 때문에 차라리 그들에게 터널 구멍을 보여 주는 것이 더 바람직하다. 비버들에게 그 구멍을 알려 주어서 녀석들의 관심을 딴 데로 돌리는 것이 유일한 방법이다. 반대는 오히려 비버들을 자극하고 고난을 이겨 온 평생의 습성을 환기시킬 뿐이어서 때때로 상당히 놀라운 결과를 낳고 만다. 더구나 이번처럼 젤리가 재빠르게 일을 재개하고 우리를 이기기 위해 정열적으로 달려들어 마침내 공사를 완수한 경우에는 그 공사를 또다시 허물어뜨리는 것이 전혀 도움이 되지 않았다. 이 전쟁은 며칠 밤 동안 계속되었는데, 마침내 우리는 문을 둘로 나누기로 결정했다. 그리하여 문틈에 발라 놓은 진흙과 아래쪽 문을 동시에 넘을 수 있게 되었다.

마침내 젤리는 수리 공사를 그만두었다. 젤리와 로하이드는 자신들이 웅덩이에서 시작한 공사를 마무리 짓기 위해 엄청나게 많은 자재를 얼음 밑의 어딘가에서 가져오기 시작했다. 이 건조물이 모양새를 갖추기 시작했을 때 우리는 비버들이 단지 즐기고 있다고 여기면서 그들의 집짓기를 장난으로 응했다. 그들의 만족 상태로 판단해 볼 때 두 비버가 실제로 오두막을 완전 점유했다고 할 수 있었다. 준비하는 모습을 보아서는 집짓기는 아무래도 가능할 것 같지 않았다. 호수 기슭에 있는 얼음을 파내 모은 흙과 이끼와 나무토막으로 두 비버는 그들의 출구 위로 일종의 달개 지붕을 세웠는데, 그 덕에 지붕 아래는 늘 땅이 말라 있게 되었고 비버들에게도 잠잘 공간이 생겨났다. 두 비버는 우리의 숙소로 들어오기 위해 이 건조물 측면에 구멍을 남겨 두었는데, 지금은 다시 우리 숙소를 자주 드나들기 시작했다. 이 구멍은 그들이 잠자리에 들 때 진흙으로 완전히 메워지고, 다음날 두 비버가 일을 하려고 일어날 때 다시 뚫린다. 손전등을 비춰 안을 관찰해 보니 실내가 아주 깔끔하고 깨끗하게 정돈되어 있었다. 그 안에는 물 가까이 있는 젖은 욕실용 매트, 여분의 판자에서 얻은 길고 깨끗한 대팻밥으로 이뤄진 마른 침대, 오두막에서 훔친 다 찢어진 잡지들이 있었다.

내가 뗏목 위에 놓아 둔 먹이로는 비버들이 그해 겨울을 버티기가 힘들었다. 앞서 말했듯이 우리가 여기 도착했을 때는 비버들 스스로 먹이를 구하기에는 너무 늦었기 때문에 얼음에 구멍을 뚫어 많은 포플러 잎들과 어린 오리나무와 버드나무를 그곳까지 운반해 올 필요가 있었다. 로하이드는 내 의도를 즉시 간파하고서 이 헌납품들을 잘게 잘라 얼음 밑에 저장해 두는 재치를 보여 주었다. 나는 녀석의 수고를 덜어 주기 위해 많은 것들을 잘게 잘라 얼음 구멍 옆에 쌓아 두었다. 그러면 로하이드는 재빨리 그것들을 치웠고, 내가 그를 위해 더 많은 것을 모으기도 전에 나보다 먼저 일을 끝내고서 얼음 구멍 옆에서 날 애타게 기다렸다. 이러는 동안 젤리는 아나하레오와 함께 오두막 안에 있었다. 그녀(젤리)는 결코 게으르지 않았지만, 그녀의 배우자는 혼자 일하는 데 싫증이 났는지 오두막으로 들어가서 젤리

232

에게 같이 일하자고 재촉했다. 젤리는 기꺼이 그렇게 했다.

그래서 겨울 내내 밤낮으로 시도 때도 없이 이 여섯 마리의 활기차고 잘 들뜨고 수다스러운 동물들은 우리집 바닥에서 쓸데없는 일로 바삐 움직이며, 구걸하고, 훔치고, 싸우고, 춤추며 놀았다. 그리하여 봄이 오면서 그들은 비버의 일상이라 할 수 있는 더욱 정상적인 활동에 들어갈 수 있게 되었다.

2

진정한 캐나다 사람은 겨울을 좋아하고, 특히 북쪽에서 겨울을 한껏 즐긴다. 어떤 사람들은 캐나다의 겨울이 "혹독하지" 않다는 것을 유럽 사람들에게 심어 주려다가 때때로 고의적인 거짓말을 하고 그러다 이런저런 핑계를 대야 하는 지경까지 가는 경우가 있다. 그러니 우리의 겨울을 깎아내리는 대신, 눈이 4피트나 쌓이고 석 달 반의 겨울 동안에는 기온이 영하 10도에서 30도까지 떨어지기 때문에 캐나다가 전 세계 겨울 스포츠 국가들 중 최선두에 설 수 있다고 자랑스럽게 말하는 것이 오히려 더 낫지 않을까. 나뭇잎이 색색으로 변해 절묘하게 아름다운 가을이 끝나면 겨울이 시작된다. 겨울 공기는 몸을 튼튼하게 하고 원기를 북돋아 주는 진한 와인처럼 맑고 상쾌하고 건강에 좋다. 감기에 걸리는 사람은 거의 없다. 겨울에 시간을 낼 수 있는 사람들은 개티뉴 언덕과 온타리오 주의 하이랜드와 로키 산맥 같은 곳에서 눈신을 신고 걷거나 스키를 타거나 터보건으로 미끄럼을 타는 것 같은 건강에도 좋고 신도 나는 놀이를 즐긴다. 몬트리올과 퀘벡과 밴프 주에서는 대규모의 겨울 축제가 열린다. 북쪽의 광활하고 눈 덮인 호수 지역을 여행해 본 적이 없는 사람들, 맑고 투명한 푸른 하늘을 비추는 눈부신 태양이 소나무와 가문비나무의 큰 가지들과 작은 가지들 위에 쌓인 눈송이들을 크리스마스트리에 달린 색색의 장신구처럼 화려하게 반짝이는 다이아몬드로 변신시키는 겨울 숲에서 눈신을 신고 걸어 보지 못한 사람들, 또한 휘몰아치는 눈보라의 난폭하고 장엄한 광경을 한 번도 보지 못한 사람들, 그런 사람들에게 나는 그들이 지금껏 무엇을 보고 무엇을 했든지 간에 이 세상에는 그들이 놓치지 말아야 할 것이 있다고 말해 주고 싶다. 물론 모든 나라가 이런 것들을 갖고 있지는 않다. 그 때문에 우리는 운이 좋다고 할 수 있다.

우리 캐나다에는 겨울이 있는가? 나는 있다 ── 정말로! ── 고 말할 것이다.

그러나 봄은 또 다른 계절이다. 캐나다 기후의 아름다움은 그 다양성에 있다. 북극의 단조로운 추위도 아니고, 열대 지방이나 아열대 지역의 단조로운 더위도 아닌 사계절이 분명하고 뚜렷하다. 그 계절마다 특별한 즐거움이 있다.

봄의 즐거움은 흐르는 물소리와 갓 피어난 꽃향기에 있다. 봄의 즐거움은 마른 나뭇가지를 치는 딱따구리의 호전적인 딱딱 소리와 목도리뇌조의 정연하고 약한 날개 소리에, 새벽녘에 들리는 무수히 많은 새들의 울음소리에, 머리 위로 선회하는 하얀 갈매기들의 날카로운 지저귐에, 인간의 웃음소리를 닮은 아비들의 섬뜩한 울부짖음에 있다. 또한 자유에 대한 갈증과 봄철 방랑벽이 이주하는 기러기떼의 장관을 지켜보는 사람의 핏속으로 파도처럼 밀려든다. 브이 자를 넓게 그리며 나는 야생 기러기들의 밀집 군단은 북쪽을 향해 길게 너울거리는 행렬을 만들며 종종 땅에서 1마일이나 높은 곳에서 날지만, 그 거대한 날개가 푸드덕거리는 소리는 똑똑하게 들린다.

　나에게 봄은 한 가지 이상의 의미를 지닌다. 아니면 많은 의미를 지닌다고 말해야 할 것이다. 6개월의 감금 생활이 끝나고 얼음에 갇혀 꼼짝 못했던 많은 비버들이 지금은 아주 들떠서 오두막을 자주 들락거리고 별 뚜렷한 목적도 없이 오두막을 찾고, 내가 책을 쓰려고 한다는 사실도 잊은 채 수많은 소음을 일으키는 공사에 들어갔다. 비버들이 떨어뜨린 것 줍기, 밀어 올린 것 분해하기, 의자 정돈하기, 훔친 장작 탈환하기, 주의를 끌기 위해 내는 시끄러운 소리에 반응하기, 사과와 다른 먹을거리 같은 뇌물과 평화의 제물 나누어 주기 같은 일을 하면서 나는 독자 여러분에게 비버 오두막에서의 봄이 어떠한지를 이야기할 것이다.

　때는 정확히 1년 전이다.

봄이 왔다. 눈과 얼음이 서서히 녹기 시작했다. 두 주 동안 어른 비버들은 홀로 지냈다. 그 까닭은 반 성인이 된 어린 비버들이 지난봄에 자기들을 위하여 땅, 아니 그보다 물을 점령하러 나갔기 때문이다. 비버들의 거주지에서 흔히 있던 물 튀기기, 씨름하기, 끊임없는 소동이 죽은 듯이 고요해졌고, 얼음이 녹기 시작한 뒤로는 밤마다 그칠 새 없이 소란을 떨던 울음소리와 목소리가 더 이상 들리지 않았다. 머리를 빳빳이 든 채 눈알이 튀어나올 것만 같은 기대감에 들떠, 있지도 않은 ── 절대로 없는 ── 뭔가를 구석구석에서 찾겠다는 열망으로 하루 종일 오두막에 뛰어들어 아무 쓸모도 없는 막대를 두세 개 가져와서 일종의 증거물로 그것을 문 안에 놔두고는 중요한 볼일이 있는 양 황급히 나가 버리던 진지한 비버들은 이제 더 이상 바쁘지 않았다. 나는 시끄러운 소동이나, 귀향하는 방랑자가 자신의 귀향을 알리는 것처럼 어린 비버들이 갓난애처럼 찢어지는 고음으로 날 반기는 소리를 듣고 살았던 탓인지, 비버 웅덩이가 꽤나 텅 비고 쓸쓸해 보였다.

그러나 배수구에서 흐르는 잔잔한 물소리 말고는 침묵은 깨지지 않았다. 나는 내 작은 친구들이 날 떠난 것이 몹시 슬펐고, 그들이 없으니 어쩌할 바를 모르겠고, 나 또한 고귀한 모험을 떠나 그 즐거운 무리에 동참할 수 있기를 간절히 바랐다. 하지만 어린 짐승들이 다 컸을 때 대평원에서 살아가고 그곳에서 운명을 마감하는 것은 자연의 변함 없는 법칙이었다. 게다가 그 연못은 계속 불어나는 비버의 수를 더 이상 감당할 수 없었다. 어린 비버들이 가야만 하는 것을 알고 있었지만, 나는 가지 않기를 바랐다. 비버들은 또한 부모를, 특히 가끔씩 구슬프게 울 때 빼고는 아무런 말없이 멍하니 돌아다니는 로하이드를 그리워하는 듯했다. 하지만 결국 로하이드는 부침이 심한 비버의 생애에서 늘 만나게 되는 피할 수 없는 이별을 침착하고 태연하게 받아들이는 것 같았다.

새끼 비버들이 떠나고 며칠 지나지 않은 어느 날, 내가 저녁을 들고 있을 때 밖에서 묵직하고 일정한 쿵쿵 소리가 들리더니 문 근처에서 뚝 그쳤다. 이상한 소리가 들리면 늘 경계를 하기 때문에 나는 조심스럽게 문을 열었는데, 로하이드가 오두막 안으로 들어오려고 참을성 있게 기다리고 있었다. 녀석은 똑바로 선 자세로 팔에 진흙을 한 움큼 안고 있었다. 녀석은 이 자세를 유지하며 문지방을 넘어와 오두막 안으로 걸어와서, 자기가 지난겨울에 웅덩이 위로 세운 달개지붕 위에 흙을 털썩 내려놓았다. 그리고는 나가려고 몸을 돌렸는데, 스스로에게 무척 만족한 듯 몇 번 껑충껑충 뛰었고, 문으로 가서는 나가게 해 달라고 다시 문을 긁었다. 아주 놀라운 연기였다. 하지만

236

그것으로 끝난 게 아니었다. 로하이드는 이내, 한 번이 아니라 되풀이해서 돌아왔는데, 들어올 때마다 나무토막과 진흙과 돌멩이로 된 무거운 짐을 턱 아래 한 아름 안고 오면서 밤새도록 그 일을 했다. 녀석은 물가에서부터 오두막 안에 있는 그 더미까지 40피트 정도를 왔다 갔다 했다. 네 발로 기어올 때는 더 큰 나무토막과 작은 통나무들이 끌려왔지만, 로하이드는 직립 자세로 인간처럼 거의 똑바로 걸으면서 대부분의 재료를 운반했다. 무슨 생각이 떠올라 잠시 멈칫하기라도 하면 앞으로 넘어질 수도 있었지만, 로하이드는 주저하지도 쉬지도 않으면서 균형 잡힌 빠른 걸음걸이로 꾸준히 전진했다.

비버들이 오두막 안에 영원히 살지도 모른다는 내 바람이 더 이상 농담이 아니라, 피할 수 없고 다소 성가신 현실이 되어 가고 있었다.

로하이드는 바로 내 눈앞에서 응접실에다 집을 짓기 시작했다.

그동안 젤리는 자기 일, 다시 말해서 그 인공 건조물을 대신하는 새로운 댐을 건설하느라 오두막 밖에 있었다. 젤리의 특성에 대해 한마디 하자면, 나중에 그 댐이 완성되었을 때 젤리는 왔다 갔다 할 때마다 이제는 폐기된 불쑥 솟은 댐 위로 오르는 고생을 하지 않으려고 댐에다 구멍을 뚫어 그 구멍으로 들락거렸다는 것이다. 때는 늦여름이었다. 현재로서는 오두막을 짓는 것이 두 비버들의 전폭적인 관심사였다. 날마다 밤새도록, 그리고 낮에는 반나절 동안 쿵쿵거리고 잡아당기고 틀어막는 소리가 지속적으로 들렸고, 자재들이 들어오고 작업이 시작될 때는 찌부러지는 소리, 쿵 소리, 식식거리는 숨소리도 들렸다. 진흙은 탕탕 두드려지고 나무토막은 아주 재주 많은 손에 의해 갈라진 틈새에 끼워진 뒤 삐죽 나온 부분은 잘려 나갔다. 잘려진 토막들은 차례로 밀어 넣어졌고, 삐죽 나온 부분은 다시 잘려져서 마찬가지로 또 끼워졌다. 이 일은 길이 6피트의 나무토막들이 교묘하게 엮인 성벽 속으로 사라질 때까지 계속되었다.

두 비버는 최대한 부지런하고 끈기 있게 일했다. 호숫가에서 재료를 모아 오거나 손에 비스듬히 쥔 막대를 삽처럼 이용해 진흙을 팠고, 짐을 잃어버리지 않도록 조심조심 헤엄을 쳐서 야영지 앞에 짐을 내려놓으면 땅바닥에 닿은 뒷다리로 얼른 일어섰다. 그들은 시간당 대충 열두 번을 왔다 갔다 하면서 꾸준히 쉬지 않고 일했는데, 때로는 둘이 따로 걷거나, 혹은 둘이 앞뒤에서 시계 바늘이 똑딱거리는 듯한 단호하고 의미심장하고 주저하지 않는 걸음으로 엄숙하게 행진했다.

젤리는 문을 여는 것쯤은 아무렇지 않게 여겼다. 자신만만하고 힘차게 문을 확 열어젖히는 소리가 들리면 그것은 틀림없이 젤리였다. 곧이어 로하이드도 그렇게 문 여는 법을 배웠는데, 그의 조용하고 내향적인 성격에 어울리는 방식으로 문을 열었다. 곧이어 우두머리 젤리는 오두막 안에서 문 여는 법도 스스로 배웠다. 나는 젤리를 위해 그녀가 늘 사용하는 가죽고리를 손잡이로 쓸 수 있게 문에 달아 주었다. 하지만 로하이드는 그 신기한 장치에 아무런 관심도 내비치지 않았다. 녀석은 늘 입구에서 문이 열리기만을 참을성 있게 기다렸는데, 사실 나는 그 뒤로는 모기떼가 극성을 부리는데도 문을 열어 두고 있는 편이 훨씬 더 편하다는 것을 알게 되었다.

우리의 첫 번째 비버 가족이었던 맥기니스와 맥킨티가 헤엄을 치다 죽은 지 8년이 지났다. 그 운명의 밤에 우리, 즉 아나하레오와 나는 이름 없는 작은 연못가에 서서 두 비버가 작별 인사를 하듯 길고 구슬프게 우는 소리에 답했고, 그들이 지나갈 때 일어난 잔물결들을 바라보았다. 작은 물결은 아무런 소리도, 아무런 말도 하지 않았지만, 우리에게 알아듣는 귀만 있었다면 그들이 지나가는 것을 우리에

젤리 롤은 오두막의 조그만 문을 여는 법을 특유의 활기를 가지고 배웠다.

게 말해 줬을 것이다.

나는 이 모든 과정을, 그러니까 젤리와 로하이드가 환희까지는 아니지만 만족스럽게 자신들의 일에 전념하는 모습을 지켜보면서, 작고 불쌍한 맥기니스와 맥킨티가 버치 호수에서 멀리 떨어진 오두막에 너무나 하찮은 자재로 세운 보잘것없는 바리케이드를 생각하지 않을 수 없었는데, 그러자 그들이 여기 있었다면 얼마나 행복했을까 하는 생각이 들었다. 그러나 그들이 여기 있었다면 젤리나 로하이드는 영원히 발견되지 않았을지도 모른다. 인정할 수밖에 없는 사실은 지금의 상황이 바뀔 수 없다는 것, 그리고 만약 내가 두 쌍의 비버 중 어느 쪽을 살려야 할지를 결정해야 할 순간에 처했다면 결정을 내리지 못했을 거라는 점이다. 우리는 이미 일어난 일을 돌이킬 수 없다. 그러나 기억할 수는 있다.

젤리는 이때쯤 새로운 생각을 가지고 있었다. 먹을 것을 새로 마련하지는 못한다 해도 오두막 앞에 땅을 파서 식량을 저장해 두면 적어도 앞으로는 운반 거리와 수고를 줄일 수 있겠다고 생각한 것이다. 젤리가 오두막 앞에 구덩이를 파기 시작했을 때 나는 수없는 입씨름 끝에 그녀가 그 일을 못하게 단념시켰다. 그런데도 젤리는 기회만 생겼다 싶으면 이 일을 은밀하게 계속했는데, 그러던 어느 날 잠에서 깨자마자 문 밖을 나서던 나는 밤사이 젤리가 파 놓은 입 큰 구덩이에 빠지고 말았다. 젤리는 이런 식의 손쉬운 책략뿐 아니라 오두막 안에 짐을 내린 후 그 짐을 마룻바닥에서 밀고 가는 노동 절약 방법을 채택했는데, 그 때문에 나는 아침마다 젤리가 흘린 쓰레기들을 삽과 괭이로 깨끗이 치워야 했다.

이번 공사는 빠르게 진행되었다. 두 주도 지나지 않아 우리의 오두막 한 자리를 꽤 많이 차지하는 비버 보금자리가 들어서게 되었다.

이때쯤 나는 국립공원국에 지금이 비버들의 활동을 촬영하기 좋은 때임을 알려주겠다고 생각했다. 내가 이 소식을 전하자 라이딩 마운틴 국립공원에서 촬영했던 그 기사가 여러 사람을 대동하고 왔다. 촬영에 필요한 빛을 얻으려면 오두막 지붕을 떼어 내야 했다. 지붕을 제거하고 다시 복구하는 작업은 힘들긴 했지만, 그만한 보상을 받았다. 2천 피트에 달하는 일등급 필름을 얻어 냈기 때문이다. 그들의 일상적인 작업을 찍은 것은 제쳐두고, 젤리와 로하이드는 미키 마우스를 연상시키는 기묘한 연기를 수없이 펼쳐 보임으로써 불멸의 명성을 얻게 되었다.

두 비버는 촬영 작업이 이루어진 그 주 내내 아주 친절했다. 다만 젤리는 그 유명한, 혹은 악명 높은 격한 기질 때문에 이따금 참석한 이들을 난감하게 하는 상황을 만들곤 했다. 젤리는 종종 무대를 혼자 독차지하는 경우가 있었는데, 그럴 때면 무대 위에서 재미난 승리의 춤을 추어 보였다.

카메라맨은 자신의 큰 기계뿐 아니라 구석구석 잘 배치된 조수들이 준비 태세로 들고 있는 스틸 카메라와 다른 수동식 기계들도 한 벌 갖고 있었다. 카메라맨은 그 기계들을 건네받아 기회가 날 때마다 찰칵 찍고, 찰칵 누르고, 손잡이를 돌리곤 했다. 이 때문에 생긴 긴장된 분위기가 비버들을 흥분시켜서 그들은 가끔 엉뚱한 행동을 했다. 젤리는 때때로 일이 진행되는 방식을 혐오하며 무대에 나오지 않고 오랫동안 이탈해 있었다. 로하이드만이 평정을 유지하는 것 같았다. 그래서 나는 녀석들 사이를 왔다 갔다 하면서 달래듯이 말을 걸고 종종 그들이 잘 아는 신호를 조용히 보냈다. "꽤-애-애-애-차-안-아-아, 젤리""꽤-애-애-애-차-안-아-아, 로하이드""꽤-애-애-애-차-안-아-아, 매위." 이 단조로운 울음은 전문가이자 예술가이고 젤리만큼 변덕스러운 카메라맨에게도 잘 통했는데, 그는 마침내 그 소리를 흉내 내어 동료들의 귀에까지 들리게 웅얼거렸다. "꽤-애-애-애-차-안-아-아, 토미" "꽤-애-애-애-차-안-아-아, 지미." 물론 아무도 감히 웃지는 못했다.

촬영이 진행되는 동안은 나 또한 안절부절 못했다. 우리는 때때로 진짜 스튜디오에서 촬영하는 것 같은 분위기를 연출하기도 했다.

비버의 집은 이제 튼튼했고 겉보기에 완벽했다. 그런데도 비버들은 여름이면 계속 집을 손보았다. 그래서 내가 글을 쓰는 이맘때면 비버들이 오두막 마루의 삼분의 일을 쉽게 차지해 버린다. 이 오두막은 안정성에서 돼지 삼 형제가 지은 집들을 능가했고, 아무리 악질이고 대범한 늑대라도 감히 쳐들어올 수 없을 만큼 튼튼한 구조였다.

비버들이 이렇게까지 일한 까닭이 이제는 점점 확실하게 드러나기 시작했다. 비버들의 행동에 변화가 일기 시작한 것이다.

큰 일이, 그해의 가장 큰 일이 조만간 일어날 예정이었다.

젤리 롤은 생기가 없어지고 일을 쉬기 시작했고, 종종 내 무릎에 머리를 베고 누워 가끔씩 잠도 자면서 날이 갈수록 더 많은 시간을 나와 함께 보냈다. 또한 내가 카누에서 무릎을 꿇고 있으면 내 무릎 사이로 기어 다니곤 했는데, 그것은 그녀가 어린 시절에 외롭거나 곤경에 처했을 때 곧잘 하던 행동이었다. 젤리는 지금 내 위로가 필요해 보였고, 몇 마디 해 주거나 약간 쓰다듬어 주면 만족스럽다는 듯이 낮은 소리를 내며 앞으로 꾸역꾸역 나아가곤 했다. 젤리는 지금 무게가 50파운드나 되고 쫙 뻗고 엎드려 누워 쉴 때는 너비가 약 15인치에 달했기 때문에 이런 행동은 때때로 상당히 성가셨다.

오고 가고, 가져오고 가져가는 등의 밤중에 일어나는 일들이 많아지기 시작했다. 출산을 앞둔 어미는 대부분의 시간을 호숫 기슭에서 땅을 파다가, 가문비나무와 다른 뿌리들을 한 아름 안고 집으로 돌아왔다. 반면에 로하이드는 바람이 좋은 밤이면 숲으로 수수께끼 같은 여행을 갔다가 돌아오고, 바람이 좋지 않은 밤에는 근심에 싸여 땅에서 판 뿌리와 풀잎들을 가지고 돌아왔다. 녀석은 이것들을 하나도 먹지 않고 오두막 안에 가져다 저장해 두었다. 두께가 아무리 못해도 4피트 정도 되는 비버 오두막의 벽들은 좀 더 넓은 공간을 확보하고 소리가 더 잘 들릴 수 있도록 얇게 깎아 낼 필요가 있었다.

로하이드는 인간 친구들이 사는 곳을 쉽게 드나들고 가구 배치도 쉽게 보일 수 있도록 그들의 집 한쪽에 난 구멍을 그대로 두었다. 안쪽의 침실은 침대에 물기가 끼지 않고 물이 잘 빠질 수 있도록 세워졌다. 그러나 만약 로하이드와 젤리의 털에서 나온 물을 충분히 짜내고 빗질로 털어내고 북북 문질러 닦아내지 않으면 식구들 중 누구도 잠자기 위해 만든 움푹한 침대에 들어가려 하지 않을 것이다. 새로운 댐은 웅덩이의 수위가 비버 오두막 바닥과 거의 평행하게 조정되었다. 그것은 무력하고 가냘픈 새끼들이 첫날부터 연약하고 뒤뚱거리는 걸음으로 여기저기 돌아다니다가 웅덩이를 발견하더라도 쉽게 기어 나오고, 먹이를 찾으러 나간 어미가 없는 사이 익숙지 않은 물속에서 비참하게 죽는 일이 없도록 하기 위해서였다.

나무토막과 덤불로 구성된 큰 매트인지 뗏목인지가 물이 깊은 비버들의 집 입구에 떠 있도록 바깥에 매어져 있었다. 이 뗏목은 나중에 겨울 식량을 운반하는 데 큰 쓸모가 있을 것이다. 하지만 지금은 태어난 지 3주가 되기 전에는 잠수를 할 수 없는 새끼들이 포식자 새들의 공격을 받을 때 몸을 피할 수 있는 은신처 노릇을 해 줄 것이다. 이를 보완해 주는 장치는 해달이나 심지어 굶주린 강꼬치물고기처럼 물과 뭍에서 살아가는 적들이 장악하고 있는 주요 터널에 걸려들었을 때 탈출할 수 있게 파 놓은 비상 입구였다. 몇 주 전 한 인디언이 내 오두막을 방문했다가, 길을 떠날 때 그의 말 사료에서 남은 많은 건초를 놔두고 갔다. 로하이드는 여러 번 올라와서 이 건초를 조사했는데, 어느 날 밤 그것을 치우기 시작했다. 로하이드는 건초를 꽤 큰 짐으로 싸서 한 아름 안고는 두 발로 꼿꼿이 서서 약 백삼십 피트 떨어진 물가로 가져갔다. 내리막을 가기란 쉬운 일이 아니었다. 거대한 짐이 눈앞을 가려 길이 보이지 않았을 뿐더러 비버의 골격이 내리막이 아니라 평지나 오르막을 걷기 좋게 되어 있다는 점 때문에 이런 자세가 한층 더 불리했다. 로하이드가 침구를 모으는 것과 젤리가 최근에 나타나지 않고 있다는 사실로부터 나는 젤리의 출산날이 얼마 남지 않았음을 알 수 있었다. 꽃의 달인 5월 보름쯤인 어느 날 저녁, 비버 오두막의 두꺼운 벽에 난 구멍 사이로 놀랍게도 아주 작은 아기 울음소리 같은 희미한 흐느낌이 새어나왔다. 그 약한 흐느낌에 또 하나, 그리고 다른 또 하나의 목소리가 합쳐져 약하게 떨렸다. 그것은 부모 비버가 새끼들을 달래려고 내는 다소 낮고 울음 섞이고 숨찬 목소리였다. 이 아우성에 나는 안심이 되지 않았다. 부모 비버의 귀에 울려 퍼지는 새끼들의 깊고 낮은 소리는 모르긴 해도 그 어떤 소리보다 더 섬뜩하게 들리리라. 하지만 어떤 동물이든 애정을 가진 부모들이 으레 그렇듯이, 어쩌면 이 행복한 아비와 어미도 그들의 아기들이 얼마나 예쁜지를 서로 얘기하고 있을 뿐인지도 모르리.

나는 매우 조심스럽게 이 육아실 문 안을 엿보았는데, 누가 보더라도 가슴이 아프지 않을 수 없는 홈드라마를 목격했다. 검고 둥근 눈과 탄력 있어 보이는 짧은 꼬리에 불그레한 갈색 솜털을 가진 4인치 정도 크기의 작은 비버 네 마리가 기운 없이 누워 있었고, 어미가 손처럼 생기고 노동으로 까칠해진 앞발로 새끼들의 당면한 욕구를 들어주고 있었다. 어미가 부드러운 속삭임으로 새끼들을 달랬을 때 나는 새끼들의 울음소리와 울부짖음 속에서 흡사 인간의 음색을 닮은, 맨 먼저 발달되고 가장 친숙한 항의조와 비버가 자신의 감정을 표현할 때 쓰는 여러 억양을 확인할 수 있었다.

출산 때는 아니지만 적어도 출산 직후에는 아비가 어미를 도왔다는 증거를 확보할 수 있었다. 나중에 아비는 웅덩이로 기어 올라가 물밑으로 아주 조용하고 평온하게 잠수해 버렸는데, 그늘진 출구에서 녀석이 언제 어느 순간 사라졌는지 알 수가 없었다. 그러나 로하이드는 물 밖으로 나오면 태도가 돌변했다. 시끄러운 소리를 내지르고, 꼬리로 물을 차고, 황홀경이나 어쩌면 안도감에 이른 것처럼 물속에서 뱅글뱅글 돌았다. 녀석이 하는 짓을 보다 보면, 그런 행동이 최근에 비버 오두막에서 일어난 행복한 사건에서 비롯된 것임을 여실히 알 수 있었다. 흥분한 로하이드가 간간이 큰소리를 지르고, 종종 호송 카누로 기어오르고, 자기 기분을 어떻게 표현할지 몰라 어리둥절한 듯이 이따금 층계참으로 황급히 달려올 때 그 걸음걸이는 마치 가슴 벅찬 승리를 따낸 승자가 진군하는 듯한 모습을 띠기 시작했다. 나는 카누에 무릎을 꿇고 앉아 지난 이태 동안 로하이드에게 친숙해진 단어와 말투로 상냥하게 말을 걸면서, 이 비버에게서 제 목숨 같은 배우자와 갓 태어난 새끼들을 빼앗고 그들을 위해 녀석이 온 힘을 다 바쳐 이룬 모든 작업을 무자비하게 파괴할 인간들이 있다는 것을 슬픈 마음으로 곰곰이 생각했다. 나는 친구이자 불쌍하고, 말 못하고, 헌신적인 그 짐승을 불쌍히 여겼고, 어쨌거나 나 역시 녀석처럼 천진난만하게 기뻐하고 앞날에 대한 어떠한 걱정도 거둬지기를 바랐다.

그날 밤과 이어진 여러 밤 동안 로하이드는 잠자리 짚을 모으고 옮기고 다른 기묘한 일들을 하면서 속담에 인용되는 비버만큼 바쁘게 지냈다. 녀석은 심지어 어미처럼 새끼들에게 노래까지, 그것도 아주 멋들어지게 불러 주면서 그들을 돌보았는데, 그동안 젤리는 밖에 나가 필요한 먹이를 찾으러 다녔다. 젤리가 꽤 오랫동안 집에 돌아오지 않는데도, 로하이드는 그녀가 없는 동안 집 밖을 절대 나서지 않았다. 이따금 새끼들이 투덜거리거나 불안해 할 때면 그들을 진정시키려고 이상한 소리를 내곤 했다. 때때로 아버지로서의 주장을 굽히는 녀석의 헌신은 약간 감동적이었고, 새끼를 키우는 아비에게서 가장 보기 드문 광경 중 하나였다.

한번은 우리가 비버들을 관찰하고 그들의 소리에 귀 기울이던 중, 나는 몇 해 전 아직 개발이 되지 않은 아비티비 지역에서 덫 사냥을 할 때 있었던 사건이 기억났다. 캠프가 설치되고 난 어느 날 밤 일행 중 한 명이 숨어서 기다리다가 큰 암컷 비버를 쏘아 죽였다. 때는 봄이었고, 우리들 중 누구도 그 어미를 의지하고 있는 무력한 새끼들에 대해 생각하지 않았다. 그 새끼들은 굶어 죽었을 것이다. 당시 내 반응은 나가서 새끼 비버들을 데려오지 않은 것을 아쉬워했다는 것이다. 그날 밤새도록 가까운 연못 쪽에서 한 번도 들어본 적이 없는, 마치 현악기처럼 날카롭고 강렬하고 반복적으로 길게 울부짖는 소리가 간간이 들렸다. 나이 든 일행 중 한 명에게 어떤 동물이 우는 소리냐고 물었더니, 내가 기억하기로 그는 약간 퉁명스럽게 올빼미라고 대답했다. 하지만 그것은 올빼미 소리가 아니었다. 아침 일찍 우리가 길을 나섰을 때도 그 이상한 울음소리는 여전히 들렸다. 지금은 그 소리가 무엇이었는지 안다. 그것은 아내를 찾는 수컷 비버의 울음소리였다. 나는 또한 내가 지금 아는 것처럼 그 소리의 진짜 의미를 틀림없이 알고 있었던 그 경험 많고 나이 든 사냥꾼이 내 질문에 그저

246

럼 퉁명스럽게 대답을 한 이유도 알고 있다. 로하이드는 비록 수컷이었지만 어린 자식들에게 보살핌과 애정을 아낌없이 쏟아 부었다. 한 번은 젤리가 너무 오랫동안 집에 돌아오지 않자 로하이드가 미친 듯이 울부짖으며 제 짝을 찾으러 다닌 적이 있었는데, 그때 나는 녀석을 도와 함께 젤리를 찾아 나섰다. 지금도 종종 듣는, 뇌리를 떠나지 않는 그 소리는 거의 삼십 년이나 된 그날 밤을 가끔 떠올리게 한다. 그날 짝을 잃은 당황한 비버는 다시는 만날 수 없는 제 짝을 미친 듯이 찾으러 다녔다. 마치 그 소리를 들어 본 적 없는 내 귀에다 소리치고, 또 소리치는 듯했다. 암컷이 돌아오지 않자 그 비버는 무력한 어린 자식들을 돌보기 위해 부족하나마 최선을 다했고 그들이 서서히 죽어가는 것을 지켜보았다.

폭우가 내리고 날이 습해지고 모진 바람이 불기 시작하자 아비 비버는 관측 구멍을 안팎으로 막아 버렸다. 그래서 나는 적어도 세 주 동안 새로 태어난 비버 새끼들을 볼 수 없었다. 그 기간 동안 그들은 웅덩이 너머로 좀처럼 나가지 않았다. 아주 엄격하게 지키는 불간섭 정책에 입각해, 우리는 그 구멍을 다시 열어 보려 하지 않았다. 몇 가지 중요한 정보를 얻긴 했지만, 그 구멍을 열어 보지 않아서 그동안은 비버 가족의 삶을 관찰할 수 없었고 그래서 글도 쓰지 못했다. 또한 그로 인해 이 별나고 변덕스럽고 고집 센 작은 동물들을 길들이는 일이 더욱 힘들어지고 말았다.

3

6월 둘째 주가 끝날 무렵인 어느 날 새벽, 호수 쪽에서 어린 비버의 날카로운 고음이 들려왔다. 방호 뗏목을 타고 나가 보니 비버 새끼 세 마리가 어디론가 헤엄쳐 가고 있었고, 그들의 어미는 물에 떠 있는 툭 튀어나온 덤불 때문에 생긴 모퉁이로 새끼들을 모으고 있었다. 나는 비버들의 울음소리를 흉내 내어 새끼들의 주의를 끌 수 있었다. 어미 비버는 아무 간섭도 하지 않았다. 그 대신 젤리는 오래 사귄 인간 친구에게 야생 동물에게선 좀처럼 볼 수 없는 믿음을 보여 주었다. 그녀는 내 옆에서 새끼들과 함께 물속에서 놀았는데, 새끼들이 다치지 않도록 꽉 붙들고서 그들을 등에 태워 빙글빙글 돌았다. 내가 어린 비버들을 붙잡아 차례대로 손을 댔지만, 어미는 그 일에 화를 내지 않았다. 그 놀이를 끝낸 후 어미 비버는 새끼 중 한 놈을 팔에 안아 눕히고서 이빨로 녀석의 털을 부드러우면서도 단단히 물고서 함께 물속으로 뛰어들었다. 어미 비버는 이내 나타나 또 다른 새끼에게도 그렇게 했다. 나는 젤리가 어떻게 나올까 궁금하여 하나 남은 새끼를 내 뗏목에 올려놓았는데, 다시 나타난 젤리는 새끼의 냄새를 맡았다. 그녀는 전혀 동요하지 않고서 비버들이 곧잘 하는 식으로 머리와 몸을 앞뒤로 흔들어 내가 데리고 놀아도 좋다는 표현을 했다. 그리고는 몇 마디 친근한 소리를 내뱉고서 내게 그 비버를 맡긴 채 물러났다. 얼마 안 있어 이 일은 밤 행사가 되어 버렸다.

기분 좋을 때 젤리가 내게 보이는 믿음이 어느 정도였느냐 하면, 이런 식으로 내게 맡긴 새끼를 까맣게 잊어버리거나 아니면 다음 식사 시간까지 새끼가 안전하다고 여겼다. 나는 꼬박 한 시간을 기다렸다가 허탕만 치고서 그 새끼 비버가 따뜻해지도록 물속에 놓아주고 집으로 돌아가기를 바랐다. 하지만 녀석은 금방 돌아왔고 내가 건져 올려 주자 좋다고 칭얼대면서 내가 보호해 주기를 바라는 듯했다. 곧이어 나는 그 어린 비버가 물속에 있을 때는 오두막의 웅덩이 입구까지 깊이 잠수할 수 없다는 것을 알아차렸다. 결국 이 떨고 있는 새끼를 따뜻하게 해 주려면 오두막으로 데려오지 않을 수 없었다. 어린 비버는 담요 위에 만족한 표정으로 앉아 그 작은 몸에 어설픈 몸단장을 했는데, 오두막 밖으로 내보내지자마자 처량하게 울기 시작했다. 다행히 얼마 안 있어 아비가 나타났다. 그는 수심에 잠긴 어린 새끼에게 다가가 알았다는 듯 낮게 웅얼대면서 앞서 어미가 하던 대로 새끼를 물고서 함께 웅덩이 입구로 뛰어들었다. 이런 일은 자주 있었는데, 그때마다 울음소리가 들리면 아비가 곧 나타나 새끼를 집으로 데리고 갔다.

어린 비버들은 바람이 잔잔한 날이면 밤마다 나타나기 시작했고, 어느 정도 숙달되자 부모가 도와주지 않아도 혼자서 잠수할 수 있게 되었다. 하지만 그들은 너무 멀리 나갔다가 혼자가 되거나 길을 잃으면 — 초기에는 이런 일이 자주 있었다 — 도와달라고 귀에 거슬리는 소리를 지르곤 하는데, 그러면 어미나 아비가 어디선가 얼른 나타나 그들을 집으로 데리고 갔다. 첫 한 달 동안은 부모가 한꺼번에 집을 나가는 일은 없었다. 한 마리는 늘 오두막에 머물러 끊임없이 소란을 피우는 어린 토목 기사들을 돌보았다. 아무리 작고 생소한 소리에도 어미나 아비는 소리의 원인을 확인하러 달려와서 오두막 주위를 조사하고, 코를 높이 치켜든 채 헤엄을 치면서 탐색하고, 이상한 냄새를 찾아 바람을 살폈다. 그럴 때 내가 그들에게 익숙한 말씨와 억양으로 신호를 보내면 그들은 안심하고서 곧바로 물러가곤 했다. 그때까지 사과를 얻어먹으려고 비버 보금자리에서 이어지는 샛길을 이용해 야영지에 들어왔던 아비(loon)들과 오리들과 사향뒤쥐들은 아주 가차 없이 쫓겨났고 한동안 비버 부락을 피하게 되었다. 카누를 타고 오는 방문객은 너나없이 부모 비버들에게 걸려 카누를 돌려야 했고,

그레이 아울의 오두막 안에 만들어진 젤리와 로하이드의 집. 야행성인 비버와 생활하는 통에
그레이 아울은 밤에는 글을 쓰거나 동물들의 불침번을 서고 낮 동안에 잠을 잤다.

두 비버는 꼬리를 쳐서 그들에게 일제히 물 사격을 가했다.

이 헌신적인 부모는 이런 식으로 가장으로서의 중요한 의무를 다했을 뿐 아니라 집과 댐과 제방 굴에서도 일을 계속했고, 통로를 치우고 자주 이용하는 놀이터를 치우는 일도 계속했다. 놀이터는 현재 대여섯 개 있었다. 그들은 종종 매우 피곤해 보였지만, 어린 자식들이 젖을 떼고 딱딱한 음식을 먹을 수 있게 되자 아무리 피곤하고 배가 고파도 우리 인간들이 습관적으로 주는 음식을 받자마자 그것을 가지고 집으로 돌아가곤 했다. 그러면 사과 조각이나 갈색 빵을 가지고 다투는 소리가 높고, 길고, 격렬하게 울려 퍼진다. 곧이어 늙은 부모는 밖으로 나와 내게서 자기네 몫의 음식을 받아 가지고 물가에서 먹곤 했다. 로하이드는 어미와 교대로 새끼들을 망보는 것 같았다. 그들이 집 밖에 나와 있던 첫 두 주는 부모 중 한 마리가 새끼들을 계속 돌보았다. 이 두 세심한 부모는 비버 오두막에서 멀지 않은 호숫가 옆에다 나뭇가지로 정자 비슷한 것을 지었는데, 양 옆과 지붕은 막아 놓고 물가 쪽은 트이게 해 놓았다. 어린 비버들은 이곳에 모여 거기서부터 더 넓은 바깥세상으로 잠깐 출정했다가 아주 작은 경보에도 놀라서 피난처로 급히 돌아오곤 했다. 새끼들이 엄살 부리듯 울 때에도 부모 중 한 마리는 즉각 그들에게 달려갔다.

새끼들을 돌보는 일을 부모 비버만 하는 것은 아니다. 비버 마을 (혹은 이 경우와 다른 경우에서 보듯이 오두막 세트)에 사는 모든 비버들이 제각기 보모 역할을 하는데, 그들은 새끼들을 먹이고 보호하고, 그들을 위해 잎이 붙어 있는 나뭇가지를 가져오고, 그들과 놀아 주고, 어미와 아비가 하는 것과 똑같이 노래를 불러 주고, 조난 신호에 답하면서 언제나 경계의 눈을 늦추지 않는다. 그들은 한창 일에 몰두하고 있을 때도 새끼들을 다치게 하지 않으려고 온갖 수고를 마다하지 않는다. 때로는 몹시도 귀찮은 이 작은 녀석들을 참아 주고 헤아려 주기도 했는데, 그것은 내가 아는 참을성 없는 인간 부모들이 인내에 대해 배워야 할 좋은 실례였다. 그리고 이런 일은 실제로 자기 새끼이든 아니든 모두에게 적용되었다.

먼 곳(가장 가까운 자연 그대로의 "원시" 마을은 여기서부터 적어도 10마일 떨어져 있다)에서 우리를 방문하러 온 야생 비버들 중 한 녀석이 이곳을 좋아하여 우리와 함께 머물게 된 사례가 있다. 그 비버는 우리의 비버 가족에게 받아들여져서 지금 2년 동안 우리와 함께 살고 있고, 이 장소에 완전히 길들여졌으며, 공인된 시민이 되었다. 어울리는 데 첫해 여름이 다 소요되었는데, 처음에는 50야드 이내로는 접근하지 않았다. 그 녀석에게 나란 인간은 내가 어디에 있든지 간에 눈엣가시 같은 존재였다. 그도 그럴 것이 놈은 눈이 백 개 달린 아르로스처럼 뭐든 볼 수 있었기 때문이다. 그러나 젤리의 새끼들이 내 주위에 모여 있는 것을 보았을 때, 그 비버는 흔들리는 마음을 다잡지 않고서는 할 수 없는 결심이나 의지, 혹은 그런 식의 결단으로 태어날 때부터 뿌리 깊게 박힌 미지의 것(나)에 대한 본능적인 두려움을 이겨 내고서 자신의 안전한 기지에서 뛰쳐나와 새끼들을 흩어지게 하고는 몇 피트 앞까지 내게 다가왔다. 놈은 이상한 소리와 몸짓으로 날 위협했고 층계참에서 날 쫓아내려고 머리부터 발끝까지 내게 물을 튀겼다. 녀석으로서는 목숨 걸고 하는 행동임이 분명했다. 그러나 이 작은 짐승들이 정말로 위험에 처했다 해도 녀석으로서는 그들의 생명을 지킬 의무가 없었다. 그 비버가 가장 부드러운 목소리로 새끼들에게 노래하는 것을 듣거나, 새끼들이 어딘가에서 길을 잃었을 때 그들을 찾아내 집까지 친절히 안내하는 것을 보았다면, 아무리 냉담한 사람이라도 감동했을 것이다. 하기 싫은 일도 억지로 참아

가며 이곳에 적응하는 방식, 기민함과 행동거지에 서린 위엄, 나란 인간을 대등하게 혹은 자기보다 더 못하게 보는 듯한 일종의 자부심, 이 모든 점 때문에 나는 녀석을 대단히 존경하는 마음으로 바라보게 되었고, 녀석을 대할 때는 아주 신중하고 세심하게 행동했다. 그것은 무엇보다 그 비버가 세상에서 가장 예민한 동물이었기 때문이다. 녀석을 이곳에 살게 한 어린 비버들은 그 후 어디론가 가 버렸고, 그들이 돌아올지 안 올지는 알 수 없는 노릇이다. 하지만 그 이방인은 계속 여기에 머물고 있으며 이제는 이곳의 붙박이가 된 듯하다.

　어미 비버가 식량을 찾아 멀리 나서지 않도록 하기 위해, 또한 그 어미가 자신뿐 아니라 새끼 네 마리가 먹을 식량을 찾아 나설 때 처할 수 있는 위험을 줄이기 위해, 나는 항상 젤리에게 끓인 쌀을 주면서 오두막 안에서 먹이를 주었다. 젤리는 여름 내내 매일 이 끓인 쌀을 먹는데, 새끼에게 젖을 먹이는 동안에는 나는 끓인 쌀에다 우유를 섞어 영양분을 보충해 준다. 새끼들이 태어난 뒤 젤리가 처음으로 불시에 찾아왔을 때, 나는 마음이 너무 급해져서 허둥대다가 그만 우유를 못 찾고 말았다. 평소에는 잘만 먹던 그 쌀 냄새를 맡아 본 젤리는 그릇을 팽개치고서 뒷다리로 서서 날 따라다니며 재잘거리고 내 정강이받이를 잡아당기고 내 발 사이로 끼어들었다. 보이지 않는 우유 통을 찾는 데는 이런 짓들이 전혀 도움이 되지 않았다. 내가 우유 통을 발견하자마자 젤리는 그것이 무엇인지 금방 알아차리고서 뚜껑도 열지 않은 그 통을 내게서 빼앗으려 했다. 젤리가 간절히 원하는 것을 손에 넣은 나는 끓인 쌀에다 우유를 조금 부었는데, 젤리는 그것을 두 발로 집어서 게걸스럽게 먹기 시작했다. 한 발로 음식을 먹는 평소의 우아하고 품위 있는 태도와는 완전 딴판이었다. 이 사건을 목격하고서, 나는 어떤 일을 기억하고 연상해 내는 한 동물의 놀라운 일면을 발견할 수 있었다. 그도 그럴 것이 젤리가 끓인 쌀을 먹은 것이 일 년이나 지났는데도, 그녀는 같은 상황에서 일정한 시간(여름) 동안은 평소 먹는 식사에 우유가 들어있기를 기대하고 있었기 때문이다.

젤리는 자식 여섯을 책임져야 하는 엄마가 되어서 많은 부산을 떨고, 비버 집 입구와 내 오두막 문 사이에 난 길을 꽤 자주 왔다 갔다 한다. 전에도 말했듯이 젤리는 내 오두막 안에 튼튼한 집을 세웠고, 호수에서 가장 가까운 벽 밑에 뚫린 잠수 구멍을 통해 호수에서 오두막으로 들어와 6피트 물속에서 몸을 내민다. 그래서 이 오두막에서 나는 소리는 건물(내 오두막)의 어느 쪽에서든 또렷하게 들린다. 젤리는 먹을 때 자주 동작을 멈추고 귀를 기울인다. 만약 소리가 제대로 들리지 않으면 황급히 뛰쳐나가 제 집으로 가서 사정을 알아본 뒤, 안심이 되었을 때 돌아와 식사를 끝낸다. 로하이드도 매우 경계를 하지만, 녀석은 더 침착하고, 더 신중하며, 더 오래 열심히 듣고, 자기가 꼭 필요하다는 확신이 들 때까지 움직이지 않는다. 그러나 일단 알아보러 갈 때는 아주 타당한 이유가 있으며, 가면 거기에 머무른다. 로하이드는 또한 최근 들어 가족의 어미를 위해 먹이를 찾고 침실 깔개를 모으고 정찰을 다니는 일에 무지 열심이다. 녀석은 아주 질서 있고 유능하며, 정말 성실하게 책임을 다한다.

이 두 동물의 성격과 기질 차이는 아주 뚜렷하다. 나를 대하는 태도와 내 오두막과 카누와 그 밖의 내 장비와 설비에 대한 후천적 친밀감을 제외하고, 로하이드는 야생의 습성을 한 치도 바꾸지 않았다. 자신이 맡은 일을 수행할 때의 부지런함은 많은 인간들에게 귀감이 될 만하고, 목적한 바를 이행하는 끈질긴 고집은 녀석이 하는 거의 모든 일의 배후에 일정한 방침이 있음을 보여 준다. 로하이드의 고집에는 진정한 힘이 가진 주제넘지 않은 설득력이 있다. 비버들 사이에서 로하이드는 의심할 여지 없이 이곳의 최고 통치자이다. 나는 비버 오두막에서 일어나는 일을 통제하는 데 로하이드보다 더 나은 놈이 없다고 생각한다. 젤리는 남편만큼 부지런하기는 하지만 신경질적이고 변덕스럽다. 그녀는 때때로 아주 숨김없이 감정을 드러내고, 종종 자신의 일을 주위에 있는 다른 동물에게 맡기곤 한다. 나는 젤리가 아주 유능하긴 하지만 로하이드가 더할 나위 없이 느긋하게 있을 때는 약간 불리한 입장에 처하는 것을 알게 되었다. 다음은 이런 일에서 내 주의를 끈 여러 사례들 중 하나에 불과하다. 지능이 높은 야생동물이 인간과 너무 가깝게, 혹은 너무 오래 지내다 보면, 인간의 영향을 너무 많이 받아서 타고난 속성을 어느 정도 잃고 만다. 물론 몇몇 동물의 경우에는 내가 관여하지 않는 분야에서 인간의 목적에 맞게 훈련이 될 수도 있지만, 그러면 동물들이 가진 더 섬세한 본능이 대체로 손상되고 만다. 이것이 바람직한 일인지 통탄할 일인지는 관점에 따라 다르다. 이 특별한 예에서는 이런 모순이 어느 한쪽으로만 치우쳐 그다지 좋지 않았다. 로하이드는 스스로를 돌보는 데 손색이 없는 반면, 젤리는 너무 대범하게 행동해서 보호를 받아야 할 때가 있다. 초창기에 나와 함께 걱정 없이 사는 동안 안타깝게도 젤리의 위험 인지 능력이 흐려지고 말았다. 젤리의 보호 본능은 대개가 아주 왕성한 호기심에 무너지고 마는데, 그래서 지금은 마치 쥐―아주 작은 이 짐승에 대해 젤리는 조심스럽고 익살맞은 공포를 가지고 있다―를 상대하는 것처럼 곰에게 쉽게 달려든다. 이러한 판단 부족이 젤리를 언제고 죽음으로 몰아넣을 수도 있으리라.

먹이를 찾아 떠난 탐험에서 돌아올 때면 젤리는 평소의 느긋한 움직임과 달리 멀리서 깃발을 날리며 최고 속도로 헤엄쳐 오면서 작은 진수를 암시하는 항적을 남긴다. 그리고는 내게로 곧장 달려와 물속에서 놀거나 산만한 대화에 돌입하는 대신, 지금은 마치 총에 맞은 것처럼 괜스레 "윽" 소리를 내며 미끄러져 와서는 제 집으로 잠수한다. 그리고는 집에 들어서자마자 털을 말리기 위해 우선 몸을 털고, 다음에는 자기가 아는 온갖 어휘를 풀어 놓는다. 그러면 새끼들은 그 소리에 응대하여 크고 날카로운 소리로 어미를 환영하며, 아니 그보다는 배가 너무 고파 벌떡 일어난다.

새끼들의 투정을 살펴 주고 나면 젤리도 때때로 지쳐서 쉬고 싶어 한다. 그런데 꿈틀거리고 끽끽 울어 대는 작은 식객들의 부산스러움에 쉴 수가 없으면 그들을 꾸짖거나 심지어는 지쳐서 투정 부리는 아이처럼 훌쩍훌쩍 울곤 한다. 그럴 때의 젤리는 더 이상 다 큰 어미가 아니라, 친구들에게 자주 놀림을 당하고 혼자 있곤 하던 어린 날의 작은 젤리 롤로 돌아간다. 그러면 그녀는 아주, 아주 어렸을 때부터 자잘한 걱정거리가 생기면 자신을 늘 위로해 주던 위안을 찾아 내게로 온다.

중대한 시기가 끝나고 내 오두막에서 상당한 공간을 차지하는 두꺼운 벽에 둘러싸인 비버 보금자리의 일들이 잘 정리되면, 지금껏 심각하고 진지하게 행동하던 어른 비버들은 본래 가지고 있는 두드러진 성질이 살아나 낙천적인 명랑함에 빠져들 수 있다. 그들은 불과 얼마 전에 떠난 어린 비버들을 잊은 듯했고(나는 잊지 않았다), 날씨가 화창하면 거의 아침마다 해가 뜨기 직전에 다이빙, 씨름, 뒤 공중제비, 그리고 다른 놀이로 약간의 쇼를 선보인다. 그 이른 아침에 구경꾼이 나뿐인 것으로 보아, 그 쇼는 아마도 나를 위해서 하는 것 같다. 종종 그들은 물가로 와서 어색하게 뛰어다니다가 분명 고약한 의도로 괴상한 소리를 내지르고 내 앞에 등짝을 들이밀며 내게 달려든다. 그러면 나는 이 광란의 축제에 초대된 느낌이 든다. 하지만 나는 비버들과 같은 꼬리나 다른 도구가 없기 때문에 그 놀이에 동참할 수가 없다. 비록 이 유쾌한 놀이에 내가 아무 역할도 할 수 없다 해도, 비버들의 초대로 나는 이 새 가족이 날 완전히 배제하지 않았다는 사실로부터 작은 위안을 얻는다.

천천히 자라기는 하지만 새끼 비버들이 자라는 속도는 빠른 편이고 그들은 곧 건축 자재를 구하는 여행에서 부모 중 한 마리의 본을 따른다. 나무토막들이 쌓여 있는 숲에서 돌아오자마자 부모는 새끼들이 경사로 기슭에 옹기종기 모여 있는 것을 발견하곤 한다. 이때 짐승들이 새끼들을 해치거나 그들을 속여 호수로 유인하지 못하게 해 놓고서, 그 일 때문에 내려놓고 온 짐을 다시 찾으러 돌아가는 부모 비버의 극진한 보살핌을 보노라면 놀라지 않을 수 없다.

어느 날 저녁 지금까지 못 보고 지나친 듯한 다섯 번째 새끼가 모습을 드러냈다. 녀석은 다른 새끼들과 닮았는데, 내리막길과 놀이터와 카누에서 내 모습을 자주 보게 될 수록 날 친숙하게 여기는 듯했다. 내가 부르면 새끼들은 혼자서 혹은 둘씩, 가끔은 전부 다 내게 오곤 한다. 그들의 별나고 변덕스러운 머릿속이 다른 일들로 바쁘지만 않으면, 그들은 종종 물을 떠나 내 주위로 모여들었다.

새끼 비버들을 이 정도로 길들이기 위해 사용한 훈련 방법은 내가 라이딩 마운틴 국립공원에서 그들의 부모에게 실시한 방법과 비슷했다. 하지만 새끼들은 다가가기가 쉬워서 일이 한결 수월했고, 실제로 그들이 거의 정기적으로 날 찾으면서 아주 친해졌다. 이럴 때 그들이 반갑다고 내지르는 소리는 평상시의 시끄러운 아우성과 달리 거의 들리지도 않을 만큼 아주 가늘고 먼 거리에서는 들릴 듯 말 듯해서 결국 나는 그들을 격려하기 위해 기운을 돋우는 소리를 내 주어야 했다. 그러면 그들은 내가 내민 손을 잡으려고 팔을 뻗고서 헐레벌떡 달려오거나, 녀석들이 쉽게 오르도록 카누에 연결해 놓은 판자로 뛰어오른다. 가끔 있는 일이지만 비버들이 다같이 모여들 때는 경주를 벌이는 듯 잽싸게 달려오는데, 그러면 판자에 제일 먼저 오른 녀석이 종종 뒤에 오는 녀석들에게 떠밀려 무더기로 카누에 넘어진다. 카누에서 서로 먼저 내리려고 다투게 되면 흥분은 더욱 고조된다. 그러나 일단 물속으로 들어가 흥분이 가라앉으면 그들은 자신들이 가장 좋아하는 놀이 — 씨름 같은 — 에 들어간다. 이 놀이는 둘씩 짝을 지어 하게 되는데, 그들은 물속에 똑바로 서서 뺨을 맞대고 꼭 껴안고서, 상대를 이기기 위해 물갈퀴 달린 뒷발을 부지런히 사용하고 유연한 꼬리를 능숙하게 젓는다. 모두들 이때는 기분이 좋아 보인다. 마침내 한 놈이 이기고, 진 녀석은 다치지 않았으면서도 고통스러운 듯 끽끽 울어대며 적수의 손아귀에서 벗어나 엄청난 소동을 피우고 잠수한다. 그것은 모든 선수가 시끄러운 철벅 소리와 함께 사라지는 신호탄 같다. 물이 잠잠해지고 잠시 동안 침묵이 흐르고 비버들은 한 놈도 보이지 않는다. 마침내 머리 하나가 물에 뜬 큰 수련 잎 밑에서 조심스럽게 올라와 그 잎을 들어올리고는 경계의 눈초리로 음험하게 물속을 응시한다. 머리가 하나씩 올라오면 수면은 작은 브이 자 모양으로 줄무늬를 그린다. 서로를 알아보는, 끽끽 울고 재잘대고 휘파람을 부는 소리가 오고가고, 곧이어 공연이 다시 시작된다. 또다시 신호가 떨어지고 기운을 회복한 비버들은 완전히 지치고 배가 고플 때까지 놀다가 푸른 나뭇잎들을 많이 먹고는 집으로 쉬러 간다.

최근에 여섯 번째 새끼가 수수께끼처럼 늘어나는 이 비버 집단에 가세했다. 그 녀석 역시 내가 나타났을 때 만들어지는 이상한 분위기에 아주 편안해 하는 것 같다. 가족 성원 전체가 한 자리에 모이는 경우는 극히 드물다. 현재 어린 비버들은 서로 분간이 되지 않아서, 한 놈씩 와도 그놈이 그놈 같고, 같은 놈이 지난 두 달 동안 내게 살금살금 다가오고 있다는 느낌이 들 지경이다.

어린 비버들은 밖으로 나갈 때나 호수 위아래로 잠시 출정할 때 전처럼 시끄러운 아우성을 지르지 않는다. 하지만 무사히 집으로 돌아오면 모든 긴장을 풀고 굉장히 수다스러워진다. 불평, 환호, 먹이 재촉, 있지도 않은 잘못에 대한 비탄의 울음이 들리는데, 그중 가장 감동적인 것은 자주는 아니지만 애정을 호소하는 작고 부드러운 훌쩍임이다. 오두막 안에서 똑똑히 들려오는 이 소리는, 어린아이 같은 이 짐승들과 지내 본 적이 거의 없는 사람들에게도 쉽게 식별이 된다. 투정꾼이나 욕심꾸러기들을 훈련시키고 꾸짖고 달래는 부모 비버의 어투와, 더 날카롭고 미숙하지만 마찬가지로 표현이 풍부한 새끼들의 목소리는 청소년기에 들어선 인간의 목소리와 상당히 닮았다. 목소리라는 매개를 통해 감정을 명료하게 표현하는 것이 인간만의 특권이라고 믿어 온 사람들로서는 이것이 다소 흥미롭게 와 닿을 것이다.

이렇게 효율적으로 조직되고 질서가 잘 잡힌 가정에서, 또한 일꾼들이 능숙하게 수행하는 여러 활동에서 이들 쾌활한 어린 비버들은 야생 왕국의 유용한 시민이 되기 위해 그들에게 맞는 훈련과 교육을 받을 것이다. 그리하여 일하고 놀고 훈련받는 여름이 지나고 살찌고 안전한 겨울이 끝날 때까지 그들은 자신들로서는 다소 먼 약속의 땅으로 나아가 그곳에서 자연이 의도한 바대로 자연에게 부여받은 일을 수행할 만반의 준비를 갖출 것이다. 봄의 태양이 호숫가의 얼음을 녹여 숲에 있는 개울이 깊고 자유롭게 흐르게 될 때 나는 내 작은 친구들을 잃을 것이다. 내 늙은 친구들은 여전히 나와 함께 있겠지만 나는 외로울 것이다. 수다스럽고, 느긋하고, 변덕스럽고, 애정이 넘치는 작은 짐승들이 그리워질 테니까. 어린 비버들은 의욕에 넘쳐 모험을 약속하는 유혹에 이끌려 봄 해빙기에 헤엄을 쳐서 떠날 것이다. 그러면 내 카누를 반겨 줄 친숙한 무리도, 호수 근처 내리막길에서 뛰노는 작은 갈색 무리도 보이지 않으리라. 호수는 얼마 동안 텅 비어 보이리라. 그러나 어린 비버들은 그들을 지배하는 자연의 법칙에 따라 그들을 둘러싼 미지의 세계로 출정하여 그들이 창조된 목적을 수행해야 한다.

해마다 만물을 소생시키는 봄바람에 나무들이 살아나고 쑥쑥 자라고 숲이 다시 푸른 잎사귀의 망토를 쓰게 될 때, 꽃의 계절인 5월 보름 즈음이면 또 다른 순례자 무리가 와서 나와 함께 잠시 머물다가 더 큰 무리를 형성하여 어제의 바람처럼 미지의 세계로 훌쩍 떠나갈 것이다.

숲의 광대

와스케시우는 와스케시우라는 이름을 가진 호숫가에 자리한 천막촌이다. 그 호수는 여러분이 천막촌 바로 앞까지 수백 야드로 뻗은 광활한 모래 기슭에 서 있으면 호수 끝이 보이지 않는다. 가장 멀리까지 볼 수 있는 지점은, 가문비나무로 뒤덮인 양 옆의 가파른 언덕들이 점점 좁혀지면서 화살이 미치는 거리에서 해협을 형성하고 있는 곳〔岬〕이다. 그러나 이 곳조차도 호수 한복판에서 보면 여름날의 햇빛에 가물거리는 긴 선으로밖에 보이지 않는다. 또한 제법 멀리 왔다고 생각했는데도 도착하고 보면 여전히 호수 반밖에 와 있지 않다.

와스케시우 호수 기슭에 서 있으면 '거리'라는 말의 진짜 의미가 무엇인지 어렴풋하게 알게 된다. 천막촌에서 삼십 마일 떨어져 있고 먼 해협을 넘어 오로지 배로만 올 수 있는 곳이 아자완 호이다. 내 비버 식구들과 나는 캐나다에서 가장 큰 황야들 중 하나인 프린스 앨버트 국립공원에서 아자완 호숫가에 우리의 집을 가지고 있다.

은둔 생활이 가능할 만큼 멀지만 여행을 하지 않고는 못 배기는 사람들은 능히 찾아올 수 있는 비버 오두막은 마음이 바른 사람이라면 누구든 환영이다. 연수육로 쪽에서 가까이 오는 카누나, 더 넓은 호수나 바다에서 여기 숲을 돌아 나가는 먼 길에 이쪽으로 오게 된 뜻밖의 방문객이나, 젤리 롤과 로하이드와 그들의 새끼들에게 그날의 시간을 알리러 오는 모든 것이 내 마음을 끄는 흥밋거리이다. 내 동물 친구들을 빼고 나는 여기서 혼자 살고 있다. 동물 친구들을 이해할 때 인간적인 교제는 많은 의미를 지니며, 또한 중요하다.

이곳은 전 지역이 호수와 숲으로 이루어진 광대한 황야이다. 여러분이 국립공원의 경계를 넘어 더 멀리까지 갈지도(이천삼백 제곱마일이 충분하지 않다면 말이다) 모르겠지만, 그렇다 해도 경계를 넘었다는 사실조차 못 느낄 것이다. 여러분은 감히 생각할 수 없는 거리, 그러니까 동부와 서부까지, 그리고 북쪽으로는 교역소에서 물품을 지급받을 때를 빼고는 거의 쉬지 않고 북극권 한계선까지 갈 수도 있다.

텐트 거주자들은 봄이면 와스케시우로 왔다가 가을이면 주민이 없는 이 광대한 땅을 기마경찰대, 공원 관리인, 수많은 야생 동물들과 나에게 맡긴 채 다시 떠난다. 여름 방문객들 중 가장 재미있는 것은 곰들이다. 와스케시우에는 무게가 백 파운드 정도 나가는 작은 놈이나 이제 막 세상에 나온 새끼에서부터 무게가 6백 파운드 — 절대 가장 큰 것이 아니다 — 까지 나가는 큼직하고 듬직한 곰들에 이르기까지 온갖 종류의 곰 — 단 회색곰을 제외하고 — 이 산다. 주둥이가 빨간 검은 곰도 있고, 주둥이가 빨갛지 않은 곰도 있으며, 불그레한 갈색, 어두운 갈색, 흔히 볼 수 있는 갈색 곰도 있다. 나는 짙은 청동색 곰을 본 적도 있다. 그들은 악의가 없고 착한 친구들로서 그 누구에게도 눈길 한 번 주지 않는다. 고속도로 위를 태평하게 걸어가는 곰을 만나는 것은 다반사이다. 천막촌의 거리는 밤이면 불이 환히 켜지지만, 그 불은 멀리 떨어져 있다. 곰들이 길을 잘 볼 수 있고 사람들이 어둠 속에서 곰들과 부딪쳤을 때 흠칫 놀라지 않도록 더 많은 등불을 달아야 한다는 의견이 나오고 있다. 곰들은 여섯이나 그 이상 무리를 지어 이런저런 요리를 하는 오두막 주위에 모여서, 요리사들이 던져 주는 음식 찌꺼기 사이를 냄새 맡으며 다니고, 보고 있노라면 기분이 좋아지는 무한한 예의를 갖춰 서로를 대하며, 짜릿한 기분을 느끼고 싶어서 20피트 떨어진 곳에서 얻어 낼 수 있는 온갖 곰 사진을 찍어 대는 관광객들을 공손히 무시한다. 이 곰들 중 덩치가 큰 녀석들은 해마다 꼬박꼬박 찾아오는데, 아마도 사진 찍히는 데 거의 이골이 났을 것이다.

프린스 앨버트와 와스케시우의 천막촌 사이에는 마지막 40마일이 숲을 그대로 관통하는 길이 70마일 되는 고속도로가 있다. 그리고 번화가 근처에는 암컷 곰(아주 사나운 암컷 곰들 중 한 놈인 이 곰에 대해 우리는 자주 듣는다)과 그 새끼들이 차를 기다리곤 하는 장소가 하나 있다. 만일 여러분이 그들을 위해 차를 세운다면 그 식구가 전부 다가와 가장 뻔뻔스런 방식으로 음식을 구걸할 것이다. 물론 이런 일로 인해 곰들에 관해 전해 내려오는 여러 좋은 옛 전통이 다소 손상되기도 하지만, 차에 탄 사람들은 그 일을 재미있어 하며 그 후로는 자신들이 곰을 눈앞에서 볼 수 있다고 진심으로 말할 수 있게 된다.

풋내기 곰들 가운데 몇몇 더 어린 곰들은 텐트촌의 규율을 완전히 알기 전에 빈 텐트에 들어가서 거기서 잠이 들거나 쓰레기통에 머리를 처박아서 누가 빼내 주어야 하는 것 같은 다소 분별없는 장난을 치기도 한다. 내가 아는 한 귀부인은 천막에 들어갔다가 큰 검정개처럼 생긴 놈이 천막에 들어와 있는 것을 발견했다. 녀석은 그야말로 제 집처럼 편안하게 있었고, 부인이 들어오는 것에도 아랑곳하지 않았다. 이런 거만한 행동에 약간 화가 난 부인은 처음에는 두 손바닥으로, 나중에는 빗자루로 그 침입자를 사정없이 때리다가 어느 순간 그것이 개가 아니라 중키의 곰이라는 것을 깨닫게 되었는데, 그 곰은 감탄할 만한 자제심을 발휘해 스스로 천막을 휙 하니 나가 버렸다.

또 한 곰은 어슬렁거리는 동안 숙녀들의 반바지에 발을 집어넣는 무례하기 짝이 없는 짓을 했다. 그 곰은 반바지를 만지작거리며 잠시 놀았지만 하나도 즐겁지 않았는지 그 놀이에 금세 싫증이 나서 새로운 모험을 찾아 떠났다. 그런데 발톱이 그 반바지에 엉겨 붙었고, 녀석은 그것을 떼어 낼 수가 없었다. 곰은 걸음을 뗄 때마다 멈춰 서서 반바지를 떼어 내려 애썼는데, 때로는 똑바로 서서 머리 위로 앞발을 높이 치켜들고서 그 짜증나는 옷 쪼가리를 깃발처럼 흔들어 떼어 내려고 했다. 이 방해물을 떼어 내려고 아주 기괴하게 몸을 비틀어 보던 녀석은 그것을 떼어 낼 수 없다는 사실에 몹시 당황하여 구경꾼들에게 눈길을 돌렸다. 그러다 마침내 반바지가 공중으로 높이 날아올라 어떤 나뭇가지에 걸리자, 녀석은 크게 안도하며 잠시 그것을 뚫어지게 쳐다본 후 가던 길을 계속 갔다.

호텔에 취직했다고 소문이 난 곰도 있었다. 매일 일정한 시간에 그 곰은 아주 태연하게 부엌으로 걸어갔다. 다소 덩치가 큰 곰이었기 때문에 호텔 직원들도 똑같이 태연하게 걸어 나갔다. 객실의 내부는 언제나 그 곰의 편의에 맞게 준비되었는데, 호텔 측은 곰이 객실을 뒤적거리지 않도록 녀석이 먹을 만한 이상한 파이와 다른 음식들을 늘 제공했다. 음식을 다 먹고 나면 그 곰은 아주 흡족한 표정으로 나가곤 했다. 그러면 호텔 직원들 역시 흡족해 하고, 약간 안도감을 느끼며 호텔 안으로 들어갔다. 그래서 모두들 그 일에 대해 꽤 즐거워했다.

가끔씩 창고에 침입자가 들기도 하는데, 이것은 일반적으로 좀 더 하등하고 교육을 덜 받은 곰이 저지르는 짓이다. 물론 진짜 해를 입히려는 의도는 없고, 엄밀히 말하자면 깜박 잊고 문을 열어 놓은 야간 경비원의 잘못이라 할 수 있다. 그러나 자기 분야에 능숙하고, 최소한 일말의 자존심이 있는 곰들은 조리실에서 음식을 구걸하는 편이 더 도덕적이면서도 그다지 수고스러운 일이 아니기 때문에 이런 짓을 절대 하지 않는다.

어느 여름 휴양지(와스케시우가 아니다!)에서 흘러나온 곰들에 대한 이야기가 있다. 억울하게도 계획적으로 피해를 입혔다는 죄를 쓰고 어른들에 의해 오해의 희생자가 된 이 곰들은 아이들과 몰래 노는 현장이 목격되곤 했다. 오해받은 곰들이 사람들에게서 더 나은 평가를 받기 위해 얼마나 노력했는지는 확실하지 않지만, 아마도 어린 새끼들을 등에 태우고 시골로 갔을 것이다.

곰은 정말로 착한 동물이다. 그들은 제 마음이 바르다는 것을 보여 줄 요량으로 인간이 주는 것이나 인간이 남기고 간 음식은 거의 무엇이나 먹어 치운다. 곰은 재미있는 인생관을 가지고 있으며, 작은 약탈 행위를 한다고 해서 그의 품성이 손상되는 것은 아니다. 곰은 여러분의 마음이 넓기를 기대한다. 왜 안 그렇겠나? 우리는, 곰들이 때때로 식량 창고를 열고 들어와 밀가루 부대를 꺼내가서 밀가루를 온 땅에 흘리고 그 위에서 뒹구는 모습을 보고서 곰은 본래 놀기를 좋아하고 밀가루에 뒹구는 것을 좋아한다는 사실만을 확인할 수 있다. 나는 이런 식으로 행동하는 곰이 호된 꾸지람을 들어야 한다는 데는 동의하지만, 수많은 쇠고기나 고급 햄이나 꿀단지를 눈에 띄게 (곰들은 단지를 아주 쉽게 열므로 단지는 닫아 두어라) 진열해 놓으면 곰들의 주의를 딴 데로 돌려서 적어도 당분간은 이런 종류의 일을 막을 수 있으리라 생각한다.

농담이 아니라 이런 곰들은 다소 재미난 분위기를 제공하며, 그들을 보는 대다수 사람들은 이 곰들을 그 동네의 주된 인기거리 중 하나로 생각한다. 몇몇 소심한 사람들은 큰 길에서 곰 무리를 만나는 일을 생각조차 하기 싫을지 모른다. 하지만 그런 경우는 열에 아홉 있을까 말까 하다. 곰은 숲의 광대이다. 그들은 재치 없고 종종 도둑질도 하지만, 학대받지만 않으면 아주 상냥하다. 곰의 처지에서 이야기하자면, 와스케시우에서 휴양지 근처에 끊임없이 나타나는 수많은 곰들의 경우 몇몇 익살맞고 무해한 사건들을 제외하고는 단 한 건의 사고도 없었다.

동물들은 인간을 발견할 때 어디로 피할 것인지를 재빨리 감지하며, 인간이 자신의 일에만 신경 쓰는 한 동물들 역시 자기 일에만 신경 쓰면서 짧은 시간에 빨리 길들여질 것이다. 동물들은 이 장소가 그들에게 제공하는 신기하고 재미있는 오락을 즐기는 것 같다. 이 여름 야영지를 본부로 삼은 검은색, 은회색, 빨간색의 매우 아름다운 여우들이 몇 마리 있었다. 천성이 타고난 여행자이고 넓은 지역을 두루 돌아다니길 좋아하는데도, 이 진취적인 짐승들은 대부분의 시간을 여기 휴양지에서 보낸다. 언젠가 나는 멋진 은회색 어미 여우와 중절모 같은 까만색에 반 성년이 된 새끼 네 마리와 부딪친 적이 있었는데, 그들은 길옆에 서서 내가 그들 옆을 지나가는 것을 지켜보았다. 겨울에 여우들은 캐나다 기마경찰대에 소속된 통역자 겸 안내인인 나의 오두막을 정기적으로 방문한다. 그곳에서 녀석들은 자신들이 필요하다고 느낄 때 먹이와 환대와 무엇보다 다소 인정 많은 이해를 찾는다. 그들을 해치려 하는 사람에게는 매우 안 된 일이지만.

와스케시우를 방문하는 일이 거의 없기 때문에 나는 해마다 거기서 무슨 일이 일어나고 있는지 거의 알지 못한다. 그래서 그 여우들을 보려고 그곳에 모인 사람들 사이를 조용히 걷다가 사슴 무리를 발견했을 때 나는 많이 놀랐다. 다섯 마리의 사슴은 일렬종대로 고상하고 우아하게 걸었는데, 박자를 맞추는 듯 걸음이 경쾌하고 가벼웠고, 주위를 경계하고 조심했다. 그들은 거칠고 자유로운 황야의 짐승들이었고, 사일런트 플레이시즈에서 온 날랜 특사들이었으며, 황야의 광대한 왕국에서 온 사자(使子)들이었다. 누군가가 이런 말을 했다. "녀석들은 진짜배기야."

그 사람의 말이 옳았다. 녀석들은 진짜배기다.

이 일이 있기 얼마 전 와스케시우에서 실제로 산 적이 있는 길들인 사슴 하나가 있었다. 그 사슴은 얼마 안 있어 죽었는데, 누군가가 말하길 담배를 과다 복용해서 죽었다고 한다. 오해 없기를. 사슴이 담배를 피운 것은 아니다. 그러나 어떤 동물들은 담배를 너무 좋아해서 그것을 먹어 치우는데, 내가 듣기로 그 사슴은 약간 중독자인 모양이었다. 어느 날 저녁 그 사슴은 한 숙녀가 해변을 산책하고 있는 것을 보고서 따라가는 게 좋겠다고 생각했다. 그래서 그녀를 따라갔다. 이 특별한 사슴을 잘 아는 여성은 그것을 문제 삼지 않았고, 그들은 함께 해변을 산책했다. 곧이어 그 숙녀는 피곤해져서 앉았다. 그래서 사슴도 앉았다. 쉬고 난 뒤 그녀는 집으로 돌아가야겠다고 생각하고 일어섰다. 하지만 그 사슴은 갈 준비가 되지 않은 게 분명했고, 다소 점잖게 그녀를 도로 앉히고서 그 옆에 누웠다. 어느 정도 시간이 지나 그 숙녀가 다시 일어서려 하자, 그녀를 호위하는 사슴은 또다시 그녀를 앉혔다. 이런 일이 여러 번 되풀이되었고 그 숙녀는 사슴을 화나게 할까 봐 옆에 앉은 짐승과 함께 계속 있었다. 그녀가 앉아 있는 한은 문제 될 게 없었다. 이 사슴은 누가 옆에 있었다 해도 자신을 버리고 가는 것을 허락하지 않았을 것이다. 결국 그 숙녀는 일행이 도착할 때까지 가지 못했다. 친구들이 왔을 때 사슴은 꽤 유쾌하게 그녀를 보내 주고서 나머지 무리와 함께 와스케시우로 돌아갔다.

와스케시우를 사방으로 둘러싼 황야에 사는 은둔 집단의 이 동물 탈영병들은 궁벽한 언덕에서 살면서 옛 전통을 따르며 이런 식으로 관습을 이탈하는 데에는 단호히 반대할 것이 뻔한 은둔자들에겐 분명 골치 아픈 존재들이리라. 그러나 그들은 탈영병에 대해 아무 짓도 하지 않는다. 이 탈영병의 대열에 해마다 신병의 수가 늘어나고 있는데, 아무래도 와스케시우의 인구 조사에서 그 동물들이 포함될 날도 그리 멀지 않은 듯하다.

크고 작은 모든 것들

해가 아자완 호수 너머로 졌다. 조용한 수면 위로 달빛이 창백하게 비치고, 외로운 숲에서는 거대한 나무들의 그림자가 크고 어둡게 깔린다.

그리고 사방에 침묵이 흐른다. 일만 년의 기다림이 서린 침묵, 초시간적인 불변의 목적이 깃든 거대한 침묵이.

아자완. 작지만 깊은 이 호수는 숲이 우거진 언덕을 배경으로 수은처럼 빛을 발하고 북쪽으로 물결을 일렁이고 있다. 아자완의 물은 날마다 그 헤아릴 수 없는 기분과 변화무쌍한 하늘색을 반영한다. 가령 오늘 낮의 경우, 물은 호수를 둘러싼 숲의 완벽한 그림자에 덮여 잔잔하고 반투명한 비취색을 띤다. 하지만 오늘 밤에는 넘쳐흐르는 달빛에 은빛을 띠고, 하루해가 질 무렵에는 일몰의 후광을 입어 진홍빛을 띤다.

호숫가에는 비버 오두막이자 나의 집인 작은 통나무집이 하나 있다. 내가 설계한 대로 지어진 이 소박한 장소는 맥기니스의 집을 약간 모방한 것이다. 테미스쿠아타*에서 멀리 떨어진 겨울 캠프인 그집은 모든 것들, 즉 내가 최근에 여러분에게 들려준 빈 오두막 이야기의 출발점이었다. 이 비버 오두막은 나만의 집이 아니다. 이곳은 비버 가족의 집이면서 사방을 둘러싼 숲의 거주자들, 다시 말해 다른 수많은 동물들의 집합소이기도 하다. 동물들은 생김새도 크기도 제각각이다. 나뭇잎들 사이로 교묘히 숨는 이 수줍은 거주자들은 은둔집단의 규칙을 깨뜨리고 어두운 숲 속에서 빠져나와 나와 함께 머무는데, 어떤 놈들은 영구히 머물고 또 어떤 놈들은 가끔 머문다. 그런 동물들 중에는 버터 담긴 접시 뚜껑을 내가 열려고 할 때 기대에 부풀어 그 주위를 맴도는 작고 까맣고 털이 많은 비버 쥐에서부터, 크기가 말만하고 제철이 되면 가지진 뿔이 3피트 반이나 돋아나는** 큰 무스에 이르기까지 다양하다. 간혹 오지 않을 때도 있지만 꽤 정기적으로 방문하는 그 무스는 내 오두막 창밖에 서서 잠시 심각한 사색에 잠기곤 한다.

동료들이 사는 곳에서 멀리 떨어져 있고 혼자 살기는 하지만, 나는 좀처럼 외롭지 않다. 왜냐하면 밖으로 나서기만 하면 눈부신 꼬리를 화려한 장식으로 치장하거나 치렁치렁한 술이나 색색의 줄무늬를 보란 듯이 과시하는 작은 야생 동물들이 이내 나타나 경주를 벌이기도 하고 나를 쳐다보기도 하고, 혹은 내가 부르는 소리를 듣고서 내가 무엇을 줄까 확인하러 오기도 하기 때문이다. 이 작은 동물들이 내가 사는 곳을 알아내고 내가 그들을 빈손으로 돌려보내지 않는다

---

* 캐나다 퀘벡 주에 위치한 강.
** 여기서 묘사되고 있는 무스가 "외톨이 무스"라는 제목이 붙은 이야기의 주인공이다.

는 것을 알아차리는 데는 그리 오랜 시간이 걸리지 않았다. 덩치 큰 동물들은 숲에 먹을 것이 많고 먹이를 쉽게 구할 수 있기 때문에 내가 주는 떡고물에 큰 영향을 받지 않는데도, 여기서 보게 되는 동물 친구들 때문에 이곳을 찾아오는 것 같다. 마치 숲에 사는 사람이 마을에서 일어나는 사소한 소동을 알고 싶어서 가끔씩 마을로 내려가는 것처럼 말이다.

그러나 조류들 중에서 실리를 생각하여 행동하는 약삭빠른 놈들이 있다. 그들은 또한 그런 짓을 예사로 한다. 특히 사교성이 좋고 뻔뻔스럽고 산적 같은 회색의 캐나다어치는 도끼질 소리만 들리거나 모닥불 연기만 나기 시작해도 어디선가 유령처럼 소리도 없이 나타난다. 남을 속이고 우려먹기 좋아하는 사람처럼, 이들은 진심이든 아니든 상대의 비위를 맞추려고 아양을 떨며 어떻게 해서든지 환영받으려 애쓴다. 그들의 익살맞은 행동은 재미있고, 다른 때 같으면 지루할 법한 가벼운 오락을 제공한다. 모닥불 앞에 홀로 앉아 있다 그들의 재롱을 보게 되면 누구라도 배녁이나 고기 몇 조각쯤은 주고 싶어진다. 그러다 마침내 여행자는 이 사기꾼들이 그의 점심의 일부가 아니라 전부를 원한다는 것을 깨닫게 된다. 그런데 이 새들은 믿을 수 없을 정도로 집요해서, 자기네가 기대한 만큼 얻지 못하면 슬퍼하고 책망하고 거의 굶어 죽을 것 같은 표정으로 나뭇가지 위에 앉는다. 이쯤 되면 경험이 없는 여행자는 부끄러운 마음에 더 많은 먹을 것을 내놓고 만다.

내가 여기에 처음 왔을 때 이 장소에 애착을 갖게 된 야생 캐나다어치 두 마리가 이 숲의 끝도 없고 텅 빈 길을 따라왔다. 이 새들의 친척은 그 숫자로 판단해 보건대 어림잡아 5마일 떨어진 지점에 살고 있었다. 이 거지 무리는 먹을 것을 얻을 수 있기 때문에 내가 숲을

271

시찰하러 갈 때마다 내 주위를 따라다녔다. 내가 손에 무엇인가, 고작해야 도끼나 빈 냄비나 아무거나 들고 오두막을 나올라 치면, 내가 나타날 때까지 몇 시간 동안 끈기 있게 기다리고 있던 보초 새들이 귀청이 떠나갈 듯한 울음소리로 신호를 보낸다. 마치 친구들에게 "나 온다, 얘들아!" 하고 말하는 듯이 큰소리로 운다. 내가 걸음을 멈추면 이 새들은 사방에 있는 나뭇가지에 모여, 각자의 성향에 따라 조심스럽게, 근엄하게, 혹은 구슬리듯이 날 쳐다보고, 한편으로는 자기들끼리 비밀스럽게 속닥거린다. 저마다 제게 유리한 지점에 흩어져서 예의 바른 척 앉아 있는데, 내가 똑바로 뚫어지게 쳐다보면 한결같이 고개를 옆으로 돌리며 안절부절 못한다. 속내를 감추려는 행동인지(그들은 놋쇠로 만든 원숭이의 눈알을 훔쳐가곤 한다) 아니면 안달하는 모습을 보이지 않으려는 위선적인 행동인지 나로서는 가늠할 수가 없었다. 아마도 그들은 몰염치한 약탈에 가까운, 만족을 모르고 덮어놓고 탐내는 식욕을 채우기 위해 자신들이 택한 방법에 일말의 부끄러움을 가장하는 정도의 예의는 차릴 줄 아는 모양이다. 하지만 이런 식의 수줍음으로 가장한다 해도 내 모든 움직임을 예리하게 살피는 것은 잊지 않는다. 그들은 뒤쪽이나 보이지 않는 곳에 떨어지는 먹이 조각도 쉽게 알아차리고, 좀 더 양심 바른 동물들의 눈에는 보이지 않을 것 같은 작은 부스러기도 찾아낼 수 있다. 그들 대부분은 내 손 위에 내려앉는 법을 배워서 거기 앉아 자기 몫을 맛있게 쪼아 먹는다. 반면에 어떤 녀석들은 돌진하는 비행기처럼 급히 내려와 제 몫을 움켜쥐고는 휙 가 버린다. 그들은 의심할 여지 없이 먹쇠들이자 도둑놈들이지만, 한편으로는 명랑하고 마음씨 좋은 약탈자이자 좋은 친구이다. 이 애교 많은 악당들은 마치 듣는 이를 기쁘게 해 주려는 듯 유쾌하면서도 구슬픈 소곡(小曲)을 부르지만, 엄밀하게 따지면

장난기 많고 사교적인 캐나다어치.

그것은 내켜하지 않는 물주들을 홀려서 먹을거리를 내놓게 하려는 유혹의 노래일 뿐이다.

캐나다어치는 목적을 달성하기 위해 거의 어떠한 짓도 서슴지 않는다. 한번은 딱따구리(그들보다 훨씬 더 강한 새)에게 언 고기 뼈를 빼앗긴 한 녀석이 그 붉은머리딱따구리가 뼈를 다 쫄 때까지 기특할 만큼 참을성 있게 기다리는 것을 본 적이 있다. 그런데 그 딱따구리는 전혀 영리하지 않아서 나무를 쫄 때처럼 아주 신나게 고기 뼈를 쪼아 댔다. 딱따구리는 작은 고기 조각이 사방으로 튕겨나가는데도 그것을 나뭇조각이라고만 생각했는데, 결국 하얀 뼈가 완전히 드러났을 때서야 깨끗하고 광이 나고 먹을 수 없는 뼈밖에 남지 않았음을 알게 되었다. 그 덕이 아주 신이 난 것은 캐나다어치였다. 기회가 왔음을 단번에 간파한 그 새는 날아다니는 고기 조각 사이를 뛰어다니며 근사한 점심을 해치운 것이다. 반면에 모든 일을 끝마친 그 불쌍한 딱따구리는 아무것도 먹지 못했다.

북쪽에는 빛나는 깃털을 가진 새가 흔치 않다. 굵은 바둑판무늬에다 머리에 진홍빛 술이 달린 딱따구리는 나무와 나무 사이의 짧은 거리를 휙휙 날아다닐 때마다 눈부신 빛을 발해서 사람들의 이목을 끈다. 딱따구리는 시끄러운 소리를 너무 좋아한다. 비버들이 오두막 일대의 가장 좋은 나무들을 이빨로 베어 내지 못하게 하려고 나는 나무 밑동 둘레에 양철 고리를 달아 두어야 했다. 이 양철 고리는 전국에서 날아온 딱따구리들에게 하늘이 준 선물이었다. 그들은 부리로 그것을 톡톡 두드리면서 시끄러운 콘서트를 즐겼다. 밤새도록 안 자고 돌아다니다가 새벽녘이 되어서야 잠자리에 드는 것이 내 오랜 습성이다. 그런데 내가 잠자리에 들기가 무섭게 날카로운 소리와 더불어 딱따구리들이 양철을 땅땅땅땅 두드리기 시작한다. 차라리 일제히 터지는 기관총 소리를 듣는 편이 더 낫겠다 싶을 정도로 그 찅그렁 소리는 요란하다. 이런 지독한 소음 속에서도 나는 잠을 청하는데, 때로는 성공하고 때로는 실패한다. 이 악마 같은 소음은 가끔 시계가 없던 초창기 덫 사냥 시절로 나를 데리고 간다. 당시 나는 일찍 일어나리란 굳은 결심으로 양철 접시에 단단하게 얼린 고기 조각을 올려서 접시를 내 머리 바로 위쪽 오두막 지붕에 놓아두곤 했다. 첫 동이 트기 시작하면 캐나다어치들이 죽은 자들도 깨울 것 같은 요란한 소리를 내며 양철 접시에 담긴 언 고기를 탕탕 두들기곤 했다. 나는 이런 식의 아주 유용한 자명종을 발명한 사람이 나밖에 없다고 믿고 있다. 이 장치는 평범한 자명종이 갖고 있지 않은 큰 이점을 갖고 있었다. 그것은 날씨가 나쁠 때는 새들이 나타나지 않기 때문에 자명종이 울리지 않는다는 점인데, 눈이 많이 내릴 때는 지붕 위가 쥐 죽은 듯이 조용했다. 그럴 때면 나는 일찍 일어날 필요가 없다는 것을 알 수 있었다.

오두막 근처에는 어미 딱따구리가 산다. 속이 빈 나무 안에 둥지를 틀고는 그 안에서 어린 새끼들과 함께 산다. 새끼들은 내가 일어날 때나 자러 갈 때 귀에 거슬리는 단조로운 울음소리를 쉴 새 없이 뱉어 낸다. 그 소리는 결코 그칠 것 같지 않다. 딱따구리는 결코 지치지 않는 듯한 아주 날카로운 목소리를 가지고 있다. 만약 절대 지치지 않는 새 소리를 공공연하게 요구하는 때가 온다면 라디오 방송에서 멋진 미래를 펼칠 새는 단연 딱따구리이다. 새까만 찌르레기들은 정말로 아주 까맣고 날개에 선명한 붉은 반점이 있어서 색상에서 남의 이목을 확 끈다. 하지만 내 모든 새〔鳥〕 손님들 중에서 가장 눈부시게 빛나는 놈은 벌새이다. 그 벌새는 아주 작고 번쩍번쩍 빛이 나고, 깃털은 너무 작아서 마치 자그마한 비늘처럼 보인다. 오팔, 에메

랄드, 루비 같은 무지개 빛깔이 몸에 꼭 맞게 붙어 있어서 녀석은 살아 있는 새라기보다 오히려 돈으로도 살 수 없을 만큼 귀하고 섬세한 중국 예술품처럼 보인다. 그 벌새는 야생 장미 덤불 위를 날면서 잠시 동안만 머문다. 엄청난 속도로 날갯짓을 하기 때문에 녀석이 거의 총알 같은 속도로 날아가면서 눈부신 천연색 광선을 그리기 전까지는 보일락 말락한 한 점의 얼룩으로밖에 보이지 않는다.

최근 몇 년 동안 봄이면 목도리뇌조 무리가 이곳에 나타나고 있다. 올빼미들은 수는 많지 않지만 어미의 강경한 방어 전술에 크게 힘입어 대부분이 살아남아 있다. 오리와 도요새와 다른 물새들과 심지어 땅 위에 둥지를 튼 노래하는 새들조차 아픈 체하고 몹시 다치기라도 한 것처럼 물러나서 잡힐 듯 앉아 있다. 이것은 어린 새끼나 그들의 둥지로부터 침입자의 눈길을 돌려 보려는 그들의 애처로운 바람이다. 목도리뇌조(더 세밀하게 따지자면 고리 모양의 깃털을 가진 뇌조) 역시 이런 짓을 한다. 하지만 그들은 싸울 태세로 날카로운 함성을 내지르며 눈앞에서 날거나 날개를 펼치고서 뱀처럼 쉿 소리를 내며 돌진하여 무모하다 싶을 만큼 용기 있게 인간을 공격하는 경우가 많다. 사실 이런 결연한 용기를 보게 되면 아무리 냉담한 사람도 그 작은 새에게 찬사를 보내지 않을 수 없다. 겨울이 되면 뇌조 새끼들은 미지의 장소로 멀리 가 버리지만, 어미 새는 남아서 밤에는 눈 밑에 판 구멍 속으로 들어가 따뜻하게 잠을 자고, 낮에는 그다지 춥지 않으면 뜰 주위를 우아하게 돌아다닌다. 날씨가 차면 날개를 들었다 내렸다 하는데, 그 때문에 걸을 때마다 모습이 부풀었다 오므라들었다 한다. 날개를 펼칠 때는 매끄럽고 반질반질한 새처럼 보이는 반면, 날개를 접고 걸을 때는 마치 깃털 달린 축구공이 가냘프고 미숙한 다리로 걷는 것만 같다. 그 어미 뇌조는 오두막 근처에 있는 상당히 큰 포플러 잎사귀를 곧잘 먹곤 했는데, 해마다 겨울이면 그 나무의 싹들을 먹어 치웠다. 녀석이 늘 같은 나무만 공략해서 결국 그 나무는 견디지 못하고 죽고 말았다.

오늘은 독수리 한 마리가 야영지 위를 위엄 있게 휙 지나쳤다. 낮게 날았기 때문에 그 거대한 날개 소리가 고요한 허공에 시끄럽고 무섭게 울려 퍼졌다. 독수리는 잠시 머물고 싶은 듯이 날개를 멈칫하더니 이내 마음을 바꾸고 계속 날아갔다. 그 독수리의 둥지가 여기서 1마일밖에 떨어져 있지 않았지만, 나는 지난 2년 동안 녀석을 한 번도 본 적이 없었다. 지금까지 내가 관찰한 바로는 비행할 때 머리를 이쪽저쪽으로 돌리며 주위를 살피는 새는 독수리밖에 없다. 이 독수리역시 뒤를 돌아보며 예리한 눈초리로 날 평가하고 지나갔다.

이때 갑자기 내 뒤에서 가볍지만 소란스러운 바스락 소리가 들린다. 다람쥐 한 마리가 바람을 가르며 달려와 내 등에 올라탔고, 어깨까지 기어 올라와 자기를 위해 내가 늘 가지고 다니는 땅콩을 내 손가락에서 휙 낚아챈다. 그리고는 오두막 벽에 녀석을 위해 마련해 놓은 선반으로 급히 올라가 능숙하게 껍질을 벗겨 땅콩을 먹는다. 그다람쥐는 어쩌다 기분이 내키면 방문객을 위해 이런 짓을 하는데, 다른 때는 선반 위에서 한쪽 눈을 번뜩이며 땅콩을 준 사람을 예리하게주시한다. 나를 찾아오는 대부분의 다람쥐들은 땅콩 껍데기를 벗기는 것으로 만족하는데, 이 놈은 유독 까다로워서 속껍질까지 다 벗긴다. 여느 다람쥐들처럼 이 다람쥐도 시속 백 마일에 가까운 속도로움직이고, 볼 때마다 이런저런 일들로 늘 정신이 없다. 이 다람쥐가바로 샤파위, 즉 도약하는 놈이다. 내 작은 친구 '잠재의식'은 샤파위와 성격이 전혀 다르고 유별나게 조용하다. 잠재의식이란 이름이붙게 된 것은 녀석이 아주 어렸을 때 내 야영지에 들어와 몽유병 환자처럼 뚜렷한 목적도 없이 돌아다니거나 아니면 잠재의식 탓인지 정처 없이 거닐었기 때문이다. 대부분의 다람쥐들이 전속력으로 달리는 데 반해, 잠재의식은 내가 지금까지 본 중에 유일하게 '걸어 다니는' 다람쥐였다. 잠재의식은 성격이 매우 느긋하고 온순하여 내가 손으로 만져도 가만히 있는 몇 안 되는 다람쥐들 중 한 마리였다. 녀석은 내 시간을 독점하면서 내 발치에서 거의 하루 종일 보내곤 했다. 내가 나무를 자를 때면 곁에서 꼼짝 않고 기다리면서 나무가 넘어지거나 두 개로 쪼개지는 위험한 순간들을 간신히 피했다. 녀석은 내게 상당히 성가신 존재가 되어 가고 있었다. 그러던 어느 날 잠재의식이 우연히 뜨거운 난로 위를 지나갔는데, 그 후 다시는 돌아오지 않았다. 나는 녀석이 죽은 것 같아 슬퍼했고, 허물없는 친구 같았던 내 작고 명랑한 동무를 그리워했다. 잠재의식이 없는 뜰은 텅 비어 보였고, 녀석이 잘 다니던 길과 장소들은 눈에 덮이거나 녀석보다 더 재미없는 다른 다람쥐들이 점령했다. 그런데 이번 여름에 죽은 줄 알았던 잠재의식이 돌아왔다. 성별이나 크기에 상관없이 다른 다람쥐가 출현하면 그 즉시 괄괄한 놈으로 바뀌는 것으로 보아, 녀석은 돌아다니는 동안 세상살이의 방식을 제법 터득한 듯했지만, 여전히 온순하고 다정했다.

잠재의식이 없는 동안 나는 이들 날아다니는 곡예사들 중 또 한 마리의 다람쥐를 길들이기 시작했고 어느 정도 성공했다. 얼마 후 세 번째 다람쥐가 후보자로 자원하고 나섰다(조건부로). 그래서 이제 내 뒤에는 어디서 어떻게 만나든지 서로에게 가장 잘 토라지고 화를 잘 내고 싸우기 좋아하는 기운 찬 에너지를 가진 다람쥐 세 마리가 따라 붙게 되었다. 이 세 다람쥐들이 가진 단 하나의 생각은 자신이 대접 받고 싶은 것처럼 상대에게 하되 그것을 먼저 하라는 거였다! 이 세 녀석은 야영지 주위를 자신의 소유지로 간주하여 다른 다람쥐가 감히 자기 땅에 발을 들여놓거나 심지어 잠시 숨이라도 돌릴라 치면 즉시 달려들어 싸우곤 한다. 다람쥐는 군생 동물이 아니기 때문에 이러한 영토권을 대체로 존중하는 편이다. 나는 내가 좋은 마음으로 세 녀석과 즐거운 시간을 보내려고 하는 것이 자연의 조화로운 균형을 깨뜨리는 짓이라는 생각이 들었다. 그래서 각자의 땅에 따로따로 먹이를 주어서 이런 어려움을 조정해 보려고 했지만, 결국은 실패하고 말았다. 이들은 내가 준 먹이를 거의 먹지 않고 나무 꼭대기나 나뭇가지가 갈라진 지점에 숨겨 놓는데, 은닉처가 만들어지면 그 즉시 세상에 도전하는 길고 떨리는 날카로운 소리를 지른다. 지금 시점에서 이런 식의 도전은 도둑질할 만한 놈을 쫓는 것이 오히려 훔쳐 가라고 광고를 하는 격이어서, 모든 상황을 알고 있는 두 다람쥐, 즉 싸우기 좋아하는 삼인조 중 다른 두 놈의 관심을 끌 뿐이다. 그들이 현장에 나타나면 곧바로 전쟁이 일어난다. 괴로운 쪽은 늘 공격자이고, 공격자는 그 자리에서 상대를 제압할 것처럼 적에게 달려든다. 그러나 공격자의 적이 나무에서 뛰어내려 도망치기 시작하는 순간부터 괴로운 쪽은 공격자가 아니다. 날카롭게 찢어지는 소리와 분노에 가득 찬 찍찍 소리와 함께 아슬아슬한 추격전이 무시무시한 속도로 이어진다. 침입자는 몸집이 더 클지라도 제 쪽이 불리하다고 여겨지면 은닉처의 주인이 크든 작든 맹공격이 시작되기 전에 늘 퇴각한다. 추적자는 항상 도망가는 적보다 빨리 달리지 않으려고 조심하기 때문에 둘 사이에는 늘 일정한 간격이 유지되고 싸움은 결코 결말이 나지 않는다. 이 싸움의 좋은 점은 그들이 용맹뿐 아니라 신중함까지 갖추고 있음을 보여 준다는 것이다.

어느 날 샤파위와 잠재의식이 내 양 옆에 동시에 나타났다. 나는 약간 불안한 마음으로 둘 사이를 될수록 멀리 떨어뜨려 놓고 그들에게 땅콩 조각을 주었다. 하지만 두 녀석의 눈빛이 마주치고 말았다! 둘은 즉시 사나운 태도를 취했고 상대방을 악의에 가득 찬 눈빛으로 노려보았다. 그리고는 둘 다 갑자기 돌아서서 상대편이 자기 뒤를 쫓고 있다고 생각하면서 최대한 빨리 반대 방향으로 뛰기 시작했다. 그것은 정말이지 당사자들에겐 무해하고 보는 이에겐 유쾌한 광경이었다. 피 한 방울 흘리지 않고 멋진 운동을 한 것이 아닌가. 한편 남아 있는 한 다람쥐와 캐나다어치들과 다른 동물들은 두 다람쥐가 애지중지 지켜고 있던 저장소로 가서 잔치를 벌인다. 다른 동물들만큼 머리가 좋지는 않지만 다람쥐들은 결코 우둔하지 않다. 기억력 또한 좋아서 1년 만에 다시 만나도 이방인들 사이에서 즉각 나를 알아본다. 또한 그들은 겨울 식량을 비축하기 전에 나무 꼭대기에서 저절로 떨어진 열매들이 먹을 만한지 일일이 검사하고 품질이 좋지 않은 열매는 길 한쪽에 따로 묻어서 좋은 열매와 구분해 놓는다. 다람쥐들의 힘은 작은 몸집에 견주어 꽤 센 편이다. 나는 어떤 다람쥐가 큰 사과 반쪽을 입에 물고도 별로 힘들이지 않고 뛰어올라 녀석의 머리 위로 20인치나 높은 어느 쓰러진 나무에서 툭 튀어나온 뿌리에 착지하는 것을 본 적이 있는데, 이것은 사람이 양팔에 감자를 가득 안고서 공중으로 10피트를 뛰어오르는 것과 맞먹는다.

한번은 사향뒤쥐 가족이 내 오두막 한쪽 구석 마루에서 산 적이 있는데, 그들의 집은 비버들의 집을 거의 그대로 모방한 축소판이었다. 그 사향뒤쥐들은 다루기 쉬운 작은 놈들이었다. 비버들처럼 그들도 내가 부르면 달려오는 법을 배웠고, 겁도 없이 자유롭게 오두막을 자주 들락날락거렸다. 다만 스스로 문을 열 수 있을 만큼 힘이 세지는 않았다. 하지만 그들은 문이 큰소리로 덜커덩거릴 때까지 느슨한 마루 판자를 당기곤 했고 안으로 들어올 수 있게 문을 열어 줄 때까지 몹시 안달복달하며 밖에 서서 찍찍 울어대곤 했다. 그들 중 한 녀석은 내가 비버들에게 먹이를 줄 때마다 자기 차례가 올 때까지 얌전히 앉아서 기다리곤 했다. 그 녀석은 내가 마-위(어린 비버들)를 부를 때면 자기도 마-위라고 생각했고, 비버들을 따라 허둥지둥 물속으로 들어가기도 했다. 다른 사향뒤쥐들과 달리 이 녀석은 자신을 질투하는 젤리 롤을 빼고는 비버들과 친하게 지냈는데, 행여나 젤리의 눈에 띄게 되면 완전히 숨지는 못해도 최대한 눈에 띄지 않으려고 애썼다. 하지만 어린 사향뒤쥐들이 밖에 처음 나왔을 때, 그리고 가끔씩 이 사향뒤쥐의 보호 아래 어린 새끼들이 외출했을 때(비버와 마찬가지로 부모 사향뒤쥐들도 새끼를 돌본다) 젤리 롤은 큰 관심을 보이며 그들 옆에서 헤엄을 치면서 이 사향뒤쥐에게 아무런 적의를 보이지 않았다. 그러나 녀석이 혼자 있으면 젤리는 주위에서 자주 녀석을 귀찮게 괴롭혔다. 이처럼 재미있고 영리한 작은 설치 동물들에게 "사향뒤쥐"라는 이름은 어울리지 않아 보인다. 왜냐하면 이들은 결코 쥐가 아니고 외모나 습성이나 기질 면에서 비버들을 많이 닮아서 비버의 사촌 격이 되기 때문이다. 나는 몇 년 동안 이 사향뒤쥐들과 재밌게 사귀었는데, 슬프게도 숲에 사는 토끼들이 걸리기 쉬운 전염병에 걸려 모두 죽고 말았다. 나는 이들 작은 유령들이 가끔씩 아자완 호수에서 헤엄을 치지는 않는지, 살아 있는 동안 아주 행복하게 지냈던 작고 손질이 잘된 그들의 집을 찾아오지나 않나 종종 궁금해 하곤 한다.

내 특별한 친구 중에 우드척*이 한 놈 있었다. 그 암컷은 해마다

---

* 다리는 짧지만 다람쥐 과 동물들 중 몸집이 가장 큰 동물로서 평지의 바위가 많은 곳이나 평원에 땅굴을 파고 산다.

더 위쪽에 있는 오두막 밑에 집을 지어 그곳에서 새끼들과 함께 봄을 보냈다. 이 우드척은 늙고 상냥한 어미였다. 내가 일하는 모습을 종종 지켜보곤 했고, 자기의 어린 새끼들을 만져 볼 수 있는 드문 특권을 비롯하여 내게 여러 가지 특권을 주었다. 낯선 사람이 오면 팔을 뻗어 주거지 입구를 막고는 새끼들이 나오지 못하게 했고 그자가 떠나면 그의 등 뒤에다 대고 날카로운 휘파람 소리를 냈는데, 그녀는 자기가 그자를 위협하여 쫓아냈다고 믿었다. 그 어미 우드척은 수명이 다해서 죽었고, 지금은 또 다른 우드척이 그 옛날 집을 차지하고 있다. 체격이 좋고 균형이 잡힌 젊은 암컷은 출입구 앞에 군인처럼 똑바로 서서 오두막 창문 안을 들여다보려고 애쓴다.

나는 헛된 미련을 버리고 최대한 차분하게 이러한 상실들을 마주해야 한다. 하지만 너무나 오랜 시간 함께 지내 온 옛 친구들과 짧은 시간이지만 내 삶 속에 들어왔다가 가버린 작고 비천한 동물들이 그립다.

동물들에 대해 많은 사람들이 고정관념처럼 가지고 있는 왜곡된 생각을 가진 사람은 동물들의 진정한 본성을 제대로 꿰뚫을 수 없다. 동물은 저마다 다른 성격을 갖고 있는데, 그 동물을 아는 사람은 쉽게 식별할 수 있는 사실이다. 매우 영리한 종일수록 두 개체 간의 개성이 다르고 서로 닮지 않은 것 같다. 그들의 생활 방식은 종종 유별나게 인간과 닮았는데, 설치류가 특히 그렇다. 설치 동물들은 때때로 아주 합리적이고, 움직임에 무척 요령이 있고, 행동과 감정을 표현하는 방식이 가끔 정말 어린애 같다. 작은 곁눈질, 기묘하고 막연한 동작, 심하게 화가 났을 때 토라지기, 꾸밈없고 교활하지 않은 점, 몇 가지 작은 문제에 부딪쳤을 때 고민하는 점, 서로에 대해 느끼는 분명한 애정 등이 그렇다. 나는 젊은 시절에 수많은 동물을 죽인 일을 두고두고 뉘우친다. 물론 그때도 동물을 죽이는 것을 즐기지는 않았다. 나는 그들의 절망적인 분투와 고통과 장시간의 끔찍한 불행을 떠올리지 않으려고 애쓰면서, 차라리 그들이 죽어 있기를 바랐다. 지금 내가 동물들 때문에 아무리 큰 불편을 겪는다 해도 내가 그들에게 빚진 것의 절반도 갚을 수 없다. 비슷한 고통을 겪어 본 사람들만이 요즘 식으로 덫을 놓는 것이 숲에 사는 동물들에게 어떤 피해를 줄지 머릿속에 그릴 수 있을 것이다.

독자 여러분에게 즐거움을 선사하려 했건만 이런 이야기가 다소 무겁게 들릴지도 모르겠다. 그러나 내가 꾸려 가는 이 삶은 신중함만이 아니라 주의 깊은 관찰과 깊은 사고를 요구한다. 독자 여러분은, 자연이라는 사원 안에 사는 이들이 평범한 생활에서는 볼 수 없는 것들까지 본다는 것을 기억해 달라. 거대한 나무들이 있는 이 숲에는 내게 영국에 있는 오래된 대성당의 어둠침침한 수도원을 생각나게 하고, 수많은 종교의 형식적인 화려함과 과장된 위선이 오히려 값싸고 천박하다고 느끼게 하는 일종의 신성함이 깃들어 있다.

동물들과 접촉하는 많은 사람들의 무지나 경솔함이나 편협함 때문에 정말로 무해한 짐승들이 되지도 않는 악평을 계속 듣고 있고, 그 결과 불리한 입장에 놓여 있다. 동물들이 필요로 하는 것은 약간의 동정과 그들 모두 제 볼일만 볼 수 있게 내버려 두는 것뿐이다. 물론 나는 이 "볼일"이라는 것이 약간 무분별할 때도 있다는 것을 인정한다. 내 저장 텐트로 피신을 온 스컹크의 경우가 그랬다. 그 스컹크는 내 저장 텐트에서 정기적으로 잠을 잤는데, 내 호의에 보답을 하겠다고 새끼 고양이나 강아지나 스컹크 새끼를 떼거지로 천막으로 데려온 것이다. 이것은 분명 스컹크의 실수이지 녀석이 내게 일부러 피해를 주려고 한 일은 아니었다고 본다. 그 뒤로는 만사가 순조롭게 진행되었고, 그 일로 더 피해를 본 이는 아무도 없었다. 스컹크는 정말로 타고난 신사(혹은 숙녀)이지만, 불행히도 남의 마음까지 읽는 독심술사는 아니다. 따라서 여러분이 어둠 속에서 갑자기 스컹크와 부딪칠 때 그 스컹크가 여러분의 의도를 늘 정확하게 판단할 수 있다고 생각하지 말라. 대개는 그것(여러분의 의도)에 적의가 있기 때문에, 스컹크는 그에 따라 행동한다. 하지만 스컹크는 그 즉시 불같이 화를 내는 것이 아니라 천천히 화를 내며 굉장히 잘 참는다. 만약 스컹크가 여러분에게 역습을 가한다면 엄청 화가 난 것임에 틀림없다. 달빛 아래 스컹크를 만나는 것은 때때로 섬뜩하다. 왜냐하면 그때는 보이는 것이 스컹크의 길고 하얀 가로줄무늬와 하얀 머리뿐이고 나머지 부위는 온통 까맣기 때문이다. 그래서 스컹크가 유연한 움직임으로 이리저리 재빨리 방향을 틀면 언뜻 보아서는 하얀 독사가 획획 날아다니는 것만 같다. 하지만 스컹크는 인간들이 천막과 야영지와 창고에서, 그리고 여름날의 오두막 마루 밑에서 자신을 발견하기를 좋아한다고 자기 멋대로 믿고 있는 무해하고 태평스러운 짐승이다. 미리 밝히자면, 나로서는 식량 천막에서 스컹크를 발견하는 것보다 카누에서 무스를 발견하는 것이 더 싫은 일이다. 내가 그 재미난 일을 겪었을 때, 나는 당시 카누에 타고 있지 않았다. 나는 그날 30마일이나 떨어진 와스케시우로 일찍 길을 나서기 위해 카누를 호수 기슭 위에 대기시켜 놓고 있었다. 내가 떠날 준비를 하고 있을 때 밖에서 우지끈거리고 으깨지는 듯한 소리가 들렸다. 창 밖을 보니 내 친구 무스(앞서 말한)가 내 카누 위를 천천히, 착실하게, 그리고 발에 확실히 무게를 실어 걸어 다니고 있었다. 나는 소리를 지르며 오두막을 뛰쳐나갔다. 내가 지르는 소리에 그 무스는 무슨 생각이 떠올랐는지 카누 여기저기에 난 구멍에서 발을 빼고 나와 —— 그 구멍들이 녀석에게는 아주 불편했을 것이다 ―― 우두커니 서서 생각에 잠긴 초연한 표정으로 부서진 카누를 내려다보았다. 무스의 입장에서는 그 일이 단순한 부주의에 지나지 않았지만, 내 편에서 보면 굉장히 화가 나는 일이 아닐 수 없었다. 그 무스가 아직 어리고 뭘 몰라서 그랬겠지만, 오로지 수로를 이용해서만 30마일을 여행해야 하는 내 처지에서는 카누가 아주 요긴한 물건이었던 것이다. 너무 크게 자란 말만한 무스가 주위에 있다는 것은 다소 끔찍한 일이다. 여러분의 방문기에 한 가지를 더 보태자면, 무스가 걸어 다니면서 부스러뜨릴 수 있는 물건들을 그 주위에 두지 말라. 따라서 공정하게 따지면 우선은 내가 카누를 나무 위로 올려 안전하게 간수하지 않았으므로 이 일에 대한 책임이 내게도 있다고 할 수 있다. 그래서 나는 그 무스를 용서해 주고서 부서진 배를 수리할 작정으로 선반 위에 올려 두었다. 그런데 이 생소한 장소에 있는 그 물건이 비버들의 지대한 관심 대상이 되고 말았다. 어느 날 밤 지능이 높기로 유명한 이 모험심 많은 동물들은 무스의 공격을 잘 견뎌 낸 카누 위로 커다란 나무를 조심스럽게 쓰러뜨려 카누를 아주 산산조각 내고 말았다.

나를 찾아오는 동물 손님들은 그 누구도 나에게 선물을 달라고 보채지 않는다. 나와 함께 온 비버들을 제외하고 그들은 내가 그 장소에 도착하기 전부터 혼자 힘으로 살고 있었고, 내가 어느 날 갑자기 이곳을 떠난다 해도 서로 뿔뿔이 흩어지긴 하겠지만 조금도 나빠지지 않을 것이다. 하지만 나는 그들 중 몇 놈쯤은 나를 그리워한다고 생각하고 싶다. 어쨌거나 그들에게 먹이를 내놓고 각자가 내 손바닥에서 제 일용할 양식을 저마다 다른 방식으로 가져가는 모습을 지켜보는 것은 행복하다. 아침(내 경우에는 정오)에 일어나 보면 모든 것들이 사라지고 없는데, 그 이유가 숲의 작은 동물들 ―― 가끔은 큰 녀석들 —— 이 내가 잠든 사이에 내 하사품을 재량껏 많이 들고서 이리 저리 바쁘게 뛰어다녀서 그렇다는 것을 알게 되는 것은 큰 재미거리이다. 일터에서 몇 시간 동안 볼 수 없었던 어느 배고픈 동물이 제 노력으로 얻은 마른 빵이나 사과를 먹을 때나 앞발을 쉴 새 없이 쌀 접시로 가져갈 때 만족감에 뭐라고 중얼거리는 소리를 듣는 것은 대단히 즐겁다. 겨울이면 나는 오래된 나무뿌리 밑에 있는 눈에 덮인 구멍을 흡족한 표정으로 바라본다. 구멍 가장자리에 동그랗게 낀 서리로 보아, 그곳은 부른 배를 하고서 금방 잠이 든 어느 행복한 작은 동물의 집임을 알 수 있다.

　야생의 터전에서 이렇듯 바쁘게 살고 있는 동물들은 저마다 흥미를 자아내는 면들을 갖고 있고, 인내를 갖고 연구해 볼 만한 가치 있는 생활사를 가지고 있다. 물속이나 물 위에 살아서 친분을 쌓기가 더욱 힘든 생물들조차 조금만 관찰해 보면 흥미로운 점이 있음을 쉽게 발견할 수 있다. 물방개부터 시작해 보면, 그들은 자기네 집이나 마찬가지인 물을 떠나 바위에 올라가 햇볕을 쬐곤 한다. 잠수하는 새들 중에서 가장 훌륭하고 뛰어나며 자존심이 강한 흰목 아비는 가장 난폭하게 물을 튀기고 소란을 피우면서 호수 주위를 빙글빙글 돌며 경쟁을 벌이고, 또한 물속에서 목마 넘기 같은 놀이를 하며 인간과 엇비슷한 기괴한 웃음소리로 비버들을 미치게 만든다. 이 왕족 새들은 비록 걷지는 못하지만 강한 새들이고 물속에서는 진정한 예술가들이다. 그들이 어린 새끼들 —— 보통 한두 마리만 —— 을 운동시킬 때는 새까만 새끼들을 어미 등에 태우고 가는데, 새끼들이 가장 흐뭇한 태도로 경치를 둘러보는 동안 그들은 자유롭게 돌아다닌다. 그들이 방문객을 맞이할 때도 있었지만, 내가 본 것은 오두막 앞에서 함께 헤엄치고 있는 여덟 마리 정도였고 이들도 잠시만 머물다 갔다. 큰 호수가 아니면 한 호수에는 두 마리 이상 놀 수가 없다. 이곳에서 흰목 아비들은 여름 내내 놀고 물고기를 잡다가 가을이면 남쪽으로 날아가고, 살아 있는 동안은 해마다 다시 돌아온다. 누군가 말하길 이일은 백 년 동안 이어진다고 한다. 흰목 아비들은 독수리와 기러기처럼 한평생 부부로 사는 것 같은데, 이러한 가정을 뒷받침해 주는 사실은 그들이 언제부터 오기 시작했는지는 모르지만 내가 이곳에 온후로 해마다 여름이면 같은 한 쌍이 이 호수에서 산다는 것이다. 이두 흰목 아비는 나를 매우 잘 아는데, 암컷은 수컷만큼 나와 친하지않다. 수컷은 날마다 동이 트자마자 꼭 같은 시간에 오두막 근처에와서 백 피트 정도 떨어진 거리에서, 제 딴에는 떠들썩하게 이야기하지만 나로서는 전혀 이해할 수 없는 말을 한다. 내가 카누를 타고 지나가는 것을 볼 때면 이 수컷은 날 알아봤다는 뜻으로 귀에 거슬리지않는 팡파르로 내게 인사를 한다. 그 수컷 아비는 정말 멋진 새다. 풍채도 아주 좋을 뿐 아니라 쓸모도 많은데, 그것은 녀석이 보기 드문것, 다시 말해 낯선 자가 호수나 호수 기슭 근처의 삼림지에 나타나면 크고 이상한 소리를 질러 주기 때문이다.

동물들은 제각기 자신에게 맞는 임무를 갖고 있고 겉보기엔 아무리 쓸모없어 보여도 자신이 창조된 목적에 이바지한다. 이 넓은 황야에서는 하찮게 보이는 아주 작은 새들조차도 그들만의 지정된 장소를 가지고 있다. 위대한 자연의 광대한 땅에서는 하잘것없는 존재처럼 보일 수도 있지만, 그 새들은 떼를 지어 낙엽 사이를 행복하게 뛰어다니며 자신들의 작은 생명을 지탱할 먹이를 찾는다. 능력 있고, 지혜롭고, 눈매가 또렷하고, 아주 편안한 새들을 보면서 어느 누가그들의 권리를 물을 것이며, 그들이 자기 본분을 다하고 있는 것을의심할 것인가?

동물들은 피난처를 찾을 때 재빨리 알아낸다. 어떻게 아는지는 모르겠다. 아마도 그 장소가 풍기는 공기나, 모든 야생 동물이 갖고 있는 듯한 일종의 텔레파시로 아는 게 아닐까 싶다. 위험의 유무를 감지하는 이러한 육감이 동물에게만 있는 것은 아니다. 어떤 동물들은 그러한 상황을 파악하는 데 시간이 걸리는 반면, 다른 동물들은 각자의 기질이나 지능에 따라 내가 접근하는 것을 금방 알아차린다. 최근에 있었던 한 사건을 예로 들어보자. 때는 2년 전 가을 어느 날 저녁이다. 창밖을 보니 사슴 한 마리가 오두막 옆의 둥근 언덕 위 빈터에서 먹이를 먹고 있다. 나는 서두르지 않고 소리 없이 문을 연다. 그리고 조용하고 가벼운 걸음으로 부드럽게 다가가면서도 몰래 다가가는 기색은 보이지 않는다. 사슴은 온 근육을 긴장시키고 머리를 들어 나를 응시한다. 응시는 하되 날 보지는 않는다. 그런데 다람쥐 한 놈이 잽싸게, 그것도 나뭇잎들이 젖어 있어서 소리도 없이 지나갔는데, 사슴은 갑자기 눈(귀가 아니다)을 치켜뜨며 작은 짐승이 지나가는 가볍고 순간적인 흔들림을 알아차린다. 사슴은 계속 쳐다보고 있다. 정말로 아주 잘 본다. 사슴은 두 눈을 귀가 있는 쪽, 그러니까 내 쪽으로 돌린다. 나는 부드럽게, 달래듯이 말한다. 이제 사슴은 꼬리를 홱 흔든다. 그것은 신호다. 마음의 결정이 내려진 것이다. 흔들흔들 높이 도약하며 뛰어가서 사라지든가, 아니면 상황을 받아들이고 머물기로 결정하든가 둘 중 하나다. 어느 쪽일까? 나는 녀석에게 다시 말을 걸면서 앞으로 조금 나아간다. 그러자 사슴은 긴장을 푼다. 응시는 주시로 변하고, 이제 사슴은 날 완전히 믿는다는 뜻으로 내게서 등을 돌린다. 그리고는 다람쥐가 나무 꼭대기에서 마음씨 좋게 떨어뜨려준 방크스소나무 새싹들에게 다가가 어쩌다 가끔씩 날 쳐다보며 그것을 먹는다. 녀석은 만족한다. 나에게 또 한 명의 친구가 생겼다.

내 식솔들이 늘 보이는 것은 아니지만, 한두 녀석은 꼭 나와 함께 있다. 나무가 쓰러지는 요란한 소리나 호수에서 어린 비버들이 내지르는 날카로운 소리에 잠자고 있던 메아리가 깨어나기도 한다. 문이 열리고 한줌의 흙과 나무토막이 들어온다. 털로 뒤덮인 비버의 팔에 실려오는 그것들은 내 오두막 안에 있는 흙으로 만든 비버 오두막에 쓰일 자재들이다. 그러고 나면 마루를 가로지르는 가벼운 타닥타닥 소리가 들린다. 사향뒤쥐 한 놈이 밤마다 사과를 먹으러 오는 소리다. 버드나무들 사이에서는 무스의 가지진 뿔들이 덜거덕거리는 소리가 들린다. 도시인들이 거리의 소음에 친숙하듯이 이 소리들은 내게 친숙하고, 어쨌거나 내가 혼자가 아니라는 사실을 일깨워 준다.

여느 다른 황야처럼 이 지역에도 육식 동물들이 살고 있다. 나는 내 동물 친구들이 해를 입지 않도록 늘 감시를 해야 한다. 늑대, 코요테, 곰, 올빼미, 밍크, 그리고 족제비는 모두 육식 동물이고 매우 활발하게 움직이는 적들이다. 밤에 활동할 때와 똑같이 낮에도 활동할 수 있는 은밀하고 교활하고 늘 배고픈 야행성 동물들은 조용히 슬그머니 다가와 순식간에 목표물을 죽이고 재빨리 사라질 수 있다. 그래서 나는 수년 동안 밤에 잠을 자지 않고 밤새도록 검은 비단 같은 어둠침침한 암흑 속을 여기저기 돌아다니면서 숲에게 속삭인다. 무한한 정적에 휩싸인 숲을 돌아다니다 보면 희미하게나마 들리는 소리조차 나지 않는다. 그러나 내 귀는 그 소리를 새긴다. 이것들 모두 내가 들어야 하는 소리이기 때문이다. 모든 소리에는 의미가 있으며, 나는 그것을 재빨리, 실수 없이 정확하게 판단해야 한다. 왜냐하면 내 예리한 감각과 정확한 판단에 나를 의지하고 있는 동물들의 생명이 달려 있기 때문이다. 내가 그들의 위험 신호에 귀 기울이듯이 그들 또한 내 위험 신호에 귀를 기울인다.

그리하여 내 삶은 숲에서 전쟁이 일어나던 시절의 고대 정찰병의 삶과 비슷해져 버렸다. 잠든 순간에도 가까운 숲에서 이상한 소리가 들리거나 비버들의 집에서 익숙지 않은 소동이 들릴 때, 혹은 친근한 소음이 뚝 그치거나 할 때도 나는 즉각 깨어난다. 위험은 내 식솔들의 뛰어난 감각이나 그들보다 좀 떨어지는 내 감각이 고장 나는 그날을 기다리며 잠복해 있는 그림자 속에 도사리고 있다. 그러나 아무런 경고도 없이 일어나는 위험은 없다. 내 장작더미를 자주 들르는 우드척이 자고 있어야 할 시간에 특별한 이유도 없이 밤에 삐삐 울어 댄다. 뒤이어 캐나다어치가 경고하듯 시끄러운 울음소리를 내고, 깜짝 놀란 황급한 발소리와 함께 다람쥐의 안전한 피난처에서 맞서 싸우는 날카로운 소리가 들려온다. 잠시 후 부드럽고 소리를 죽인 올빼미의 울음소리가 들린다. 자신의 집단을 살찌우는 사이비 종교의 교주처럼 신성한 체하는 흰색 솜털 옷을 걸친 올빼미가 마치 악령처럼 내 동물들 위를 탐욕스럽게 가만히 덮고 있다. 아니면 소리의 은은함, 불꽃처럼 빠른 깜박임, 파충류 같은 유연한·미끄러짐으로 보아, 작지만 치명적이고 빠르고 유연하고 무자비한 족제비 —— 모든 야생 동물 중에서 가장 뛰어난 악한이자 살인자 —— 일지도 모른다. 어느 쪽이든 나는 즉시 놈을 죽여야 한다. 기회가 두 번 오지는 않을 것이기에.

얼마 후 내 귀에 아마도 사슴인 듯한 것이 정확하고 고상하게 걷다가 잠시 멈칫하더니 갑자기 놀랍게 뛰기 시작하는 소리가 들린다. 그리고 근처에 있던 무스가 언뜻 들어서는 들리지 않는 어떤 소리를 듣기 위해, 혹은 방향이 일정치 않은 바람에서 위험을 알리는 냄새를 맡기 위해 어린잎을 먹다가 갑자기 멈추는 것이 달빛에 보인다. 호수에서는 아비 한 마리가 음정도 맞지 않는 이상한 음으로 섬뜩하고 불안한 울음소리를 내며 귀에 거슬리는 불협화음을 만든다. 그리고 이

때 모든 소리들 중에서 가장 불길한, 소총탄처럼 그 밤을 뒤흔들며 비버가 수면 위로 꼬리를 치며 터뜨리는 섬뜩한 폭발음이 들린다. 그리고 나면 침묵이 흐른다. 불길하고 신경을 건드리고 위협으로 가득 찬 침묵이다. 이 소리를 들은 동물들은 모두 그 자리에 꼼짝 않고 서서 몸을 웅크리거나, 누군가 먼저 움직이기를 기다리며 갑자기 체포당한 자세를 취하고 몹시 고통스러운 그 소리에 모든 감각을 맞춘다. 그때 나는 그림자들 사이로 보이지 않는 영혼처럼 이동하고 흔들리는 무엇을 본다. 유령처럼 실체가 없고, 모든 숲 세계의 도굴꾼인 늑대를!

그럴 때 만약 달빛이 휘황찬란하고 내가 시야를 재빨리 확보할 수 있다면, 무엇보다 내 계산이 냉정하고 정확하다면 내 소총의 맹렬한 총성이 사건을 마무리 짓고 불안하고 불확실한 많은 날들을 지킬 것이다.

눈에 보이고 귀에 들리는 이 모든 것들, 그리고 들리지는 않을지 몰라도 일종의 느낌으로 그 어떤 말보다 더 단호하게 내게 충고해 주는 것들이 나에게는 인쇄된 글자를 보는 것처럼 분명하게 들린다. 그들은 내 작은 친구들과 큰 친구들이 어떻게 지내는지 말해 주며, 또한 내가 자고 일어날 때 오두막 안과 밖과 그 주위에서 내 보호 아래 살고 있는 크고 작은 모든 이들에 대한 나의 책임을 상기시킨다.

새벽의 신비

풍경이 점점 회색빛으로 변해 갈 때 나는 물가에 자리한 늙은 방크스 소나무 아래 꼼짝 않고 앉아 새로운 하루를 기다리고 있다.

낮과 밤이 교차하는 비현실 영역에 걸린 신비와 그 시간의 비밀을 깊고 자세히 조사하고 싶은 사람이라면 일찍 일어나는 것만으로는 충분하지 않다. 아예 잠을 자지 않는 편이 훨씬 더 낫다. 수면으로 몸과 정신 기능이 약간 마비되고 무디어진 상태에서는 날카로운 기민성과 민감한 지각력이 떨어지기 때문이다.

밤이 끝나고 먼동이 터 오는 희미한 새벽 시간에 움직일 줄 아는 황야의 모든 것이 펼쳐진다. 밤 시간에 일하는 재능을 부여받은 생물들은 아직 쉬러 가지 않았고, 좀 더 자애로운 태양의 광채 속에서 깨어 있는 생활을 하는 생물들은 새로운 활동을 위해 깨어난다. 다른 때보다 소리는 더 잘 침투되고, 더 먼 곳에서 나는 소리도 들린다. 냄새와 향기는 이른 아침 공기에서 더욱 짙고 자욱하여 적이나 먹을 것이 어디에 있는지 확실하게 알려 준다. 다른 때는 거의 보이거나 들리지 않는 새들과 짐승들이 한낮의 눈부신 햇빛이나 밤의 어둠 속에서는 누릴 수 없는 안전함을 느끼며 정해진 일과를 수행하고 놀이와 소일거리에 몰두한다.

이때는 신비의 시간, 즉 낯선 모습들과 익숙하지 않은 소리들의 시간이다. 이때야말로 눈과 귀가 가장 예민하게 조율된다. 어떤 것이 아무리 빨리 지나가도, 이 마술적인 시간의 음계에 의해 극도로 섬세하게 조율된 감각은 이것을 놓치지 않는다. 그림자도 없고, 한낮에는 빛과 그늘 속으로 흐릿하게 녹아 버리는 사물들이 이 시간에는 눈에 보이는 그대로 분명하고 뚜렷한 윤곽을 드러낸다. 건조한 브륄레*에 있는 어느 부러진 나뭇가지의 희미한 메아리, 산허리에서 등고선처럼 언뜻 언뜻 보이는 사슴, 어스름 속에서 유령처럼 보이는 한 쌍의 캐나다어치의 소리 없는 비행이 애써 의식하려 하지 않아도 즉시 입력된다.

그래서 나는 꼭대기가 부채 모양으로 벌어진 방크스소나무 아래 앉아 조용히 꼼짝 않고 기다렸다.

오로라는 오래전에 죽음의 춤을 그쳤고, 창백한 하늘 위로 회색 전함 같은 구름 떼가 느릿한 위용으로 줄지어 지나갔다.

내 뒤에는 동이 터 오는 숲의 매혹적인 세계가 있다. 이따금 나뭇잎에서 이슬방울이 똑똑 떨어지는 소리 말고는 어떤 소리도 이 엄숙한 정적을 깨뜨리지 않는다. 숲 바닥에서 뭔가가 반투명한 물체처럼 움직였을지 모른다. 흔히 보는 것이지만 어스레한 바다 동굴에 웅크리고 있어서 흐릿하고 형체가 없는 듯한 물체처럼, 그리고 어슴푸레

---

* 불에 타 버렸다가 생명이 새롭게 자라는 지역.

빛나는 푸른 연못에 괴상한 수초처럼 여기저기 떠 있는 덤불 잎처럼.

내 머리 위, 방크스소나무의 어느 가지에서 흰목 아비가 지저귀기 시작했다. 애조를 띤 처음 몇 소절은 응답을 기다리는 듯 잠시 침묵 속으로 사라졌다가 응답을 받자 가장 큰 소리로 힘차게 솟구쳐 올랐다. 새들의 수가 점점 늘어나면서 날개 달린 합창단은 새로운 하루의 축복을 기리는 기쁨과 찬사의 찬송가를 불렀고, 그리하여 숲 주위는 노랫소리로 온통 가득 찼다.

햇빛이 많이 들수록 물 위로 안개가 피어오르고, 안개는 얇게 겹겹이 쌓이면서 사이사이 틈이 있는 층을 이룬다. 안개 사이로 머리가 크고 몸통이 길고 꾸불꾸불해서 물에서도 뭍에서도 사는 파충류처럼 생긴 짐승이 물가를 따라 내게로 헤엄쳐 오는 것이 보였다. 그 짐승의 등은 악어 등에서 볼 수 있는 혹들이 일렬로 장식돼 있고 작고 꼭 맞는 조각들로 나눠져 있어서 마디가 있는 나무 뱀처럼 보였다.

지금이 마술과 마법의 시간이기 때문에 나는 이 환영을 다소 흥미롭게 지켜보았다. 시야에 들어왔을 때 보니 그것은 어미 새와 그 뒤를 흡사 뱀처럼 졸졸 뒤따르는 열 마리의 작고 검은 새끼들의 행렬이었을 뿐 무서운 것은 아니었다. 이와 거의 동시에 비버가 꼬리로 무겁게 물을 탁탁 치는 소리가 들렸다. 그러자 오리들은 돌출한 오리나무 밑으로 얼른 사라졌다. 그때부터 소리도, 잔물결도 일어나지 않는 것이 그들은 다시 나타날 기미를 보이지 않았다.

하룻밤 동안의 작은 탐험에 지쳐 내 따뜻한 두 손에서 잠들어 있던 새끼 비버가 그 경고 소리에 놀라 물속으로 급히 뛰어들어 사라졌다. 그 경종의 마지막 여음은 소리를 낸 장본인이 나타나 반가운 소리를 나직하고 길게 내면서 물가로 올라와 태연하고 아주 정성스럽게 매무새를 가다듬은 뒤에야 사라졌다.

빛나는 주둥이*로 불리는 회색 올빼미들이 내는 섬뜩하고 잔인한 낄낄거림은 아직 그치지 않았다. 그들이 간간이 내지르는 이 세상 소리 같지 않은 형언할 수 없는 웃음소리는 악마 일당의 사악한 웃음소리나 괴물 떼의 음란한 잔치를 연상시켰다. 이 시끄러운 소리에도 조금도 동요하지 않고 날카롭게 "찍" 소리만 내던 비버는 아직 잠자리에 들지 않은 날다람쥐가 내 등 뒤에 선 소나무의 빈 줄기에 능숙하게 착지하자 산뜻하고 멋진 다이빙으로 단숨에 물속에 뛰어들었다. 녀석이 도망치는 방향은 줄줄이 생기는 거품으로 알 수 있는데, 그것으로 보아 심하게 놀라지는 않은 모양이었다. 왜냐하면 진짜 위급한 순간에는 비버들은 거품을 일으키지 않고 도망치기 때문이다. 어떤 방법으로 그렇게 할 수 있는지는 잘 모르겠지만, 거품이 꼬리 바로 위 한 지점에서 일어나는 것으로 보아 어쨌거나 꼬리를 쓰는 방법과 관련이 있는 것 같다. 그 작은 회색다람쥐는 여전히 방크스소나무 껍질에 납작하게 붙어 있었고, 날갯죽지를 쫙 펼치고 있어서 크기가 대략 6제곱인치는 돼 보였다. 회색다람쥐는 크고 둥근 까만 눈으로 앞을 뚫어지게 보았는데, 날 보았는지는 잘 모르겠다. 녀석은 40피트 정도 떨어진 높은 나무 꼭대기에서 활공하여, 마지막 20여 피트는 수평으로 날다가 마지막에 가서는 분명한 상승을 그렸다. 날다람쥐가 낸 소리가 아주 작았는데도, 최근 들어 전과 다르게 민감해진 비버들이 그 소리를 들었다. 비버들이 민감해진 데는 까닭이 있었다. 며칠 전 암컷 곰이 새끼 두 마리와 함께 나타나 오두막에서 엎어지면 코 닿을 곳에 있는 벌통을 여러 개 뒤졌다. 그 전날 아침에는 코요테 한 마리가 나타나 호수 저쪽 기슭을 따라 늘어선 나무들의 경계 안으로 유유히 내려왔다. 마르고 교활한 그 회색 짐승은 아무런 방해도 받지 않고 미끄러져 내려와 나무들 사이로 유령처럼 자취를 감췄다.

나는 유리한 지점에서 오두막을 보고 있다. 근처에 사는 붉은다람쥐에게 주려고 아침마다 문 앞에 사과 한 조각을 놓아두었다. 그 다람쥐는 아직 나타나지 않았고, 대신에 사향뒤쥐가 와서 귀와 눈과 콧구멍을 쫑긋 세우고서 여러 번 뒤로 물러서며 괜히 놀라는 척하더니 문으로 총총 걸어와서 노획물을 움켜쥐고는 냅다 줄행랑쳤다. 녀석에게는 그 사과 조각이 위험을 무릅쓴 것에 대한 보상으로 여겨질 것이다. 잠시 후 본래 사과 임자인 다람쥐가 평소와 다름없이 그것을 가지러 오면, 사과가 없어진 것을 알고서 시끄럽게 욕하고 미친 듯이 뛰어다니면서 저주를 퍼붓고 가상의 적들을 찾아 나설 것이다.

근처에 있는 비버 오두막에서 들리던 웅성거림과 다른 이상한 소리들이 사라졌고, 식사 시간에 나던 연약한 새끼들의 울음소리도 잠잠해졌다. 물 위로는 제비갈매기 한 무리가 잽싼 활강과 날카로운 울음소리로 활동을 시작했다. 아비 한 쌍이 정기적인 아침 나들이로 헤엄을 쳐 왔는데, 거리가 너무 가까워서 녀석들의 붉은 눈이 똑똑히 보였다. 수컷은 귀에 거슬리지 않는 낮고 구슬픈 곡조를 이따금씩 흥얼거렸지만, 멀리서는 들리지 않았다. 흰 가슴에 민첩하고 독립심이 강한 거동을 갖춘 그 아비들은 고상한 새들이었다. 날 보자 그들은 잠시 멈추고서 신기한 듯 내 얼굴을 쳐다보았다. 그 덕에 나도 녀석들을 잘 볼 수 있었다. 암컷은 새끼 한 마리를 데리고 있었다. 새까만 색에 목도리뇌조 새끼보다 훨씬 작은 그 새끼는 어미의 등에 앉아 한가로이 경치를 관망했다. 얼마 동안 물 위를 덮고 있던 옅은 안개가 사라졌다. 너무 매끄럽고 거울처럼 잔잔해서 어디가 물이고 어디가 물 밖인지 분간이 가지 않던 작은 호수 표면이 산들바람이 호수를 쓱 어루만지고 지나간 듯 줄무늬를 그리며 일그러졌다. 잎이 무성한 몇몇 키 큰 은백양나무의 우듬지가 떠오르는 해의 강렬한 빛줄기에 분홍빛을 띠다 무지개 빛으로 나부꼈다. 작은 곶 위에 서 있는 늘씬하고 유연하고 우아한 사시나무 포플러들은 잎에 속삭이는 아침 바람의 노랫소리에 맞추어 허리를 굽히고 머리를 숙이고 부드럽게 꺾이며 흔들리기 시작했다. 상록수 숲의 어둠침침한 아치 아래에는 빛과 그림자가 만들어지고 부서지면서, 밝은 곳은 더욱 환해지고 어두운 곳은 더욱 어두워졌다. 반면에 무거운 차양을 이룬 부채 모양의 나뭇가지들 저 위로는 끝이 양홍색으로 물든 높이 치솟은 가문비나무 첨탑이 진홍빛 창처럼 하늘을 찌르고 있었다.

큰 호수와 이어지는 북쪽에서, 한 떼의 펠리컨들이 핏빛으로 반짝이며 우듬지 바로 위로 유유히 날아갔다. 펠리컨들은 편대를 지어 정확하고 질서 잡힌 대형으로 항진했다. 이 새들은 비행과 활공을 번갈아 하는 항법을 통해 힘을 효율적으로 배분하는 법을 터득한 것 같았다. 그래서 펠리컨들은 반은 쉬면서 무한정 날 수 있는 것 같다. 이러한 방식의 비행과 활공은 일정한 시간 간격을 두고 일어나고, 속도나 대형에 거의 영향을 미치지 않으며, 활공하는 동안에도 고도는 떨어지지 않는다. 선두가 날갯짓을 하면 다음 새가 그것을 따라하고, 모두가 앞서 나는 새로부터 그 "단계"를 잇달아 받아서, 비행하다가 활공한다. 비행과 활공. 이런 훈련된 행동은 멋진 장관을 보여 준다. 또한 그것은 어머니 자연이 자식들의 안전과 능력을 높이기 위해 마련한 대부분의 방편들처럼 무수한 세월에 걸친 진화의 결과이자 최소 저항선이라는 가르침에 순응한 결과이다. 펠리컨들은 분명한 목적을 갖고 정도를 벗어나지도 지치지도 않으면서 정해진 항로를 따라가다가 곧 사라졌다.

갑자기 성벽 같은 언덕들 뒤에서 연기만 피우고 있던 해가 이글거리는 광채로 타올랐다.

어디선가 딱따구리가 나무를 쪼고 두들기며 다른 이들을 깨우는 놀라운 기상 나팔을 불었다.

황야가 깨어나 기지개를 켰다.

오두막의 파수꾼들

지난 2년 동안 나는 책을 써 오고 있다. 좋은 책인지 아닌지는 독자 여러분의 판단에 맡긴다. 그러나 만약 좋은 책이 아니라고 한다면 여러분에게 좋은 이유를 몇 개든지 댈 수 있다.

그 이유들 중 최고는 지표면의 어딘가에서 외국어처럼 들려오는 울부짖음과 쉿소리와 재잘거림, 그리고 그 뒤에 이어지는 쾅 부딪치고 탕 치고 쿵 울리는 소리이다. 이것은 한 살부터 일곱 살에 이르는 많은 비버들이 내가 방금 비버 오두막 문 앞에 놔둔 장작더미를 누가 가질 것인가를 놓고 서로에게 훈계하는 소리이다. 그 장작은 물론 내 것이지만, 그 사실로 인해 장작의 쓰임새가 줄어드는 것은 아니다. 그 장작은 최근에 호수 기슭 가까운 곳에 세워진 이미 난공불락의 요새가 된 비버의 집에 추가 자재로 쓰인다. 진짜 어려움은 누가 그 장작을 치우는 영예를 가질 것인지를 결정짓는 문제인 것 같다. 다투는 소리, 괴로워하는 소리, 몹시 화내는 소리, 애원하는 소리들이 있다.

자기 얘기를 하고 싶을 때 비버들은 나름의 방법을 가지고 있다. 성년이 되는 세 살 때까지 각 세대는 그들만의 억양을 가지며, 각 개체는 다른 목소리를 가진다. 하나의 부족, 혹은 종족으로서(혹은 어떤 식으로 분류되든), 비버들은 육중하게 걷고, 격렬하게 탕탕 치고, 활기차게 끌고 밀고 들어올리며, 일단 완성하기로 결정한 일은 무슨 일이 있어도 수행하는 광적인 단호함이 있다. 따라서 이때 발생하는 소음은 '말로 다할 수도, 상상할 수도, 형언할 수도, 옹호할 수도' 없다. 따옴표 안의 표현은 좋은 낱말들이다. 나는 이 낱말들을 어떤 책에서 얻었다. 하지만 이런 낱말만으로는 충분하지 않다. 이 낱말들이 비버들의 소음을 그대로 전해 주지는 않기 때문이다.

나는 이 책이 좋은 이유를 설명하려고 정신을 집중하고, 내 생각을 정리하려고 애쓴다. 그때 단조롭고 악마 같이 끈질기게 누군가 양철 접시에 돌을 던지는 시끄러운 딸그락 소리, 새로운 소리가 들린다. 비버에 관한 글을 쓰려고 하는데, 왠지 투우에 관한 생생한 이야기를 쓰고 있는 듯한 기분이 들기 시작한다. 그래서 나는 펜을 내려놓고 밖으로 나간다. 나가 보니 한발 늦어 버렸다. 장작이 거의 없어진 것이다. 2세대와 3세대 비버들이 누가 그 장작을 가질 것인가를 놓고 말다툼을 벌이는 동안 덩치가 가장 큰 1세대가 대부분의 장작을 들고 조용히 도망치고 있다. 그들은 왔다 갔다 한다. 아주 질서 있게 한 놈은 오고 한 놈은 가는 것이, 작업에 돌입한 두 비버의 모습이 끝없는 사슬처럼 보인다. 나는 익힌 음식을 좋아하지만, 이런 비싼 대가를 치르면서까지 먹고 싶지는 않다. 차라리 날것으로 먹는 편이 더 싸겠다. 그래서 나는 남은 장작을 호수로 밀쳐 버린다. 이제는 더 이상 비버들이 말다툼을 벌이지 않으리라. 장작이 없어졌으니, 이제는 비버들이 오두막 안에 들어와 놀 것이다. 장작이 만족스럽게 처리

되자 잠시 할 일이 없어진 한 살배기 비버 세 마리가 부산을 떨며 오 두막 안으로 들어와 가지고 놀 만한 장난거리를 찾는다. 그들은 호기 심에 넘쳐 아주 고집스럽게 구석구석을 응시하며 잠시 돌아다니다 가, 마침내 상자에 남은 사과들을 놓고 예의 그 시끄러운 소리로 맹 렬한 경쟁에 돌입한다. 나는 이 깡패들을 어르고 사과 한 조각으로 매수하여 내보내고 난 뒤 펜을 잡고 일을 시작한다. 그러나 분통 터 지는 저 양철 소리의 원인은 여전히 알 수가 없다. 밖에 있는 양철 접 시는 비버들의 밥그릇으로 쓰이는데, 비버들은 아직까지 접시를 손 대지 않은 채 그대로 놔두고 있다.

내가 막 기분 좋게 일을 시작하여 어떤 낱말을 쓰고 있을 때 또 다 른 소리, 톱처럼 끝이 날카로운 도구가 아주 단단한 나무를 벨 때 나 는 낭랑하고 기분 좋은 소리가 들린다. 그것은 또한 비버가 이빨로 카누를 물어뜯을 때 나는 소리와 비슷하다. 나는 펜을 내려놓고 밖으 로 나가 무슨 일인지 알아본다. 정말로 비버가 이빨로 카누를 물어뜯 고 있다. 뒤집어진 카누는 나무의 한 부분처럼 보여서 놀고 있는 비 버의 이빨에겐 더할 나위 없는 노리개이다. 범포(帆布)는 나무껍질 처럼 보이고, 색깔이 다 똑같고, 앞서 말한 대로 기분 좋고 재미난 소 리로 쉽게 벗겨진다. 물론, 아무리 비버라 해도 녹색 페인트와 범포 를 먹을 수는 없다. 하지만 범포를 벗기는 것은 재미난 놀이이고, 페 인트는 침과 함께 뱉어 내면 그만이다. 짧은 말다툼 끝에 나는 카누 를 비버의 손길이 닿지 않는 선반에 올려놓고서 녀석의 상한 마음을 사과 하나로 풀어 주고 다시 들어간다. 나는 펜을 잡고서 아까 쓰다 만 낱말을 완성한다.

아마도 약 15분 동안은 방해받지 않고 글을 쓴 것 같다. 그런데 누 군가 딱딱한 땅에 양철 접시를 줄기차게 떨어뜨리는 것처럼 지긋지

그레이 아울의 오두막과 비버의 집은 서로 연결되도록 만들어졌다.

굿한 땡그랑 소리가 다시 들린다. 지금은 환한 대낮이다. 그래서 나는 창문으로 밖을 내다보고 사실을 확인한다. 장난을 좋아할 만한 나이가 된 3세대 비버 중 한 놈이 먹이가 담긴 양철 접시를 집어 들었다 떨어뜨렸다 하는 짓을 반복하고 있다. 그릇으로 먹는 법을 아직 배우지 못한 어린 비버들은 먹이를 땅에 쏟는 것을 더 좋아한다. 그렇게 해야 더 쉽게 먹을 수 있기 때문이다. 먹이를 먹고 나면 녀석들은 접시를 호수로 던진다. 호수에는 접시만이 아니라 다른 물건들도 많이 있는데, 어린 비버들은 던진 물건을 수중 무덤으로 옮긴다. 그런데 언뜻 보기에 이 비버는 또 다른 생각을 갖고 있는 듯하다. 나는 그 과정을 흥미롭게 지켜본다. 녀석은 이빨로 접시를 집어서 옆으로 똑바로 세운 채 걸어가려고 한다. 녀석은 자신만이 아는 어떤 이유로 모든 물건을 집으로 가져가고 싶어한다. 그러나 접시 크기에 비해 녀석의 몸집이 좀 작다. 녀석이 똑바로 일어서자마자 접시는 균형을 잃고 떨어진다. 새끼 비버는 접시를 집어 들어 다시 걸어 보지만 접시는 다시 떨어지고, 이런 짓을 여러 번 되풀이한다. 나는 횟수를 세기 시작한다. 빈 접시가 땅에 떨어질 때 나는 땡그렁 소리가 녀석에게 재미있는 모양이다. 여러번 실험을 되풀이한 끝에 어린 비버는 마침내 방법을 찾아낸다. 녀석은 균형점을 찾아 접시를 입에 물고 똑바로 일어선다. 접시를 떨어뜨리지 않으려고 두 손을 접시 밑에 받치고서 호수로 이어지는 비탈을 걷기 시작한다. 나는 내 접시가 사라질 위기에 처한 것을 보고 뛰쳐나간다. 그러자 그 어린 망나니는 미끄러운 길을 쭉 미끄러져 접시와 통째로 물속으로 뛰어든다. 접시는 잠시 동안 물 위에서 흔들거리다가 가라앉는다. 그 비버는 자신의 성공을 축하하여 물속에서 빙글빙글 돌다가 곧 사라진다. 나는 텅 빈 상륙장에 홀로 남겨진다.

이것은 비버들의 인내를 보여 주는 아주 좋은 예이다. 비버들은 성공을 거둘 때까지 아니면 그 일은 할 수 없다는 결론이 나올 때까지 목적 달성을 위해 온갖 방법을 다 써 본다.

아마도 독자 여러분은 이처럼 엄청나게 활동적이고 부지런한 동물들에게 둘러싸여 책을 쓰려고 하는 사람이라면 그들로부터 인내의 미덕 정도는 배웠으리라는 것을 짐작할 수 있을 것이다. 이것은 괜한 변명이 아니다. 왜냐하면 이 글을 쓰고 있는 지금도 성년이 된 한 비버가 문을 쾅 열고는 탁자 옆에 있는 비버 집을 증축하기 위해 길이가 육칠 피트나 되는 막대를 가지고 들어오기 때문이다. 비버들로서는 진흙을 한 아름 안고 똑바로 걸어와 통나무집 안에 있는 자기네 집에 벽토를 더 바르기 위해 내 의자 옆을 지나다니는 것이 새삼스러운 일이 아니다. 그 때문에 나는 별 수 없이 쓰던 글을 중단하고 의자를 들어 비버들에게 길을 내주고 녀석들이 일을 끝낼 때까지 비켜 서 있지 않을 수 없다.

이 우주를 지배하는 모든 자연 법칙이나 우리가 아는 자연 법칙 중에는, 때로는 아주 엄격하게 지켜지지 않는 듯하지만 결국에는 꼭 지켜지는 법칙이 한 가지 있다. 그것은 보상의 법칙이다. 그 법칙은 내게도 그대로 적용되어 내게 일상의 형벌을 내리고 있다. 자연의 명백한 섭리를 깨고 수많은 야생 동물의 의식에서 그들의 유일한 안전 장치인 타고난 경계심을 약간 없애는 데 성공함으로써 나는 지금 그들을 보호해 주어야 하는 처지가 되었다. 그래서 나는 밤마다 잠도 못 자고 거의 밤새도록 동물들의 활동 현장을 쉴 새 없이 순찰하다 오전에나 겨우 쉰다. 내가 살아 있는 동안은 비버들도 틀림없이 살아 있을 것이므로, 나는 아마도 천명이 다하는 그날까지 내 간섭을 속죄하기 위해 이처럼 밤낮이 바뀐 생활을 계속하게 될 것 같다.

경계심이 없어진 비버들은 지나치게 대범해졌다. 처음 듣는 이상한 소리가 들리면 비버들은 모습을 감추거나 그 자리에 없었다는 듯이 그곳을 얼른 뜨는 대신, 이제는 누가 나타날까 확인하기 위해 호기심을 품고 기다리고 서 있다. 문명에 덜 길들여진 비버라면 호수 속으로 쏙 들어가 위험에서 벗어나려고 할 텐데 말이다. 벌채 지역이 주로 호수에서 멀리 떨어져 있어서, 나는 낙오한 새끼 비버를 노릴지 모를 곰, 늑대, 코요테, 심지어 거대한 수리부엉이에 이르기까지 있을 수 있는 모든 습격자들을 대비하여 비버들의 작업장을 자주 들러야 한다. 중세의 야경꾼이 도시의 거리를 순찰하면서 "이상 없음, 이상 없음" 하고 외친 것처럼 나 역시 비버들에게 가면서 "꽤-애-앤-차-아-안-아, 꽤-애-앤-차-아-안-아" 하는 나만의 소리를 내지른다. 이 소리는 내 신호이자 신분증이며, 비버들도 이 소리를 잘 알고 있다. 내가 갈 때마다 이 소리를 내기 때문에 비버들은 소리 없이 다가오는 것은 내가 아니며, 따라서 위험하다는 것을 안다.

나는 거의 한 시간마다 비버들의 일터를 조사하러 간다. 어느 날 밤 구석구석을 샅샅이 수색했더니 젤리 롤의 가죽도 아니고 털도 아닌 다른 뭔가를 발견하게 되었다. 이곳에는 곰이 많기 때문에 비극은 늘 그림자 속에 도사리고 있다. 아무리 찾아도 젤리를 찾지 못한 나는 처음 자리로 돌아가 젤리만 대답하는 호출 신호를 보내 보기로 했다. 참을성 있게, 그러나 점점 불안감을 느끼며 환한 손전등을 사방팔방으로 비추며 간간이 긴급 호출을 보냈다. 꽤 오랫동안 이렇게 했는데, 이제는 정말로 걱정되기 시작했다. 그때 갑자기 누군가 내 발을 잡아당기는 것이 느껴져 불빛을 비추었더니, 다름아닌 잃어버린 젤리 롤이 내 발 밑에 꼿꼿이 서서 나를 쳐다보고 있는 게 아닌가. 젤

305

리는 목이 바싹 말라서 조바심을 내기 시작했는데, 계속 그 자리에 있었던 게 분명했다. 나는 젤리가 조바심을 내는 것을 나무라지 않았다. 젤리와 로하이드는 자신들이 나의 주인이라고 생각하면서 나에 대해 쑥덕거리는 게 분명하다. 젤리는 내 어리석은 행동이 내가 수양과 훈련을 게을리 해서 생긴 여러 가지 예들 중 하나라고 생각하는 모양이었다. 젤리와 로하이드는 날 길들이기 위해 수고를 들였는데도 어리석게 구는 내 모습에 때때로 약간 실망하는 것 같다.

내가 옆에 앉아 보초를 서는 동안 젤리는 내 보호를 믿고서, 또 일에 지치고 힘들어서 경사로 입구를 가득 채우는 달빛 아래 잠을 잔다. 이것은 종종 있는 일이다. 어릴 때처럼 내 무릎에 머리를 베고 누워 코를 부드럽게 골며 자는 동안은 젤리는 더 이상 비버 왕국의 여왕이 아니고 그냥 늙은 젤리 ─ 뚱뚱보 ─ 일 뿐이다. 내가 움직이면 젤리는 가지 말라고 내 옷을 꽉 붙잡고 보통 때와는 전혀 다른 소리를 낸다. 그럴 때 젤리의 목소리는 약음기를 붙인 건반 같다. 미세한 음까지 다 내면서 감정을 표현하는 건반. 혹은 이따금씩 부는 미세하고 약한 바람에 젤리의 풍성하고 짙은 털이 가볍게 흔들릴 때 젤리가 내는 목소리는 수많은 느낌이 오고가며 빠르게 떨리는 섬세하게 조율된 악기 같다. 눈을 쳐다보기 전에는 결코 예쁘지 않은 젤리의 못생긴 몸뚱이를 내려다볼 때면 아름다움이란 외형에 있는 것이 아니라, 정신력, 품위 있는 거동, 균형과 리듬, 성실, 그리고 자연에 조화롭게 순응할 줄 아는 능력에 있다는 생각이 든다.

아주 다정할 때 보이는 애정과 화도 가라앉게 하는 천진함에도 불구하고, 젤리 롤은 세상에서 가장 방자한 동물이다. 젤리는 하면 안 되는 줄 알면서도 늘 얕은꾀로 날 속이려 든다. 그러나 거의 늘 그렇지만, 일단 현행범으로 걸리면(술책에 관한 한 젤리는 가장 순진하고 솔직한 실수투성이의 늙은이이다) 젤리는 벌렁 드러누워 무서워 죽겠다는 듯이 발버둥을 친다. 사실 젤리는 나의 비난과 질책 말고는 무서워하는 게 없는데, 그것에는 정말로 민감하게 반응한다. 그러나 기분을 풀어 주면 젤리는 곧바로(물론, 좀 나중에) 벌떡 일어나 야단법석을 떨기 시작한다. 그렇다고 내 훈계를 잊은 것은 아니다. 적어도 그날만큼은. 이런 식의 교화(敎化) 작업은 지금까지 형식적으로 이루어져 왔는데, 오래 되풀이되다 보니 지금은 다소 기계적으로 변했다. 범행 현장에 내가 나타나면 젤리는 마치 달갑지 않은 훈계를 얼른 끝내고 싶다는 듯이 곧바로 비굴한 자세를 취한다. 그녀는 내게 야단맞는 것을 가장 싫어하지만, 행여 다른 사람이 공공연하게 야단치면 즉각, 때로는 노골적으로 적개심을 드러낸다. 로하이드와 마찬가지로 젤리도 어린 자식들에게 강한 보호 본능을 갖고 있다. 이것은 대부분의 동물이 가진 특성이다. 그러나 젤리는 한술 더 떠 그런 훈련을 받아 본 적이 없는데도 내가 낯선 사람 옆에 드러눕기라도 하면 개처럼 위협적인 태도와 목소리로 그 사람과 나 사이에 버티고 선다. 하지만 인간인 내가 서 있을 때는 젤리의 이런 극진한 보호가 없어도 나 자신을 아주 잘 돌볼 수 있다. 젤리는 이방인을 전혀 두려워하지 않으며, 어떤 사람들에게도 용감히 맞서고, 그들 사이로 가서 그들을 조사하고 굽힘없이 침착하게 주도권을 잡는다.

젤리는 옛날부터 우리의 물건을 단속했다. 행여 모르는 사람이 우리 카누에 타고 있으면 그녀는 즉시 알아보러 간다. 손님이 나와 함께 카누에 타고 있을 때는 내가 가까이 오지 못하게 하니까, 젤리는 물밑으로 몰래 헤엄쳐 예상치 못한 곳에서 달갑지 않다는 뜻으로 깊고 폭발적인 으르렁 소리와 함께 머리를 불쑥 내민다. 다이빙대가 붙어 있지 않으면 측면이 높은 카누를 기어오를 수 없지만, 젤리는 카누에 악착같이 붙어서 헤엄을 치면서 노 젓기를 방해하고 카누가 가지 못하도록 온갖 짓을 다 한다. 이것을 못 하게 되면 새 방문객을 조사할 기회를 얻을 속셈으로 카누를 물가로 호위한다. 물론 나는 녀석의 이런 의도를 꺾지 않는다. 나는 이 일에 대해 손님에게 젤리가 장난을 치는 것일 뿐, 손님의 다리를 무는 것 같은 장난은 생각할 줄도 모른다고 한마디만 한다. 주변에서 일어나는 일을 인지하는 젤리의 능력은 아주 날카롭다. 그녀는 무슨 일이 일어나는지를 반드시 알아야 하고, 동물들에게는 관심이 없을 것 같은 많은 일들에 강렬한 흥미를 보인다. 젤리만큼 분명한 태도를 보이진 않지만, 로하이드도 그렇다. 그러나 로하이드는 때때로 많은 것들에 무덤덤한 반응을 보이는데, 무관심하고 알 수 없는 태도 때문에 겉보기에는 녀석이 아무것도 자각하지 않는 것 같다. 하지만 로하이드는 분명 조용한 방식으로 주위를 살피는 예리한 관찰자이다. 로하이드의 침착성, 한결같은 태도, 그리고 늘 균형 잡힌 청각은 녀석의 신경질적인 배우자가 보이는 변화무쌍한 기분과 아주 대조적이다. 가끔은 상냥하고 붙임성도 있지만, 보통은 참견하기 좋아하고 일마다 덤벼드는 젤리도 자기 자신에 대해 못마땅해 하는 경우가 있다. 그때의 분위기는 세 든 사람이 방세를 약간 미뤘을 때 집주인 여자가 보이는 태도와 비슷하다.

내 오두막을 방문할 때면 로하이드는 귀에 물이 못 들어오게 할 때처럼 주머니처럼 생긴 귀를 꼭 틀어막고서 듣고 싶지 않은 라디오 프로그램을 듣지 않겠다는 듯이 행동한다. 그러나 젤리는 새로운 것에 대해 보이는 광적인 흥미를 이 기계에도 보인다. 그녀는 때때로 꼼짝 않고 서서 라디오를 들으면서 손과 손가락을 기묘하고 막연하게 움직이는데, 그 모습이 마치 차렷 자세로 뻣뻣하게 서 있는 갈색 기둥 같다. 한번은 젤리가 방송을 듣고 있던 도중 극 중 등장인물들이 싸움터에서 교전을 벌이다 그중 한 명이 죽었다. 전투 소리는 젤리에게 강한 영향을 미쳤다. 눈이 동그래지고 머리털이 빳빳이 서더니 젤리는 소리를 지르기 시작했다. 여자 배우가 의식을 잃으면서 내지른 비명 소리가 젤리를 몹시 흥분시켰다. 젤리는 뻣뻣하고 기괴한 자세로 서서 약간 심상치 않을 만큼 여배우의 죽음을 강력하게 부인하는 표정을 지어 보였다. 젤리는 앞뒤로 비틀거리고 기우뚱거렸는데, 젤리마저 기절하지 않을까 걱정될 정도였다. 아마도 젤리는 그 전투에 참가하고 싶은 마음이 굴뚝 같았을 것이다. 그래서 나는 젤리가 라디오를 박살 내지 않도록 녀석에게 사과 하나를 주고서 마법에서 깨어나게 했다. 젤리는 지금도 신문지라면 환장을 한다. 나는 특별히 젤리를 위해 녀석이 좋아서 어쩔 줄 모르는 소리, 즉 우지직 소리가 잘 나는 신문지가 가득 든 가방을 오두막 안에 놔두는데, 젤리는 내 오두막을 방문할 때마다 익숙한 장소에서 늘 그 가방을 찾는다. 날씨가 좋을 때는 거의 한 시간마다 오두막을 찾고, 갑판에 있는 동안은 물건들을 뒤섞어 놓기를 좋아한다. 젤리는 몸무게가 60파운드나 나가지만 마음만 먹으면 아주 능숙하게 휘젓고 다니는데, 오두막에 모아 둘 만한 물건들을 수집하기 시작할 때는 언제 터질지 모를 큰 폭죽을 앞에 놓고 있는 사람처럼 즐거운 불안감에 들뜬다.

젤리가 아주 중요한 서류를 훔쳐가거나 중요한 편지에서 봉투란 봉투를 죄다 가져갈 때가 종종 있다. 그녀는 무엇보다 정기 간행물을 좋아하는데, 그것은 광고 면 종이가 일반 종이보다 더 빳빳해서 아주 통쾌하고 짜릿한 소리를 내기 때문이다. 젤리는 이런 종이를 쥘 때면 미칠 듯이 좋아한다. 종이를 들고 문 밖으로 나갈 때 머리를 앞뒤로 흔들면서 온몸으로 만족스런 승리감을 발산한다. 한번은 젤리의 애국심을 시험해 보자는 한 구경꾼의 제안에 나는 젤리 앞에 캐나다,

영국, 미국 잡지를 하나씩 놓아두었다. 하나하나 꼼꼼히 살펴본 뒤 젤리는 캐나다 잡지를 집어 들고 밖으로 나갔다. 그 방문객은 상당히 놀랐고, 지금도 내가 젤리에게 어떤 비밀 신호를 보냈다고 믿고 있다. 물론 순전히 우연이었지만, 그 효과는 대단했다. 때때로 침착한 로하이드도 이런 장난에 동참했는데, 그중 몇 개는 완전히 터무니없지는 않다 해도 아주 이상했다. 다음 이야기는 허풍선이 남작을 아연실색케 했던 일이다. 비버들은 이빨을 운동시켜 주는 개잎갈나무를 먹기 좋아하는데, 그것은 맛도 좋고 깨물 때 아삭아삭 소리가 나기 때문이다. 이 지역에는 개잎갈나무가 없기 때문에 나는 새 오두막의 지붕을 이고 남은 판자를 한 묶음 가지고 이곳으로 왔다. 다음날 아침에 일어나 보니 빗장이 잘려진 채 한쪽에 깔끔하게 놓여 있고, 지붕 판자들이 모조리 치워지고 없었다. 비버들이 이것으로 뭘 할 작정인지 궁금해 하던 중, 다음날 오후 한 남자가 내게 와서 비버들이 일하는 모습을 보고 싶다고 말했다. 비버 집까지는 15분 거리였는데, 그 집에 가까워졌을 때 나는 집 외관이 이상하다는 것을 알아챘다. 비버 집에 이르렀을 때 그 남자와 나는 꼼짝 않고 서서 눈을 동그랗게 뜨고는 보고, 보고, 또 보았다. 비버 집 한쪽 측면에 지붕널을 이어 놓은 것이 아닌가!

마침내 내 방문객이 작은 소리로 물었다. "내 눈에 보이는 게 당신한테도 보입니까?" 나는 그렇다고 말했다. "그렇군!" 그가 말했다. "우리 둘 다 미친 거요. 여길 뜹시다." 내 기억으로 우리는 경외감에 눌려 조용히 물러 나왔고, 내 오두막으로 와서 아주 이상한 차를 많이 마셨다. 내가 그에게 좀 더 기다려서 비버들을 보고 싶지 않느냐고 묻자 그는 고개를 저었다. "아니오." 그가 대답했다. "보고 싶지 않습니다. 퇴원한 지 얼마 되지 않아서 견딜 수가 없어요. 오늘 말고,

딴 때―." 그 남자는 뭐라고 중얼거리면서 오두막을 나갔다. 해석은 물론 아주 간단하다. 비버들은 자신들이 쉽게 다룰 수 있는 재료(이런 재료로는 장작, 노, 개수통, 옷, 기타 등등이 있다)를 손에 넣으면 건물을 짓는 데 사용한다. 그들은 지붕널을 손에 넣었을 때 직사각형으로 생긴 판자 모양 때문에 다른 판자들 사이에 밀어 넣지 못하고 측면에 잇댄 것이었다.

그러나 해학극을 연출하는 일에서는 젤리의 행동 자체가 스타급 배우의 연기였다. 지붕널 사건이 있은 직후의 어느 날 오후, 비버들의 댐 쪽에서 어떤 여성이 귀청이 떠나갈 듯이 내지르는 날카로운 비명 소리가 들렸다. 그 댐 옆에는 내 오두막으로 이어지는 오솔길이 있었다. 내가 주위에 없을 때 젤리는 진짜 감시견 노릇을 한다. 어리고 사리분별이 약한 그 당시에 젤리는 숨어서 사람들을 기다리다가 쫓아내곤 했다(그 뒤로는 그만두었다). 나는 젤리가 숨어 있다가 누군가를 잡았고 사람들을 몹시 놀라게 하고 있다고 생각하면서 진상을 확인하러 댐으로 급히 달려갔다. 그곳에는 까무러칠 듯이 놀란 한 여성이 있었다. 그녀가 소리쳤다. "방금 제가 본 게 뭔지 아세요? 페인트 붓을 들고 지나가는 비버였어요!" "누가 뭘 들고 지나갔다고요?" 내가 물었다. "페인트 붓을 들고 지나가는 비버요!" 그녀는 단언했다. "오, 제 말을 못 믿는군요. 하지만 정말로 봤어요." 재주 많은 내 비버 친구들이 머리 쓰는 일들에 익숙한 나였지만, 이 일만큼은 날 약간 당황시켰다. 그래서 나는 짧게 "오!" 하고 말한 뒤 그녀를 오두막으로 데리고 갔다. 나는 그녀를 오두막에 남겨 두고서 새 지붕을 칠하고 있던 사람이 페인트 붓을 놔둔 그루터기로 가보았다. 물론 붓은 없었다. 새로운 것을 찾아 늘 눈을 번뜩이고 있는 비버의 바쁜 손가락이 그 붓을 치워 버린 것이다. 그래서 나는 이 사실을 그 여성에

311

게 말해 주었고, 이로써 그 문제는 설명이 되었다. 하지만 저녁 늦게 나는 그루터기 발치에 누워 있다가 그 나무에 새겨진 아주 날카로운 앞니 자국 네 개와 없어진 페인트 붓을 발견했는데, 그 이유는 설명이 되지 않았다. 붓이 왜 돌아와 있었을까? 여러분의 추측이 내 추측과 같을 것이다.

독자들이여, 여러분이 믿거나 말거나 이 마지막 단락의 후반부를 쓰고 있을 때 3세대, 즉 경험이 없는 세대의 한 비버가 문을 열려고 기를 쓰는데도 도저히 열리지 않자 창문으로 들어오려고 애를 쓰고 있다. 나는 문을 열어 주는 편이 더 경제적이겠다고 생각한다. 그래서 문을 열어 보니 비버 세 놈이 서 있다. 독자 여러분, 조금만 기다려 달라.

다시 이야기를 해 보겠다. 오늘 이곳에는 많은 방문객들이 있었다. 얼굴이 넓고 무섭게 생겼지만 가지진 뿔이 반밖에 자라지 않은 커다란 수컷 무스가 몇 야드 안으로 정중하게 가만히 다가와 비버들을 쳐다보았다. 비버들 역시 복잡한 감정으로 그 무스를 쳐다보았다. 하지만 젤리 롤은 지금까지 내가 그녀에 대해 쓴 칭찬이 무색하게 날 몹시 실망시켰다. 젤리는 어떤 여성에게 받은 초콜릿을 먹어 치우고 나서 모두에게 등을 돌렸고, 내가 내민 나뭇가지를 받아서 냄새를 맡아 보더니 한쪽으로 던져 버렸고, 호수로 들어가서 다시 나오지 않았다. 이것은 젤리에게서 흔히 볼 수 있는 행동이 아니다. 사실 젤리는 때때로 떼어 놓기가 꽤 힘들고 "안 돼"라는 대답을 받아들이지 않는 그런 부류의 여성에 속한다. 그녀는 자기주장이 강하고, 주위에 누가 있거나 특히 맛 좋은 것이 있을 때면 그냥 지나치는 법이 없다. 최근에 젤리는 부산스럽고 혼자 독차지하려는 태도를 보여 주면서 더욱 주목을 끈다. 낯선 사람의 출현에 흥분한 것인지, 보상을 받아야 한다는 것을 알게 된 탓인지, 혹은 악마의 소행인지 딱 부러지게 말할 수는 없지만, 젤리는 자주 짤막한 연기를 선보인다. 처음에는 침대에서 방해되지 않는 곳에 앉은 방문객들을 한 명씩 살피고 — 그녀는 질 좋은 구두 가죽을 충분히 맛을 본다 — 대체로 그런 편이지만 기분이 좋으면 쇼를 시작한다. 쇼는 신문이 든 가방을 앞뒤로 굴리고, 내용물을 다 꺼내 엉망진창으로 만들고, 내가 비버 집에서 치워 놓은 나무토막들을 그 자리에 도로 갖다 놓고, 전혀 불필요한 다양한 행동을 연출하는 것으로 구성된다. 젤리는 이 모든 짓을 정말 진지한 분위기로, 아주 숨 막힐 듯한 흥분으로, 관중에게 아주 흥미를 보이며 무대 사이로 이리저리 뛰어다니면서 하는데, 그 때문에 참석자들은 그 쇼가 특별히 그들을 위해 준비된 것이라고 너그럽게 생각해 준다. 물론, 우리는 이 배우가 과장된 연기를 펼쳐 보이는 것이 보상을 기대하는 마음에서일지도 모른다고 약간 의심한다. 그러나 참석자들 모두 즐거운 시간을 보내는데, 정말로 중요한 것은 바로 그 점이다. 젤리에게 말을 걸면 녀석은 스스럼없이 즉각 관심을 보이고 종종 대답을 한다. 젤리는 내가 하는 여러 가지 말뜻을 많이 이해하게 되었다. 하지만 이런 능력이 젤리에게만 있는 것은 아니다. 비버는 인간과 아주 흡사한 다양한 억양을 가진 목소리로 의사 전달을 하는 동물이다. 그들의 표현과 말투는 그들이 겪고 있는 감정을 사람 귀에도 쏙쏙 들리게 한다. 이런 유사점 때문에 비버들은 몇 가지 간단한 말이나 표현을 아주 쉽게 이해할 수 있다. 나는 이런 일이나 다른 일에서 비버들을 따로 훈련시키지는 않았다. 그들이 하는 모든 행동은 자유 의지로 이루어지며, 그래서 무척 자유롭고 편안하고 격식이 없다. 나는 비버들이 내게 굴복하기를 바라지 않는다. 그들이 날 얕잡아 본다 해도 나는 그들을 얕잡아 보지 않는다. 또한 그들이 날 지배하게 놔두지도 않는다. 우리는 다같이 자유롭고, 우리가 하고 싶은 대로 하며, 더불어서 아주 잘 지낸다. 한 예로, 로하이드는 자신의 자유를 빼앗거나 자주성을 구속하려는 짓을 한순간도 참지 않는다. 녀석은 다소 근엄한 개체이고, 자신의 일과 가족과 직접적으로 관계없는 일은 거의 무시한다. 그렇다 해도 놀 시간은 가지며, 늘 "안녕 여러분, 모든 일이 잘 되길 원해, 멋진 세상이야"라고 말하는 듯한, 딱히 뭐라고 말할 수 없는 분위기를 연출한다. 어려움에 부딪쳤을 때 나타나는 비버의 고집은 하고 싶지 않은 일을 시킬 때 그대로 드러난다. 하지만 사사로운 정이 비버들의 행동에 큰 영향을 미치기 때문에, 충분히 격려해 주고 재량권을 주면 그들은 평소의 습성과는 꽤 다른 아주 놀랄 만한 행동을 하는 법을 배운다. 가령, 로하이드는 짐을 한 아름 안고 똑바로 걸을 때 발로 문을 차서 여는 법을 배웠다. 녀석은 내 오두막 안에 자기 집을 지었고, 제 배우자와 마찬가지로 카누에 올라타는 것을 좋아한다. 젤리 롤은 오두막 문을 어느 쪽에서든 쉽게 열 수 있는데, 문을 확 밀치고 들어왔다가 내가 문 밑에 붙여 놓은 손잡이를 이용해 다시 나간다. 문이 저절로 쾅 닫힐 때면 젤리가 문을 열고 나간다는 것을 알 수 있는데, 그것은 아주 효과가 있었다. 젤리와 달리 로하이드는 내 말에 좀처럼 대답하지 않지만, 그래도 내가 하는 말은 분명히 이해하고 열심히 듣고 경사로에서 우연히 날 볼 때면 종종 내게로 달려와 그 작은 손으로 내 손가락을 아주 세게 쥐면서 자기를 알아봐 주기를 몹시 바란다. 그러나 로하이드에게는 오래된 야성의 본능이 강하게 남아 있고, 나는 그 본능을 꺾으려 하지 않는다. 로하이드는 젤리가 가진 많은 술수를 애써 배우려 하지 않았고, 그런 식의 원숭이 흉내는 초월한 듯했다. 하지만 내가 부르면 자기가 오고 싶을 때 오고, 때때로 비버의 집에서 호출이 오면 상황을 봐 가면서 간다.

그러나 꽤 심각한 문제에서는 로하이드는 더욱 중요한 구실을 하는데, 모든 행동이 솔직해지고 평소 조용하던 방식이 다소 과격해진다. 특히 가족 문제에 대해서는 상당히 엄격하다. 가령, 로하이드는 내 오두막에서 함께 살았을 때 젤리가 내 침대에서 자는 것을 강력하게 반대했다. 젤리는 내 침대를 같이 쓰는 데 익숙했고 평생 동안 그렇게 쓰고 싶어했다. 하지만 로하이드는 잠에서 깼을 때 옆에 젤리가 없으면 큰소리로 울부짖으며 내 침대로 와서 젤리를 그들 방으로 몰고 가곤 했다. 녀석이 젤리를 제 앞에 데려다 놓고 몹시 화가 난 날카로운 음성으로 젤리를 훈계하는 모습은 내가 지금까지 본 가장 우스운 광경이다. 젤리가 어린애 같은 비명을 지르며 이 달갑지 않은 훈계를 피해 내게로 도망쳐 올 때는 평소의 품위가 사라지고 만다. 젤리는 내 팔 밑에 머리를 딱 붙이고서 큰 물통처럼 가만히 있는데, 안전하게 숨은 듯하지만 녀석의 큰 궁둥이는 훈계를 하는 로하이드의 눈에 그대로 띄고 만다. 이런 식의 눈 가리고 아옹 하기 수법은 젤리에게 거의 도움이 되지 않는다. 왜냐하면 로하이드는 내가 아는 가장 단호한 동물이고 젤리보다 늘 한 수 위이기 때문이다. 그날 이후 나는 더 이상 비버 가족의 불화의 원인이 되고 싶지 않아서 마루에서 자는 습관을 버렸다.

그렇다고 해서 젤리가 늘 놀기만 하고 일은 하지 않는다고 생각하지는 말라. 젤리 역시 의욕적으로 일하며, 노는 것을 좋아하면서도 집짓기 면에서는 로하이드보다 한 수 위이다. 저 앞에서 말한 적이 있듯이 젤리가 가진 이중성격의 한 예이다. 일에 몰두할 때는 젤리는 상당히 단호하다. 그녀는 전속력으로 경사로에 도착하고 호수 기슭에 닿았을 때도 속력을 늦추려고 주춤거리는 법이 절대 없다. 헤엄을 치다 걷기로 돌아설 때도 그 속력을 그대로 유지한다. 땅에서 젤리가 걷는 모습은 걷는다기보다 어떤 중요한 계획을 달성하기로 결심한 투사의 결연하고 목적이 있는 행진에 가깝다. 각오만 보면 당장 공격을 해도 별 어려움이 없어 보이는데, 몸집과는 전혀 어울리지 않는 임무를 그녀는 완강하고 강경한 돌파력으로 아주 짧은 시간 안에 완수한다. 젤리는 내가 이따금씩 도와주는 것을 기분 좋게 받아들이지만, 일류 기회주의자이기 때문에 일을 공정하게 나누지 않고 자신이 더 많은 일을 끝낼 기회를 엿보고, 나와 우열을 다툴 것 같은 계획에 맹렬하게 뛰어들어 우리 둘로서도 감당하기 벅찬 나무토막을 운반하거나 짐을 옮기려고 한다. 젤리의 자주성은 타의 추종을 불허한다. 그녀가 저지른 아주 작은 실수를 내가 바로잡아 주려 할 때마다(나는 오래전에 이 습관을 버렸다), 그것을 부드럽게 무시하는 것을 보면 젤리는 상당한 우월 의식을 갖고 있음을 알 수 있다. 젤리는 아주 빈틈없고 무슨 내기를 해도 지지 않으며, 자신의 목적을 이루기에는 하루 해가 너무 짧다고 생각하는 특이한 유형의 일꾼에 속한다.

젤리에게는 일종의 휴식처로, 쓰러진 큰 나무가 받치고 있고 길게 자란 가문비나무 가지로 지붕을 댄 작고 낮은 정자가 있다. 이 정자는 호수를 바라보고 있는데, 여가 시간에 젤리는 이 정자에 누워 호수 건너편을 응시하며 참으로 만족스러운 긴 한숨을 토해 낸다. 낮고 쉰 목소리로 젤리가 혼자 말하는 모습이 종종 눈에 띄곤 하는데, 내가 가까이 가면 그 목소리는 낮고 굵은 반가움의 어조로 뚝 떨어진다. 내가 알기로 비버는 가장 발음이 명료한 동물이다. 아직 말을 배우지 못한 세 살 난 아기의 말소리와 거의 비슷해서 그들이 내는 소리를 나도 잘 흉내 낼 수 있는 것 같다. 자기 말을 알아듣게 하려고 애쓰는 젤리 롤의 모습은 종종 별스럽고 아이 같지만 애처롭지는 않다. 로하이드는 젤리만큼 수다스럽지 않고, 다른 이들과 떨어져서 일에 깊이 몰두한다. 이런 자기희생은 비버 가족들 대부분의 가장에게서 볼 수 있는 특징이다. 비록 새로운 환경에 기꺼이 적응하고 예의 조용하고 겸손한 방식으로 오두막 생활에 철저하게 전념하지만, 로하이드는 자기 일에서만큼은 야생 비버로서의 특징을 고스란히 간직하고 있다. 로하이드는 내가 도와주려고 하면 편견을 가지고 보고, 목적 달성에서는 젤리를 능가할 정도의 대가이다. 그것이 어린 시절 받은 훈련의 결과인지 아니면 암컷이 본래 더 태평해서인지는 알 수가 없다. 한 번씩 쉴 때 로하이드는 때때로 젤리의 정자를 같이 쓴다. 둘이 같이 있을 때 내가 그 휴식처로 접근하면 로하이드는 늘 작은 소리로 환영 인사를 하고, 때로는 장난을 치거나 심지어는 드물지만 감상적인 마법에 걸려 우스꽝스러우면서도 감동적인 애정 표현을 하기도 한다. 뿌리 깊게 박힌 듯한 그런 애정 표현은 로하이드가 이래 저래 바쁘기 때문에 진짜 특별한 경우가 아니면 거의 볼 수 없다. 비록 잘 드러내지는 않지만 로하이드도 좀 더 상냥해지는 순간이 있는데, 그 방식이 아주 겸손하다. 마치 젤리가 가진 표현 방법을 자신은 결코 가질 수 없지만 최선을 다해 흉내 내 보겠다는 식이다. 하지만 이것도 모든 일이 제대로 정리되어 있고 시간이 철철 남아돌 때나 가능하다. 그만큼 로하이드는 모든 면에서 조직적이다. 놀이 시간을 갖는다 해도 길지 않으며, 마치 나약해졌다고 느끼는 것처럼 갑자기 심각해지면서 매우 침착하게 걷거나 헤엄을 친다. 로하이드는 또한 미묘한 차이를 존중하며, 젤리가 종종 그런 짓을 하는 것과는 달리 경솔하게 끼어들거나 말하는 법이 결코 없다. 한번은 한 방문객이 로하이드를 보면 어렸을 때 열심히 일만 하다가 어릴 적 즐거움을 누리지 못한 어떤 노인이 생각난다고 말했다.

이 조직적인 짐승은 다소 찬사를 받지 못하는 영웅이다. 로하이드 가 젤리보다 실제로 더 많은 일을 하기 때문이 아니라 젤리보다 점잖 아서 눈길을 더 끌지 못하기 때문이다. 하지만 여기서 이루어지는 대 부분의 일에는 로하이드 특유의 방법과 독창성을 보여 주는 흔적이 찍혀 있다. 의무라고 생각하는 일을 세심하게 살피기, 조용한 성격, 그리고 따라잡기 힘든 평온한 자세는, 아주 공격적이면서도 효과적 으로 일을 처리하는 젤리의 모습과 사뭇 다르다. 로하이드의 감정은 너무 억압돼 있고 녀석의 반응은 너무 내밀하다. 녀석은 남의 눈에 띄지 않게 일을 하기 때문에 다소 수수께끼 같은 존재다. 나는 로하 이드가 어느 정도로 총명한지 측정할 수 있었던 적도 없고, 측정할 생각도 없다. 로하이드가 때때로 부동자세로 앉아 그 침착하고 주의 깊은 눈으로 나를 계속 보고 있을 때면, 나는 녀석이 나에 대해 어떻 게 생각하는지 종종 궁금해진다.

젤리 롤은, 명랑하고 고집 세고 변덕스러워.
로하이드는, 차분하고 조용하고 헤아릴 수 없어.
이 둘은 비버 종족의 왕과 여왕.
이들은 비버 오두막의 파수꾼들.

관용

동물 조련사는 동물들 옆에 서 있다. 딱 머리 하나 높이만큼!
딱 머리 하나 높이. 아, 그러나 거기에 지옥의 깊이와 천국의 높이가 있
도다.

패드릭 칼럼

시인은 이렇게 말한다. 하지만 이 말뜻을 존중하고 그가 옳다는 것을
이해한다 해도 나는 이 말에 동의하고 싶지 않다. 인간과 짐승의 차
이는 그렇게까지 크지 않다. 나는 방탕한 인간에게 "짐승" 같은 놈이
라고 얘기하는 것이 잘못됐다고 생각한다. 짐승들은 좀처럼 방탕하
지 않다. 적어도 동물과 함께 있으면 인간 사회의 지나친 장삿속을
경계할 필요가 없으며, 또한 사리사욕으로 인한 이중 거래를 경계할
필요도 없다. 약간의 고의적인 장난이나 이따금씩 생기는 오해를 제

외하고는 두려워할 것이 많지 않다. 짐승들의 머리가 나쁜 것은 상상력이 부족해서 그런 것 같지만, 그들이 때로 약간 강하게 나와도 늘 진심 어린 모습을 목격하게 되는 것은 아주 기분 좋은 일이다. 애정의 형태들 중에서 아이들이나 동물들만이 보여 주는 순진하고 강한 애착만큼 진솔한 것도 거의 없다.

성격이 유쾌한 사람이라면 숲에서 오래 살면 살수록, 온갖 다양한 야생 생물에 대한 존경과 애정이 계속 커질 것이다. 그는 살생을 주저하게 되고, 꼭 죽여야 할 순간에도 사과하는 마음으로, 심지어는 애석한 마음으로 죽이게 된다. 이런 보상 심리가 너무나 당연하고 자연스러워서 늙은 인디언들은 그들의 이교도적인 관습(그런데 그 관습들 중 많은 것들이 상당히 아름답고 지속시킬 가치가 있다)은 그다지 자각하지 못하지만, 매우 존경받는 동물들에 대해서는 그 경우에 맞는 의식을 치러 준다. 몇 해 전 나도 이런 태도에 지니게 되었다. 그 태도는 아주 서서히, 그러나 확실하게 나를 에워쌌는데, 무엇을 건설하기보다 파괴하는 데 인생의 너무 많은 부분을 써 버린 것에 대한 자책에서 비롯된 결과가 아닐까 싶다. 비단 나만이 그럴 거라고는 생각지 않는다. 내가 지금껏 보아 온 바로는, 이런 문제를 깊이 생각해 볼 만한 경험을 가진 사람들 중에서 무지하거나 생각이 없거나 거만하거나 이기적인 사람들만이 동물들을 죽이는 것에 그다지, 혹은 조금도 충격을 받지 않는다.

좀 더 엄밀하게 말하면, 인간은 진짜 훌륭한 숲 사람이 되기에는 늘 뭔가 부족하다. 하지만 황야의 분위기에 깊이 물들고, 황야와 오래 사귐으로써 그것에 진한 혈연 의식과 책임감을 느끼게 되면 숲을 지나다닐 때 사방에 깔린 꽃들을 밟는 일조차 무의식적으로 피하게 될지 모른다. 그때, 오직 그때만이 그는 자신이 처한 환경에 순응하지 않는 사람에게는 이해되지 않을지 모를 낯선 문화의 미묘한 차이를 진실로 받아들일 수 있다. 나는 구경꾼들이 있어서 약간 수줍어하면서도 남들의 비웃음에 아랑곳없이 개미, 두꺼비, 뱀, 그리고 다른 하등 동물들의 생명을 구하는 용기 있는 사람들을 여러 차례 본 적이 있다. 이들은 씩씩하고 강인해 보이는 "남자들"이다. 아마도 그들은 아무리 비천한 생물일지라도 함부로 대하지 않을 것이다. 두꺼비와 무해한 유형의 뱀들, 그리고 악해 보이지만 실은 해가 없고 종종 이로운 짐승들에 관해 말하자면, 그들이 받는 박해는 흔히 그들에 대해 아무것도 모르는 사람들의 당치 않는 두려움에서 비롯된 광적인 혐오의 결과이다.

마치 장님처럼 숲을 돌아다니는 사람들이 있다. 그들은 세상에서 가장 장엄한 나무를 볼 때 그 나무가 차지하는 땅의 면적만 살피고 각각의 비버 보금자리에 얼마나 많은 비용이 들어가는지만 계산한다 (경제적인 필요성도 분명 중요하지만, 내가 보기에 몇몇 도살장에는 심지어 감정이 어느 정도 개입되는 것 같다). 그런 사람들에게는 자연의 아름다움이 존재하지 않는다. 주위의 장엄한 풍경에 대해 그들이 보이는 반응은, 언젠가 내가 저 멀리까지 뻗은 소나무 처녀림의 광활한 파노라마를 보여 주기 위해 언덕 꼭대기까지 데리고 갔던 어떤 사람이 보인 반응과 비슷하다. 그는 자기 앞에 펼쳐진 풍경을 보았을 — 그런 특권을 누리는 사람은 극히 드물다 — 때 나는 그가 넋을 빼앗겼다고 생각했다. 그런데 그는 이렇게 말했다. "아이고, 저것들이 화물 운반로에 쌓여 있다면 얼마나 좋을꼬!"

숲의 기능은 목재를 제공하는 것에만 있지 않다. 숲에서 나온 목재를 사려 깊고 철저하게 통제하여 저장하는 것이 산업에 필수적이라 해도 말이다. 손상되지 않은 넓은 원시림 — 재조림을 제외하고 — 을 영구 보존해야 하는 미적, 경제적, 애국적인 많은 이유들이 있다. 이 마지막 계획은 철저하게 수행해야 한다. 정부는 상업 회사들이 나무를 잘라 영리를 얻을 때마다 그 나무를 자른 대신 다른 나무를 여섯 그루에서 열두 그루 정도 반드시 심게 해야 하며(기특하게도 많은 회사들이 그렇게 한다), 캐나다의 남아 있는 몇몇 경승지들에 탐욕의 눈길을 돌리지 못하게 해야 한다. 만약 그들이 멋대로 군다면 캐나다에 남아 있는 경승지들은 복구할 수 없게 파괴될 것이다. 보호가 인간의 탐욕을 막지 못한다면, 온갖 탐욕이 넘쳐날지도 모른다.

모든 생물은 오직 우리 인간을 위해 세상에 존재하고, 우리의 하인이라고들 말한다. 그럴지도 모른다. 하지만 하인을 학대하는 것은 더 이상 좋은 평판을 받지 못하고 있다. 사슴이 숲에 있는 것은 특별히 늑대의 먹이가 되기 위해서이고, 가문비나무 열매는 다람쥐 때문에 있는 것이라고 말하는 사람은 아무도 없다. 일단 숲에 들어서면 우리 인간은 늑대나 다람쥐보다 훨씬 더 위대하지도 않고, 때로는 그보다 못하다. 인간은 대체로 다른 의견을 귀담아듣지 않고 동물이 하는 모든 행동을 본능으로 돌리면서 그들의 사고 능력을 부인한다. 그러나 대부분의 동물은 논리적으로 생각할 수 있고, 모든 인간 역시 본능을 가지고 있다. 인간이 만물의 으뜸인 것은 사실이지만, 그렇다고 해서 우리가 무턱대고 믿고 있듯이 자연이 인간에 속한다는 결론을 도출할 수는 없다. 오히려 인간이 자연에 속한다. 자연이 자기 아이들을 위해 너무나 아낌없이 베푸는 선물들을 인간이 나누어 가지고 있다고 해야 옳고 타당하다. 따라서 인간은 도리에 맞게 다른 생물에게 그들의 몫을 주어야 한다. 동물들도 살아야 하니까. 또한 인간은 자신의 몫을 신중하게 처리해야 하며 모든 것을 다 가지려 해서는 안 된다. 물론 동물이든 다른 종이든 천연 자원을 적당히 써야 한다. 그러나 아름다운 정원을 거닐고 있는 사람이 생각하기에는 적당한 양이 더 많을 수 있기에, 그는 유혹에 못 이겨 흡족할 만큼 많은 꽃을 꺾을지도 모른다. 그러나 너무나 종종 우리("우리"라고 말하는 것은 나 역시 과거에 이런 죄를 짓지 않았다고 말할 수 없기 때문이다) 인간만이 충분한 혜택에도 만족하지 않고 쓰지도 않을 것들을 어리석게 짓밟아 버리는 무책임한 아이들처럼 행동한다.

인간이 짐승들을 부당하게 대하는 것은 너무나 잘 알려져 있어서 구태여 많이 거론할 필요도 없다. 그 양상은 동물에게도 (인간의) 페어플레이 정신이 있을지 모른다는 주장을 무시하고 예사로 경시하는 태도에서부터 잔인한 행동에 이르기까지 무척 다양하다. 보복할 수 없는 이들을 괴롭혀야만 자신의 강한 지배욕을 즐길 수 있는 사람들이 있다. 이것은 진정한 지배에서 나올 수 있는 힘이 아니라 오히려 나약함이며, 이러한 지배욕에서 소위 겁쟁이들이 곧잘 하는 잔악 행위가 나온다. 내가 전쟁 중에 자주 목격한 것처럼 일반적으로 가장 용감한 사람이 가장 친절하다. 내가 군 복무를 끝내고 왔을 때 보고 들은 비통하고 무자비한 원한의 증거로부터, 나는 나약한 사람들과 비전투원들만이 상대방을 굉장히 무섭게 미워할 수 있다는 것을 알게 되었다. 그런 사람을 제대로 가려낼 수 있으려면 적을 만나 보아야 한다. 서로 다른 사회 계층에 속한 사람들 사이에서 때때로 볼 수 있는 공공연한 적의는 각자가 서로를 알아 가는 기회를 가지게 되면 많이 개선될 수 있다. 나는 위대한 사람들, 조금 위대한 사람들, 전혀 위대하지 않은 사람들을 만나 보았다. 어떤 이들은 높은 지위에 있는 사람을 대할수록 더 성의 있고 겸손하게 행동한다고 말한다. 나는 여기에 덧붙여 지위가 낮든 높든 그 사람들 역시 대개가 그냥 사람들, 소박한 사람들이라는 것을 말하고 싶다. 친절, 환대, 배려는 일정한 계층의 특권이 아니며, 말투가 다르다고 해서 속마음까지 크게 차이 나는 것은 아니다. 나는 타고나길 신사로 태어난 교통순경들을 만난 적이 있다. 또한 내가 만난 가장 친절하고 가장 예의 바른 주인들 중 한 명은 전직 프로 복서이자 술집 지배인이었다. 한번은 어떤 귀족과 식사를 같이한 적이 있는데, 그와는 거의 대화가 되지 않았다. 어쨌거나 그도 한 개인에 지나지 않았다.

직함은 편리한 부속물이 될 수 있다. 직함을 가진 사람은 직함이 없는 사람의 마음을 충분히 혹하게 만들 수 있기 때문이다. 내가 관찰한 바로는, 직함을 가진 사람을 거부하는 이는 거의 없었다. 직함에 상관없이 우리들 중에는 위대한 사람들이 분명 있다. 그런 사람들은 우리가 인간 대 인간으로 서로 존중하는 마음 ── 누구를 만나든 이렇게 해야 한다 ── 으로 그들과 단지 이야기하고 싶을 뿐임을 알게 될 때, 다시 말해 쪼개지기 쉬운 양날의 사소한 문제로 언쟁을 벌이다 우리가 그들에게 칼을 휘두르는 짓은 하지 않겠다는 믿음이 생길 때, 그들은 농부처럼 소박하고 친절하고 꾸밈없이 우리를 대한다. 그들은 우리가 말하는 것에 아주 진지한 관심을 보이며, 말을 할 때는 매우 신중하게 생각한 뒤에 말을 한다. 그들이 집안에 들인 손님을 편안하게 해 주는, 돈으로도 살 수 없는 멋진 솜씨를 선보일 때, 그들이 위대한 진짜 비결이 바로 거기에 있음을 확인할 수 있다. 이런 점에서 그들은 남의 기분을 절대 해치지 않고 자기들이 내려다보는 풍경에 멋과 기품을 제공하는, 너무나 고귀하고 당당하면서도 평화롭게 서 있는 저 위대한 나무들의 영혼에 아주 가까워 보인다.

이런 관용의 태도가 계층이나 인종이나 종교에 상관없이 우리 인간을 대할 때 바람직하게, 아니 반드시 적용된다면, 누구든 필요할 때 도움을 청할 수 있지 않겠는가? 설령 관용이 공정한 태도가 아니라 해도 어쨌거나 훌륭한 스포츠 정신처럼 발휘된다면, 우리의 도움을 몹시 필요로 하지만 청할 수 없는 동물을 다룰 때 우리가 약간의 동정심을 느끼고 조금이나마 그들에 대해 생각할 수 있지 않겠는가?

인간이 자랑스레 내세우는 약자에 대한 기사도 정신이, 인간을 비난할 수도 없고 말로 여론의 힘을 구하거나 인간을 헐뜯을 수도 없는 말 못하는 동물들을 대할 때에는 발휘되는 경우가 어쩌다 있기는 하지만 거의 없다. 동물 세계를 접했을 때 인간이 보이는 흔한 반응(여기서 이 말이 적용될 수 있는 대상은 불행하게도 대부분의 사람들이다)은 더 작고 더 무해한 종에 대한 경멸이나 생색내는 태도이고, 더 나아가 스스로를 인간보다 더 잘 지킬 수 있는 이들에 대해 느끼는 터무니없는 두려움이다. 키우는 말이나 개, 혹은 다른 동물 친구를 사랑해 줌으로써 우리의 존경심을 불러일으키는 사람들이 많이 있다. 그런데도 우리는 여전히 투우 경기를 선보인다. 내가 본 적이 있는 투우는 일종의 게임이었는데, 인간 선수들이 보여 주는 노력이라는 것이 고작해야 잇단 반칙을 저지르며 관중의 박수를 이끌어 내는 것이었다. 나는 국민들이 이런 짐승 같은 "경기"를 혐오하는 캐나다 같은 나라에서도 노쇠한 말들을 계속 파는 상인들이 있다는 것을 알고 있다. 이 늙은 말들은 오랜 세월 인간을 위해 봉사한 대가로서 관중들을 만족시키기 위해 투우장으로 끌려가 심한 고초를 겪는다. 이 관중들의 조상들은 수백 년 동안 가장 극악한 잔혹 행위로 역사의 페이지를 어둡게 만들고 신의 이름으로 인디언 종족을 모조리 전멸시킨 바 있다. 개들은 지금도 마구가 채워진 채 주인에게 죽도록 맞으며, 동물들만 억울하게 당해야 하는 사냥 놀이를 즐기는 이른바 스포츠맨들은 멀리 있거나 움직이는 사냥감에 총을 마구 쏘아 댄다. 총에 맞은 동물이 조금이나마 목숨을 부지하려고 달아났을 때 그들이 보이는 반응은 트로피나 고기 몇 점을 잃었다는 사실에 대한 짜증뿐이다.

그런 식으로 총을 마구 발사해서 사슴의 아래턱을 박살 낸 사냥꾼 동료가 있었다. 며칠 뒤 우리가 그 사슴을 발견했을 때 사슴은 죽어 있었다. 사슴의 시체를 보고서 그 동료는 이렇게 말했다. "저기, 말일 세 …… 어쨌거나 잡긴 잡았네." 이것은 극단적인 예가 아니다. 사냥 철에는 온 숲에서 경솔한 사냥꾼들이 상처를 입고 달아난 동물을 심한 고통 속에서 죽게 방치하거나, 다리를 못 쓰게 되어 제 몸을 돌볼 수 없는 동물을 서서히 굶어 죽게 내버려 둔다. 온갖 종류의 귀하고 영리한 동물들이 인간의 일시적 유희를 위해 몰살되고 있고, 각종 유용한 새들은 미식가의 입맛을 위해 몰살이라고 말해도 좋을 정도까지(한 종의 경우는 완전히) 박멸되었다.

동물 애호는 인류 발달의 검증서이다. 동물 애호가 등장하면 다른 것들은 거의 당연하게 여겨질 수 있다. 인류 발달의 역사에서 동물 애호는 대개 마지막에 등장한다. 그래서 동물 복지가 인간 활동의 교육 과정에서 정말로 중요한 위치를 맡게 될 즈음이면 다른 사회 복지도 이미 수준 높게 개선되어 있는 것을 흔히 발견할 것이다. 국가가 업적을 평가할 때 동물 복지를 최하위로 두고 있기 때문에 한 나라가 달성한 문화 발달 수준을 동물 복지 정책을 통해서 알 수 있다 해도 과언이 아니다.

다소 부당하게 많은 욕을 먹는 사용자들은 최근에 유행하는 장신구를 만들기 위해 수많은 잔혹 행위가 벌어진다는 것을 깨닫지도, 심지어는 느끼지도 못한다. 양털 코트를 입는 사람들 중에서 장식용에 지나지 않는 모피의 가장 우수한 감촉이, 몽둥이로 얻어맞은 어미가 공포와 고통에 못 이겨 조산하여 낳은 어린 새끼의 털에서 얻어진다는 사실을 아는 이들은, 조금 있다 해도, 거의 없다. 이런 끔찍한 산업에 원료를 대 주기 위해 대목장이나 목양업이 유지된다고 한다. 내 처지에서는 백인들이 크게 떠들어 대는 북미 인디언의 만행도 그 정도로 잔혹하지는 않다는 것밖에는 더 이상 할 말이 없다. 나는 코트를 입는 사람들을 비롯해 일반 대중이 이런 식의 가장 비인간적인 관행을 알게 된다면 더 이상 모르는 체 넘기지 않을 것이라고 정말이지 믿고 싶다.

돈을 버는 것이 거의 무슨 일에서든 구실이 되고, 아무리 비윤리적인 일도 "사업"이라고 칭해지는 것 같고, 일단 그 일이 성공을 거두고 어떤 거물 독점 기업의 영역을 침범하지 않는 이상 그 자체로 용서가 되는 것 같다. 내가 알기로 산 채로 양의 가죽을 벗기는 경우가 종종 있다 하고, 어떤 물고기는 꼬리부터 머리까지 잘게 칼집을 내 마지막까지 산 채로 보관된다고 한다. 그렇게 하는 까닭은 음식에 물린 미식가들이 칼집을 새겨 수축시킨 물고기 살을 보면 식욕이 당길지도 모른다고 생각하기 때문이다. 음식 모양이 그렇게도 중요한가? 인간이 어쩌면 그토록 유치해질 수 있을까? 물고기는 고통을 못 느낄지도 모른다. 그건 나도 잘 모르겠지만, 내가 지금껏 본 사실로 미루어 보아, 이런 유치한 짓을 정말로 중요하게 여기는 인간들은 걱정거리가 없어 그런 무익한 생각이나 하고 있는 게 틀림없다. 그러나 새들도 느낄 수 있다는 것에는 많은 사람들도 동감하지 않을까. 미식가를 위해 오리를 산 채로 납작하게 눌러 특별히 만든 이색 접시에 올리고, 몇몇 나라에서는 미식가들의 까다로운 미감을 채워 주기 위해 종다리나 다른 명금(鳴禽)들을 수천 마리씩 죽이기도 한다. 그러나 나는 이 작은 새들이 미식가들의 추잡한 식욕을 채워 주기 위해서가 아니라, 또 다른 방식으로 인류에게 기쁨을 선사하기 위해 존재한다고 생각한다. 새잡이들은 심지어 새들의 그 작은 눈을 바늘로 찔러

멀게 한 뒤 노래를 부르게 하는 짓까지 한다고 알려져 있다. 그리하여 무력한 작은 새들은 쉴 새 없이 노래하다 결국에는 다른 새들의 미끼로 쓰인다.

생체 해부는 유감스럽지만 필요한 일일지 모른다. 정말로 정직하고 성실한 의학도는 인류의 행복을 위해서 생체 해부를 이용하고 동물들에게 되도록 고통을 주지 않으려 할 것이다. 생체 해부를 통해 때때로 중요한 사실이 밝혀지기도 한다. 그러나 더 중요한 사실은 해부가 끝남으로써 장시간 동안, 심지어는 며칠 동안 우리 인간을 대신해 몹시 괴로운 고통을 겪은 불쌍하고 말 못하는 짐승들의 고통이 끝났다는 것이다. 이미 입증되고 있듯이 가학적 성향을 지닌 냉혈 고문관들은 조사라는 명목으로 인류에게 거의, 혹은 전혀 이롭지 않은 끔찍한 실험들을 이행한다. 이롭건 아니건, 나는 동물들이 치러야 할 대가가 너무나 크기 — 우리가 생각하는 것보다 훨씬 더 크다 — 때문에 그들에게 실험을 강요할 수 없다고 생각한다.

나로서는, 별로 중요하지도 않은 내 생명이 수백 마리의 무력하고 무해한 동물들에게 괴로운 고통을 오래도록 안겨 주는 실험 덕에 연장되었다고 생각하면, 또한 동물들은 아파하며 비참하게 죽어 가는데 언젠가 죽어야 하는 나는 여전히 살아 있다고 생각하면 마음이 결코 편하지 않다.

모든 피조물은 어떤 식으로든 다른 생물에게 어느 정도 기생하며 산다. 그런데 인간은 모든 것에서, 심지어 자기보다 힘없다 싶은 같은 종족에게서도 공물을 뽑아내고 있다. 더구나 미래를 생각하지 않고 파괴하면서 거의 항상 필요 이상의 것을 뽑아낸다. 인간은 이 땅의 최고의 기생자이다. 높은 지위를 차지하고 있지만, 인간은 약소 동물뿐 아니라 자기 형제에 대한 관용과 절제와 인내에 대해 배워야 할 것들이 여전히 많다.

나는 오늘날 같은 문명화 시대에도 산업 분야에서 아동 착취를 금지하는 법을 시행할 필요가 있음을 뒤늦게 알게 되었다. 1년 동안 수천 명의 아이들이 다치고 많은 이들이 일하다 죽은 반면, 부당 이득자들은 그 아이들의 값싼 노동력에 기대어 점점 부유해졌다. 아이들조차 돈만 아는 야만인들의 약탈 근성에 희생되는 것은 참으로 슬픈 일이다. 그 사실을 처음 들었을 때 믿기 어려웠는데, 그런 짓을 중단하기 위해 법까지 동원해야 하는 현실이 지금도 잘 이해할 수 없다.

내가 독자 여러분의 기분을 상하게 했는가? 그럴 의도는 아니었다. 하지만 내 무지와 짧은 지식으로 내가 잘못을 저질렀다면, 그것은 내가 최근에 문명사회의 중심지를 여행하면서 예기치 않게 보고 들은 많은 일들 중 어떤 것은 이해하기가 쉽지 않고 때로는 그 일로 인해 약간 당황했기 때문이다. 숲에 사는 우리는 다른 기준들을 가지고 있다. 물론 그 기준들이 다 좋은 것만은 아니다.

나는 여전히 사냥꾼이지만, 사냥 방식이 조금 다르다. 지금은 카메라가 내 무기이다. 총보다는 어쨌거나 카메라가 더 재미있다. 운동이 목적이라면 훨씬 더 힘들 것이다. 그러나 사냥은 많은 남성다운 속성을 발휘하게 해 준다. 나는 그렇게 할 수도 있지만, 아주 훌륭한 이 스포츠를 못하게 하지 않는다(사냥개들을 대동하고 여우나 수사슴이나 수달을 사냥하는 것을 말하는 것이 아니다. 내가 봤을 때 사냥개들은 대체로 공정하지 않고 스포츠 정신에 어긋나는 짓을 많이 한다). 필요에 의해서가 아니라 재미를 위해 사냥할 때 자신들이 가진 모든 것 — 생명까지도 — 을 주는 동물들에게 최소한 도리에 맞는 배려를 한다면 그 사냥은 고상한 스포츠가 될 수 있다. 내가 아는 한, 대부분의 경우 보통 사냥꾼 — 진정한 스포츠맨이라면 — 은 살생 자체보다 사냥 환경을 더 중요시 여긴다. 건강에 좋고 기운을 돋우는 운동, 황야의 아름다운 풍경, 거친 땅을 돌아다니는 데 필요한 성취욕, 강장제 같은 깨끗하고 시원한 공기, 길잡이들과의 교제, 타닥거리는 모닥불에 올려진 풍성한 식사, 낭만과 모험, 이 모든 것이 사냥을 더욱 가치 있게 만들어 준다. 쓸모 있고 깨끗하고 자비로운 살생은 용서받을 수 있다. 그러나 죽인 동물을 제대로 이용하지 않고, 단지 송곳니나 뿔만을 얻기 위해 그 동물을 죽인 뒤 몇 백 파운드나 되는 양질의 고기를 숲에서 썩게 버려두는 살생은 용서할 수 없다. 사냥은 우리가 수고한 만큼 대가를 얻는다는 사실 때문에 권할 만하다.

나는 내 몫과 그 이상을 가지고 있기 때문에 꼭 필요한 경우가 아니면 더 이상 동물을 죽이지 않는다. 어떤 이들은 트로피로 가득 찬 밀실을 좋아하고, 또 어떤 이들은 동물 가죽으로 장식한 사냥꾼 산막을 좋아한다. 다 자기 취향이다. 나는 살아 있는 동물이 더 좋다.

나는 내가 공익을 위해 숲에 있다거나, 아니면 세상 사람들에게 전할 어떤 "메시지"를 갖고 있다는 식의 거짓말은 하고 싶지 않다. 나는 다만 생명이 다하는 날까지 동물들을 위해 내 힘이 닿는 한 작은 일이나마 하고 있는 것뿐이다. 이런 일을 통해 인간 친구들에게도 약간의 도움이 될 수 있다면 내 일은 일석이조의 효과를 얻는 셈이다. 내게 남은 짧은 생애 동안 많은 일이 이루어지길 기대하지는 않는다. 다만 내 작은 활동이 더 능력 있는 일꾼들과 더 머리 좋은 후배들이 나중에 세울 토대를 이루는 데 도움이 되기를 바란다. 이렇게 함으로써 우리의 황야에 사는 흥미롭고 유용한 동물들이 몰살되는 것을 막는 일에 내가 어느 정도는 도움이 될지 모른다. 황야에는 작은 친절과 이해만을 기다리고 있는 존재들이 의외로 많다. 우리가 결코 알아들을 수는 없지만, 발음이 분명하지 않은 저 방대한 동물들의 평범한 대군들이 말이다.

　내가 나 자신에게 부여한 이 임무로부터 생긴 일들 중 가장 재미난 일은 각계각층의 사람들과 접촉할 기회를 갖게 되었다는 것이다. 나는 많은 친구를 사귀는 특권을 누리고 있으며, 앞으로도 더 많은 친구를 사귈 것 같다. 나로서는 이런 경험이 아주 소중하다. 일반적인 차원에서 이 경험이 교육상 뜻 있고 시야를 넓혀 준다는 것은 둘째 치고, 무엇보다 나는 이 일을 즐기고 있다.

　내가 무척 좋아하는 일 중 하나는 학교에서 받은 편지에 답장을 쓰는 것이다. 유치하게 휘갈겨 쓴 편지도, 때가 묻은 편지도, 글자를 아주 똑바르고 단정하게 쓴 대단히 깔끔한 편지도 있다. 하지만 모든 편지가 너무나 정성 들여 쓴 것이고, 매우 진지하고 희망에 찬 글쓴이들이 수고한 흔적이 곳곳에 배어 있다. 무엇보다도 나는 이 점에 정말로 감사한다. 나는 뭉뚱그려서, 혹은 선생님을 통해서, 필요하다 싶을 때는 개인으로 모든 편지에 답장을 하려고 애쓴다. 내가 회피할 수 없는 일이기 때문이다.

　편지는 나에게 아주 중요한 통신 수단이다. 이 통신 수단을 통해 나는 아주 작은 것이나마 이루고, 지식을 갈구하는 창의력이 풍부한 아이들 마음에 씨를 뿌리고 있다고 느낀다. 그 씨들이 꽃을 피우게 될 날이 씨 뿌린 자가 죽고 난 오랜 후일지라도 말이다.

에필로그

지금 여기 아자완 호수에 달이 떴다. 달빛이 창에 비치고 오두막 안에 있는 비버 집 지붕 끝을 어루만진다.

나는 혼자 앉아 있다. 밤의 모든 목소리들이 내 주위에 있고, 빠르게 바스락대는 소리, 부드러운 속삭임, 거의 소리 없는 소음이 내 주변을 감싸고 있다.

달빛은 나무들 사이에 난 통로를 따라 기괴한 그림자를 그린다. 이상한 형상과 형체 없는 물체들이 기다리는 유령들처럼 서 있고, 달빛이 저수지 안에서 희미하게 반짝이고, 눈처럼 생긴 빛의 반점들이 어스레한 매복지로부터 보이기 시작한다.

호수 기슭에는 작은 비버들이 떼 지어 앉아서, 묘지에서 도깨비를 보는 아이들처럼 코를 킁킁거리고, 보고, 작은 소리로 속삭인다.

이제 내 이야기는 끝났다.

글을 쓰는 동안 나는 이야기 속 등장인물들이 과거로부터 돌아오지 않았는지, 다시 살아나 또 한 번 그들의 역할을 하지 않을지 궁금했다. 내가 그들과 그들이 생각한 것에 관해, 그들이 말하거나 행한 것에 관해 이야기했을 때, 어쩌면 그들이 거기, 빈 오두막 주위에 모여 고요하고 황홀한 소나무 숲에서 내 이야기를 귀담아 들었을지 누가 알 수 있으리오?

아마도 그 숲은 더 이상 고요하지 않고 오래전에 여기서 이야기된 이들의 목소리들로 가득 찰지 모른다. 아마도 그 오두막도 비어 있지 않고 부산한 움직임으로 가득 찰지도 모른다. 오두막 문이 그들을 환영하여 활짝 열리고, 창에는 불빛이 반짝이고, 모닥불은 밝게 타오르고, 오두막은 꿈에서 깨어날 것이다. 그리하여 한때 이곳에서 살았던 이들이 다시 살아나는 것이다.

이제 그 오두막은 더 이상 비어 있지 않을 것이고, 그 숲 또한 다시는 그렇듯 고요하고 쓸쓸히 있지 않을 것이다. 한편으로는 외로운 독자가 남아 인정과 친절한 이해로써 언덕에서 추억에 시달리는 골짜기에 생명을 불어넣고, 너무나 오랫동안 기다려 온 다른 이들을 깨울지 모른다.

옮기고 나서

어렸을 때 옛날이야기를 실감나게 들려주는 동네 언니가 있었다. 무슨 이야기를 들었는지 지금은 거의 기억도 나지 않지만, 추운 겨울 날 우리 집 작은 방에서 동네 아이들이 모여 앉아 그 언니의 이야기에 귀를 기울였던 장면만은 또렷이 기억난다. 《전설의 고향》이란 프로그램이 유행하던 시절이었으니까, 아마도 무서운 이야기가 태반이었을 것이다. 언니가 눈을 흘기며 귀신 흉내를 낼 때면 순진한 우리는 등 뒤에 정말 귀신이 나타난 줄 알고 고함을 지르며 이불을 뒤집어쓰곤 했다. 오래전 일이라 잊고 있었던 그 시절이 새삼 떠오른 것은 빈 오두막의 문을 연 순간부터였다.

《빈 오두막 이야기》는 모닥불 주위에 두런두런 앉아 누군가의 이야기를 듣는 듯한 느낌을 주는 책이다. 요즘처럼 장난감이니 컴퓨터니 놀이 기구니 하는 것들이 많지 않아서 산과 들에서 놀거나 상상을 곁들인 이야기들로 재미를 만들어 냈던 시절. 이 책을 번역하면서 나는 그 시절을 기억해 낼 수 있었다. 《빈 오두막 이야기》는 수많은 에피소드로 가득 차 있다. 어떤 것은 과장돼 있고, 어떤 것은 작가 자신의 체험에서 나온 진솔한 이야기들이다. 그 모든 이야기에는 그레이 아울의 독특한 위트와 자연에 대한 열정이 담겨 있다. 무엇보다 그 이야기들은 입가에 잔잔한 미소를 떠올리게 하는 매력이 있다.

산해진미가 가득 놓인 식탁을 앞에 놓고서도 자신이 늘 먹던 음식, 차마 달라고 하기에는 민망한 바보 같고 하찮은 빵과 버터를 지키기 위해 웨이터와 펼치는 심리전, 랜턴을 손에 들고서도 같은 자리만 맴돌며 길을 못 찾고 헤매기, 똑딱거리는 시계 소리에 장대 든 노인이 얼음을 딱딱 치며 자신을 쫓는 악몽에 시달리기, 남들이 취급하지 않는 재담으로 좌중을 휘어잡는 어느 산림 대원의 익살, 아버지의 중요한 유품을 찾기 위해 불굴의 정신으로 모진 시련을 견뎌 낸 두 인디언 소년의 모험담, 펠리컨 호수의 현인이 들려주는 인디언 삶의 고통과 기쁨, 머나먼 오지에서 옛 전통을 지키며 사는 숨겨진 마을 사람들, 사실과 상상이 너무도 아름답게 어우러진 방크스소나무의 이야기.

그러나 이 책의 압권은 무엇보다 오두막을 지키는 비버들의 익살과 그 주위를 서성이는 크고 작은 순례자에 관한 수많은 에피소드에 있다. 명랑하고 고집 세고 변덕스러운 젤리 롤과 차분하고 조용하고 우직한 로하이드가 꾸려 가는 비버 가족의 삶, 신사처럼 예의 바르고 단정한 모범생이지만 첫서리만 내리면 미치광이로 돌변하는 외톨이 무스, 수많은 말썽을 피우는 와시케시우의 곰들, 먹이를 얻기 위해 온갖 아양을 피우는 뻔뻔스런 캐나다어치들, 자기네 은닉처를 지키기 위해 추격전을 벌이는 다람쥐들, 어린 새끼들을 운동시키는 어미 흰목 아비와 인간에게 팡파레로 인사를 하는 수컷 아비.

크고 작은 이 모든 동물들은 작가의 글 속에서 살아 꿈틀거리며 읽는 이들에게 기쁨을 선사한다. 그러나 그레이 아울이 이 같은 이야기를 우리가 웃고 흘려버릴 에피소드로만 전하고 있는 것은 아니다. 그가 얘기하는 동물들은 저마다 자신들에게 맞는 임무를 충실히 수행하며 조물주가 창조한 목적에 이바지하고 있다. 그런 동물들에 비해 인간은 만물의 영장이라는 미명 아래 수많은 동물을 학대하며 모든 것에서 필요 이상의 것을 뽑아낸다. 그의 말처럼 자연은 파괴자들의 놀이터가 되어서도, 소수의 사사로운 이득을 위한 노다지가 되어서도 안 될 것이다. 그는 우리에게 숲에 들어갈 때는 "정복자의 마음이나 교만한 사냥꾼의 생각이나 허풍선이의 정신이 아니라, 오히려 고대의 불가사의하고 거대한 건축물 입구에 발을 내딛는 것처럼 경외감과 큰 존경심"을 가져 달라고 말한다. 그렇다면 그는 어느 정도 성공을 거둔 것 같다. 좋은 책을 읽고 깊은 감명을 받은 나처럼 적어도 이 책을 열심히 읽은 독자들이라면 숲에 발을 디딜 때 신발과 모자를 벗지는 않는다 해도 네 발이 아닌 두 발로 걷는 것에 감사하는 겸허한 마음으로 숲에 들어설 수 있을 테니 말이다.

2003년 9월
곽영미